REBEKAH STOKE
DAS SPIELHAUS

Weitere Psychothriller von Rebekah Stoke

REBEKAH
STOKE

DAS SPIELHAUS

PSYCHOTHRILLER

„Es ist wie ein Gewitter, es zieht vorüber", sagte ich zu meiner kleinen Schwester. „Wir brauchen nur zu zählen, und dann wird alles wieder gut!"

„Eins …"

„Zwei …"

Prolog

Wie jede gute Geschichte begann auch diese hier mit einem Traum.

Dem bösen Traum eines Kindes.

In diesem Traum lag das Kind in seinem Himmelbett. Es war das einzige Bett dieser Art im ganzen Süden, ein Unikat, denn es war nur für dieses Kind gefertigt worden. Der Schreiner hatte all seine Kunst für dieses Meisterstück verwendet. Er hatte Stunden, Tage, Wochen und Monate gebraucht, um Pferdchen, Engel, Prinzessinnen und Feen in das wertvolle Holz zu schnitzen, aus dem die Pfosten und der Rahmen bestanden. Eine Schneiderin hatte die kostbarsten Stoffe besorgen sollen. Im Norden des Landes hatte sie sie gefunden und nach Grant House gebracht. Tausende Lagen von Volant waren über den Rahmen gelegt worden, die Vorhänge an allen vier Seiten gegenüber dem „Himmel" eher transparent gehalten, damit es dem Kind nicht gruselte, wenn sie nicht mit den Samtschleifen am Pfosten befestigt waren.

Und dennoch hatte das Kind, ein Mädchen, stets gefragt, ob die Seiten offen gelassen werden könnten, während es wie auf Wolken zwischen den allerweichsten und größten Kissen einen friedlichen Schlaf finden sollte.

„Nein", bekam das Mädchen aber als Antwort, weil die Vorhänge zu seinem Schutz das Bett verhüllen sollten.

In dieser Nacht also konnte das Mädchen nicht schlafen, zu aufgewühlt war es von dem bösen Traum. Im leisen Wind des Südens, der durch das geöffnete Fenster des Erkerzimmers drang, bewegten sich die wunderbaren Vorhänge seines Bettes wie Geister.

Es gab keine Geister.

Aber es gab die dunkle Nacht.

Und nichts fürchtete das Mädchen mehr als die Dunkelheit.

Es konnte oft nicht schlafen, niemand würde schlafen können, wenn das Herzchen so schnell und wild pochte, dass es den Mund öffnen musste, um Luft zu bekommen.

Das Mädchen entdeckte etwas an der gegenüberliegenden Seite des Zimmers. Dort, neben dem großen Schrank, der aus einem ehemaligen Schloss in Frankreich stammte, stand etwas. Sie sah es genau, immer wieder, wenn die Vorhänge des Bettes durch den Wind bewegt wurden, im Mondlicht, das durch das Fenster schien. Neben dem Schrank war jemand.

Ein Mensch.

Eine Frau.

Ganz in Schwarz gekleidet, glich sie eher einer Silhouette. Das Mädchen war überzeugt, dass es sich um eine Frau handelte. Lag es an den langen schwarzen Haaren? Den schmalen Schultern? Oder an den weit aufgerissenen Augen?

Das Mädchen wusste nicht, woran es die Frau erkannte, aber es wusste, dass *sie* es war, schließlich kam *sie* jede Nacht.

Denn das hier war gar kein Traum.

Und die Frau war kein Geist, sondern die Mutter des Mädchens

…

Kapitel 1

Gegenwart

Juli

An den Piers des Brooklyn Parks in New York war abends immer was los. Freitags und samstags kamen hier so viele Menschen zusammen, dass Annie und Donovan schon oft mehrere Blocks weiter weg hatten parken müssen, weil alles dicht war. Annie sagte dann immer, dass sie das nächste Mal einfach mit der Bahn fahren sollten, doch Donovan wollte das nicht. Die New Yorker U-Bahn machte ihm Angst, er hasste das Gewimmel der Menschen, den Geruch und die Zugluft in den Waggons. Er mochte es auch nicht, Annie allein im Untergrund der Millionenmetropole zu wissen, worüber sie stets herzlich lachen musste. Sie war seit Kindheitstagen die Pros und Kontras New Yorks gewohnt, während Donovan nur als ein Besucher der Stadt zählte.

Die Piers gehörten eindeutig zu den Pros. Hier gingen sie am liebsten spazieren, hier hatte Donovan Annie vor drei Jahren gefragt, ob sie mit ihm zusammen sein wollte, und zu gern und immer wieder erinnerte sie sich daran, wie aufgeregt und schüchtern er dabei gewesen war. Schon damals hatte sie gewusst, dass er der Mann fürs Leben sein würde.

Am Abend des 4. Julis dieses Jahres erreichten sie den Park noch vor Sonnenuntergang. Dass es viele Einheimische und Touristen aus aller Herren Länder an diesem nationalen Feiertag hierherzog, war nicht verwunderlich, denn von hier aus konnte man gegen neun Uhr das alljährliche Feuerwerk über der Brooklyn Bridge zum Independence Day am besten bestaunen.

Doch noch war es nicht so weit, und Annie genoss den Ausblick: Am anderen Ufer, wo die Wolkenkratzer Manhattans in den orange, rosa und rot gefärbten Himmel ragten, entstand ein unbeschreiblich schönes Bild, das sie alle mit ihren Smartphones einfangen wollten.

Das Wasser schaukelte gemütlich unter der Brooklyn Bridge auf dem East River, den New York Harbor direkt in Sichtweite. Fähren, Boote und kleinere Schiffe verkehrten auf dem Wasserweg.

Die Stimmung war ausgelassen und fröhlich. An der Reling klebten junge Leute und Väter mit ihren Kindern auf den Schultern, andere hatten sich um die Bänke herum versammelt, auf den Rasenflächen veranstalten gesellige Gruppen Barbecues. Pärchen kuschelten auf karierten Decken, Hundebesitzer hielten die Leinen kurz und hatten es sich im Schneidersitz gemütlich gemacht. Zwischen den Stimmen, die in unterschiedlichen Sprachen laut wurden, mischten sich Klänge von Gitarren, dumpfer Musik aus dem einen oder anderen Telefon, das Horn eines Dampfers und der Verkehrslärm hinter den Toren Brooklyns in ihrem Rücken.

Donovan ergriff Annies Hand, als er für sie beide einen guten Platz suchte. Weit vorn, an der Pier 1 Promenade.

Sie fragte sich schon die ganze Zeit, warum er sich ständig am Ohr kratzte und seine Hände so schweißnass waren. Letztes Jahr hatten sie das Feuerwerk doch auch schon genau hier bewundert. Oder lag es daran, dass es ein wunderschöner Tag gewesen war?

Keiner von beiden hatte an diesem Morgen zur Arbeit fahren müssen, also hatte er Annie zum Frühstück in ihr Lieblingscafé ausgeführt. Sie hatten sich dann auf nach Travis gemacht, einer kleinen Ortschaft auf Staten Island, hatten in kleinstädtischer Idylle die Parade bewundert, waren eine Weile dortgeblieben und später noch essen gegangen. Zurück in Brooklyn hatten sie sich zu Hause unter der Dusche geliebt und sich dann in Richtung Brooklyn Heights aufgemacht. Mit einem salzigen Karamelleis aus *Joe's Coffee*

Company bewaffnet, waren sie den langen Weg vom Auto zum Park gegangen.

Endlich gab Donovan Ruhe und hielt direkt an der Reling. Er zog sie vor sich und legte schützend seine Arme um ihren Körper. Da er größer war als sie, ruhte sein Kinn auf ihrer Schulter, während er ihr tausend süße Sachen ins Ohr flüsterte und sie zum Kichern brachte. Zusammen betrachteten sie den Sonnenuntergang, bis die Menschen sich auf die Promenade ans Geländer drängten, weil das Feuerwerk bald beginnen würde.

Sie hatten wenige Minuten später keine Wahl, als einander loslassen, weil einige keine Rücksicht nahmen und Annie einer Mutter ausweichen musste, die mit ihrem Zwillingskinderwagen und drei Kindern an den Händen unbedingt ganz nach vorn wollte. Sie sah sich zu Donovan um, der nervös wurde und sich aufregte, weil neben ihm jemand zu pöbeln begann. Durch das Gedränge wurde die Atmosphäre gestört, selbst Annie wurde es zu voll, sodass sie Donovan ein Zeichen gab, hier wegzuwollen. Vielleicht fanden sie ja auf der Rasenfläche noch einen Platz. Doch anders als erwartet, schüttelte Donovan den Kopf und streckte seinen Arm aus, um ihre Hand zu nehmen.

Dann wurde Annie plötzlich geschubst, sie machte einen Satz nach vorn, landete auf den Knien, wo ihr fast jemand auf die Hand getreten wäre.

„Hey!", schrie Donovan den jungen Typen an, wie ein Löwe einen Feind, um sein Rudel zu schützen.

„Schon gut", sagte Annie, ließ sich von ihm hochhelfen und in Richtung Wiese ziehen.

„Verdammt", sagte er, als sie doch recht weit weg vom Wasser unter dem dichten Dach eines Laubbaums standen, dessen mit Blättern überladene Äste keinen Blick zur Brücke freigaben.

„Warum ist dir das denn so wichtig?", fragte Annie, weil Donovan so enttäuscht dreinblickte. „Wir kennen das doch schon."

„Weil … Ach, egal", antwortete er, wurde aber vom Pfeifen, Staunen und Klatschen der Menschenmenge und dem Knallen des Feuerwerks abgelenkt.

Nur vereinzelt konnte Annie die explodierenden Pyrogeschosse über der Brücke beobachten, zu eingepfercht waren sie in der Menge, die nun auch auf der Wiese zunahm. Und während der Himmel in allen Farben leuchtete, fand sie, dass es an der Zeit war, nach Hause zu gehen.

Am nächsten Morgen wurde Annie mit dem Duft von frischem Kaffee geweckt. Die Sonne war schon aufgegangen und zauberte goldene Schimmer an die Wände des Schlafzimmers.

Annie reckte und streckte sich in dem großen Bett und blickte dabei auf die hohe Decke des Apartments in Brooklyn, das sie und Donovan vor nicht allzu langer Zeit gemietet hatten. Vorher hatte Annie im Studentenwohnheim ein Zimmer und Donovan eine Wohnung in Upper East Side gehabt.

Dieses Apartment hier war perfekt. Wohn- und Esszimmer und die Küche war alles ein Raum, wie in einem Loft, die Wendeltreppe führte auf die Dachterrasse. Die Mauern dort waren allerdings zu hoch, um über die Stadt zu schauen. Das ging vom Schlafzimmer aus wesentlich besser, und so blickte Annie jetzt auf die Dächer Brooklyns. Ganz entfernt ließ sich Manhattan erkennen.

„Bist du schon wach?" Donovan steckte den Kopf durch den Türspalt, als Annie sich aufsetzte.

Am Abend zuvor waren sie früh schlafen gegangen, weil der Tag sie dann doch ziemlich geschlaucht hatte.

In ihrem hübschen Nachthemd mit spitzenverziertem Ausschnitt saß sie in dem großen Bett. Donovan trug ein Tablett durch das Zimmer, stellte es auf dem Bettende ab und ließ sich neben ihr nieder.

„Das hast du alles für mich gemacht?" Überrascht war sie von seiner Romantik allerdings nicht. Donovan war schon immer romantisch gewesen, dazu noch ein echter Gentleman und der freundlichste Mensch, den sie kannte. Doch die frisch gebackenen

Pancakes, die in ein Schälchen gelöffelte Marmelade, die Cookies, die sie am liebsten mochte, das aufgeschnittene Obst, der Kaffee und die obligatorische Rose in der kleinen Vase auf dem Tablett ließen sie dennoch staunen.

„Was ist der Anlass?", fragte sie und betrachtete ihn liebevoll. Wie er da so lässig auf dem Bett lag, in Unterhose und T-Shirt, dem dunklen Haar, nicht zu kurz geschnitten, aber ohne Bart, weil ihm der noch nie gestanden hatte, der Brille mit dem schwarzen Rahmen, und der sportlichen Figur, fand sie ihn schon unheimlich attraktiv.

„Ja, weißt du", begann er, setzte sich auf und griff nach ihrer Hand, „ich hatte mir den Abend eigentlich ein wenig anders vorgestellt." Die Art, wie er redete, das herrliche Frühstück und seine Nervosität gestern Abend ließen in Annie eine Ahnung aufblitzen. Ja, natürlich!

Blitzschnell ging sie in ihrem Kopf all die passenden Momente der letzten Monate durch, fragte sich, warum nicht da, sondern hier und jetzt, war sich aber sicher, dass der Ort keine Rolle für die wichtigste Frage ihrer Beziehung spielte, und durchforstete mit ihrem Blick die aufgebauschte Bettdecke, ob sich vielleicht dort irgendwo die kleine Schachtel befände, die er gleich vor ihr öffnen würde.

Natürlich, gestern beim Feuerwerk wollte er sie fragen, deshalb die große Enttäuschung. Annie legte den Kopf schräg, während Donovan sich auf seine Worte konzentrierte, und so unfassbar gern hätte sie ihm gesagt, dass er ihr auch vor der nächsten Hotdog-Bude einen Antrag hätte machen können – sie hätte nicht glücklicher sein können! Sie liebte Donovan Grant so sehr, dass ihr nur eines wichtig war: dieser Mann und sonst keiner!

Doch plötzlich klingelte sein Telefon, das noch auf dem Nachttisch lag, und hielt ihn von seiner Rede ab. Er warf einen Seitenblick auf das Display, und Annie wusste, wenn es nicht dringend wäre, würde er den Anruf ignorieren.

„Da muss ich ran", sagte er und griff nach dem Telefon, während sie, etwas enttäuscht, ihren Blick sinken ließ. „Hi Dad!"

Donovan stand auf, und weil er wenig sagte und lediglich kurze Antworten gab, das Gespräch aber lange ging, musste es wirklich wichtig sein.

Annie kannte Melroy Grant nicht. Sie hatte Donovans Vater nie gesehen, weil er unten in Louisiana lebte, zusammen mit seiner Ehefrau und der gemeinsamen Tochter. Sie hatten dort ein großes Haus, von dem Donovan schon oft erzählt hatte.

„Okay", sagte er. „Ich melde mich. Bye." Er beendete die Verbindung und drehte sich zu Annie um, die Skyline der Stadt in seinem Rücken.

„Ist alles in Ordnung?", fragte sie, weil Donovans Gesicht besorgt aussah.

„Es ist alles okay, ja, nur … Dad hat mir etwas gesagt, wovon ich wusste, dass es irgendwann einmal dazu kommen würde. Ich … Ich habe darauf hingearbeitet …"

Sie wurde nervös. „Don! Jetzt mach's nicht so spannend."

„Annie." Donovan seufzte. „Wie du weißt, leitet mein Vater unten in Glenn Lock ein großes Unternehmen."

„Er baut Geschäftshäuser, so wie du."

„Er baut nicht nur Häuser, er baut Hallen, Säle, Zentren, er ist einer der erfolgreichsten und gefragtesten Ingenieure des Staates. Kalifornien, Texas, Georgia, South Carolina – seine Auftragsliste wird immer länger und …"

„… das bedeutet?"

„Das bedeutet, dass es an der Zeit ist … ihn zu unterstützen."

Annie krallte sich an ihrer Decke fest. „Vor Ort?"

„Ja, Annie." Donovan ließ sich auf der Bettkante nieder. „Ich habe dir schon erzählt, dass ich mal die Firma meines Vaters übernehmen werde. Was ich dir nicht erzählt habe, ist, dass er mich bereits dreimal in den letzten zwei Jahren darauf hingewiesen hat, dass es ihm zu viel wird. Er will kein Projekt in fremde Hände geben, musste vor ein paar Monaten damit beginnen, Aufträge abzulehnen, aber … Wir haben damals abgemacht, dass ich mit einsteige, sobald mein Vater sich langsam zurückzieht. Ich habe das erfolgreich ignoriert, doch er meint, dass es nicht mehr geht, er dem Druck nicht standhalten kann, nicht jünger wird."

„Das verstehe ich schon." Sie seufzte. „Aber es ist verdammt weit weg."

New Orleans.

Verdammt weit weg.

Ihr Herz wurde schwer.

Donovan machte eine Kopfbewegung zu dem Telefon in seiner Hand. „Es ist ihm ernst, Annie. Und ich muss mein Versprechen einhalten. Außerdem – es ist eine wahnsinnige Chance für mich."

Sie fand keine Worte. Wusste nicht, ob das bedeuten sollte, dass er jetzt und sofort nach New Orleans ziehen wollte – ohne sie –, oder ob das heißen sollte, dass sie beide New York verlassen würden.

Sicherlich würde er diese Entscheidung sowieso ihr überlassen.

„Aber dein Job hier …"

„War immer nur eine Vorbereitung auf das, was auf mich wartet. Ich habe bei Brian von vornherein mit offenen Karten gespielt. Er weiß, dass ich irgendwann gehen werde."

Annie fasste sich ans Herz. „Und ich?" Sie wollte es von ihm hören. Wollte wissen, wo sie stand, wo sie beide standen.

Donovans finsterer Gesichtsausdruck aber erhellte sich so plötzlich, wie er gekommen war. „Ich hatte gestern etwas vor." Und dann passierte es. Er stand noch mal auf, ging rüber zu dem Tisch mit dem Computer, zauberte jene berühmte Schachtel des teuren Schmuckladens auf der 5th Avenue hervor, die jedes Mädchen – ob jung oder alt – zu erkennen vermochte.

Donovan ging vor ihr und dem Bett auf die Knie und öffnete die Schachtel, wo ein filigraner Ring mit einem ordentlichen Diamanten von *Tiffany & Co.* funkelte. „Annie … willst du meine Frau werden?"

2

Zwei Wochen später checkten eine junge Frau mit einem Ring am Finger und ein Mann, beladen mit einer Tasche und einem kleinen Koffer, am JFK Airport in New York ein, um Stunden später in New Orleans, Louisiana, zu landen.

Annie hatte sich entschieden: Sie würde an Donovans Seite bleiben, auch wenn das für sie bedeutete, so ziemlich alles aufzugeben, was sie sich in New York aufgebaut hatte.

Gestern Abend hatte es eine Abschiedsparty mit all ihren Freunden in einer Rooftop-Bar gegeben, und weil Annie und Donovan keine Möbel mehr in ihrem Apartment stehen hatten, da der Lastwagen seit Tagen auf dem Landweg unterwegs in den Süden war, hatten die beiden die Nacht nicht geschlafen und waren von der Party aus gleich zum Flughafen gefahren.

Während des Fluges, der schon in den frühesten Morgenstunden startete, war Donovan angespannt und Annie damit beschäftigt, an die Worte einer „Freundin" von gestern Abend zu denken. Die hatte Annie mit ihrem Drink in der Hand und stark alkoholisiertem Atem gefragt, ob sie sich sicher sei, dass New Orleans eine gute Wahl wäre, und ob Donovan ihr vielleicht genau deshalb einen Heiratsantrag gemacht hatte – um sie zu halten. Annie hatte geantwortet, dass Donovan so jemand nicht war und in jedem Fall auch eine Fernbeziehung auf unbestimmte Zeit in Kauf genommen hätte.

Allerdings hallten die Worte der jungen Frau in ihrem Kopf wider, selbst dann noch, als sie am frühen Nachmittag in ein Taxi stiegen und zu der Firma von Donovans Vater in der Stadt fuhren. Melroys Büroräume befanden sich in einem modernen Gebäude im Zentrum, der Fahrstuhl brachte sie nach oben. Annie hätte alles dafür gegeben, sich kurz einmal abduschen zu können, bevor sie Donovans Vater kennenlernte. Der Flug war anstrengend und lang gewesen, und weil sie in der Nacht nicht geschlafen hatte, hatte sie im Spiegel auf der Flugzeugtoilette einen Schock bekommen, als sie gesehen hatte, wie zerzaust ihre blonden Haare waren und wie dunkel die Ringe unter ihren Augen.

Was sollte Melroy von der Verlobten seines Sohnes halten?

Annie stellte Minuten später fest, dass ihre Zweifel umsonst waren: Donovans Vater, Melroy Grant, war ein wunderbarer Mensch. Er begrüßte sie beide herzlich, schloss Annie dabei in seine Arme und sprach ihnen seinen Glückwunsch aus. Er hatte graues, längeres Haar, streng nach hinten gekämmt, wo es sich im Nacken lockte, sein Schnurrbart war geschwungen und spitz, seine Augen gutmütig und klar. Es schien, als würde sein Lächeln nur schwer zu vertreiben sein, und er lachte, jedes Mal und sehr viel, wann immer Donovan oder er selbst etwas Witziges von sich gaben, als sie zu dritt in Melroys Büro saßen.

Später reichten sich die beiden Männer einige Unterlagen hin und her, Donovan setzte sich an den Schreibtisch seines Vaters, wusste mit allem routiniert umzugehen. Er war in den drei Jahren, in denen er und Annie zusammen waren, öfters nach New Orleans geflogen, mal für zwei, mal für fünf Tage, doch weil er währenddessen in einem Hotel übernachtet hatte, anstatt „nach Hause" zu fahren, war Annie nie mitgekommen.

Jetzt aber übernahm er den Posten seines Vaters hier in der Stadt auf Dauer, und weil sie so schnell keine Bleibe gefunden hatten, würden sie zusammen nach Grant House in Glenn Lock ziehen, ungefähr siebzig Meilen von New Orleans entfernt, wo Melroys Frau, Violet Grant, ein Anwesen besaß.

Eine Assistentin brachte gegen Nachmittag Kaffee und Kekse, und obwohl Donovan Annie anbot, auf seine Kosten shoppen zu gehen, lehnte sie ab und verbrachte vier Stunden auf dem Sofa am Empfang, weil sie sich allein in den Straßen wahrscheinlich nicht wohlfühlen würde. Von hier oben ähnelte das Stadtbild New Orleans zwar ihrer Heimat, und doch war es anders. Annie vermisste die hohen Türme, die Schatten, die die Gebäude auf die Stadt warfen, und selbst der schlammbraune Mississippi war nicht mit dem dunkelblauen Wasser des East Rivers zu vergleichen. Ja,

New Orleans war nicht ihre Stadt, und das Stimmchen ihrer Freundin von gestern Abend tauchte erneut in ihrem Kopf auf.

Doch schließlich war nicht New Orleans ihr neues Zuhause, sondern Glenn Lock. Nach den Bildern im Internet zu urteilen, war diese Stadt das komplette Gegenteil von New Orleans: grün und beschaulich, gemütlich und ruhig.

Und wenn genau das zum Problem werden würde?

„Wir sind fertig", unterbrach Donovan ihre Gedanken. „Bereit, nach Hause zu fahren?"

Ein Chauffeur wartete unten. Sein Name war Hugh. Er arbeitete für die Familie, erledigte Einkäufe, fuhr Melroys Ehefrau zu Terminen, kümmerte sich um den Fuhrpark und war der erste Angestellte, den Annie von Grant House kennenlernte.

Etwas eingeschüchtert saß sie in dem großen Wagen hinten neben Donovan, der seit seiner Ankunft hier im Süden permanent am Telefon hing. Wenn er nicht telefonierte, richtete er parallel sein neues Arbeits-Smartphone ein, vom Tablet in der Zwischenablage ganz zu schweigen.

Gerade hielt er das Telefon am Ohr. „Alles klar, ich kümmere mich gleich morgen darum." Seufzend trennte er die Verbindung und hatte Zeit für einen Blick auf seine Verlobte. „Alles in Ordnung?"

„Das müsste ich dich fragen." Annie machte sich Sorgen um ihn, wollte nicht, dass er sich überarbeitete, obwohl sein Job doch noch gar nicht angefangen hatte.

„Es ist einfach alles nur neu. Aber das gibt sich mit der Zeit." Er steckte das Telefon weg, griff nach ihrer Hand und tätschelte sie zärtlich.

Sie würde ihr Bestes tun, ihn zu unterstützen, denn nachdem sie in Melroys Büro einen Einblick in seine Geschäfte bekommen hatte, war das Ausmaß dessen, was auf Donovan wartete, weit mehr, als sie gedacht hatte.

Annie spürte seinen Blick auf ihrem Ringfinger. „Bist du dir wirklich sicher?", fragte er leise, damit Hugh es vorn nicht hören konnte.

Sie wusste, Donovan meinte damit nicht die Hochzeit, sondern das Leben hier im Süden. „Natürlich", sagte sie und war sich nicht sicher, ob sie gelogen hatte.

Hugh räusperte sich. Er war ein kleiner, dicker Mann mit Glatze, der jetzt aus dem Fenster zeigte. „Vielleicht zeigen Sie ihr die Brücke, Sir."

„Oh, selbstverständlich, danke, Hugh!" Donovan wies nach draußen. „Schau mal, Annie!"

Annie sah aus dem Fenster. In diesem Moment überquerte der Wagen die recht imposante Hale Boggs Memorial Bridge. Doch weil sie beide die Aussicht auf die Queensboro Bridge in Brooklyn gewohnt waren, mussten sie etwas schmunzeln. Das munterte Annie auf, und als Donovan sie in seine Arme zog und küsste, glaubte sie, dass sich alles geben würde und die Zweifel verschwinden würden, wenn sie sich einfach auf das Abenteuer einließ.

Glenn Lock, ganz in der Nähe von Morgan City im Süden des Staates, lieferte ein anderes Bild als das, was Annie nach den Recherchen und Aussagen Donovans gehabt hatte: Das kleine Städtchen, das sich mit dem Verlauf des Bayou Teche erstreckte, wirkte fast ein wenig unscheinbar. Die Hauptstraße zweigte immer wieder nach links und rechts ab, wo sich Siedlungen mit Einfamilienhäusern befanden.

Der Wagen passierte eine Schule, einen großen Supermarkt, und eine Kirche. In den Vorgärten der Häuser standen wuchtige alte Eichen, die Gehwege waren ungepflegt und die Straßen oftmals mit Schlaglöchern versehen. An einigen Gebäuden hing die Flagge der Vereinigten Staaten, eine einsame Ampel baumelte über der einzigen großen Kreuzung mittig der Stadt. Die Stadt war ganz nett, aber nichts Besonderes.

„Warte ab, auf der anderen Seite der Brücke sieht es wahnsinnig schön aus. Ich sage immer, wenn es regnet, und das Grün so richtig leuchtet, könnte man meinen, man stünde in einem Dschungel."

Sie ließ sich drauf ein, und tatsächlich wurde Glenn Lock zunehmend hübscher. Ein Diner und kleine Läden kamen zum Vorschein. Die Straße verlief nun ein Stück bergauf und zwischen üppig grünenden Bäumen, die bald einen Wald bildeten, hindurch.

„Haben dein Dad und du schon immer in New Orleans gewohnt?", fragte Annie.

„Ja, bis wir nach Glenn Lock gezogen sind. Ich hatte eine kleine Wohnung in New Orleans bekommen, sodass ich die Schule nicht wechseln musste. Ich war also nur an den Wochenenden, und davon auch nicht jedes, in Grant House, bis ich für das College ganz auszog. Jules war noch im Kleinkindalter, als ich weggegangen bin."

Jules war seine Schwester.

Der Wald empfing sie mit merklicher Dunkelheit. Dicht standen die Bäume zusammen und säumten die Straße. Die mit dickem Schlamm gefüllten Gräben am Straßenrand ließen vermuten, dass sich die Sumpfgegend in nicht allzu weiter Ferne befand. Irgendwann bog Hugh den Wagen auf eine Waldstraße ein, und es ging ein Stück geradeaus.

Annies Herz pochte schnell. An einer Gabelung ging es nach rechts und schon tauchte zwischen dichten Bäumen, hohen Hecken und hinter einem mannshohen Eisenzaun Grant House vor ihnen auf.

„Das ist es?", fragte Annie und dachte, das wäre ein Scherz. Doch der Wagen hielt tatsächlich, Hugh stieg aus und machte sich sogar daran, die Koffer auszuladen, während Donovan wie selbstverständlich zwei Taschen griff und durch das geöffnete Tor schritt.

Annie blieb sitzen. Sie erkannte es wieder, denn Donovan hatte ihr Bilder gezeigt, trotzdem wirkte Grant House in der Realität völlig anders als auf den Fotos.

Donovan stellte die Taschen vor der Treppe zur Veranda ab, lief über den mit Kieselsteinen besetzten Weg zwischen den kniehohen Buchsbaumbeeten zurück zum Wagen und öffnete ihre Tür. „Darf ich bitten, Madame? Grant House erwartet Sie!"

Sie nahm seine Hand und stieg aus dem Fahrzeug. Dann legte sie den Kopf schräg. „Es ist ... anders."

Donovan lachte. „Nicht das, was du dir vorgestellt hast?"

„Ich dachte ... Keine Ahnung, vielleicht so ein Twilight-Haus."

„Twilight?"

„Mitten im Wald, großartige Architektur."

„Das hier ist großartige Architektur mitten im Wald."

Das wusste sie. Nur zu genau. Doch ein Twilight-Haus war weniger gruselig, auch wenn eine Vampir-Familie darin wohnte. „Ich weiß, was du für Gebäude baust, Don, und ebenso dein Vater, aber ich hätte nicht gedacht, dass er dann so wohnen will ..."

„Es ist alles andere als modern, dafür hat es umso mehr Charme." Donovan lachte. „Als er Grant House das erste Mal sah, war ihm klar, dass außen sowie innen nichts verändert werden sollte. Und er war froh, dass die Eigentümerin da genauso dachte."

Violet Grant. Melroys zweite Ehefrau.

Annie entfernte sich von Donovan und betrachtete das Haus.

„O nein." Donovan stöhnte. „Es gefällt dir nicht."

„Das habe ich doch gar nicht gesagt." Sie lächelte. „Viktorianische Architektur. Queen-Anne-Stil, richtig?"

Er schien verblüfft. „Ausgezeichnet."

Annie betrachtete das verwinkelte Haus in enormer Größe. „Baujahr ... Lass mich raten. 1899?"

„Falsch. 1890."

„Wow." Beeindruckt musterte sie das Haus. Grant House war ein Kunststück der Viktorianischen Architektur. Eine kurze Treppe trug die rundherum verlaufende Veranda, das Mauerwerk der Stein- und Terrakottawände war akkurat gemustert. Es gab Türme, Balkone, Erker und in der Mitte einen Kreuzgiebel. Steil ragte das Dach mit seinen geschlossenen Giebeln empor. Charakteristisch stachen die verschiedenen Schindelarten Annie sofort ins Auge, während die Vielzahl der Überhänge Skulpturen aufwies.

„Es ist nicht spiegelgleich", sagte sie. „Schneidest du es in der Mitte durch, sieht die eine Seite völlig anders aus als die andere."

„Woher weißt du das?"

„Ich hatte letzte Woche eine Schülerin aus der Highschool. Die hatten das im Unterricht durchgenommen, und ich habe mit ihr Hausaufgaben gemacht. Ich hätte ihr dieses Gebäude als Beispiel zeigen sollen." Annie blickte auf die Fassade. Schlammgrün und Ziegelsteinrot. Sowieso: Grant House wirkte eher düster als freundlich, mochte es an der Größe oder an den Farben liegen, doch das Gefühl, das sie seit ihrer Landung hier in New Orleans hatte, zog sich bis zu diesem Haus.

„Da ist sie. Da ist Violet." Donovan zeigte auf eine Frau, die nun die Treppe runterkam. „Violet!"

Annie betrachtete seine Stiefmutter Violet Grant. Die Hausherrin. Die Frau, der Grant House gehörte.

Obwohl Frohnatur Annie jemand war, die einen Menschen nie nach ihrem Aussehen oder Auftreten in eine Schublade stecken und mit einem Etikett beschriften würde, so tat sie es diesmal doch: „Strenge, ungemütliche Person, der man lieber aus dem Weg gehen sollte."

Annie spähte zum Himmel. Es war heiß und sonnig und ja, sie musste sich an dieses Klima erst noch gewöhnen. Sie strich sich die schweißgetränkten Haare aus der Stirn und schulterte ihre Handtasche, die einzig gute Handtasche, die sie besaß, war Annie doch eher so ein Crossover-Stoffhandtaschen-Typ. Aus diesem Grund passte die Handtasche von Dior, die Donovan ihr zu Weihnachten geschenkt hatte, aus schwarzem Leder und mit silberner Kette, auch nicht zu ihrem Secondhandladen-Kleid mit dem Flickenmuster, doch für Violet hatte sie wenigstens zum Teil zeigen wollen, dass sie ein Mädchen aus der Stadt war. Warum wusste sie selbst nicht, denn sich zu verstellen, war gar nicht ihr Ding.

Sie machte sich bewusst, wie verschwitzt und zerzaust sie aussah, als sie Donovan zum Haus folgte, der dort mit Violet auf sie wartete.

„Annie, das ist Violet Grant, die Frau meines Vaters", stellte er sie vor.

„Guten Tag, Ma'am", begann Annie das Gespräch, weil sie die Jüngere war, und streckte ihre Hand zu der Frau aus, die nun allein vor ihr stand, weil Donovan Hugh mit dem Gepäck half.

„Willkommen in Grant House", sagte Violet, ohne Annies Geste zu erwidern.

Annie überraschte das gar nicht, war die Aura der Frau doch genauso kalt wie die des Hauses. Groß und schlank stand sie vor ihr, die Haare blond, zu einem lockeren Knoten gebunden. Ein paar Locken hatten sich gelöst. Sie trug einen Pony, der zu beiden Seiten ihrer Stirn aufgefaltet war wie der Vorhang eines Theaters. Sie hatte ein paar Falten, aber nicht so viele wie Melroy, war geschminkt, und die schweren goldenen Ohrringe, die schwarze Jeans und das orangefarbene Twinset waren sicherlich ein kleines Vermögen wert.

Annie hatte mit den Kindern ihrer Klasse durchgenommen, dass Orange die wärmste Farbe des Farbspiegels war, doch wenn sie jetzt Violet damit sah, konnte sie das nicht bestätigen. Das Orange machte sie selbst und das Haus keinen Deut wärmer.

„Donovan", sagte Violet nun, als er mit den Koffern fertig war und sie noch einmal in die Arme schloss. Das war das dritte Mal, und auch wenn sie zu ihr kein bisschen freundlich gewesen war, so fand Annie diese Geste gegenüber ihrem Stiefsohn sehr schön. Sie schienen sich zu mögen.

Diese Annahme bestätigte sich nur, indem Violet ihre Hände um sein Gesicht legte und ihm in die Augen schaute. „Ich bin froh, dass du zu Hause bist."

Annies Lächeln verschwand. Diese Szene zwischen Sohn und Stiefmutter mochte rührend sein, doch ein Detail ließ sie grotesk wirken. Denn genau in dem Moment ihrer Umarmung stach eine

Schar Krähen laut krächzend aus dem umliegenden Wald von
Grant House gen Himmel.

3

„Sie haben ein wirklich wunderschönes Haus." Noch Jahre später würde sich Annie an den Moment erinnern, als sie Grant House das erste Mal betreten hatte.

Auch wenn sich die dunkle Atmosphäre von draußen nach drinnen fortsetzte, musste sie doch eines ganz klar sagen: Grant House war unbeschreiblich schön. Der große Eingangsbereich mit den hohen Decken wies Buntglasfenster an der vorderen Wand auf, die Wandtäfelung, die ihr bis zur Hüfte reichte, zeigte sich in Dunkelblau und tiefem Violett, die darüberliegende Tapete war goldgelb. Die mächtige, nach oben hin geschwungene und mit Teppich bezogene Treppe wirkte majestätisch, das mit Holzdekor verzierte Geländer trug zu diesem Eindruck noch mehr bei. Licht spendeten die altmodischen Lampen an den Wänden, in Gusseisen gefasste Glühbirnen, neben denen kein bisschen Staub in der Luft tanzte.

Seitlich der Eingangstür, wo Donovan nun die Taschen abstellte, stand eine Bank, die gleichzeitig wohl eine Truhe war, und deren Lehne bis zur Decke reichte. Ein Spiegel war dort eingelassen. Eine alte Schreinerkunst, wie Annie sie noch nie gesehen hatte.

Als sie die Schuhe auszog, schaute sie sich immer noch bewundernd um.

„Es gibt nur sehr wenige Queen-Anne-Häuser wie dieses hier im Süden." Violet legte ihre Hände aufeinander, als ihre Augen sich weiteten. „Annie, Sie müssen die Schuhe nicht ausziehen! Lassen Sie sie an!"

„Oh, das macht mir gar nichts." Annie stellte ihre Sandalen auf einen Teppich neben der Tür. „Ich möchte nichts schmutzig machen."

„Annie!", kam es diesmal etwas bestimmter von der Hausherrin. „Ziehen Sie bitte die Schuhe wieder an!"

Annie blickte rüber zu Donovan, der mit seinen Schuhen an der Truhe stand und nickte.

Violet war wohl selbst etwas überrascht von ihrem Ton, weshalb sie jetzt unsicher lächelte und sagte: „Ich meine, der Fußboden in diesen alten Häusern ist kalt. Lassen Sie sie an."

Annie wusste nicht, was sie davon halten sollte, und zog ihre Schuhe wieder an. Sie hatte nur höflich sein wollen. Das Erste, was ihr beim Anblick von Violet Grant und deren bis zur Perfektion geschnittenen Buchsbaum-Vorgarten eingefallen war, war, dass die Hausherrin pingelig und sauberkeitsvernarrt sein musste. Sie hatte ihr lediglich einen Gefallen tun wollen, zu Hause in New York behielt Annie ihre Schuhe immer an.

Zu Hause …

„Tut mir leid", sagte sie schnell und wandte den Blick von der Frau ab.

„Sie wollen sicherlich erst mal ankommen", meinte Violet. „Soll Hugh euch mit den Koffern helfen, Don?"

„Blödsinn, das mache ich allein." Donovan griff voller Tatendrang erneut nach den Taschen. „Kommst du, Annie? Ich zeige dir unseren Bereich."

Annie nickte und ging stumm an Violet vorbei.

Im Obergeschoss des Hauses war es kühl und nicht weniger dunkel als unten. Die dunkelblau gepolsterten Wände im Flur ließen ihre Stimmen nicht widerhallen, das schwere Holz zog sich den ganzen Gang entlang. Donovan berichtete, dass es einen Haupt-, einen West- und einen Ostflügel im Haus gab.

„Von der Küche aus führt eine Treppe in den Westflügel, dort befindet sich dieser runde Turm, den du von draußen sehen kannst. In diesem Bereich des Hauses wohnen Dad und Violet. Im Ostflügel findest du Jules' Räume. Wir sind hier vorn im Hauptflügel untergebracht."

Sie hatten sich kaum ein Stück von der Treppe entfernt, da öffnete Donovan auch schon eine schwere Holztür. Ein weiterer Flur kam zum Vorschein, Türen rechts und links, geöffnet, Licht schien hinein, und am Ende sah Annie ein Zimmer mit antiken dunkelblauen Möbeln. Wie magisch davon angezogen, trieb es sie in den Raum, der wohl als Schlafzimmer diente. Ein herrschaftliches Pfostenbett stand an der Wand, es gab Sessel und ein Sofa, ein Tisch dazwischen mit einer Vase frischer Blumen. Sofort ging Annie ans Fenster. Sie konnte von hier aus auf den Wald und das Tor sehen, vor dem sie vorhin gehalten hatten. Die Aussicht war unspektakulär, Annie hätte lieber ein Zimmer nach hinten raus gehabt, obwohl sie gar nicht wusste, was sich hinter dem Haus befand.

„Gefällt es dir?", fragte Donovan. Er hatte sich den guten Mantel ausgezogen, für den es sowieso viel zu warm gewesen war.

„Es ist schön." Das war keine Lüge. Ja, Wolkenkratzer gab es hier nicht, dafür die Natur. Und wenn sie ehrlich war, hatte so viel Grün auch etwas Schönes.

„Grant House ist etwas ganz Besonderes", sagte Donovan, steckte die Hände in die Taschen seiner Hose und schritt durch das Zimmer. Auf der Tapete an der Wand war Hunderte Male ein und dieselbe Königin in Miniatur abgebildet, alte gerahmte Bilder von Menschen, die Annie nicht kannte, hingen darüber. Waren es Generäle und deren Frauen, Bewohner, die einst hier gelebt hatten?

„Warum Grant House?", fragte Annie. „Grant ist euer Familienname. Nicht Violets. Du hast mir erzählt, dass dein Vater mit dir hierhergezogen ist. Warum trägt dieses Haus dann nicht ihren Namen?"

„Na ja, seit ihrer Heirat ist das ihr Name."

„Ich dachte nur, dass solche Anwesen ihre ursprünglichen Namen behalten."

Donovan setzte sich aufs Bett. Die Matratze war so hoch, dass seine Füße gerade so den Boden berührten. „Violet hat ihn darum gebeten, meine ich, mich zu erinnern. Das Haus hieß Burke House. Benannt nach Kenneth und Lonna Burke, ihren Eltern. Sie hatte kein gutes Verhältnis zu ihren Eltern, soviel ich weiß."

Das reichte Annie erst mal als Erklärung, auch wenn ihr das Violet nicht näherbrachte. Sie hatte sich die erste Begegnung mit ihrer zukünftigen Stiefschwiegermutter anders vorgestellt.

Donovan schien ihre Gedanken lesen zu können. „Tut mir leid, dass es so gelaufen ist." Er stand auf und griff nach ihrer Hand.

„Ach, schon gut." Widerwillig ließ sie sich von ihm zum Bett ziehen. „Es ist nur ärgerlich. Ich wollte einen guten Eindruck machen."

„Das hast du!"

„Ja, das habe ich!" Annie verschränkte die Arme vor der Brust. „Ihre Reaktion war doch wirklich überzogen, oder?"

Donovan drückte sie nach hinten. Zusammen ließen sie sich aufs Bett fallen. Dann begann er, sie am Hals zu küssen. „Sie ist schon immer so gewesen. Sie will sich nicht anstecken."

„Meine nackten Füße stecken sie an?"

„Vielleicht."

„Ich bin nicht mal krank!"

„Darum geht's ihr nicht."

Sie ignorierte seine Küsse auf ihrer Haut. „Worum dann?"

„Sie will nicht, dass Jules krank wird."

Annie schnaubte. Dann stieß sie Donovan etwas unsanft von sich. „Im Ernst? Weiß sie, dass sich unter den Sohlen unserer Schuhe wahrscheinlich tausendmal mehr Bakterien befinden als unter meinen Füßen? Damit laufen wir auf der Straße rum!" Sie wies auf ihre Schuhe.

Donovan seufzte. „Spiel ihr Spiel mit. Dann ist alles in Ordnung."

So einfach war das nicht. Annie glaubte, dass ihre erste Begegnung mit Violet nur der Anfang einer sehr schwierigen Zeit darstellte, und sie hoffte inständig, ihr schlechtes Gefühl läge nur an diesem verdammt anstrengenden Tag und der Müdigkeit. Sie stand auf, und als sie diesen Geruch wahrnahm, der so anders war als in der Stadt, empfand sie entsetzliches Heimweh.

„Alles okay?", fragte Donovan, der auf dem Bett sitzen geblieben war.

„Ja", antwortete sie zögerlich und war froh, dass er ihre Tränen nicht sehen konnte.

„Ich glaube, das nennt man Kulturschock", sagte Violet, als Annie und Donovan eine halbe Stunde später im Salon unten im Erdgeschoss zum Kaffee eingetroffen waren.

Die Bilder, auf denen riesige Segelschiffe über raue See fuhren, die an der Wand oberhalb des Kamins hingen, erinnerten Annie an England.

„Ja, so ist das wohl. Aber der Mensch ist ein Gewohnheitstier, ich brauche einfach nur Zeit, mich einzugewöhnen."

„Und das wirst du." Donovan rührte Zucker in seinen kalten Schwarztee. „Den trinkt man im Süden sehr gern, am besten noch mit Eiswürfeln."

„Ich habe Georgina bereits informiert, dass fortan wieder jede Menge Eiswürfel im Gefrierschrank zur Verfügung stehen müssen." Violet lächelte.

Donovan erwiderte es. „Sehr gut!"

„Georgina?", fragte Annie und nippte an ihrem viel zu starken Kaffee. Doch vielleicht war der jetzt genau richtig.

„Georgina ist unsere Köchin", erklärte Violet.

Als Donovans Telefon klingelte, stand er auf. „Meine Damen." Er eilte aus dem Raum.

„Haben Sie in Ihren Zimmern alles gefunden, was Sie brauchen?", erkundigte Violet sich.

„Ja, Ma'am, vielen Dank", antwortete Annie und sah von dem hübsch gedeckten Tischchen mit dem Kaffeedeck, Tee und Keksen aus dem Fenster nach draußen. Im Vorgarten fegte jemand nicht vorhandenen Dreck weg, eine Frau zupfte irgendetwas aus der Erde in einem der Beete. „Wie viele Angestellte haben Sie, Ma'am?", wollte Annie wissen. „Wenn ich fragen darf", fügte sie hinzu.

„Ist schon in Ordnung." Violet setzte die Teetasse ab. „Hugh kennen Sie bereits, und … draußen, das sind Ben und Tabitha. Sie kümmern sich um den Garten. Hier drinnen habe ich Georgina, wie erwähnt, dann Timothy, Georginas Mann, der kümmert sich um die Sauberkeit von Grant House. Und dann ist da noch Felicia. Felicia ist das Stubenmädchen."

„Stubenmädchen." Annie grinste. „Den Begriff habe ich noch nie gehört."

„Er kommt nicht von hier."

„Oh."

„Sie ist nicht nur ein Stubenmädchen, sie kümmert sich um Jules und meine persönlichen Bedürfnisse, sie hilft meiner Tochter beim Anziehen, sie …"

„Tut mir leid, ich wollte mich nicht lustig machen, ich … Also …"

„Unterbrechen Sie mich bitte nicht, wenn ich rede, Annie. Das ist sehr unhöflich."

„Entschuldigung, Ma'am." Annie fühlte sich unwohl. Sie hatte Violet gar nicht unterbrechen wollen! Verbissen senkte sie den Blick. Warum hatte sie das Gefühl, gerade alles falsch zu machen? Oder lag es nicht an ihr?

Annie kratzte sich am Bein. Ein Mückenstich. Das musste draußen passiert sein, als sie aus dem Auto gestiegen waren. Donovan hatte sie schon vor den Moskitos gewarnt, die hier im Wald lauerten. Als sie die gerötete Haut an ihrem Bein entdeckte, fiel ihr Blick auf das billige Kleid, das sie trug. Äußerlich schindete sie also auch keinen Eindruck. Ihre blonden Haare waren immer noch zerzaust, das Make-up von vor fast 24 Stunden, und auch wenn sie sich nicht übermäßig schön machen wollte, so hatte sie doch irgendwie nett aussehen wollen. Ja, nett, nicht übertrieben, nicht wie eine Barbie, die ihr Stiefsohn mit heimbrachte, einfach nur normal.

Doch so, wie Violet dasaß – adrett, piekfein –, hätte sie sich mit einer Barbie wohl besser verstanden.

„Jetzt erzählen Sie mal von sich, Annie."

Annie räusperte sich. „Also, mein Name ist Annie." Wie blöd. „Ich bin … siebenundzwanzig Jahre alt und komme aus New York." Was für eine unglaublich unnötige Vorstellung. All das hatte Violet bereits gewusst.

„Was möchten Sie denn hier tun?"

„Donovan hat mir berichtet, dass Sie eine neue Hauslehrerin für Ihre Tochter suchen. Für Jules."

„Das ist richtig." Violet goss ihnen beiden noch mehr Kaffee ein, obwohl Annie gern abgelehnt hätte. Der Kaffee schmeckte bitter, egal, wie viele Zuckerwürfel sie in ihre Tasse fallen ließ.

„Ich schließe im nächsten Sommer in New York die Universität mit einem Master in Child Development ab. Ich habe Kinder unterrichtet, habe auch darin einen Abschluss, wenn Sie meine Qualifikationen sehen möchten, ich habe alles dabei."

„Nein, vielen Dank."

„Ich habe bereits in mehreren Schulen, Kindergärten und Heimen gearbeitet. Auch einmal in einem Internat für schwer erziehbare Kinder. Ich habe einiges an Erfahrung sammeln können, auch schon vor meinem Studium im Rahmen der Freiwilligenarbeit." Annies Nervosität brachte sie dazu, ungeduldig mit ihren Fingern zu spielen. „Ich würde mich freuen, Ihre Tochter zu unterrichten, Ma'am. Also, wenn Sie nichts dagegen haben."

„Was tun Sie denn, wenn ich Nein sage?" Violet hob die Schultern. „Was wird dann aus Ihnen?"

„Mein Plan B befasst sich mit einer Schule in New Orleans, jedoch wäre es mir eine Ehre, Donovans kleine Schwester zu unterrichten, und eine bereichernde Erfahrung, Hausunterricht zu geben."

„Aber Ihren Master haben Sie noch nicht?"

„Ja, aber ich befinde mich sowieso gerade im praktischen Teil, also muss ich nicht in New York vor Ort sein. Unsere Kurse – wenn es denn welche gibt – finden online statt."

Violet nickte. „Und dann, im nächsten Sommer? Wissen Sie, ich will Jules nicht jedes Jahr eine neue Lehrerin vorstellen müssen."

„Das verstehe ich, Ma'am. Da Don und ich im nächsten Jahr heiraten und in der Nähe von New Orleans bleiben wollen, kann ich Jules auch unterrichten, sollten wir nicht mehr hier wohnen."

Violet verengte die Augen. „Sie mögen es nicht."

Annie sah rasch hinüber zu Donovan, der im Eingangsbereich telefonierte. Seine Stimme war nur leise zu hören. „Ich … Doch … Es ist … Ich mag das Haus."

„Ich sehe es Ihnen an."

„Violet, Sie …" Annie lachte auf. „Es ist mein erster Tag …"

„Und Ihr gutes Recht", unterbrach Violet Annie. „Es ist eben nicht für jeden was. Ich meine, es ist dunkel, es ist kalt, es ist groß, es hat unglaublich viel Platz für unendlich viel Geschichte. Es kann einem Angst machen, dieses Haus."

„Das Haus macht mir keine Angst", sagte Annie ernst, als ihr ein kalter Schauer über den Rücken lief. Sie sehnte sich nach ihrer Strickjacke, die oben auf dem Sessel lag. Seltsam. Draußen herrschten 35 Grad im Schatten, hier drinnen brauchte sie eine Jacke. „Ganz ehrlich. Es ist ein schönes Haus."

Violet betrachtete sie etwas von oben herab. „Sie werden das Haus, obwohl es so dunkel ist, zu schätzen lernen."

Annie gab es auf, ihr zu beteuern, dass sie das Haus mochte.

„Es wird Sie schützen, wenn Sie das Gefühl haben, geschützt werden zu müssen." Violet lächelte. „Sie müssen nur die Augen offen halten."

Annie wollte am liebsten aufstehen und gehen. „Gut zu wissen."

Donovans Stimme war nun deutlicher zu vernehmen, als er zurück in den Salon kam. „Alles klar, dann bis morgen." Er trennte die Verbindung. „Kann ich jetzt bitte meine Schwester sehen?"

Sie folgten Violet durch das Erdgeschoss und einen Flur mit Wandtellern auf den Tapeten entlang zur Küche, wo Violet Annie kurz Georgina, eine dicke Afroamerikanerin, vorstellte, die am Herd stand und kochte. An einem Tisch vor den Fenstern saß ihr Mann Timothy, mit weißem Haar und einer Pfeife in der Hand. Beim Anblick dieser Szenerie fühlte sich Annie um hundert Jahre zurückversetzt.

„Ist das ein Lift?", fragte Annie an Donovan gewandt, als sie zu einer Treppe abbogen und Annie einen schmalen Fahrstuhl neben der Vorratskammer entdeckte.

„Ja, das ist ein Lift", bestätigte Donovan.

„Den gibt's schon seit einem halben Jahrhundert", erklärte Violet.

Über die Treppe gelangten sie ins Obergeschoss. Verwinkelte Flure führten sie schließlich irgendwann in den Westflügel, wo Jules ihr Reich hatte.

Auf dem Weg zu ihr verbreitete Donovan seine Freude auf die kleine Schwester. Er hielt Annies Hand fest. Dabei fühlte sie, wie seine Innenfläche nass an ihrer klebte.

Der Flur endete in einer großen Diele, von der mehrere Zimmer abzweigten. Die Diele war mit vier Fenstern versehen, durch die die Abendsonne schien, so hell, dass Annie blinzeln musste.

Sofort machte sich Violet daran, die Vorhänge zuzuziehen, während Donovan sich abwandte und mit jemandem redete.

Annie legte die Hand flach an die Stirn, sah sich nach Donovan um und entdeckte ihn auf dem Boden hockend neben einem Rollstuhl. Nun hatte er eine andere Hand in seiner, die des Mädchens im Rollstuhl. Er streichelte sie, redete ihr gut zu und küsste sie auf die Wange.

Annie beobachtete das Bild und brachte kein Wort heraus. Sie hatte Jules noch nie gesehen, weder auf einem Foto noch in der Realität, doch sie wünschte, Donovan hätte ihr erzählt, dass seine Schwester im Rollstuhl saß.

„Jules, das ist Annie", sagte Donovan und blickte in ihre Richtung.

Annie setzte ein Lächeln auf. „Hi, Jules." Sie ging auf den Rollstuhl zu. Ein uraltes Ding, überhaupt nicht zeitgemäß, ein nacktes silberfarbenes Metallgestell, auf dem flachen Ledersitz lag eine karierte Decke.

Jules Grant war fünfzehn Jahre alt, hatte hellrotes Haar, genau wie ihr Vater auf einem der Hochzeitsbilder, die Annie im Flur entdeckt hatte. Sommersprossen übersäten Nase und Wangen, ihre Augen strahlten blau. Ein paar Pickel thronten auf ihrer Stirn, weil sich das für einen Teenager so gehörte, die Wimpern hatte sie getuscht, ihre Lippen schimmerten rosig.

Jules war eine schöne junge Frau, und wenn sie lächelte, sah sie Donovan sehr ähnlich.

„Hallo", sagte sie, als Annie sich vor sie stellte und ihren Oberkörper zu ihr beugte, um ihr die Hand zu geben.

„Es freut mich sehr, dich kennenzulernen." Annie wollte nicht in die Hocke gehen, so wie Donovan, der an Jules' rechter Seite hing.

„Sie sind also meine neue Lehrerin?"

Annie wollte etwas sagen, doch Violet war schneller. „Noch nicht. Ich muss mir das erst überlegen, Darling."

Annie und Donovan tauschten einen Blick. Ihr war klar, dass sie sich ins Zeug legen musste, wenn sie den Job wirklich haben wollte. „Wir müssen uns ja erst kennenlernen. Was meinst du, Jules, möchtest du mir deinen Bereich des Hauses zeigen, während dein Bruder und deine Mom sich mal in Ruhe unterhalten können?"

„Lieber nicht", kam es wieder von Violet. „Für Jules sind Sie eine Fremde, Annie, und –"

„Violet." Donovan legte seine Hand auf die Schulter seiner Stiefmutter. „Sie hat recht, komm, setz dich, lass uns ein wenig plaudern und die Mädels allein."

„Annie kennt sich im Haus nicht aus."

„Aber Jules." Donovan lächelte in ihre Richtung. „Möchtest du?"

Jules nickte. „Klar, Sie können mitkommen. Ich zeige Ihnen mein Zimmer."

Jules bestand darauf, ihren Rollstuhl selbst zu fahren, und führte Annie durch die Diele und entlang eines anschließenden Flures in ihr Zimmer. Es lag zum Garten heraus, großzügig geschnitten und mit Möbeln aus längst vergangenen Zeiten eingerichtet, die es nicht gerade gemütlicher machten. Dadurch, dass sich nur im Erker des Raumes Fenster befanden, lagen die restlichen Wände in der Dunkelheit, die durch die hohen Decken nur noch beklemmender wurde.

Trotzdem stach es Annie ins Auge, wie viel Mühe sich Violet mit dem Zimmer gegeben hatte: An den Fenstern hingen dicke rosa Vorhänge, in einer Ecke standen zwei weiche Sessel mit flauschigen Kissen. Es gab einen großen Tisch mit einem beleuchteten Spiegel, der Annie an die Maske im Hinterzimmer eines Theaters erinnerte. Zahlreiche Kuscheltiere, Puppen und Spieluhren waren auf den Schränkchen und den Regalen platziert, Annie entdeckte Dutzende gerahmte Bilder auf dem Nachttisch und an der Wand, die Melroy, Violet und Jules und manchmal auch Donovan zeigten.

Herzstück des Zimmers war allerdings das Bett. Ein Himmelbett, wie es im Buche stand. Viel zu groß für einen Teenager, rustikal und alt, aber sicherlich so wertvoll wie Annies komplettes Apartment in New York. Feinporige, fast durchsichtige Vorhänge schwebten vom volantbesetzten Himmel.

„Wahnsinn", entfuhr es Annie. So etwas hatte sie noch nie gesehen. Es war überhaupt nicht ihr Stil, und trotzdem fand sie es für diesen Raum in dem Haus besonders passend.

„Ja, Mom hat lange nach einem armen Wicht gesucht, der ihr das bauen würde." Jules schob sich in den Erker hinein. Das Licht, das ihren Rücken beleuchtete, ließ sie strahlen wie ein Engel, doch weil es nun im Zimmer fehlte, wirkte es noch düsterer als vorher.

„Wie meinst du das?"

„Das hat Monate gedauert. Monate für ein Bett. Glauben Sie, ich wollte, dass ein Mensch Monate damit verbringt, mir ein Bett zu bauen?" Sie legte die Hände flach in den Schoß.

Annie durchquerte das Zimmer. Es fehlten Teppiche. Doch dann fiel ihr ein, dass Jules auf den Rollstuhl angewiesen war und den so besser bewegen konnte. „Aber sie bestand darauf?"

„Natürlich. Nur das Beste für ihr Mädchen."

„Es ist wunderschön geworden", gab Annie zu. „Man kann ihre Liebe zu dir in diesem Raum förmlich spüren." Ihr Blick fiel auf ein Puppenhaus. „Du spielst mit Puppen?"

„Nein, hat sie Ihnen denn nicht gesagt, wie alt ich bin?"

„Doch." Annie musste lachen. „Es kann doch aber sein …"

„Blödsinn." Jules schüttelte den Kopf. „Erinnerungen. Nicht meine, Moms. Sie will es nicht raustragen lassen. Sie verstehen?"

„Ja, ich verstehe." Annie blieb vor dem Theaterschminktisch stehen und begutachtete sich im Spiegel. Oje, ihre lässige Studentenerscheinung passte wirklich nicht in dieses Haus. Sie würde dringend etwas daran ändern müssen, um dann vielleicht ernster von Violet genommen zu werden.

„Wie alt sind Sie?", fragte Jules. „Nein, lassen Sie mich raten: siebenundzwanzig."

Annie runzelte die Stirn. „Das hast du bestimmt gewusst!"

„Nein, habe ich nicht. Ich habe gerechnet." Jules schrieb Zahlen in die Luft. „Donovan hat mir erzählt, dass Sie erst spät mit dem Studium gestartet haben, weil Sie in einem Heim gearbeitet haben, nächstes Jahr würden Sie Ihren Master ablegen. Heraus kommt siebenundzwanzig."

„Ich werde im September achtundzwanzig", erzählte Annie. „Deine Rechnung stimmt. Ich habe fast vier Jahre in verschiedenen Einrichtungen gearbeitet."

„Das könnte ich nicht. Aber ich bewundere es. Ich ziehe den Hut vor allen, die das können und ihre Arbeit lieben."

„Da hast du recht." Annie ging in Richtung Fenster. „Ich denke, mein Job ist sehr wichtig. Diese Kinder brauchen uns, denn sie sind … allein."

„Das kenne ich. Wie gut, dass ich Sie jetzt habe, schade für die anderen, die auf Sie verzichten müssen."

Annie musterte Jules. „Dieser Sarkasmus ist gerade absolut nicht angebracht."

„Und doch bringt er Sie zum Lachen."

Annie schüttelte den Kopf. „Du bist unglaublich!"

„Habe ich schon mal gehört." Jules grinste. „Donovan hatte einen guten Job in New York. Sie konnten sich sicher eines dieser Glasturm-Apartments in Manhattan leisten, richtig?"

„Nein. Ich glaube, du weißt nicht, was solche Glasturm-Apartments in Manhattan kosten. Dafür müssten wir wahrscheinlich beide doppelt so viel verdienen wie Donovan. Wir hatten eine schöne Wohnung in Brooklyn, nicht ganz so hoch, aber die Skyline konnten wir sehen. Und aus Glas war unser Tower nicht. Wir hatten nur im Schlafzimmer diese tolle Aussicht."

„Mochten Sie Ihren Job? Den, den Sie hatten, bevor Sie herkamen?"

Annie schaute aus dem Fenster. Unter ihr lag der Garten. Es gab also wirklich einen Garten. Er war im Prinzip ähnlich angelegt wie vorn. Viel Buchsbaum, perfekt geschnittene Rosenbüsche und Spaliere mit blühender Pracht kreisrund um einen Pavillon angeordnet. Er glich fast schon einem Park. Dahinter gab es eine riesige Eiche mit weit ausladender Krone und schließlich ein Stück Wiese, bevor der Wald sich im Hintergrund ausbreitete.

Aber da war noch was. Annie verengte die Augen.

„Hallo? Hören Sie mir zu? Ich hatte was gefragt", drängelte Jules.

„Ja, ich mochte meinen Job." Annie wandte sich ihr zu. „Das heißt, es war kein Job. Es war eine Art Praktikum."

„Haben Sie Geld dafür bekommen?"

„Ja."

„Viel?"

„Willst du wissen, ob ich deinem Bruder auf der Tasche liege?" Annie starrte wieder nach draußen. „Das tue ich nämlich nicht. Ich verdiene mein eigenes Geld, auch wenn es nicht so viel ist, aber ich kann mich allein durchbringen."

„Ich würde nur gern wissen, warum Sie ihn aufgegeben haben. Hierfür."

Annie erkannte nun das, was im Garten ihre Aufmerksamkeit auf sich gezogen hatte: Es war ein weiß gestrichenes, kleines Haus aus Latten vor dem Wald. „Was ist das da?"

„Wollen Sie nicht erst meine Frage beantworten?" Jules hob die Brauen. Ein Grinsen lag die ganze Zeit auf ihren Lippen.

Was bezweckte Jules?

Wollte sie Annie in die Enge treiben? Ungemütliche Fragen stellen, um sie in Verlegenheit zu bringen?

Nein, dachte Annie und war sich sicher, dass Jules einfach Unterhaltung suchte. Sie war den ganzen Tag hier in diesen Räumen. Vielleicht sogar ziemlich oft allein.

„Ich habe nach einer neuen Herausforderung gesucht. Um Erfahrungen zu sammeln." Sie musterte Jules.

Sie will gar nicht wie ein kleines Kind behandelt werden. Sie will gar nicht, dass man sich an ihren Rollstuhl hängt, um sich mit ihr auf Augenhöhe zu befinden, das braucht sie nicht.

Sie war selbstsicher, wortgewandt und witzig, und auch wenn ihre Art forsch zu sein schien, so war Annie Jules tausendmal lieber als die undurchdringliche Mutter.

„In Grant House?" Jules lachte. „Warum unterrichten Sie keine Klassen? Warum eine einzelne Schülerin?"

„Ich hatte schon Klassen. Aber ich war noch nie Hauslehrerin. Und es schien mir der einzig richtige Weg zu sein."

„Sie machen es sich einfach."

„Wieso einfach? Ganz im Gegenteil. Was ist, wenn wir uns beide absolut nicht verstehen? Dann könnte das Ganze ein ziemlich hartes Jahr werden."

Jules antwortete nicht mehr.

Annie blickte aus dem Fenster und hob ihren Finger. „Beantwortest du jetzt bitte auch meine Frage? Was ist das da?"

„Das ist ein Spielhaus. Es ist schon sehr alt. Früher habe ich gern dort gespielt."

„Okay." Annie drehte sich um. „Ich habe jetzt alles gesehen. Danke, dass du mir dein Reich gezeigt hast."

Jules rollte langsam durch das Zimmer, und es schien, als würde sie sich bewusst Zeit lassen. „Wann werden Sie beide heiraten?"

„Oh, du hast ihn gesehen!" Annie hatte die Arme vor der Brust verschränkt und blickte nun auf ihren Diamantring am Finger. „Ach, weißt du, zunächst wollen er und ich hier ankommen. In Glenn Lock, und dann sehen wir weiter."

„Sind Sie eine Winterbraut oder eine Sommerbraut?"

„Sommerbraut."

„Das dachte ich mir."

Annie schaute an Jules vorbei, als ihr ein weiteres Detail in ihrem Zimmer ins Auge fiel. Eine Bank, nein, ein Bett, das an der Wand stand. Es war wesentlich kleiner als das von Jules. Kopf- und Fußleiste, eine Matratze und ein paar Kissen, die wohl nur zur Dekoration dienten. Annie konnte sich nicht vorstellen, wie jemand darauf schlief.

„Ist das ein Bett?" Es entsprach nicht dem Rest des Interieurs. Es störte nicht, war nicht im Weg, weil das Zimmer groß genug war, es passte nur nicht ins Bild. Es sah aus wie ein hässlicher Fingerabdruck auf einer geputzten Glastür oder ein weißer Fleck auf dem roten Sommerkleid.

Jules antwortete ihr nicht. „Lieben Sie ihn?"

Annie fuhr herum. „Junge Dame!"

„Das ist doch eine berechtigte Frage. Lieben Sie meinen Bruder?"

Annie schnappte nach Luft. „Ich glaube, wir sollten anfangen, ein paar Regeln aufzustellen: Ich werde zwar irgendwann deine Schwägerin sein, und ich würde mich freuen, hätten wir ein lockeres, freundschaftliches Verhältnis, aber … Zuvor bin ich deine Lehrerin, und ich finde, dass wir beide uns für solche Unterhaltungen noch nicht lange genug kennen." Annie konnte den Blick nicht von dem Bett wenden. „Außerdem – müsstest du die Antwort nicht wissen?"

„Keine Ahnung. Was ist nach dem Jahr?"

Annie legte fragend den Kopf schräg. „Was soll dann sein?"

„Das frage ich Sie! Sie haben in unserem Gespräch eine zeitliche Begrenzung erwähnt. Ein Jahr. Was ist danach?"

„Nun, ich … Ich habe angefangen, nicht zu weit in die Zukunft zu planen. Wer weiß, was in einem Jahr ist?"

„Wer weiß, ob Sie bleiben möchten, denn Sie vermissen New York doch schon jetzt, nicht wahr?" Jules grinste. „Ich glaube, das wollten Sie sagen."

Annie öffnete den Mund, um etwas zu entgegnen, doch es schien ihr, als würde Jules nichts davon abbringen können weiterzudiskutieren. „Also schön. Wir lassen das Thema. Ich möchte raus. Mir ist furchtbar kalt. Zeig mir doch mal draußen den Ort, den du am meisten liebst."

„Natürlich, Ms. Annie. Oder wie nenne ich Sie?"

„Annie."

„Annie. Sie sollten nur wissen, dass meine Mutter es nicht gern sieht, wenn ich draußen bin."

„Wenn wir zurückkommen, waschen wir uns die Hände", meinte Annie, „und die Schuhe lassen wir auch an." Sie machte Anstalten, Jules' Rollstuhl anschieben zu wollen.

Doch Jules hob die Hand. „Ich sage Bescheid, wenn ich Hilfe brauche."

„Okay." Annie folgte ihr. Das Bett im Augenwinkel, als sie das Zimmer verließen.

5

Im Garten der Familie Grant gab es unglaublich viele Dinge zu
entdecken. Eine Vielzahl an Vogeltränken und Steinskulpturen
standen inmitten von Beeten voll üppig blühender Blumen, die
Annie keinesfalls alle benennen konnte. Sie erkannte Rosen, und
Dutzende von ihnen befanden sich im – wie Jules erklärte –
Rosengarten.

Von überallher zwitscherten Vögel, summten Bienen,
plätscherte Wasser aus den Fontänen und Springbrunnen, Grillen
zirpten im Gras.

Jules führte Annie an mehreren Oleander-Bögen vorbei, die in
einem knalligen Pink erstrahlten. In einem Hochbeet wuchs
Rosmarin und empfing Annie und Jules schon von Weitem mit
seinem Duft, ehe zwei mannshohe Palmen in blauen Kübeln aus
Stein das Ende des Gartens markierten. Dahinter befand sich freie
Rasenfläche und dort, wo einsame Kiefern und ein, zwei Pinien den
Wald ankündigten, stand das Spielhaus.

Nun hatte Jules doch Mühe, den Rollstuhl über das Gras zu
bewegen, und ließ sich von Annie helfen. Das Mädchen navigierte
sie zu der alten Eiche, die in der Mitte des Rasenplatzes stand und
deren Stamm mehrere Meter dick war. Ihre kräftigen Wurzeln lagen
zum Teil über der Erde, die Baumkrone war gar nicht so weit oben,
sodass sich Annie nur zu strecken brauchte, um mühelos an die
Blätter zu gelangen. Ihre Äste, von denen Spanisches Moos wie
blaugraue Schleier hingen, waren stark verknotet.

Diese Eiche hatte etwas Magisches, und durch die Bank, die
einmal um ihren Stamm verlief, und den apricotfarbenen Eibisch,
der in einer buschigen Hecke nur wenige Meter weiter entfernt
wuchs, schien der Ort das perfekte Bild für eine Postkarte zu sein.

„Setzen Sie sich", forderte Jules sie auf, und Annie ließ sich auf
die Bank im Schatten der Eiche plumpsen. Kurz streckte sie den
Kopf nach hinten, lehnte ihn an den Stamm und schloss die Augen.
Hörte, wie der Wind in der Krone den Blättern Anlass zu tanzen
gab, und sog den Geruch nach Baumharz, Blumen und jenem der

Sümpfe ein, die sich nicht weit von hier über einen Teil des Landes erstreckten.

„Ich bin so müde von der Reise", sagte Annie. Sie hatte duschen wollen, hatte bis zu diesem Zeitpunkt schon mindestens viermal geschwitzt und viermal war der Schweiß an ihrem Körper wieder getrocknet. Sie musste aus sieben Metern Entfernung stinken. „Aber sag mal … Du wolltest mir doch nicht deine Bank zeigen oder diese alte Eiche."

„Doch."

„Wolltest du mich nicht zu diesem Häuschen dort führen?" Annie zeigte auf das Spielhaus. Es schien frisch gestrichen worden zu sein, leuchtete weiß und hell zwischen den Sträuchern am Waldrand.

„Nein, das wollte ich nicht."

„Ich dachte, du spielst gern darin."

„Das habe ich nicht gesagt." Jules zeigte auf die Bank. „Ich darf nicht weiter gehen als bis hier. Nicht mehr."

„Was?" Verwirrt starrte Annie auf das Haus. „Hat das deine Mutter gesagt?"

„Ja. Ich soll nicht weitergehen als bis zur Eiche. Und … das so selten wie möglich."

„Aber es ist tolles Wetter. Das Haus ist dunkel und kalt. Liebst du es nicht, draußen zu sein?"

„Sie haben mich nach meinem Lieblingsort gefragt. Ich habe Ihnen die Antwort gezeigt."

„Also." Annie stand auf und blickte zum Spielhaus. „Komm, lass es uns ansehen! Es schaut so aus, als würde jemand drin wohnen, so schön und neu."

„Meinetwegen." Jules warf einen Blick über die Schulter. „Sie müssen mir allerdings helfen."

Annie ging hinter den Rollstuhl und schob Jules über den Rasen. Sie wusste, würde sie einen modernen Rollstuhl haben, würde Jules vieles leichter fallen. So musste Annie sich anstrengen, das alte Ding zu bewegen. Warum sie dabei so nervös wurde, konnte sie sich nicht erklären.

Lag es daran, dass Jules sich nach jedem zweiten Schritt umdrehte? Oder daran, dass Annie etwas tat, was Violet nicht wollte?

Am Spielhaus angekommen, sah sich Annie die Blumenkästen an, die an den zwei Fenstern zu den Seiten befestigt waren. Sie waren frisch bepflanzt worden. Mom hatte Blumen im Garten gehabt. Annie war oft dabei gewesen, wenn ihre Mutter die Gartenhandschuhe anzog und die zarten Pflänzchen in die Erde setzte.

„Das ist wahnsinnig hübsch." Sie warf einen Blick auf die geschlossene Tür des Spielhauses. Sollte sie sie öffnen? Im Inneren dieser Holzkonstruktion würde sie sich kaum bewegen können, denn das Spielhaus war klein, eben für Kinder gemacht. „Ist es drinnen auch so schön?"

„Ich war nie drin."

Annie konnte sich das kaum vorstellen. Das Häuschen hatte Fensterläden, im Vergleich zu Grant House wirkte es niedlich und einladend. Als Kind hätte sie alles dafür gegeben, mit ihrer Puppe und ihren Freundinnen in so einem Spielhaus Zeit zu verbringen. „Ich dachte, du hättest gern dort drinnen gespielt."

„Und noch mal: Das habe ich nicht gesagt. Ich habe gern *dort* gespielt. Aber nicht drinnen. Da darf niemand rein."

Annie schwitzte. Die Sonne schien ihr direkt auf den Kopf. Obwohl es schon fast fünf Uhr war, brannte sie immer noch heiß auf das Land hinunter. Ihre Strahlen wurden von dem schneeweiß gestrichenen Haus reflektiert, sodass Annie die Augen zusammenkneifen musste, weil sie geblendet wurde. „Wer sagt das, deine Mom?"

„Natürlich meine Mom."

Annie wurde schwindelig. Sie sah von dem Spielhaus weg in Richtung Wald, dann zurück zum Haus. Doch zurück wollte sie nicht. Schließlich hatte sie den Wald noch nicht gesehen. „Wollen wir in den Wald gehen? Schafft dein Rollstuhl das? Da ist es schattig."

„Da darf ich erst recht nicht hin."

Auch egal. Annie musste nur raus aus der Sonne. „Okay." Sie schob Jules' Rollstuhl über den Rasen zurück zur Eiche. Ihr Puls raste, sie merkte, wie sie dehydrierte. Das Klima hatte sie völlig unterschätzt. An der Eiche angekommen, wurde es besser, erneut sackte sie auf die Bank.

Jules rollte zu einem aus der Erde herausragenden Wasserhahn, unter dem ein paar Blumentöpfe standen, ganz in der Nähe der Eibisch-Hecke. Sie kam mit einem Blumentopf voll Wasser wieder und reichte ihn Annie.

Annie nahm ihn dankend an und schüttete sich das kalte Wasser in den Nacken. Laut seufzend, lehnte sie den Kopf an den Baum. „Danke, Jules!"

„Gern geschehen." Das Mädchen grinste. „Ich will nicht, dass Sie schon am ersten Tag in Grant House sterben."

Annie runzelte die Stirn.

„War'n Witz." Jules kicherte. „Mach ich mit jeder. Ein paar Tage halten Sie schon durch."

Annie verzog den Mund. „Du bist lustig", sagte sie ironisch. Dann herrschte tatsächlich für einen Moment Stille. Beide hingen sie ihren Gedanken nach.

„Sag mal", unterbrach Annie die Ruhe, „was ist mit dir passiert?"

„Sie meinen, warum ich im Rollstuhl sitze?"

„Ja, wie kam das?"

Jules musterte sie abschätzig. „Sind wir denn schon so weit für solche Gespräche?"

Annie lachte leise auf. „Das darfst du entscheiden."

„Es kam schleichend." Jules wurde wieder ernst. „Es begann an einem ganz normalen Tag im Frühling. Einer dieser Tage, wo man aufgrund warmer Temperaturen das erste Mal im Jahr mehr Stunden draußen verbringt als drinnen, nach einem langen Winter. Ich rannte und rannte, und Mom meinte, warum ich denn so humpele. Mir fiel das gar nicht auf. Es wurde schlimmer, und irgendwann musste ich zum Arzt und der konnte mir nicht sagen, was mit mir los war. Es seien die Muskeln, aber nichts, was man operieren könnte. Ich solle abwarten, denn ich hatte keine Schmerzen, nur Probleme zu laufen. Eines Morgens jedoch kam ich kaum aus dem Bett, und Mom brachte mir diesen Rollstuhl. Es begann eine Odyssee zu verschiedenen Ärzten. Mom brach es das Herz, mich leiden zu sehen. Sie kämpfte für eine Diagnose, doch niemand konnte sie stellen. Bis heute nicht."

„Das gibt es doch nicht!"

„Ja, tatsächlich ist das so."

„Hast du mittlerweile Schmerzen?"

„Ja, die habe ich." Jules seufzte. „Nachts ist es am schlimmsten."

„Und wie lange geht das schon so?"

„Es begann vor sieben Jahren."

„Das ist eine lange Zeit!"

„Da sagen Sie was."

Annie schaute bedrückt. „Und du kannst gar nicht laufen?"

„Ich kann ein paar Schritte gehen. Ich schaffe es vom Rollstuhl ins Bett und aufs Klo. Aber mehr nicht." Jules schüttelte den Kopf. „Ich habe Schmerzen dabei, die unerträglich sind."

„Das tut mir sehr leid."

„Ich habe mich daran gewöhnt. Dr. Brennert ist ein guter Arzt. Er kommt jeden Monat am ersten Dienstag, um nach mir zu sehen. Die Therapeutin kommt zweimal die Woche. Sie macht mit mir Übungen."

„Machst du Fortschritte?"

„Mal ja, mal nein. Aber über die Schwelle der Verzweiflung sind wir drüber, Mom und ich. Wir nehmen das Leben, wie es kommt."

Annie seufzte tief. Es tat ihr leid um das junge Mädchen. So viel Zeit zu Hause zu verbringen, musste gerade für einen Teenager sehr schwer sein. Sie wollte gar nicht daran denken, was Jules alles verpasste, weil sie an Grant House und ihren Stuhl gebunden war.

Ihr Blick fiel auf den Wald. „Was kommt dahinter?", wollte Annie wissen.

„Sie haben verstanden, dass ich dort nicht hindarf?"

„Davon mal abgesehen, warst du aber doch mal dort, oder?"

„Ist lange her."

Annie hob die Brauen. „Komm schon!"

„Dort gibt es einen Brunnen. Ich erinnere mich nicht an mehr als an diesen Brunnen."

„JULES!"

Beide erschraken und starrten zum Haus. Dort stand Violet.

Jules bedeutete Annie, sie rasch über den Rasen zurück in den Garten zu schieben. Annie folgte ihrer stummen Anweisung, und als sie bei Violet ankamen, neigte sie den Kopf. „Entschuldigung, Ma'am, waren wir zu lange draußen?"

Eigentlich hatte Annie nicht vor, sich dafür zu entschuldigen, doch sie glaubte, täte sie es nicht, stünde ihr Job zu sehr auf der Kippe.

„Ich wollte Annie meinen Lieblingsplatz zeigen", sprang Jules ihr bei und zwinkerte Annie zu.

Violet hob beide Hände und zeigte so, dass sie nichts mehr hören wollte. „In einer Stunde gibt es Abendessen. Es ist an der Zeit." Violet warf ihnen beiden einen strengen Blick zu, machte kehrt und verließ den Rosengarten.

„Abendessen?" Annie hob ihr Handgelenk, um einen Blick auf ihre Armbanduhr zu werfen. „Es ist fünf Uhr."

„Ich muss mich ja noch umziehen", sagte Jules. „Das sollten Sie auch tun." Sie zwinkerte Annie erneut zu. „Zum Dinner erwartet Mom angemessene Kleidung und dass man ... duftet."

Annie wurde rot. „Danke für den Hinweis!"

„Dann sehen wir uns beim Dinner. Und morgen zur ersten Stunde. Unterrichtsbeginn war bei den anderen immer gegen neun. Ist das auch der New Yorker Style oder eher zehn, elf?"

„Neun Uhr wäre gut, aber deine Mutter muss erst zustimmen", gab Annie zu bedenken. „Bis jetzt hat sie sich nicht geäußert, ob ich den Job bekomme."

„Ich werde ein gutes Wort für Sie einlegen."

„Tatsächlich?"

Jules zeigte beim Lachen ihre weißen geraden Zähne. „Ich denke, wir sind so weit."

Annie nickte. „Das freut mich." Sie ging neben Jules in ihrem Rollstuhl auf das Haus zu, wo Violet in der Nähe der Tür auf sie wartete.

„Komm, wir machen dich sauber. Du hast bestimmt Hunger. Oh, da ist Staub auf deinem Schuh, warte, ich habe ein Tuch." Damit ergriff Violet den Rollstuhl und verließ mit ihrer Tochter den Garten, während Annie zurückblieb.

Die Sonne brannte ihr auf den Nacken, doch anders als vorhin hob Annie den Kopf und reckte ihr das Gesicht entgegen.

Jules war beeindruckend. Und mehr denn je hoffte sie, Violet würde zustimmen, das Mädchen in Grant House unterrichten zu dürfen.

Als ihr Telefon klingelte, das sich in ihrer Hosentasche befand, zog Annie es heraus und las Donovans Kosenamen auf dem Display. „Hey!"

„Wo bist du?"

„Im Garten. Hast du mich gesucht?"

„Ich habe *euch* gesucht."

„Jules ist jetzt mit ihrer Mom reingegangen. Ich …" Annie sah zum Wald. „Ich brauche noch einen Moment. Treffen wir uns oben?"

„Klar. Ich mach schon mal die Dusche an." Er versuchte wohl, kokett zu klingen.

Annie quittierte das mit einem verführerischen Raunen. „Ohhh! Bis gleich!" Dann legte sie auf und starrte an der Eiche vorbei zum Wald. Ihre Füße setzten sich wie von selbst in Bewegung.

Die Eiche empfing sie mit erholsamen Schatten, die Hitze der Sonne dahinter mit einem ekelhaften Druckgefühl in ihrem Kopf. Doch sobald sie den Wald betrat, ging es ihr besser. Die Kiefern spendeten Schatten, die Laubbäume raschelten im Wind.

Der Boden unter ihren Füßen war weich, die Erde frisch. Annie ging in die Hocke, nahm etwas davon zwischen ihre Finger und roch daran.

Sie musste ein Stück gehen, eine Kurve laufen, um den Brunnen zu sehen, von dem Jules gesprochen hatte. Er war weder von ihrem Fenster aus zu sehen gewesen noch von der Bank an der Eiche.

Der Brunnen war von einer runden Steinmauer eingefasst und hatte einen großen Durchmesser.

Annie schaute zurück. Das Haus lag hinter der Kurve im Wald, sie konnte es nicht mehr sehen. Die Bäume standen um sie herum wie eine Gruppe Einheimischer um einen Eindringling, und augenblicklich fühlte sie sich so unwohl, dass sie sich keine zehn Meter an den Brunnen herantraute. Büsche und Bäume umzingelten sie, schienen näher zu kommen, als sie aus dem Augenwinkel ein Kreuz entdeckte.

Es war ein schlichtes Kreuz aus Holz, fast gänzlich eingewachsen im hohen Gras. Annie ging darauf zu. Es war alt, musste schon ewig hier stehen. Die Farbe war verblichen, und dort, wo es in der Erde steckte, war es bereits morsch und voller Moos.

War das hier ein Grab?

Annie inspizierte das Kreuz von allen Seiten, ging dazu in die Hocke, aber einen Namen konnte sie nicht finden. Dass hier jemand begraben war, konnte sie sich auch nicht vorstellen. Oder doch?

Sie sprang auf, als sie Angst bekam. Das Kreuz war sicherlich schwer, und es musste irgendeine Bewandtnis haben, sonst würde es sich hier nicht befinden. Wäre es ein Stück Holz ohne Bedeutung, so hätte Ben, der für den Garten zuständig war, es schon entfernt.

Und wenn das hier doch ein Grab ist, für jemanden, der nicht geliebt worden ist?

Sie stapfte zurück in die Nähe des Brunnens. Dieser Ort gefiel ihr nicht.

Annie drehte sich um, rannte durch den Wald zurück zum Garten, und je weiter sie sich vom Brunnen entfernte, desto mehr ärgerte sie sich über ihre Naivität.

Es war doch nur ein Wald!

Nur ein Brunnen.

Und nur ein Kreuz im Gras.

Sie wischte sich über die Stirn, schob es auf die Hitze und darauf, dass sie seit über dreißig Stunden auf den Beinen war und zwischendurch nur zwei Stunden geschlafen hatte.

Sie schob es auf das Haus, das nun vor ihr auftauchte.

Grant House.

Annie blieb am Waldrand stehen. Sonne empfing sie. Erst an den Füßen, dann an den Beinen, dann nahm sie sich den Rest ihres Körpers.

Seufzend starrte sie auf das alte Gemäuer und dachte dabei an Jules.

Oh ja, sie wollte diesen Job, auch wenn sich ihr Herz noch immer in New York im Taxi befand, mit dem sie zum Flughafen aufgebrochen waren.

6

„Warum hast du mir das mit Jules nicht erzählt?", fragte Annie Donovan, als sie aus dem Badezimmer kamen. Sie hatten unter der Dusche ziemlich heftig rumgemacht, für Sex hatte der Platz darunter dann aber doch nicht ausgereicht. Sie war nicht ganz bei der Sache gewesen, war müde und ausgelaugt und hatte zu viele Gedanken im Kopf gehabt. Und dennoch hatte es ihr gefallen, in seiner Nähe zu sein, ihm nahe zu sein, weil alles so verdammt neu für Annie war. „Ich meine, während den drei Jahren, warum hast du nicht ein einziges Mal erwähnt, dass Jules …"

Donovan trocknete sich die Haare ab. Er trug nur eine Unterhose und griff nach der Bürste, die auf dem offenen Koffer lag, weil keiner von ihnen Zeit gehabt hatte, alles auszuräumen. „Keine Ahnung. Vielleicht habe ich es verdrängen wollen."

„Wenigstens auf dem Flug hierher hättest du es mir sagen sollen. Meine Vorstellung von deiner fünfzehnjährigen Schwester sah völlig anders aus."

„Wie denn? Sie ist doch … ganz normal." Seine Stimme klang verteidigend. Er wollte seine Schwester beschützen, schon klar.

„Wenn ich an einen Teenager denke, dann sehe ich einen Haufen Hausaufgaben, der erledigt werden muss, obwohl sie lieber mit ihren Freundinnen unterwegs wäre. Ich sehe ein Zimmer mit Lichterketten, Postern und ein Smartphone, das ständig ans Ladekabel muss. Ich sehe schrillen Nagellack, Dutzende Jeans, knappe Tops und versteckte Tagebücher. Make-up auf dem Schminktisch, der von Fotos von ihren Freunden umringt ist, und ein ‚Zutritt verboten'-Schild, das permanent an ihrer Tür hängt."

„Ich glaube, du bist in deiner eigenen Teenie-Zeit stecken geblieben."

„Don! Ich meine das ernst! Es war nicht fair von dir, mir ein so wichtiges Detail im Leben deiner Halbschwester zu verheimlichen." Annie setzte sich auf das hohe Bett. Zum Dinner hatte sie ein schlichtes olivfarbenes Jerseykleid von H&M angezogen, dazu neue schwarze Sandalen. Eine Strickjacke lag parat, die sie mit zum Essen nehmen würde. Sie würde noch ihre Haare föhnen und Lippenstift auflegen. „Geht sie auch mal raus? Mit Freunden?"

„Die ihr dann über Stock und Stein helfen sollen?" Donovan schnaubte und zog sich ebenfalls an. „Die Wege vor Grant House sind fürchterlich. Hast du das nicht gemerkt? Hunderte Schlaglöcher, keine befestigte Straße. Sie müsste die ganze Waldstraße runterrollen, erst im Ort gibt's wieder einen Gehweg. Das ist gefährlich."

„Könnte ihre Mom sie nicht zu dem kleinen Diner fahren, das es in Glenn Lock gibt? Oder in das nächste Shoppingcenter?"

„Davon hält Violet nichts. Sie will nicht, dass Jules ohne sie irgendwo ist."

„Also hat sie keine Freunde?"

„Wo sollen die denn herkommen, Annie? Jules war seit sechs Jahren nicht mehr in der Schule, soviel ich weiß."

Annie schüttelte verständnislos den Kopf. Sie war wütend auf Donovan. Als er ihr erzählt hatte, dass seine Stiefmutter eine neue Lehrerin für Jules suchte, hatte sie sich gar nicht gefragt, warum das Mädchen nicht in die Schule ging. Schließlich gab es viele Kinder, die zu Hause unterrichtet wurden. In diesem Fall wäre ein Hinweis jedoch angebracht gewesen.

Jules tat ihr leid.

„Ich weiß, dass du in deinem Job bahnbrechend sein willst." Donovan seufzte. „Ich weiß, du willst die Beste sein, aber manchmal kannst du nicht viel machen. Violet sagt, dass Jules glücklich ist, trotz ihres Schicksals."

„Weil sie nichts anderes kennt." Annies Herz schlug schneller, weil sie sich aufregte. Weil sie so viel sagen wollte und nicht in Worte fassen konnte, was in ihr vorging. Das Schlimmste war, dass Donovan jetzt zu ihr kam, sie umarmte und irgendetwas sagte, was sie nicht hören wollte.

„Du kannst nicht immer die Welt retten, Annie, auch wenn ich dich dafür bewundere, wie akribisch du versuchst, jedes Kind glücklich zu machen. Ich denke da immer an die kleine Waise, wie war ihr Name ...?"

„Betty." O nein, jetzt nicht Bettys Geschichte wieder raufholen ...

„Betty. Du hast die perfekte Familie für sie gefunden. Drei Jahre alt, die Eltern tragisch verunglückt, von der einzigen Großmutter abgelehnt. Jeden Tag hatte sie geweint und nach ihrer Mommy gefragt."

„Don ..." Annies Augen füllten sich mit Tränen. Sie hatte versucht, das kleine Mädchen mit ihrer Liebe glücklich zu machen, war morgens im Heim, bevor die Kleine wach wurde, obwohl ihre Schicht noch nicht begonnen hatte, und abends war sie länger geblieben, damit sie sie ins Bett bringen konnte. Sie hatte gewollt, dass Betty nie ohne sie war, und sie wollte mit aller Macht die besten Adoptiveltern für sie finden, die es in New York gab. Und schließlich hatte sie eine großartige Familie für Betty gefunden. Da Bettys Schicksal ihr so nahegegangen war, hatte sie eingesehen, der emotionalen Last nicht standzuhalten. Es gab Menschen, die nahmen ihren Job abends mit nach Hause, und so gern Annie mehr geholfen hätte, hatte man ihr dann nahegelegt, in einem anderen Bereich zu arbeiten.

„Du bist toll, Annie." Zum Glück ließ er endlich von ihr ab. „Und nun komm, Violet mag es nicht, wenn man zu spät zum Dinner erscheint."

Das Dinner fand im Esszimmer statt, das sich im Erdgeschoss der Küche anschloss. Es war groß und ziemlich finster, obwohl sich an der rechten Seite fünf lange Fenster befanden. Wegen der dicken grauen Vorhänge und der wuchtigen Tannen draußen erhellte jedoch nur wenig Licht den Raum.

An der anderen Wand standen Vitrinen mit Geschirr darin. Alles hübsch drapiert, wahrscheinlich, um die handbemalten Muster betrachten zu können. Daneben hingen Bilder der Familie in breiten Holzrahmen.

Komischerweise dachte Annie daran, dass es irgendwann auch mal ein Bild mit ihr darauf hier geben würde.

Die gedeckte Tafel war lang, zu beiden Seiten hatte Annie viel Platz. Sie saß neben Donovan, ihr gegenüber saßen Jules und Violet. Am Kopf des Tisches befand sich Melroys Platz.

In der Mitte des Tisches standen mehrere Schüsseln und Bräter, die Georgina und ihr Ehemann Timothy nach und nach hereingetragen hatten. Sie hatten sich dabei recht umgangssprachlich unterhalten, zum Teil hatte Annie den Dialekt kaum verstanden. Sogar französische Begriffe benutzten die beiden, aber immer wenn sie das Wort an eine der Personen am Tisch richteten, war ihre Aussprache tadellos. Georgina war wuselig und laut, und Annie musste grinsen, wenn das Lachen der voluminösen Frau die Stille am Tisch durchbrach.

„So, die Herrschaften, wünsche gut zu speisen." Georgina hielt sich an Jules' Rückenlehne fest und rieb sich den Rücken, nachdem sie alles ins Esszimmer getragen hatten. „Grundgütiger, mein Ischias macht mir zu schaffen."

„Georgina, gönnen Sie sich doch mal ein heißes Bad", schlug Melroy vor, der mit übereinandergeschlagenen Beinen in seinem Esszimmersessel saß. „Hilft bestimmt."

„Sir, wenn ich in eine Badewanne steige, komme ich nicht mehr raus."

„Ich helfe Ihnen persönlich." Melroy lachte.

„Jaja, essen Sie erst mal, Sir, damit Sie groß und stark werden, um drei Zentner bewegen zu können." Sie verließ den Raum, während Annie zu Violet sah. Doch die verzog keine Miene.

„Na dann, lasst es euch schmecken", eröffnete Melroy das Dinner.

Annie schaute zu den anderen und tat einfach das, was sie machten: Zunächst das Besteck aus der Stoffserviette wickeln und diese auf den Schoß legen. Dann machte sie beim Schüsseln-Tausch mit, wobei sich jeder etwas aus dem teuren Porzellan nahm, um es auf seinen Teller zu legen. Nach wenigen Minuten piekte sie mit der Gabel in geschmortes Rindfleisch und Bohnen, angemacht wie ein Eintopf, in einer Pampe aus angedicktem Mais und eingekochtem Reis. Als sie die Gabel zum Mund führte und das Essen probierte – viel zu viel auf einmal –, ließ sie sie vor Schreck fallen.

Es war unglaublich laut, da die Gabel erst auf ihren Teller schlug und dann auf den Boden rollte. Annie verharrte in ihrer Haltung, als jeder zu ihr schaute. „Entschuldigung." Sie führte die Fingerspitzen an ihren Mund, der wie Feuer brannte.

„Das war zu scharf, hm?" Donovan grinste, nahm seine Serviette und wischte Maispampe vom Tisch.

„Das ist die Cajun-Küche", erklärte Violet. „Sie ist sehr scharf. Georgina und Timothy sind echte Cajuns. Georginas Großmutter, Gott habe sie selig, stammte aus Paris."

Annie versuchte, die rote Farbe aus dem Gesicht zu bekommen, die in ihr aufgestiegen war. Ihre Augen tränten.

„Wir sind die Schärfe gewohnt, und Sie steigen da auch noch hinter, Schätzchen." Melroy griff nach seinem Bier. Violet trank Wein. Donovan, Jules und Annie hatten Wasser.

Hastig kippte Annie die Flüssigkeit hinunter und hielt sich daran, eher den Reis zu essen, als das überwürzte Fleisch, auch wenn sie es unhöflich fand, Georginas Essen liegen zu lassen.

„Komm, ich schneid es dir." Violet stand auf, stellte sich hinter Jules und legte die Arme um sie, sodass sie das Fleisch auf ihrem Teller schneiden konnte. Zu guter Letzt schob Violet noch das Wasser näher heran, damit Jules sich nicht zu weit strecken brauchte.

An Jules' Blick konnte Annie erkennen, dass sie mit den Handlungen ihrer Mutter nicht ganz einverstanden war.

„Nun, wie gefällt euch euer neues Zuhause?", fragte Melroy an Donovan und Annie gewandt. „Ihr könnt auch noch umziehen, wenn es euch zur Straße hin nicht gefällt."

Zur Straße.

Innerlich musste Annie lachen. Zur Straße bedeutete in New York ohrenbetäubender Lärm, Tag und Nacht, es gab gar keine andere Bezeichnung für das, was sich außerhalb der Fenster befand.

Hier lautete die Definition von „zur Straße“: „Weg, der hundert Meter vom Haus entfernt ist und auf dem kaum jemals jemand entlangfährt".

„Alles gut, ich habe keine Lust umzuziehen, mir gefällt es besser als da, wo ich damals gewohnt habe. Das Bett ist bequemer und der Raum heller. Der Internetempfang ist okay, ich kann vernünftig arbeiten."

„Wo hast du vorher gewohnt?", wollte Annie wissen.

„In der Nähe von Jules' Zimmer hatte ich mein Reich. Aber dann, als Jules … Na ja, als sie mehr Platz brauchte, wurde mein Zimmer zu ihrem Ankleideraum."

Plötzlich verschluckte sich Jules und musste furchtbar husten. Sofort sprang Violet auf und klopfte ihrer Tochter auf den Rücken.

Annie beobachtete die Szene genau. Hektisch griff Violet nach dem Wasserglas. „Trink das! TRINK DAS!"

„Ganz langsam, Liebes", sagte Melroy beruhigend, und Annie glaubte, dass er damit eher Violet als Jules ansprach.

Jules setzte das Glas an die Lippen und trank. Der Husten verschwand, sie atmete ruhig.

Violets Miene entspannte sich, aber als Jules nach ihrer Gabel griff, nahm ihre Mutter sie ihr weg. „Lieber nicht, vielleicht ist es heute wirklich zu scharf."

„Mom!"

Violet nahm ihr den Teller weg und stellte ihn zur Seite. „Ich werde Timothy bitten, Brot zu besorgen." Sie ging Richtung Küche.

„Lass das, Mom, ich habe keinen Hunger mehr." Jules seufzte. Dann blickte sie zu Annie, die schnell wieder auf ihren eigenen Teller schaute. „Nun, hast du dich schon wegen Annie entschieden?"

Violet setzte sich an den Tisch.

„Das fragt man doch nicht direkt vor der betreffenden Person." Melroy schüttelte den Kopf.

„Dann sagt sie vielleicht eher Ja." Belustigt streichelte Donovan Annies Rücken.

Annie war die Situation sehr unangenehm.

„Sie kann unterrichten, ja", sagte Violet dann aber und hob den Blick. Einander sahen sich beide Frauen an.

„Oh, wirklich?" Annie begann zu strahlen. „Vielen Dank!"

„Sie bekommen von mir morgen eine Liste mit den Umgangsregeln, was Jules betrifft. In ihrer Situation muss man etwas vorsichtig sein."

„Natürlich, Ma'am." Annie fing Jules' Blick auf. Sie grinste von einem Ohr zum anderen.

„Dann würde ich mal sagen: Auf euch und auf fleißiges Lernen, mein Kind." Melroy hob sein Glas. Alle anderen taten es ihm nach.

„Und worauf willst du hinaus?", fragte Donovan, nachdem Annie und er die Tür zu ihren Räumen hinter sich geschlossen hatten.

Annie blieb im Flur vor dem Spiegel stehen und ärgerte sich über den Fleck auf ihrem Kleid, genau über der Brust. Wie lange war der wohl schon da? „Dass sie Jules zu viel abnimmt." Sie wischte mit einem Taschentuch über den Fleck.

„Sie sitzt im Rollstuhl. Sie braucht Hilfe."

„Sie sitzt im Rollstuhl, weil sie nicht richtig laufen kann. Aber sie hat gesunde Hände, die Messer und Gabel halten und Fleisch in mundgerechte Stücke zerkleinern können."

„Ach, Annie." Donovan zog sein Hemd aus. Dann warf er sich ein T-Shirt über, stieg aus den Hosen und setzte sich an den Sekretär im Wohn- und Schlafzimmer, auf dem sein Laptop stand. „Mal was anderes: Ich will ein Büro. Ich brauche Platz für Ordner und so weiter, damit ich von zu Hause aus arbeiten kann."

Das hörte sich gut an, denn wenn Donovan in Zukunft so viel arbeitete wie Melroy, würde Annie ihn kaum zu Gesicht bekommen.

„Ich frage Violet morgen, welchen Raum sie entbehren könnte."

„Mach das." Annie zog ihr Kleid aus und legte es zur Wäsche. Das war ein großer Korb im Badezimmer, der täglich von Timothy geleert wurde. Nur in ihrem Höschen vor dem Korb stehend, dachte Annie darüber nach, ob sie auch ihren Slip hineintun sollte. Es war für sie schwer vorstellbar, dass ein Fremder ihre Unterhosen waschen sollte.

Sie beschloss, ihre Unterwäsche selbst zu waschen, und ließ ihr Höschen an. Über dem Badewannenrand hing ihr Nachtshirt. Ein ausrangiertes T-Shirt von Donovan. *Brooklyn Nets* prangte auf der Brust. Als sie danach griff und es nicht zu fassen bekam, fiel es auf den Fliesenboden direkt neben den Klauenfüßen der frei stehenden Badewanne.

Annie bückte sich, langte nach dem Shirt und entdeckte in diesem Moment das Zeichen in der Wanne, zehn Zentimeter unterhalb des Randes. Ein Unendlichkeitszeichen. Die liegende Acht.

Sie streckte ihre Hand aus, um mit dem Zeigefinger darüber zu fahren, glaubte erst, es sei der Produktion geschuldet, doch nein, das Zeichen war etwas schief und definitiv in die Keramik geritzt.

Als sie aufstand und ihren Blick nicht von der Wanne lösen konnte, fragte sie sich, wer hier einst gebadet hatte und von wem jenes Zeichen mit welcher Bedeutung wohl stammte …

Kapitel 2

1

In der Nacht war Annie aufgewacht und hatte aus einem unbestimmten Grund Angst gehabt, obwohl Donovan im Bett neben ihr gelegen und leise geschnarcht hatte.

Ihre Augen hatten sich schnell an die Dunkelheit gewöhnt, sie war aus dem hohen Bett gestiegen und zum Fenster gegangen. Der Mond war von Gewitterwolken verdeckt gewesen, der Himmel hatte vor sich hin gegrummelt.

Sie hatte kein einziges Licht gesehen, bis auf die zwei Lampen am Tor. Hatte sie in New York nachts aus dem Fenster gesehen, hatte alles geleuchtet.

Tränen waren in ihre Augen gestiegen, sie hatte sich abgewendet und war wieder ins Bett gegangen.

Am nächsten Morgen klingelte ihr Wecker gegen halb acht.

Donovan war nicht mehr da, sie erinnerte sich aber an den flüchtigen Abschiedskuss, den er ihr gegeben hatte, als sie sich im Halbschlaf befunden hatte.

Die Sonne schien, durch das offene Fenster kam frische Luft hinein, die hier im Süden so anders roch. Im Badezimmer machte sie sich fertig, putzte die Zähne, wusch das Gesicht und betrachtete sich im Spiegel. Ein bisschen Make-up, Mascara und Lippenpflege, die Haare gekämmt und zu einem einfachen Zopf gebunden, und sie war in wenigen Minuten bereit fürs Frühstück. Sie stieg in weiße Jeans-Shorts, zog ein schwarzes T-Shirt an und schlüpfte in Turnschuhe und würde so heute ihren ersten Dienst antreten. Doch vorerst hatte sie Durst und ihr Magen knurrte, weil sie am Abend wie ein Spatz gegessen hatte.

Im Haus herrschte Stille.

Annie hatte keine Ahnung, wo Violet oder Jules steckten, auf ihrem Weg nach unten und durch die Flure zur Küche traf sie keine Menschenseele.

Ein gigantisches Haus und niemand war da.

Aus der Küche kamen Poltergeräusche und Stimmen. Die warmen, aber kräftigen Töne Georginas sorgten in Annie sofort für gute Laune. Als sie den Raum betrat, sah sie die Köchin am Herd in einem riesigen Topf rühren. An einem Tisch, wie man ihn aus den Staaten als „Frühstückstisch" kannte, saß Timothy, ein hagerer schwarzer Mann mit weiß gekräuseltem Haar vor einer Tasse Kaffee.

„Guten Morgen, Liebes", flötete Georgina.

Annie lächelte. „Guten Morgen, ihr zwei."

Timothy wies auf seine Tasse. „Komm, setz dich, es gibt Kaffee!"

Das war genau das, was sie jetzt brauchte. „Unbedingt!" Annie ging zum Tisch, in dessen Mitte fünf Tassen standen, aus Messing, nicht aus Porzellan.

„In diese Tassen passt wenigstens was rein", meinte Timothy grinsend und wies zu der Tür, die ins Esszimmer führte. „Ich habe drüben schon für dich gedeckt."

Durch die offene Tür konnte Annie einen Blick auf die lange Tafel werfen. Das Porzellan blitzte, die weißen Stoffservietten leuchteten förmlich.

Erschrocken wich sie zurück. „Muss ich da essen? Allein?"

Timothy lachte, während Georgina sich die Hände an ihrer Schürze abwischte und zum Tisch kam. „Quatsch!"

„Fürchtest dich ein bisschen, hm?" Timothy legte den Kopf schräg und setzte eine mitleidige Miene auf.

Georgina strich über Annies Rücken. Von ihrer herzlichen, liebevollen Art war sie so gerührt, dass sich schon wieder Tränen in ihren Augen sammelten. Lag es daran, dass sie sich einsam fühlte? In diesem großen Haus voll fremder Menschen, obwohl sie doch täglich durch Massen gelaufen war und keinen einzigen beim Namen gekannt hatte, wenn sie in die U-Bahn gestiegen war?

„Es ist nur …", begann sie und schluchzte kurz, „einsam."

„Hier ist immer ein Platz für dich", antwortete Georgina sanft, während ihr Mann nun eine der Tassen mit Kaffee füllte.

„Komm, Liebes, sonst wird er kalt." Timothy deutete auf die gefüllte Messingtasse.

„Und ich hol das Gedeck einfach hierher." Gesagt, getan. In nur wenigen Sekunden hatte die Hausköchin Annies Platz bei ihnen am Tisch in der Küche gedeckt, servierte der jungen Lehrerin ein Croissant und darüber Crawfish in einer cremigen Soße. Getoppt wurde das Ganze mit frischen Kräutern aus dem Garten von Grant House.

„Diese Kombination habe ich noch nie gegessen", sagte Annie, als ihr das Wasser im Mund zusammenlief.

„In New York gibt's so was Gutes ja auch nicht", bemerkte Timothy amüsiert.

Georgina lachte. „Vertrau mir, das wird dir schmecken."

Annie probierte. Sie mochte Crawfish und Croissants sowieso. Und die beiden hatten recht: Es war verdammt lecker. „Wahnsinn!"

„Sag ich ja." Georgina zwinkerte ihr zu. „Wir führen dich ganz langsam an die Cajun-Küche heran."

Timothy breitete die Zeitung aus, Georgina ging zurück an den Herd und sang dabei ein altes Farmerlied, während Annie ihr Frühstück genoss und auf ihrem Smartphone ihre Mails checkte. „Wie lange arbeitet ihr schon für Mrs. Grant?"

„Eine Ewigkeit." Timothy sah nicht von seiner Zeitung auf.

„Also den Geburtstagskuchen für ihren zwanzigsten habe ich noch in Erinnerung." Georgina schnitt Gemüse auf einem Brett auf der Mauretessel klein. „Also über fünfundzwanzig Jahre."

„Hat sie hier allein gewohnt, bevor Mr. Grant kam?"

„Ja, ja. Ganz allein. Eine lange Zeit sogar."

Das musste schlimm gewesen sein. Ein viel zu großes dunkles Haus für eine junge Frau.

„Und wo seid ihr untergebracht?"

„Wir wohnen im hinteren Teil des Hauses. Hugh wohnt in der Stadt und Ben und Felicia auch."

„Nur wir halten die Stellung." Timothy grinste. „Wir wurden als so was wie ein Hausverwalter-Ehepaar eingestellt. Das gibt's im Süden öfter."

„Und … Ich will nicht neugierig sein, aber …" Annie wischte sich den Mund ab. „Wie lange war sie allein, Violet, meine ich?"

„Nun, Mr. Grant und Donovan kamen, als – damals noch Ms. Violet Burke – schon über dreißig war. Sie haben ziemlich schnell geheiratet, weil Jules ja unterwegs war."

„Dann kam hier Leben in die Bude, sag ich dir." Timothy stieß Annie in die Seite. „Die kleine Jules war ein Wirbelwind."

„Ja, das stimmt", pflichtete Georgina ihm bei. „Donovan ist ja leider zeitig ausgezogen, er war ein freundlicher Junge, sehr charmant und hilfsbereit – ebenso wie sein Vater. Er kam zu Besuch, hat sich viel um seine kleine Schwester gekümmert und wuchs der Herrin und uns sehr ans Herz."

„Ja, ja." Timothy lächelte.

„Ich habe das geliebt", sprach Georgina weiter. „Kinder waren mir und Timothy leider nicht vergönnt, aber mit Donovan und vor allen mit Jules können wir am Glück der Herrschaften ein klein wenig teilnehmen. Jules, unser Mädchen, ist besonders."

„Das ist sie", sagte Annie kaum hörbar und schob ihren Teller weg. „Georgina, ich danke dir für dieses Frühstück. Es war köstlich!"

Violet kam in die Küche. Sofort setzte sich Annie gerader hin, während Georgina grüßend nickte und Timothy kurz seinen Hut abnahm. „Guten Morgen, Ma'am", sagten beide im Chor.

„Morgen", fügte Annie schnell hinterher. Sollte sie aufstehen? Nein, das war nicht die Königin, sondern immerhin bald ihre Schwiegermutter.

„Guten Morgen", sagte Violet.

Annie überraschte Violets Aufzug: Die Stiefel verdreckt, eine schlichte schwarze Hose und eine Outdoorjacke tragend.

Sie schien Annies Gedanken zu erraten und erklärte: „Ich war spazieren. Das tue ich jeden Morgen."

„Schon gut, ich sollte mich auch mehr bewegen …" *Hä?* Annie senkte den Blick und ärgerte sich über ihre verzweifelten Versuche, ein Gespräch zu führen.

„Also, Annie, Felicia hilft Jules gerade beim Anziehen, dann gibt es Frühstück und ab neun Uhr ist sie dann bereit für Unterricht."

„Okay."

Violets Blick fiel auf den Tisch. „Haben Sie schon gefrühstückt?"

„Äh, ja … Ma'am." Warum war sie immer so nervös, wenn sie mit Violet redete?

„Nun, ich hatte doch darum gebeten, für Annie im Esszimmer aufzutischen?" Violet schien das nicht zu gefallen.

„Oh, tut mir leid …" Annie wusste nicht, was sie sagen sollte.

„Verzeihung, Ma'am", sprang Georgina ein. „Sie war schon wach und dann habe ich ihr eine Stärkung gegeben."

„Na schön, aber ab morgen nehmen Sie bitte das Frühstück zusammen mit Jules und mir ein, in Ordnung?"

Sollte das bedeuten, dass Annie zur Familie gehörte? „Natürlich."

„Alle Hauslehrer essen mit uns."

Ah, zu früh gefreut. „Verstehe."

„Und noch was." An der Tür hielt Violet inne. „Ich würde heute und morgen gern beim Unterricht dabei sein, wenn Sie nichts dagegen haben."

„Kein Problem." Das hatte sich Annie schon gedacht. Wahrscheinlich wollte Violet auch die Aufgaben lösen, damit Jules das nicht machen musste. Zu gern hätte sie allein mit Jules gearbeitet.

„Also dann. Wir sehen uns um neun Uhr oben im Unterrichtsraum."

„Alles klar." Annie schluckte, als Violet sich umdrehte und die Küche verließ.

Bevor Annie zu Jules ging, arbeitete sie selbst etwas für ihr Studium aus. Sie saß am Sekretär in ihrem Schlafzimmer und stellte fest, dass Donovan recht hatte: Hier war wirklich kaum Platz. Das Notizbuch passte nicht auf die Tischplatte neben ihren Laptop, sodass sie es auf den Schoß legen musste, um hineinschreiben zu können.

Ein Büro wäre praktisch.

Sie ging in den Chat, weil sie gesehen hatte, dass zwei Kommilitonen ebenfalls online waren, unterhielt sich mit ihnen und dachte an ausgedehnte Mittagspausen im Central Park und Besuche einer Bar am Abend.

Das Heimweh wurde stärker und somit verabschiedete sie sich schneller als geplant.

In ihrer Tasche verstaute sie Notizen, ein paar Arbeitsblätter und ihr Schreibetui und machte sich auf den Weg zu Jules.

Jules saß in ihrem Rollstuhl vor einem Tisch in dem Raum, in dem Annie unterrichten sollte. Glücklicherweise war dieses Zimmer etwas heller als die anderen, an zwei Seiten standen Bücherregale. Sie selbst hatte auch einen Tisch und einen gemütlichen Sessel dazu, in der Ecke gab es eine Tafel.

Sie hätte sich keine Blöcke oder Stifte besorgen müssen – auf ihrem Pult fand sie alles, was sie für den Unterricht brauchen würde. Jeder Bleistift war angespitzt, jedes Notizbuch neu und unbenutzt.

Jules trug eine Bluse und einen grauen Rock, was Annie sofort an eine Schuluniform denken ließ. Sie selbst kam sich in ihren Klamotten mal wieder unpassend vor, besonders, als Violet dazukam. Ihre Bluse in einem tiefen Rot war üppig berüscht, die Jeans saß beneidenswert knackig. Die schwarzen Pumps klackerten laut auf dem Holzboden. „Hier ist die Liste, von der ich gestern gesprochen habe."

Annie nahm das Blatt Papier von Violet an. Es erinnerte sie an eine Hausordnung. Stichpunkte, zu viele, um sie jetzt alle zu lesen, deswegen überflog sie sie nur:

- *Die Wege, die Jules mit dem Rollstuhl fährt, müssen immer freigeräumt sein.*

- *Jules darf nicht weiter vom Haus als bis zur Eiche im Garten.*

- *Jules darf nicht nach acht Uhr am Abend in den Garten und niemals vor sieben Uhr am Morgen.*

- *Jules darf nicht mit Boten und Lieferanten sprechen.*

- *Jules darf nicht in die Stadt.*

- *WICHTIG: Jules muss immer im Rollstuhl sitzen bleiben!*

„Was passiert dann?" Annie sah von der Liste auf.

„Wie bitte?"

„Na alles. Warum darf Jules nicht in die Stadt?"

Ein erwartungsvolles Grinsen lag auf Jules' Gesicht.

„Sie sitzt im Rollstuhl", antwortete Violet, als wäre das eine völlig überflüssige Frage der jungen Lehrerin gewesen. „Es ist nicht sicher in der Stadt. Sie könnte überfallen werden, weil sie sich nicht wehren kann, entführt, wir haben viel Geld. Und außerdem … Denken Sie an die Schlaglöcher. Was, wenn sie feststeckt?"

„Dann zieht sie jemand heraus." Annie zuckte mit den Schultern.

„Wer denn?"

„Irgendjemand."

„Haben Sie so viel Vertrauen in fremde Menschen, dass Sie davon ausgehen, ihr käme schon jemand zu Hilfe?"

Annie musste lachen, weil die Liste einfach lächerlich war. „Ja, Ma'am, nennen Sie mich naiv, aber ja! Ich glaube das! Und erst recht in Glenn Lock."

Violet war erbost. „Es sind Regeln, die Sie einzuhalten haben, verstanden?" Sie riss ihr den Zettel aus der Hand und schlug ihn auf Annies Pult. „Möchten Sie anfangen?"

„Eine Frage habe ich noch: Warum darf sie nicht weiter als bis zur Eiche fahren?" Das hatte Annie schon seit gestern interessiert. „Was, wenn wir uns die Tiere im Wald ansehen wollen?"

„Sie wollen sich mit einer Fünfzehnjährigen Käfer und Spinnen ansehen?", spottete Violet.

„Das nicht. Aber ich hatte durchaus vor, ihr vor Ort die Räuber-Beute-Beziehung zu erörtern." Annie verschränkte die Arme vor der Brust. So leicht würde sie sich nicht geschlagen geben.

„Die was?"

Annie unterließ es, die Frage zu beantworten, und sagte stattdessen: „Bei allem Respekt: Ich werde auf Jules achtgeben, sollten wir eine Exkursion in den Wald wagen."

„Der Wald ist nicht sicher."

Annie holte tief Luft und starrte auf die Liste. Ob sie sie lesen würde? Vielleicht. Vielleicht aber auch nicht. „Beginnen wir mit dem Unterricht."

Violet ging an ihr vorbei und nahm in einem großen Sessel in der Ecke Platz, zückte Block und Kugelschreiber. Als Annie sich von ihr abwandte und die Augen rollte, musste Jules grinsen.

„Ich würde als Erstes gern mit dir den Lehrplan durchgehen, Jules …"

„Wozu?", fragte Violet dazwischen.

Annie fuhr herum. „Damit Jules weiß, was in diesem Jahr auf sie zukommt."

„Das muss sie nicht wissen, es ist nur wichtig, dass Sie es wissen."

„Mein Unterricht ist keine Überraschungsbox, Ma'am." Annie wurde wütend. Sie wollte professionell sein, doch Violet legte es darauf an, sie zur Weißglut zu bringen.

„Mom, lass Annie arbeiten", motzte Jules.

Violet dachte anscheinend nicht daran. „Es wird wohl erlaubt sein, Hinweise zu geben, Jules!"

„Ich fahre einfach fort", beharrte Annie. „Für heute habe ich Geschichte, Grammatik und Mathematik auf dem Plan." Annie schaute zu Violet. „Einverstanden?"

„Ist das nicht etwas viel? Jules bekommt immer schnell Kopfschmerzen, wenn sie so viel denken muss, oder sind sie schon da, Jules? Mommy hat Tabletten dabei." Violet schaute schräg an Annie vorbei zu ihrer Tochter.

„Ich habe keine Kopfschmerzen, Mom."

„Na gut." Violet nickte. „Dennoch, Annie, Mathematik morgen, okay?"

Annie hatte Mühe, ruhig zu bleiben. „Okay, dann heute Geschichte, Grammatik und Kunst."

„Annie. Zwei Fächer reichen!"

„Ma'am." Annie stampfte leicht mit dem Fuß auf. „Meine Stunden sind volle Stunden. In zwei Stunden ist es elf Uhr. Eine Fünfzehnjährige hat dann noch Kapazitäten, einen Bleistift über Papier zu bewegen. Vertrauen Sie mir!"

Violet richtete sich gerade, als würde sie Annie damit demonstrieren wollen, wer hier das letzte Wort hatte. „Bei Jules ist das anders. Jules ist krank!"

Annie fand es furchtbar, wie über Jules' Kopf hinweggeredet wurde. „Es wird bald eine Zeit kommen, da muss Jules länger als zwei Stunden Konzentration zeigen", sagte Annie. „Sie hat nur noch zwei Jahre Schule, danach …"

„Annie!", rief Violet nun. „Es reicht!"

„Mrs. Grant. Violet. Ich denke, dass ich …"

„Annie!" Violet stand auf.

Stille.

Annie hätte am liebsten alles stehen und liegen lassen und wäre weggerannt. Doch um Jules' Willen wollte sie diesen Kampf unbedingt zu Ende führen. Und am Ende siegen. „Ein Vorschlag: Heute zwei Stunden. Morgen drei. Kunst als letzte Stunde. An drei Tagen die Woche würde ich gern drei Stunden Unterricht halten. Die restlichen zwei Tage komme ich mit zwei Stunden aus. Sind Sie damit einverstanden, Violet?"

„Ja." Violet setzte sich wieder in den Sessel. „Das ist okay."

Annie entspannte sich. Dann sah sie zu Jules. „Ist das für dich auch in Ordnung?"

Jules nickte. Und weil ihre Mutter es nicht sehen konnte, schenkte Jules Annie ein bewunderndes Lächeln.

2

Zum Lunch setzte sich Annie in den Rosengarten auf eine Bank direkt vor den großen Buntglasfenstern auf einer schmalen Terrasse, über die man zur Hintertür gelangte.

Der Boden war hier mit kleinen grauen Steinen ausgelegt, die vielleicht, als an ihnen noch kein Moos gehaftet hatte, einmal weiß gewesen sein mochten. Vier Bänke befanden sich auf diesem Platz, der von Rosenbögen und -spalieren umzingelt war. In der Mitte thronte ein Pavillon, unter dem eine Schaukel hing.

Annie hatte von Georgina ein Thunfisch-Sandwich bekommen, aß es, während sie mit der Sonnenbrille auf ihrer Nase auf ihrem Smartphone ein paar Einträge in ihr Online-Studienhandbuch schrieb, bevor sie ein paar SMS-Nachrichten an ihre Freundinnen in New York sendete und in den Apfel biss, der das Lunchpaket komplettierte.

Anschließend hatte sie Freizeit und sehnte sich fast danach, dass Donovan nach Hause kam. Sie hatte ihn heute noch nicht gesehen.

Die Koffer hatte sie schon längst ausgeräumt, und Felicia, die Hausdame und „das Mädchen für alles", hatte ihr geholfen, sie unter der Luke zum Dachboden in einem Wandschrank zu verstauen. Nun war es ein Uhr nachmittags und Annie hatte rein gar nichts mehr zu tun.

Als sie den Weg zurück zum Haus ging, dachte sie darüber nach, ob sie mal in den Ort wandern sollte, doch bei dieser Hitze um die Mittagszeit glich das für sie, die das tropische Klima nicht gewohnt war, reinem Selbstmord. Also ging sie wieder ins Haus, begann zu frösteln, sobald sie das Innere betrat, und wusste nicht, ob es an den alten Mauern oder an der Kälte seiner Hausherrin liegen mochte.

Aus dem Augenwinkel sah sie Violet im Salon an einem Laptop sitzen. Er stand auf einem kleinen Tisch vor einem der Sofas und daneben eine Vielzahl von Tablettenschachteln und Pillendosen.

Annie klopfte an die offene Tür.

„Was gibt es?"

„Kann ich reinkommen?"

„Sicher." Violet machte weiter. Anscheinend prüfte sie den Bestand, um Nachbestellungen aufzugeben.

Annie setzte sich ihr gegenüber in einen Sessel. An der Wand über dem Kamin tickte eine Uhr. Es waren nicht mal zehn Minuten vergangen, obwohl sie einmal ums Haus und dann erst reingegangen war.

„Kann ich Ihnen behilflich sein?"

Violet nahm ihre Lesebrille ab. Sie trug die Haare mit einer Spange nach oben. „Nein, vielen Dank. Ich muss nur einiges für Jules bestellen."

Annie starrte auf die Liste, die vor Violet lag. Eine Auswahl an Büchern, Schminkutensilien, obwohl Jules sich nicht schminkte. Ganz oben stand: *neues Telefon*.

Sie war sich sicher, dass Jules das alles nicht brauchte. War sich sicher, dass die Mutter es nur besorgte, um es ihrer Tochter dort oben im Westflügel so angenehm wie möglich zu machen.

Annie musste an die Liste mit den Verhaltensregeln denken.

Bestimmt würde Jules das neue Telefon ablehnen, wenn sie stattdessen in die Stadt fahren dürfte. Oder nicht?

War es wirklich so, dass Violet es ihr gegen Jules' Willen vorenthielt? Oder war es Jules, die kein Interesse hatte, Dinge zu tun, die in ihrem Alter völlig selbstverständlich waren? Lag Annie vielleicht falsch?

Nein. Sicher nicht. Wenn sie an gestern dachte, wusste sie, dass Jules sich ihr Leben auch anders vorstellte.

„Was fehlt Jules?", fragte Annie vorsichtig. „Ich meine ... Ich würde gern verstehen, was mit ihren Beinen ist, Ma'am. Wenn ich fragen darf."

Violet legte eine der Pillenpackungen zur Seite und sah auf. „So genau weiß das niemand."

„Sie erzählte, sie hätte plötzlich nicht mehr laufen können ..."

„Ja, so ist es. Und irgendwann hatte sie dann Schmerzen in den Muskeln, und ... Melroy und ich hatten keine Ahnung, was ihr fehlt."

„Das muss hart für sie sein."

„Hart ist es, das Gefühl zu haben, dass keiner helfen kann. Wir sind bis nach San Francisco gefahren, um Spezialisten aufzusuchen. Aber niemand konnte eine Diagnose stellen."

Annie seufzte tief. „Das tut mir sehr leid."

„Mir auch." Violet arbeitete weiter.

„Wie hat Ihnen der Unterricht heute gefallen?", wollte Annie wissen.

„Sie sind sehr professionell. Sie wissen, wie Sie sich einer Fünfzehnjährigen gegenüber zu verhalten haben. Ihr Umgang ist einwandfrei. Sie machen Ihre Sache gut."

Annies Miene erhellte sich. Solche Worte hatte sie beim besten Willen nicht erwartet. „Das freut mich, Ma'am, vielen Dank." Dann aber fiel ihr Blick auf eine Dose, die sie sofort erkannte. „Das ist ein Schlafmittel."

„Richtig. Jules kann schlecht schlafen. Wegen der Schmerzen."

„Ma'am!" Annie nahm die Pillendose in die Hand.

„Ja." Violet schnaubte. „Stellen Sie die Dose wieder hin!"

Annie tat es nicht. „Das ist ein sehr starkes Mittel."

„Das weiß ich!"

„Wahrscheinlich zu stark für eine Minderjährige." Annie stellte die Dose zurück. „Ich weiß das, weil meine Mom sie bekommen hat. Im Krankenhaus."

„Ich habe das von Ihrer Mutter gehört, und es tut mir sehr leid. Um … Ihrer beider …"

„Schon gut." Nicht jetzt. Sie ließ nicht locker. „Die Pillen müssen verschrieben werden."

„Das sind sie." Violet schaute über den Rand ihrer Brille. „Wollen Sie das Rezept sehen? Denken Sie, ich gebe meiner Tochter starke Medikamente, ohne mit einem Arzt gesprochen zu haben?"

„Nein, ich wundere mich nur, dass jemand einem Teenager so starke Pillen verschreibt."

„Sie haben ja auch ihre Schreie noch nicht gehört."

Annie zuckte zusammen. „Schreie?"

„Ja." Violet sortierte weiter. „Sie wacht auf und schreit. Und dann bin ich da, wiege sie, doch sie kann nicht wieder einschlafen. Sie hat Albträume, Annie. Sie … Eine Frau, die nachts bei ihr im Zimmer steht."

„Eine Frau?"

Violet sah auf. „Ja, Annie. Eine Frau. Und wenn Sie jetzt nichts dagegen haben, würde ich gern weitermachen."

Donovan kam an diesem ersten Tag gegen sieben Uhr nach Hause. Nach dem Dinner verschwand er mit seiner Mutter irgendwo im Haus, während Annie Georgina und Timothy mit dem Geschirr half. Sie musste das nicht tun, aber sie machte es gern, weil Georgina der Mensch in diesem Haus war, der ihr – abgesehen von Donovan – am meisten vertraut war und bei dem sie sich sehr wohlfühlte.

Als sie fertig waren und sich die beiden Angestellten in ihren Teil des Hauses zurückzogen, ging Annie nach oben und hörte schon von Weitem die aufgeregten Stimmen ihres Verlobten und seiner Stiefmutter. Sie standen vor einer Tür im Flur, ganz in der Nähe ihrer Wohnräume, sodass Annie an ihnen vorbeigehen musste.

„Warum nicht?", fragte Donovan aufgebracht.

„Weil das *sein* Büro ist."

„Er ist tot, Violet!"

Annie spitzte die Ohren, als sie versuchte, so unauffällig wie möglich an ihnen vorbeizugehen.

„Warte mal, Darling!"

Sie blieb stehen. Sie wollte sich nicht einmischen, nirgendwo mit reingezogen werden, denn Theater mit Violet hatte sie selbst schon genug. Dennoch interessierte es sie, worüber die beiden diskutierten. „Ja?"

„Schau mal!" Donovan machte Platz, sodass Annie in den Raum sehen konnte, vor dem sie standen. Es war ein kleinerer Raum mit Bücherregalen und einem wirklich herrschaftlichen Schreibtisch in der Mitte. Eine grüne Matte belegte die Platte, ein

Füllfederhalter aus vergangenen Zeiten war darauf platziert, eine Lampe, wie sie Annie aus der Bibliothek ihrer Universität kannte, spendete Licht. „Das soll unser Büro werden."

„Oh, das ist wirklich schön!" Annie blickte zu Violet. Die aber ignorierte sie völlig.

„Ich habe Violet gefragt, welches Zimmer wir zu einem Büro umwandeln können, bis mir etwas einfiel." Donovan, der noch keine Zeit zum Duschen gefunden hatte, trug sein Hemd von der Arbeit mit ein paar Knöpfen offen, die Krawatte baumelte lose um seinen Hals. Das dunkle Haar klebte an seinem Kopf, er wischte sich über die Stirn. „In diesem Haus existiert bereits ein Büro, aber ich darf es nicht nutzen. Wieso?" Er sah zu seiner Stiefmutter.

Violet stand mit verschränkten Armen am Türrahmen. „Es hat seit über dreißig Jahren niemand mehr in diesem Büro gesessen, weil derjenige, dem es gehörte, gestorben ist."

„Ihrem Vater?" Annie wies auf das gerahmte Bild an der Wand. Da sie nun schon einige Familienbilder gesehen hatte, erkannte sie Violets Vater, Kenneth Burke.

„Mein Stiefvater", berichtigte Violet. Es war nun das erste Mal, dass sie Annie anschaute. Annie wich unmerklich zurück. Da war etwas in Violets Augen, was sie beunruhigte. „Das Zimmer soll genau so bleiben. Ihr könnt jedes andere freie Zimmer haben!"

„Ich will das!", sagte Donovan bestimmt. „Dad hat's auch erlaubt."

„Dein Vater hat diese Entscheidung nicht zu treffen." Ihre Stimme bebte. Irgendetwas war mit diesem Zimmer.

Annie dachte nach. Hing Violet daran, weil es ihrem Stiefvater gehört hatte und sie es wegen der Erinnerungen nicht abgeben wollte?

„Don", sagte Annie dann, „lass doch gut sein."

„Nein!" Donovan schnaubte. „Ich weiß überhaupt nicht, was daraus jetzt für ein Drama entsteht, irgendwann gehört es uns doch sowieso."

Annie wurde hellhörig. „Was meinst du?"

Violet griff sich an den Hals. „Donovan ..."

„Es ist doch wahr!"

„Was?", fragte Annie noch mal.

„Grant House wird irgendwann uns gehören", antwortete Donovan. „Wir werden unsere Kinder hier großziehen."

„Nein, das werden wir nicht." Nun war es Annie, deren Stimme bebte. Es war niemals der Plan gewesen, auf Grant House alt zu werden. Donovan hatte ihr immer erzählt, ein eigenes Haus in der Nähe von New Orleans kaufen zu wollen. Niemals wollte sie für immer hier leben!

„Es ist doch naheliegend", verteidigte sich Donovan. „So ein Haus bleibt in der Familie, das verkauft man nicht!"

„Das ist mir bewusst, aber es gibt doch Jules", gab Annie zu bedenken. „Es ist das Haus der Familie ihrer Mutter, nicht das ihres Vaters."

„Jules bleibt hier wohnen, für immer", warf Violet ein.

„Schon klar", sagte Annie, „aber nicht mit uns."

Violet setzte schon wieder diese hochmütige Art auf. „Mit wem denn dann?"

Annie öffnete den Mund. „Mit …" Schnell sah sie sich zu Donovan nach Hilfe um. „Don?"

Doch der seufzte nur. „Sie ist meine Schwester, Annie. Sie bleibt bei uns."

„Sie …" Annie begann zu zittern. Was stimmte mit den Leuten in Grant House nicht? „Sie wird ihr eigenes Leben führen wollen. Mit ihrem Mann und ihren Kindern! Genau wie ich!"

„Wollen Sie damit sagen, dass Sie Jules nicht in Ihrer Nähe haben wollen?" Violet schüttelte verächtlich den Kopf. „Sie ist auf Hilfe angewiesen. Hilfe ihrer Familie."

Annie wusste nicht, wie sie rüberbringen sollte, was sie dachte, ohne dabei pietät- und respektlos zu sein. „Das weiß ich! Aber ihre Familie wird später ihr Mann und deren gemeinsame Kinder sein …"

„Als wenn ein Bruder nicht zur Familie gehört!"

Annie war furchtbar wütend. „Violet, wenn Sie schon so genau sein wollen, dann nennen Sie das Kind doch beim Namen: Halbbruder!"

„Das ist doch …" Violet hob den Zeigefinger. „Sie befinden sich in meinem Haus, Annie. Ich rate Ihnen, nicht zu weit zu gehen!"

„Bei allem Respekt, Ma'am, aber wenn Sie glauben, ein Rollstuhl gleicht einem Keuschheitsgürtel und das Haus ein paar Fesseln, sodass sich Jules nie nach einem Mann verzehren kann, weil sie ja einen Bruder, ach, Halbbruder, hat, dann weiß ich wirklich nicht …"

„Annie", mahnte nun Donovan, „bleib ruhig."

„Sie reden sich um Kopf und Kragen!" Violet war nicht zu bremsen. „Jules gehört nicht zu Donovans Familie? Das ist wirklich …"

„Sie verdrehen mir die Worte im Mund. Was ich meine, ist …" Dann hörte Annie das Quietschen von Rädern. Blitzschnell drehte sie sich um.

Da saß Jules in ihrem Rollstuhl.

Die Augen glasig, das Kinn bebend. „Ich … Ich will nicht allein sein."

Annie seufzte. Das war doch alles nicht zu glauben.

Donovan senkte den Blick.

Violet rannte zu ihrer Tochter, legte die Arme um sie und spendete ihr Trost, als Jules zu weinen begann.

Und Annie flüchtete in ihren Teil des Hauses.

3

„Ich packe!", antwortete Annie auf die Frage Donovans, was sie mit ihrem Koffer mache, der auf dem Bett lag.

Donovan lehnte sich gegen die nächste Wand und ließ die Arme hängen. „Es tut mir leid."

„Was tut dir leid?", fuhr sie ihn an. Innehaltend, in der Hand ein Bündel Shirts. „Dass du mich angelogen hast?"

„Ich habe dich nicht angelogen."

„Doch! Du warst unehrlich! Du hast mir weismachen wollen, dass das hier", sie fuchtelte mit ihrer Hand im Raum herum, „‚vorübergehend' ist. Ich wollte nie in so einem Haus leben. Ich wollte nie mein Haus mit anderen teilen. Wollte nie …"

„Weg aus New York."

„Ja, verdammt." Annie feuerte die Shirts in den Koffer. „Du hast mich damals völlig überrumpelt. Melroys Anruf kam und du hast sofort Ja gesagt. Du hast mir den Ring angesteckt und gemeint, dass du hier ankommen und uns dann etwas für die Ewigkeit suchen willst. Zusammen mit mir. Unser Traumhaus. Dass das vielleicht ein Jahr dauern würde, aber dann hätten wir unser Eigentum. Damit konnte ich mich arrangieren. Jetzt erfahre ich, dass du hier Wurzeln schlagen willst! In Grant House! Mit Jules, als würde sie für immer ein schutzbefohlenes Kind bleiben!"

„Jetzt komm mal runter und lass es mich von vorn erklären!" Donovan seufzte. „Ja, anfangs dachte ich, wir sind erst mal hier, bis wir ‚das Haus' finden. Ich hatte wirklich vor, uns ein Haus zu kaufen. Dann aber hatte ich ein paar Gespräche mit Dad, und als ich gestern hier ankam, erinnerte ich mich an seine Worte, dass Grant House einmal Jules und mir gehören würde. Die Vorstellung, dass hier jemand Fremdes leben könnte, der nicht zur Familie gehört, ist unvorstellbar. Das war mir vorher nicht bewusst, nicht so richtig jedenfalls. Tut mir leid, dass ich dich an meinen Gedanken nicht eher habe teilhaben lassen. Aber … kannst du es nicht irgendwo auch verstehen?"

„Nein! Das Einzige, was du mir immer gesagt hast, war, dass du irgendwann die Firma deines Vaters übernehmen wirst. Und das hier sehe ich nicht als Haus deiner Familie an, sondern als das von Violet!"

„Sie sind verheiratet."

„Du hast keine Verbindung zu diesem Haus. Wie viele Jahre sagtest du, hast du hier gewohnt? Zwei?" Annie hörte auf zu packen und kam um das Bett herum. „Ich will hier nicht bleiben. Nicht ewig. Und das hat rein gar nichts mit Jules zu tun! Dass sie hier leben will, kann ich mir denken, denn sie hat ihr ganzes Leben hier verbracht. Sie wird aber irgendwann eine Familie haben. Auch wenn sie im Rollstuhl sitzt, das macht keinen Unterschied. Dann sollte sie hier wohnen, ja, aber ich will das nicht."

„Und nun?" Donovan atmete tief aus. „Was nun? Ich gebe auf, Annie. Ich tue, was du willst."

Sie verstand nicht, warum er das sagte. Wollte er ihr jetzt allen Ernstes ein schlechtes Gefühl geben? Dazu hatte er kein Recht. „Hast du mir den Ring nur gegeben, weil du glaubtest, ich wäre sonst nicht mitgekommen? Dass ich dich sonst verlasse?", fragte sie enttäuscht und dachte an die Worte der jungen Frau auf der Abschiedsparty.

„Nein, ich habe dir den Ring gegeben, weil du meine Frau werden sollst." Er griff nach ihren Händen. „Und daran wird sich nichts ändern. Ich hätte dich gern an meiner Seite. Jetzt und für immer. Und ich wünschte, Annie, du würdest mich ein kleines bisschen verstehen."

„Das kann ich nicht." Annie wandte sich aus seinem Griff.

„Lass uns eine Nacht drüber schlafen." Donovan rieb sich müde die Augen. „Mein Kopf platzt. Ich habe morgen einen vollen Kalender. Keine Ahnung, wie ich dem Druck standhalten soll, wenn ich … wenn ich weiß, dass du hier sitzt und unglücklich bist. Bitte, Annie!"

Tatsächlich tat er ihr leid. Er sah fertig aus, und sie wusste, dass er viel zu wenig geschlafen hatte.

„Wir warten morgen ab. Und dann sagst du mir, wie es weitergeht."

„Ich will nicht, dass du so redest, als müsste ich eine Entscheidung treffen, die wir doch schon zusammen getroffen haben."

„Ja, ist gut, ich verstehe. Dann sagen wir es mal so: Wir schlafen eine Nacht drüber und morgen reden wir. Einverstanden?"

Sie war wirklich enttäuscht von ihm. Und ganz sicher brauchte sie diese Nacht, um sich einig zu werden, wie es weitergehen könnte. Es gab nicht viele Wege aus ihrem Problem, genau genommen gab es nur zwei: bleiben oder gehen. Doch wusste er wohl, dass sie niemals von ihm verlangen würde, New Orleans wieder zu verlassen, oder?

„Ich verspreche dir, dass ich pünktlich zum Dinner hier bin. Und dann … reden wir."

Sie nickte und räumte den Koffer wieder vom Bett.

Ihre Entscheidung wäre ihr leichter gefallen, wäre der nächste Morgen nicht so wundervoll gewesen. Annie wusste nicht warum, aber sie stand mit einer guten Laune auf, was vielleicht an dem Vogel lag, der gegen die Fensterscheibe klopfte.

Als sie sich aufsetzte, entdeckte sie eine zarte Feder und altes gelbes Gras in seinem Schnabel, als wollte er ihr berichten, dass er jetzt irgendwo ein Nest für seine Nachkommen bauen würde. Das ließ Annie an Jules denken.

Sie hatte das Gefühl, dass Jules sich in ihrer Nähe wohlfühlte. Kinder mochten Annie, weil Annie Kinder mochte und sich schon immer sicher gewesen war, dass Kinder ein gutes Gespür dafür hatten, wer es gut mit ihnen meinte und wer nicht. Ähnlich wie bei Tieren. Mit Teenagern hatte Annie erst wenige Erfahrungen, aber ungeübt konnte man das auch nicht nennen.

Das Frühstück nahm sie dieses Mal zusammen mit Georgina, Timothy, Hugh und Felicia in der Küche von Grant House ein, aber erst, nachdem sie Violet vorher um Erlaubnis gebeten hatte, denn Annie hatte die Regeln verstanden.

„Sie sollen doch mit uns essen."

„Ich konnte heute nicht schlafen und bin schon ewig wach."

„Meinetwegen."

An Tisch wurde so viel gelacht, dass es Annie die Tränen in die Augen trieb, und als Timothy und Georgina ein altes Sklavenlied ihrer Vorfahren anstimmten, fühlte sie zum ersten Mal so ein Gefühl in ihrem Bauch.

Das hier ist richtig.

Das hier ist gut.

Und vielleicht solltest du einfach bleiben und sehen, was wird.

Der Unterricht mit Jules und ihrer Mutter im Nacken war in Ordnung, und selbstverständlich hielt Jules locker die drei Stunden durch. Zum Lunch aß Annie mit ihnen im Salon einen Salat, und anschließend sollte sich Jules ausruhen, während Violet etwas erledigen wollte.

„Sie können es haben", sagte sie, als Annie schon fast aus der Flügeltür gegangen war. „Das Büro, meine ich."

Annie wusste erst gar nicht, wovon Violet redete. Dann fiel es ihr ein. Das Büro von Kenneth Burke, das Donovan so gern hatte haben wollen. „Ganz sicher, Ma'am?" Annie hätte es absolut verstanden, wenn Violet das Zimmer als Andenken an ihren Stiefvater gern so behalten hätte.

„Sie können es sich einrichten, wie Sie möchten. Fragen Sie Hugh, wenn Sie etwas brauchen."

Annie lächelte. „Vielen Dank." Und sie glaubte, zum ersten Mal ein winziges Schmunzeln von Violet zurückbekommen zu haben.

Die nächsten Stunden verbrachte Annie damit, das Büro einzurichten, da sie mit ihrer Freizeit überfordert war. In New York hatte sie immer bis mindestens vier Uhr nachmittags über den Büchern gehangen und mit ihren Kommilitonen gelernt, hier war um zwölf Uhr Feierabend. Ihrem Studium würde es nicht schaden – sie würde viel Zeit haben, alles zu erledigen, was sie dann auf elektronischem Wege zu ihren Tutoren nach New York schicken würde.

Annie stellte ihren Laptop auf den Tisch und staunte darüber, wie viel Platz ihr dann noch blieb. Als sie sich in den Ledersessel fallen ließ, kam sie sich wie eine Königin auf ihrem Thron vor. Ihre Bücher und Ordner sortierte sie in ein Regal, nachdem sie die Bücher daraus in die Lücken eines anderen gestellt hatte. Sie ordnete auch Donovans Kram ein, wusste, auf welche Sortierung er Wert legte, und war am Ende wirklich zufrieden mit sich: Kenneth Burkes Büro hatte sich in das von Donovan und Annie verwandelt. Um noch eine Spur mehr Gemütlichkeit reinzubringen, suchte sie im Internet nach einem Home Decor Laden in der Nähe. Als sie auf die Uhr schaute, wusste sie, dass sie noch Zeit hätte hinzufahren, ließ es dann aber, weil sie auf Donovan warten wollte.

Dinner gab es immer pünktlich um sechs, und er hatte versprochen, da zu sein.

Es wurde vier.

Es wurde fünf.

Halb sechs.

Donovan kam nicht.

Annie saß im Esszimmer schon an ihrem Platz, als ihr Telefon klingelte, und Violet, die gerade hineinkam, die Brauen hob.

„Das ist Don", sagte Annie und stand auf. Sie ging in die Küche. „Wo bist du?"

„Ich schaff's nicht!" Sofort begann sie, all die schönen Worte, die sie sich zurechtgelegt hatte und die ihn wohl ziemlich gefreut hätten, zu streichen.

„Don!"

„Tut mir leid. Ich stecke im Verkehr." Wildes Gehupe im Hintergrund. „Ja, Herrgott, überhol doch, du verdammter …"

Annie legte auf. Ihr Puls raste, und bei einem Blick in den nächsten Spiegel an der Wand im Flur entdeckte sie, wie sehr man ihr ansah, dass sie gerade vor Wut kochte. Sie schüttelte ihr Haar auf, hatte sich heute extra schön machen wollen. Für Don und für ein Dinner gemeinsam mit seiner Familie. Dann ging sie zurück an den Tisch.

Jules war mittlerweile von Felicia hereingebracht worden. Das Quietschen der Räder ihres Rollstuhls erfüllte den Raum.

„Wie es aussieht, essen wir heute nur zu dritt." Violet wickelte ihre Serviette aus.

Annie nickte. „Don kommt nicht."

Violet zeigte auf den Sessel ihres Mannes. „Wie Sie sehen, ist Melroys Platz ebenfalls leer." Sie grinste in die Richtung ihrer Tochter.

„Daran werden Sie sich gewöhnen müssen", bemerkte Jules mit einem Kichern.

Das Herumreichen der Schüsseln begann.

Resigniert begann Annie zu essen.

„Am Anfang ist Melroy immer pünktlich gewesen", erzählte Violet. „Das änderte sich dann mit der Vielzahl an Projekten, die er betreute. Man kann sagen, mit jedem Gebäude, dessen er sich annahm, musste ich fünfzehn Minuten dazuaddieren. Ich kann Ihnen nicht sagen, wie viele Abende ich ohne ihn verbringe."

„Das sind glorreiche Aussichten", meinte Annie und zwang sich zu einem Lächeln.

„Irgendwann wird es zur Normalität." Zuversichtlich legte Jules ihre Hand auf Annies.

„Sie müssen immer daran denken", Violet tupfte sich den Mund mit der Serviette ab, „dass Donovan lieber hier bei Ihnen wäre als da, wo er jetzt ist."

Es war die erste warme Unterhaltung, die sie mit Violet führte, und eine, bei der sie sich mit Violet so verbunden fühlte wie noch nie. Beide Männer waren abwesend. Und sicherlich gab es in der Ehe von Melroy und Violet auch viele Abende, an denen sie etwas besprechen wollte, und er dann nicht pünktlich nach Hause kam.

Auch sie wollte vielleicht reden, Antworten, verstanden werden, und genau wie ich liebt sie ihren Mann und schenkt ihm Verständnis, anstatt ihm Vorwürfe zu machen.

Auf ihrem Teller lagen Bohnen, Hühnchen und Kartoffeln. Extra sanft gewürzt, damit Annie sich an die Cajun-Küche gewöhnen konnte.

Jules redete über ein Buch, das sie nachher gern lesen würde und das Annie schon kannte. Sie tauschten sich darüber aus, während Violet erwähnte, es würde nachher ein Glas Wein eines hervorragenden Winzers aus Colorado zum Kosten geben.

Alles war in Ordnung.

Annie schaute auf, ihr Blick wanderte durch das Zimmer.

Sie meinen es alle gut mit dir, und du brauchst nur etwas zu sagen, und dann werden sie dir helfen. Grant House und seine Bewohner meinen es gut mit dir.

Annie seufzte, legte die Gabel zur Seite und lobte die Köchin, als Timothy abräumen kam.

Grant House.

Das Gefühl, dass sie hier richtig war, wurde stärker.

4

Am Freitag durfte Annie Jules ohne ihre Mom unterrichten. Annie hatte sich für Geografie und Musik entschieden. In Geografie redete sie mit der Schülerin über Industrie- und Entwicklungsländer, sie erstellten Ländersteckbriefe und zum Schluss prüfte Annie noch Jules' Wissen in Topografie.

Jules war sehr gebildet, was Annie aber nicht überraschte, da sie wusste, wie viel Wert Violet auf die Bildung ihrer Tochter legte. Doch was Annie an einem Schulbesuch ebenso wichtig fand wie das Lernen, war der soziale Umgang. Annie hatte aus ihrer Schulzeit gelernt, wie sie sich in problematischen Momenten durchsetzen musste, herauszufinden, dass es manche eben nicht gut mit einem meinten, und was es bedeutete, Freundschaften zu schließen und zu pflegen.

Als Jules ruhig für sich arbeitete und man ihren Rollstuhl unter der Tischplatte gar nicht wahrnahm, fragte sich Annie, ob ihr Freunde fehlten oder ob sie schon so lange keine gleichaltrigen Schüler mehr gesehen hatte, dass sie es gar nicht vermisste. So war es doch nun mal: Was man nicht besaß, konnte man auch nicht vermissen.

Der Raum lag ruhig im Schatten einer Eiche draußen vor dem Haus, das Holz knarrte bei jeder Bewegung von Annies Füßen, das Ticken der Wanduhr erfüllte das Zimmer.

Es war ein schöner Vormittag.

Freitag.

Als Annie auf der Highschool gewesen war, hatte sie freitags ab Mittag immer Sport gehabt. Sie erinnerte sich, wie sie mit ihren Mitschülern anschließend auf der Tribüne beim Sportplatz rumgelungert hatte, weil die Jungs ihr Football-Training hatten und sie einen Blick auf den einen oder anderen Schwarm oder gar Verehrer hatte werfen können.

Jules war hier.

In Grant House.

„Bin fertig." Sie hielt die Zeichnung hoch. Sie hatte den Umriss von Indien darstellen sollen, was ihr unheimlich gut gelungen war.

„Sehr gut." Annie bewunderte ihre Zeichnung. „Kann deine Mom auch so gut malen?"

„Weder sie noch mein Dad."

Annie nahm das Blatt an sich und legte es auf einen Stuhl an der Wand. Sie würde es in die große Mappe stecken und aufbewahren. Als sie jene Mappe aus dem Schrank holte und öffnete, lag ganz oben eine Zeichnung drauf. Das Abbild einer Frau, gezeichnet mit dem Bleistift. „Hast du das gezeichnet?", fragte Annie.

„Ja, gestern."

„Wer ist das?"

„Die Mutter meiner Mutter."

„Lonna Burke?"

„Ja."

Annie betrachtete die Zeichnung. Wie auch Violet musste Lonna Burke eine wunderschöne Frau gewesen sein.

„Timothy hatte in die Stadt fahren wollen", unterbrach Jules Annies Gedanken. „Gestern Nachmittag. Aber Mom ließ mich nicht mit."

„Wieso nicht?"

„Sie hat Angst, dass mir was passiert. Mich jemand anspricht. Ich weiß es nicht."

Annie hob die Brauen und versuchte, den aufkeimenden Groll in ihrer Brust nicht die Macht bekommen zu lassen.

Die Spätnachmittagssonne brannte noch immer vom Himmel, als Donovan, der extra früh von der Arbeit gekommen war, und Annie im Garten spazieren gingen. Hand in Hand. Das hier war zwar nicht der Brooklyn Bridge Park, dennoch der wahrscheinlich schönste angelegte Garten, den Annie je gesehen hatte.

„Es steht ja noch ein Gespräch aus", meinte Donovan, als Annie daran dachte, dass dieser prächtige Garten irgendwann einmal ihm gehören würde. „Ich habe mir Gedanken gemacht."

„Ich bin gespannt."

„Das Wochenende habe ich komplett frei", begann Donovan, als sie sich auf die Bank im Schatten setzten. „Und ab nächster Woche wird es endlich etwas ruhiger und ich kann meine Routine und mehr Zeit für dich finden."

„Ich bin ein großes Mädchen, Don, und auch ich habe mir Gedanken gemacht." Ihr Blick schweifte auf Grant House. Es war schon beachtlich. Annie glaubte, dass es auf der Welt nur ganz wenige so imposante Bauwerke gab. Mal abgesehen von den Towern und Hochhäuser der Millionenmetropolen, waren die alten Gemäuer von Grant House schon beeindruckend.

„Wie kommst du zurecht?", fragte Donovan leise. „Ich meine … mit Violet, mit Jules, mit dem Unterricht, mit allem?"

Annie setzte ihre Sonnenbrille auf. „Ganz okay. Ich muss mich nur noch damit abfinden, dass Violet und ich wohl niemals einer Meinung sein werden, was Jules betrifft."

„Da kann ich dich nicht unterstützen, Darling. Ich bekomme nichts mit." Er beugte sich vor und nahm ein Büschel vom Spanischen Moos in die Hand, das sich von den Schleiern an den Ästen der Eiche gelöst hatte. „Und dass ist etwas, womit ich mich abfinden muss."

Liebevoll streichelte Annie seinen Arm. Er fehlte ihr. In New York hatte er feste Arbeitszeiten, und dabei noch genügend Zeit für sich und sie beide gehabt. Morgens hatten sie sich nach dem Klingeln des Weckers aneinandergekuschelt, abends war er stets pünktlich nach Hause gekommen. Ja, in New York hatten sie ein gemeinsames Leben gehabt, hier in Glenn Lock war das anders. Und Annie glaubte ihm, dass die Umstellung schwer für ihn war, denn ihr ging es genauso. Hatte sie ihn damals angerufen, hatte er sofort mit ihr telefonieren und sich ihre Sorgen anhören können, nun aber musste sie warten, bis er Zeit für sie hatte, und feststellen, dass sich oft das eine oder andere Problem einfach von selbst löste. Für Annies Selbstvertrauen und ihre Eigenständigkeit war das nicht verkehrt, und dennoch war der Gedanke daran, dass das die Zukunft sein sollte, beklemmend.

„Weißt du etwas über die Burkes? Kenneth und Lonna?"

„Nur, dass sie tot sind."

„Wo sind sie begraben?" Unwillkürlich fuhr ihr Blick über die Schulter Richtung Wald.

„Nicht hier."

„Warum nicht? Ich dachte, das wäre in den Kreisen auf solchen Anwesen üblich. Ein Familienfriedhof."

„Ich glaube, sie liegen auf dem Morgan City Cemetry."

„Weißt du, warum sie so früh gestorben sind? Ich meine, Violet lebt hier ohne Eltern, seit sie achtzehn Jahre alt ist."

„Ich weiß nur, dass einer von ihnen Selbstmord begangen hat."

„Ist das wahr?"

„Einer von ihnen, ja." Donovan drehte sich zu ihr. „Aber jetzt zu dir. Wie hast du entschieden?" An seinem Ton hörte sie heraus, dass er Angst vor ihrer Antwort hatte. Sie wollte nicht, dass er Angst hatte. Sie wollte nicht einmal, dass er auf ihre Entscheidung warten musste, wollte Donovan nicht kränken, denn er war ein guter Mann, und sie hatte schließlich schon seit Jahren gewusst, dass er eines Tages hier in den Süden ziehen würde, um seinen Verpflichtungen nachkommen zu können.

„Hast du geglaubt, ich fliege zurück?"

Er zuckte die Achseln. „Ich hab's befürchtet."

„Wärst du mitgekommen?"

„Ihr Frauen immer mit diesen Hätte-wäre-wenn-Fragen." Donovan wischte sich übers Gesicht. Dann beugte er sich vor und stützte die Ellenbogen auf die Knie. „Aber ja, Annie, das wäre ich."

Sie legte ihre Hand auf seinen Rücken. „Du hättest deinen Vater …"

„Verdammt, Annie!" Er fuhr hoch. „Ich liebe dich! Und dieser Ring", etwas unsanft griff er nach ihrer linken Hand, „hat für mich eine Bedeutung! Du weißt genau, dass ich ihn dir schon am Abend zuvor geben wollte, als ich noch nichts von dem Anruf wusste." Er ließ ihre Hand los und seufzte tief. „Ich kauf dir ein Haus. Irgendwann. Aber meißele das Datum bitte nicht in Stein. Vielleicht finde ich in einem Jahr was, vielleicht in fünf. Oder übermorgen, wer weiß das schon?" Er legte seinen Arm um ihre

Schulter. „Aber wenn du in Grant House nicht bleiben willst, kann ich damit leben. Ich will nur eines: mit dir leben."

Annie legte ihre Hände um sein Gesicht und küsste ihn. Zufrieden und glücklich sank sie dann an seine Schulter. Beide blickten sie von der alten Eiche aus aufs Haus.

Irgendwann.

„Es ist schon besonders, dieses Haus", sagte sie.

„O ja", meinte Donovan, „das ist es."

5

Ich war kein böser Mensch.

Ich war keine strenge und kaltherzige Frau.

Ich war nicht nur die überbesorgte Mutter, als die man mich kannte.

Ich war vor allem eines: von ganzem Herzen traurig.

Ich stand im Salon und blickte aus dem Fenster rüber zur Eiche, unter der Melroys Sohn mit seiner Freundin saß, und wusste, dass sie sich gerade bei ihm über mich beschwerte. Doch konnte ich es ihr übel nehmen?

Mein Blick glitt von den beiden in den Innenraum des Salons. Auf dem Tisch zwischen den Sofas lag mein blaues Notizbuch. In goldenen Lettern stand mein Name Violet Grant auf dem Leder.

Früher hatte ich einen anderen Namen gehabt. Früher hatte er Burke gelautet. Früher war ich ein anderer Mensch gewesen. Bis die Schuld mein Leben für immer verändert hatte.

Damit hatte sich um die Frau, die nach außen hin wie ein Eisklotz wirkte und eine völlig übertriebene Vorstellung von Gefahren und Dingen hatte, die das Leben schrieben, eine Hülle ohne Kern aufgebaut, weil der Kummer und der Hass auf sich selbst ihr alles genommen hatten.

Ich verließ den Salon und machte mich auf den Weg in mein Schlafzimmer. Vor der Treppe im Eingangsbereich kamen mir Georgina und Timothy entgegen. Er nahm seine Kappe ab, nickte mir zu, während sie mir einen schönen Tag wünschte.

„Wenn Sie wünschen, Ma'am, ich habe Tee aufgesetzt." Georginas selbst gemischte Kräutertees hatten schon bei etlichen Wehwehchen in der ganzen Familie Wunder bewirkt.

„Vielleicht später, danke." Ich versuchte zu lächeln, wie dankbar ich diesen beiden Menschen war, dass sie an meiner Seite standen, kam mir nie über die Lippen, doch ich hoffte, sie wussten es trotzdem.

Oben zog ich ein Seidenjäckchen über, weil es mich trotz der Hitze draußen fröstelte. Die Vorhänge im Raum waren geschlossen, nicht das kleinste bisschen Sonnenlicht drang hindurch. Ich mochte die Dunkelheit, schützte sie mich doch vor den Dingen, die ich lieber nicht sehen wollte.

Doch wie es so oft im Leben war, war manches einfach nicht zu übersehen: Da war das Bett, das Melroy und ich seit so vielen Jahren teilten. Im Spiegel konnte ich es sehen. Stets hübsch zurechtgemacht, von mir persönlich, weil Angestellte nichts in meinem Schlafzimmer zu suchen hatten.

Ich erinnerte mich nicht, wann Melroy und ich das letzte Mal zusammen ins Bett gegangen waren – für gewöhnlich legten wir uns zu unterschiedlichen Zeiten nieder und standen zu unterschiedlichen Zeiten wieder auf.

Unsere Ehe hatte Höhen und Tiefen. Wie jede Ehe, die nicht aus einem Bilderbuch stammte. Und ich wusste, dass ich der Grund war, warum es mehr Tiefen als Höhen gab, und wie sehr ich zu schätzen wissen sollte, dass der Mann, der unter meiner Schuld litt, mir trotzdem stets zur Seite stand.

Das war nicht selbstverständlich. Er war nicht selbstverständlich.

Er nahm in Kauf, dass wir mehr wie Bruder und Schwester zusammenlebten, wenn meine Seele keine Zärtlichkeiten zuließ.

„Ich vermisse dich", hatte Melroy schon so oft gesagt, als er mich berühren wollte, nach Mitternacht. „Es ist schon so lange her …"

„Ich kann nicht." Ich hatte mich umgedreht und auf das Bild gesehen, das auf meinem Nachtschrank stand. Es war ein Bild der Familie Burke, aufgenommen zu den glücklichsten Zeiten hier in Grant House.

Seufzend hatte sich Melroy dann zurück in seine Kissen gelegt. „Ist gerade wieder sehr schlimm, oder?"

Ich hatte nicht antworten können, weil es Momente in meinem Leben gab, da war die Schuld, die so groß und tief in mir verankert war, so mächtig, dass der Kloß in meinem Hals und die Last auf meinen Schultern nicht kleiner werden wollten.

Zu meinem 48. Geburtstag vor wenigen Wochen hatte Melroy sich ein ganzes Wochenende freigenommen. Zusammen mit Jules waren wir in ein Hotel an die Küste gefahren und unserer Tochter war es so gut gegangen, dass wir alle das Wochenende hatten genießen können – bis Jules verschwunden war.

Ich hatte mich zu einem Nickerchen ins Bett gelegt und Melroy war auf der Liege auf dem Balkon mit der Zeitung auf der Nase eingeschlafen. Als ich aufgewacht war, war Jules nicht da gewesen – ihr Rollstuhl leer.

Voller Angst und mit dem permanenten Versuch, sie telefonisch zu erreichen, hatte Melroy sie auf der gesamten Etage und ich unten in der Lobby gesucht, bis die Dame an der Rezeption mir verraten hatte, sie habe eine humpelnde junge Dame mit einem Mann am See gesehen.

In diesem Moment war ich tausend Tode gestorben.

Mein Kind bei einem Mann! Einem fremden Mann!

Ohne seinen Rollstuhl.

Ich hatte Jules dann auf der Liegewiese am See, auf einem Stuhl sitzend, gefunden. Lachend, während ein junger Mann in Bermudas und einem Basecap auf dem Kopf vor ihr gestanden hatte, die Hände in den Taschen vergraben. Meine Rufe nach ihr hatte sie ignoriert, genau wie das Vibrieren ihres Telefons.

Ich hatte sie angeschrien, und der junge Mann war erstarrt. Ich hatte ihn beschimpft, er solle meine Tochter in Ruhe lassen, sie nicht belästigen, und nachdem er das Weite gesucht hatte, hatte Jules mich angeschrien. Nur einmal wolle sie sich wie ein junger Mensch fühlen, nur einmal Spaß haben, auf den sie ein Recht habe.

Nur einmal.

„Warum bist du gelaufen?", hatte ich gefragt und meine Stimme unter Kontrolle zu halten versucht. „Wie kann es sein, dass du so weit gelaufen bist?"

„Weil ich es wollte", hatte sie geantwortet, „nur einmal."

„Eins, zwei, drei …" Ich hatte mich festhalten müssen, weil ich so voller Panik war. „Du musst immer im Rollstuhl sitzen bleiben!" Sie hatte zu Boden gesehen. „Er hätte mich nicht angesprochen, hätte ich im Rollstuhl gesessen."

Ich hatte mir ans Herz gefasst und ihr Weinen gehört. Die Augen geschlossen. Ihr Gesicht gesehen. Voller Tränen, ausgeliefert, ohne Schutz.

Das Gesicht, das ich nicht beschützt hatte, als ich die Wahl dazu gehabt hatte.

Das Gesicht, das nicht Jules gehörte …

„Ich verschreibe Ihnen ein Mittel", hatte Dr. Brennert eines Tages bei einem Hausbesuch gesagt, nachdem ich ihn für wenige Minuten Anteil an meinen Gedanken hatte nehmen lassen. Die ganze Wahrheit würde er nie hören …

„Mrs. Grant, das geht schon viel zu lange so."

„Es wird nie aufhören, Doktor."

„Das haben Sie in der Hand." Er hatte diesen Blick in den Augen gehabt, den ich so sehr hasste. So viele hatten ihn. Georgina, Timothy, Melroy, sie alle. *Du bist krank!*

„Ihnen täte ein Therapeut gut, Mrs. Grant, und das wissen Sie."

„Ich will keine Mittel. Keine Therapie. Ich muss das mit mir selbst ausmachen." Ich hatte den Kopf geschüttelt. „Ich bin nicht krank, Doktor."

„Nicht körperlich, Ma'am. Es ist etwas Emotionales. Und das wissen wir beide."

Aber die Angst ist zu groß.

Das schwere, unerträglich schwere Herzklopfen hatte wieder begonnen. „Eins, zwei, drei …" Ich hatte so viel sagen, erklären wollen, doch niemand, hatte mich je verstanden.

„Wir haben dich um Hilfe gebeten. Ich. Ich habe dich so oft um Hilfe gebeten. Doch du hast mich nie gehört! Du wolltest mich nicht hören."

„Was sagen Sie zu Jules' Husten, Doktor?", hatte ich dann versucht, den Arzt von mir abzulenken und dezent darauf hinzuweisen, dass ich ihn wegen Jules gerufen hatte.

„Tee mit Honig, das wird reichen."

„Vielleicht auch nicht, Doktor, und dann wird es wieder so schlimm sein wie *damals*."

„*Damals* war das Fieber hoch, aber es bestand nie eine große Gefahr. Denken Sie daran, Mrs. Grant, immer das große Ganze zu betrachten, egal, wie ‚schlimm‘ Ihnen die einzelne Situation auch vorkommen mag. Sie hat ein gutes Ende genommen, Jules ist gesund geworden. Nur das zählt. Im Großen und Ganzen ist alles wieder gut geworden."

Damals hatte ich Jules ins Krankenhaus gefahren. Dort hatte ich darauf bestanden, an ihrer Seite zu sein, als sie von dem jungen Arzt untersucht worden war. Die Schwestern hatten sie ignoriert und lieber Kaffee getrunken, während mein Mädchen schwer krank war, sodass ich auch nachts dortgeblieben war. Tranken Kaffee und unterhielten sich über Männergeschichten, ohne darauf zu achten, ob Pädophile die Station betraten …

Als eine Vertretungsärztin gekommen war, weil der Doktor ein halbes Jahr ausgefallen war, hatte die eindeutig zu viele Fragen gestellt und von mir wissen wollen, wie und mit wem ich aufgewachsen war.

„In Burke House."

„Und mit wem? Wer gehörte zu der Familie Burke?"

„Also, da war meine Mom …" Bilder hatten mich übermannt, und ich hatte zu weinen begonnen. „Ich möchte nicht über meine Familie reden. Ich möchte gar nicht reden. Auf Wiedersehen."

Übers Wochenende fuhr Donovan mit Annie an einen Ort bei Dulac in der Küstenmarsch Louisianas. Hier hatte er ein Haus über Airbnb gemietet, das zwar viel zu groß für sie war, aber es hatte ihm auf den Fotos so gut gefallen, dass er es unbedingt hatte haben müssen. Es war auf Stelzen gebaut und hatte einen eigenen Anleger, zwei verschiedene Motorboote und einen Außenbereich, wo die Fische gleich ausgenommen werden konnten, die man in den Gewässern der Marsch fangen konnte.

Annie hatte einen solchen Ort wie die Küstenmarsch noch nie gesehen. Ein Fleckchen Land, auf dem sie heute noch stand, konnte morgen schon überschwemmt sein, und anderswo, wo es heute genügend Wasser gab, konnte am Abend schon eine Insel entstanden sein.

Die Küstenmarsch war ein außergewöhnliches Gebiet, wo die Übergänge von Land zu Wasser niemals ganz genau gekennzeichnet waren.

Donovan liebte es hier. Er hatte schon damals mit Melroy und seinem Großvater hier gefischt und kannte den Ort. Annie hatte noch nie geangelt, war aber gewillt, es zu lernen. Und so verbrachten sie Samstag und Sonntag fast durchgehend auf dem Wasser, jedoch ohne wirklich Erfolg zu haben. Annie hatte aber die Gelegenheit, die vielen Fischer zu bestaunen, die sich mit ihren Booten und Netzen auf Fangtour begaben, und die beeindruckende Tierwelt zu Land und zu Wasser zu beobachten.

Weiter versteckt in den Sümpfen machten sie Bekanntschaft mit handtellergroßen Bananenspinnen, die über moosbewachsene Zypressenbäume krabbelten, Hunderte Arten von Reihern, Kranichen, Bussarden und Alligatoren.

Zum Lunch aßen sie im Deli am Hafen, abends gab Donovan für Annie ein kleines Barbecue, bevor sie auf den Schaukelstühlen auf der Veranda vor dem Haus, geschützt durch ein Netz vor Moskitos, dem Konzert der Sumpfbewohner lauschten.

Es war perfekt.

Die Rückkehr nach Glenn Lock am Sonntagabend fiel Annie schwer, doch es machte ihr deutlich, wie sehr Donovan darum kämpfte, dass es ihr gut ging, und sie fand, es war an der Zeit, ihm etwas zurückzugeben.

So stand sie am nächsten Morgen gleichzeitig mit ihm auf, kochte Kaffee für ihn, während er sich im Badezimmer fertigmachte, und war allein unten in der Küche, weil Georgina und Timothy ihren Dienst noch nicht begonnen hatten. Es war kurz nach fünf, das große Anwesen von Grant House wurde umhüllt von tiefen Nebelschwaden. Während Annie in ihrem Kaffee rührte, sah sie aus dem Fenster. Die Sonne stand noch tief hinter dem Wald, der Himmel war gelb und rot gefärbt, Vögel zwitscherten, die Luft, die durch das geöffnete Fenster strömte, war klar. Raureif saß auf den Kräutern in den Töpfchen vor der Scheibe.

Der Garten lag im völligen Nebel, nur die Krone der Eiche war in der Ferne zu erkennen.

Und dann sah sie Violet.

Annie hielt inne.

Violet ging vom Haus aus am Rosengarten vorbei, trug Jeans, Stiefel und eine Regenjacke. Die Kapuze über dem Kopf tragend, passierte sie die Eiche und trat in den Wald. Da der Nebel so dicht war, verschwand sie in ihm wie eine Murmel in tiefem Wasser. Als hätte der Wald sie verschlungen.

Annie runzelte die Stirn. Während sie sich fragte, warum Violet wirklich so verdammt früh spazieren ging, war sie sich sicher, dass keine zehn Pferde sie im Nebel in den Wald treiben könnten.

Eine halbe Stunde vor Unterrichtsbeginn saß Annie im Lehrzimmer von Grant House. Sie hatte ihre Stunden vorbereitet, tippelte nun ungeduldig mit dem Fuß auf dem Boden und ging schließlich im Zimmer herum und begutachtete aus Langeweile die Bücherregale. Da gab es alte Werke längst verstorbener Schriftsteller, von Lyrik über Sachliteratur bis hin zur Bibel. Ein Werk erhielt aber ihre besondere Aufmerksamkeit: ein Ringbuch, zwischen viele andere Bücher geklemmt.

Annie zog es heraus.

Es war von Hand verfasst. Und wenn sie sich nicht ganz täuschte, war es Violets Handschrift. Annie setzte sich mit dem Buch an ihren Platz und behielt die Tür im Auge, denn meistens wurde Jules von Violet zum Unterricht gebracht.

Sie blätterte in dem Buch. Es waren handschriftliche Notizen Violets, sie überflog sie nur, weil es sich immer – über drei Viertel der Seiten des Buches – um die gleichen Wörter handelte:

Eins. Zwei. Drei. Vier. Fünf …

In jeder Zeile.
Nächste Seite.

Eins. Zwei. Drei. Vier …

Annie klappte das Buch zu. Warum hatte Violet so etwas geschrieben?

„Guten Morgen, Annie!" Jules rollte ins Zimmer.

Annie stand auf. „Bist du allein?" Sie sah an ihr vorbei zur Tür.

„Ganz recht", antwortete Jules fast ein bisschen stolz. „Mom ist noch nicht da."

„Wo ist sie?"

Ob sie immer noch im Wald ist?

„Hugh hat sie zu einem Termin gefahren. Felicia hat mir ausrichten lassen, ich soll allein rüberfahren." Jules sah erholt und gesund aus. Ihre Sommersprossen schienen zu leuchten, das rote Haar war frisch gewaschen und fiel in üppigen Wellen über ihre Schultern. „Ich wäre heute offen für Kunst."

„Ach." Annie kam um das Pult herum. „Macht die Schülerin heute den Stundenplan?"

„Sie gibt zumindest ihre künstlerische Muse bekannt."

Annie lachte. „Eigentlich wären heute Mathematik und Politik vonnöten, Madame."

„Ich werde niemals eine Lehrerin und muss armen Kindern mit Kurvendiskussionen das Leben schwermachen, noch in die Politik einsteigen und andere mit meinen Ansichten quälen. Irgendwas mit Kunst kann ich mir allerdings schon vorstellen."

Annie schüttelte den Kopf. „Keine Chance. Mathematik und Politik."

Jules zuckte mit den Schultern. „Dann hängen wir Kunst eben an."

„Heute ist Montag", gab Annie zu bedenken. „Ich will mir nicht wieder den Zorn deiner Mutter zuziehen."

„Sollte das der Fall sein, nehme ich jegliches teuflische Gewitter auf mich."

Annie seufzte. „Also gut. Dann lass uns nachher rausgehen und malen!"

Das taten sie auch. Als um elf Uhr der offizielle Unterricht beendet war, schob Annie Jules, die ihre Malsachen auf ihrem Schoß transportierte, durch den Garten von Grant House. Georgina hatte ihnen Wasser mit Eiswürfeln, Erdbeeren und Minze in die Flaschen getan, die nun neben ihnen auf der Bank an der Eiche standen, und von deren Glas feine Perlen tropften, weil es draußen heiß und die Flüssigkeit eisgekühlt war.

Jules begann, das Haus zu zeichnen, während Annie erst den Unterricht für den nächsten Tag vorbereitete und dann selbst nach Block und Bleistift griff. Als Motiv diente ihr eine der weißen Steinfiguren, eine Göttin mit einer Schale in der Hand, die den Rosengarten schmückte.

Eine Weile zeichneten sie still vor sich hin, und wieder einmal lobte Annie die Zeichenkünste Jules'. Sie konnte zweifellos besser zeichnen als Annie, war die junge Lehrerin doch schon immer besser in den „Jungsfächern" wie Mathematik und Chemie gewesen. Selbst Sport lag ihr mehr als zeichnen, malen und tuschen.

Als Annies Kunstwerk fertig war, zog sie die Knie an, schlang die Arme darum und betrachtete den Wald. Sie erinnerte sich an den Brunnen und das Kreuz auf der schmalen Lichtung. „Erzähl mir mal was über den Wald, Jules!"

„Also, der Wald ist ein Gebiet mit vielen Bäumen und ein Habitat für viele Bewohner, wie zum Beispiel das Eichhörnchen."

Annie grinste. „Haha. Im Ernst jetzt, bitte!"

„Was soll ich darüber sagen?" Jules schaute nicht ein einziges Mal von ihrem Blatt auf. „Ich bin nie da."

„Weil du nicht darfst? Weil du nicht willst? Oder weil du nicht kannst?"

„A, b oder c. Ist das eine Quizshow?"

„Du darfst nicht in den Wald."

„Genau, das wissen Sie bereits, außerdem – warum sollte ich? Es ist ein Wald. Dunkel und schattig. Er hat nichts Besonderes."

Annie kaute auf dem Strohhalm herum, den sie zum Herausfischen der Erdbeeren aus ihrer Flasche benutzt hatte. Im Schatten der Eiche war es angenehm kühl. Sie trug ein langes Kleid mit breiten Trägern, die Haare nach oben gesteckt, sodass der Wind ab und zu ihren Nacken streifen konnte und sich dabei wunderbar anfühlte. „Bist du nicht neugierig?"

„Absolut nicht."

Annie beließ es dabei und kaute weiter, bis eine SMS auf ihrem Telefon eintraf.

„Na, na!", sagte Jules empört. „Sie werden doch wohl nicht im Unterricht …"

„Eigentlich hätte ich schon Feierabend." Annie zog das Telefon heraus und schmunzelte, als sie den Absender las. „Dein Bruder hat Sehnsucht nach mir."

„Mein Bruder hat wahrscheinlich einen Arsch voll viel zu tun und will sich ausflennen."

„Ihre Ausdrucksweise, Ms. Jules!"

„Hatten Sie denn ein schönes Wochenende?"

„Ja, das hatten wir." Annie antwortete Donovan auf seine kurze, liebevolle Nachricht und legte dann das Telefon weg. Schon wieder fiel ihr Blick auf den Wald. „Du hast gesagt, dass da ein Brunnen ist. Ich habe ihn gesehen."

„Sie sind in den Wald gegangen?" Es war das erste Mal, dass Jules von ihrer Zeichnung aufsah. „Wieso?"

„Weil *ich* neugierig war. Es hängt ja kein Absperrband drum, und mir hat niemand gesagt, dass ich da nicht hindürfe."

Jules' Gesichtsausdruck veränderte sich. Er sah ernst aus. Sie schaute über die Schulter. „Haben Sie … keine Angst?"

Etwas in ihrer Stimme ließ Annie erschaudern. „Ich … Nein. Sollte ich?"

Dann aber lachte Jules laut los. „Das war ein Scherz."

„Du bist unmöglich." Annie schüttelte den Kopf.

„Na gut." Jules legte ihren Block auf die Bank, den Stift darauf. „Schieben Sie mich bitte zum Spielhaus?"

„Du darfst nicht in den Wald."

„Ich will nicht in den Wald, ich will zum Spielhaus."

„Du darfst nicht weiter als bis zur Eiche."

Jules protestierte. „Ma'am, Sie stellen mir Dutzende Fragen, ich kann nicht ausführlich antworten, wenn man mich davon abhält, eine Erklärung abzugeben."

Annie versicherte sich, dass Violet oben am Haus noch nicht zu sehen war. Sie war heute lange weg und würde bestimmt nicht genau jetzt wiederkommen. Also warum eigentlich nicht?

„Na schön, komm." Sie schob den Rollstuhl über den Rasen in Richtung Spielhaus. Es war anstrengend, weil sie den sperrigen, klapprigen Stuhl über einen Boden schieben musste, der weder frisch gemäht noch wirklich eben war.

„Anhalten!" Jules hob die Hand.

Sie befanden sich noch zehn Meter vom Spielhaus entfernt. Über ihnen zogen Enten vorbei, schrien und kreischten. Dann herrschte Stille.

„Was ist?", fragte Annie.

„Sehen Sie nur in den Wald!"

Annie tat es. Die Kiefern standen hoch. Mannshohe Büsche und Sträucher kündigten den Wald an, wurden rasch dichter und breiteten sich aus, bevor Laub- und hauptsächlich Nadelbäume die Vorherrschaft übernahmen und so breit und nah aneinander standen, dass man nicht hindurchsehen konnte.

„Ich war neun", erzählte Jules. „Ich saß schon im Rollstuhl. Es war Sommer, so wie jetzt. Und ich wollte spielen. Ich war oben und mir war langweilig. Mom hatte meinen Lehrer rausgeworfen, weil er mich mit in die Stadt, in die Bibliothek genommen hatte. Das wollte sie nicht. Sie wollte nicht, dass ich allein mit ihm war. Und weil ich keinen Unterricht hatte, wollte ich irgendwas tun. Spielen. Rausgehen, so wie früher. Ich fuhr in Richtung Wald. Ich brauchte gefühlt Stunden dazu, um über den Rasen zu kommen. Es war heiß, ich schwitzte wie ein Stier. Der Wald empfing mich mit seiner angenehmen Kühle, und ich … Ich rollte zum Brunnen vor."

Annie ahnte Furchtbares.

„Ich stand auf. Ich zog mich an seiner Kante hoch. Ich umschlang mit meinen Armen fest den Rand des Brunnens und sah hinein. Es faszinierte mich immer, dass ich den Grund nicht ausmachen konnte. Es hat doch etwas sehr Gruseliges, nicht zu wissen, wie tief dieser Brunnen wirklich ist oder was sich auf seinem Grund befindet."

„Was geschah dann?"

„Alles, an was ich mich erinnern kann, ist, dass Mom schrie, mich hielt und nach Hilfe rief. Wenn Mom nicht gekommen wäre …" Jules sah auf. In ihren Augen glitzerten Tränen. „Ich will nicht in den Wald, Annie. Sie muss es mir nicht verbieten, ich will da nicht hin."

Annie kam sich furchtbar vor. „Ich verstehe, tut mir leid." Sie griff an die Halterungen des Rollstuhls und schob Jules zurück zur Eiche.

Es war genau der Moment, als eine äußerst aufgebrachte Violet den Weg von Grant House in den Garten eilte. „RAUS AUS DER SONNE!"

Kapitel 3

1

August

Annie rannte durch den Wald.

Es war finstere Nacht, der Nebel zum Schneiden dick.

Das lange weiße Nachthemd flatterte im Wind, Dornen bohrten sich in ihre Beine, noch so kleines Geäst wurde von ihren Sohlen nach unten gepresst. Ihr Atem ging schnell. Sie spürte Kälte und Nässe, den Blick immer wieder über die Schulter gerichtet.

Niemand folgt dir.

Noch nicht.

Sie rannte immer weiter durch die Dunkelheit, bis der Brunnen vor ihr auftauchte und sie stehen blieb. Wie ein Wächter, der niemals seinen Platz wechselte und vor dem jeder Eindringling haltmachte, stand er im Wald, hatte so vieles gesehen, so vieles zu erzählen, wenn man sich traute, nach seiner Geschichte zu fragen.

Annie suchte nach dem Kreuz. Es stand nicht weit entfernt vom Brunnen im Moos zwischen hohem Gras versteckt, doch es leuchtete ebenso wie das weiß gestrichene Spielhaus, als würden sie beide nach Aufmerksamkeit lechzen.

Annies nackte Füße bewegten sich wie von selbst über das giftgrüne Moos, das sich weich wie ein Kissen oder ein flauschiger Teppich anfühlte. Ihre Knie sanken vor dem Kreuz nach unten, sie streckte den Arm aus, führte ihre Hand an das Holz. Mit ihren Fingerspitzen berührte sie die Buchstaben, von denen sie glaubte, dass sie bei ihrem ersten Besuch im Wald noch nicht dagewesen waren, sie verengte die Augen, versuchte zu lesen …

Sie konnte sie nicht lesen.

Lag es am Tau, der über den eingravierten Buchstaben lag?

Annie wischte über die Schrift, doch der Tau wollte nicht verschwinden. Irgendwann ließ sie die erschöpften Arme sinken und bettete sich neben das Kreuz in der Nacht, um ihm Wärme zu schenken, weil sie spürte, dass unter ihm jemand begraben war.

Minuten oder Stunden vergingen, der Mond bewegte sich jedoch nicht vom Fleck, als sie sich erneut aufsetzte und den Namen, der in das Holz geritzt war, plötzlich ganz klar erkennen konnte: *Annie.*

Annie schrak auf.

Sie saß in ihrem Bett. Schweißgebadet, hektisch atmend, das Herz wild klopfend, die Brust bebend. Donovan schnarchte leise neben ihr, doch als sie aufstand, um aus dem Fenster zu sehen, wachte er auf.

„Alles okay?"

Annie starrte nach draußen. Der Nachthimmel war noch immer von den Gewitterwolken des Unwetters am Vorabend bedeckt. Die Grillen zirpten, ein Uhu machte sich in der Krone der Eiche im Vorgarten bemerkbar.

„Nur ein Traum", sagte sie mit bebender Stimme und wagte es kaum, sich wieder ins Bett zu legen. Donovan wartete auf sie, und als sie sich hinlegte, zog er Annie an sich heran, sodass ihr Kopf auf seiner Brust ruhen konnte. Während sie seinem rhythmischen, ruhigen Atem lauschte, fand sie zwar nicht mehr in einen erholsamen Schlaf, aber in einen, der sie die Nacht überstehen ließ.

Am nächsten Morgen versammelten sich Violet, Annie, Jules und Georgina vor dem Tor, um Melroy und Donovan zu verabschieden.

Annie hatte mittlerweile fast drei Wochen in Grant House verbracht, doch der Gedanke, dass Donovan sie nun für mehrere Wochen allein lassen würde, weil er mit seinem Vater die jüngsten Projekte in einigen Städten begutachten sollte, war beunruhigend.

Hugh wartete schon im Wagen hinter ihnen, Georgina klopfte Donovan auf die Schulter, bevor er sich zuerst von seiner

Schwester, dann von seiner Stiefmutter und schließlich von Annie verabschiedete. Tränen standen ihr in den Augen, in ihrem Hals steckte ein dicker Kloß, als sie ihn kaum loslassen wollte.

„Du fehlst mir jetzt schon." Donovan küsste sie, streichelte ihre Wange und versprach, sie jeden Abend, so wie er Zeit finden konnte, per Video anzurufen.

„Das musst du nicht." Sie lächelte tapfer, wollte nicht wie eine Klette wirken, doch seit sie zusammen waren, hatten sie nicht mehr als zwei Nächte voneinander getrennt geschlafen.

„Macht's gut!", rief Violet, nachdem sie sich alle auch von Melroy verabschiedet hatten, und winkte ihnen zu, während Annie ein Stück nach vorn lief und ebenfalls die Hand ausstreckte.

Als sie zurückkam, traf sie ein mitleidiger Blick von Jules. Ihr lag ein Witz auf der Zunge, das konnte Annie ahnen, doch der Teenager hielt sich dieses Mal zurück.

„So, die Damen kommen jetzt erst mal zum Frühstück", sagte Georgina streng. „Ma'am, soll ich das Frühstück draußen servieren?"

„O ja!", rief Jules.

„Zu schwül und warm", meinte Violet mit einem Griff in den Nacken, wo sich kein Schweiß befinden konnte. Nicht um acht Uhr morgens und nicht bei diesem Himmel.

„Es ist bewölkt", pflichtete Georgina bei.

„Es ist trotzdem zu heiß", sagte Violet.

Annie enthielt sich dem Ganzen. Ihr wäre ein Frühstück außerhalb dieser Mauern äußerst recht, doch auf eine Diskussion hatte sie jetzt keine Lust.

„Aber Mom …", maulte Jules und schob sich selbst zum Haus zurück. Das Quietschen der Reifen untermalte die beklemmende Stimmung.

Annie ging hinterher, ihr Blick haftete am Tor. Sie erinnerte sich an den Traum von letzter Nacht.

„Nein, nein, bei Hitze fühlst du dich immer schnell schlapp. Und diese Schwüle trägt erst recht dazu bei. Wir essen drinnen, Georgina."

Annie ließ die anderen vorgehen. Sie hatte keine Lust auf Frühstück. Und wenn sie heute die Wahl hätte, würde sie lieber wieder mit den Angestellten des Hauses in der Küche essen als im Esszimmer mit Violet und Jules. Dass sie sich bei den Arbeitern von Grant House wohler fühlte als in der Nähe ihrer zukünftigen Stiefschwiegermutter, sprach Bände.

Sowieso – Annie fragte sich, wann dieses förmliche „Sie" verschwinden würde. Jules hatte sie schon vor über einer Woche gebeten, sie nicht mehr so anzureden, schließlich war sie Donovans Halbschwester und bald ihre Schwägerin.

Melroy war ein Traumschwiegervater. Er hatte in seiner wenigen Zeit, die er zu Hause verbracht hatte, immer ein offenes Ohr für Donovan und Annie gehabt, und es hatte viele Abende gegeben, an denen sie im Salon gesessen und sich unterhalten hatten. Über ernste Themen, dann wieder über Hoffnungen, Wünsche und Träume. Sie hatten gelacht, und er hatte Annie auf dem Schachtisch in der Bibliothek Schach beigebracht. Manchmal hatten sie mit Jules Rommé oder Dame gespielt.

Annie kam mit jedem Angestellten aus, liebte Georgina für ihre Herzlichkeit, Timothy für seinen Charme, Hugh für die Späße und Felicia dafür, dass es sich mit ihr so locker reden ließ, sie so herrlich unkompliziert und wie Annie schon mal auf einem Post-Malone-Konzert gewesen war.

Es gab nur einen Menschen in Grant House, den Annie nach wie vor weder durchschauen noch sich mit ihm arrangieren konnte: Violet Grant.

Zu ihr hatte sie keine Beziehung, obwohl sie im nächsten Jahr den Sohn ihres Mannes heiraten würde. Dabei wünschte sich Annie das anders. Sie würde gern mit Violet über … Pflanzen reden! Schöne Teppiche! Porzellan, Twinsets – Herrgott, völlig egal!

Stattdessen kam es ihr so vor, als würde Violet einen Bogen um Gespräche mit ihr machen, und wenn sie doch mit ihr redete, ging es immer nur um Jules. Und dass Annie Violets übertriebene Fürsorge ganz und gar nicht schätzte, sie sogar verurteilte, machte die Sache nicht einfacher.

Was Jules anging, so musste Annie sagen, dass das Mädchen ihr leidtat. Sie saß, wenn es nach Violet ging, den ganzen Tag in ihrem Rollstuhl in den drei, vier Zimmern im extra für sie schön eingerichteten Westflügel von Grant House. Doch selbst das herrlichste Zimmer konnte ihr nicht das geben, was die Welt da draußen für Mädchen ihres Alters bereithielt.

Ein Rollstuhl war kein Hindernis für einen Spaziergang in der Stadt und auch nicht für eine Fahrt zum Kino.

Jules hörte gern Taylor Swift und schaute sich täglich Millionen von Videos ihrer Konzerte auf TikTok an, die junge Frauen in ihrem Alter zu der Zeit besuchten, in der Jules „sich ausruhen" musste. Sie musste sich nicht ausruhen (wovon?), und Annie glaubte, es wäre nur ein Vorwand Violets, Jules für zwei, drei Stunden „zu beschäftigen".

Das Schlimmste für Annie war aber zu sehen, wie einsam das Mädchen war. Es fragte nicht nach Gleichaltrigen, denn Donovan hatte recht: Wo hätte Jules Freunde kennenlernen sollen?

So sah sie ihr zu, Tag für Tag, wie Jules Bücher las, während ihr Rollstuhl oben in der Diele in der Sonne stand, wie sie auf dem Traum von einem Himmelbett in ihrem Zimmer saß und Stoffe begutachtete, aus denen sie vielleicht etwas machen könnte, oder draußen im Garten die Vögel fütterte.

Immer allein.

Oder mit ihrer Mutter, Felicia oder Annie.

Und so gern Annie in ihrer Freizeit mit Jules zusammen war und immer wieder versuchte, mit ihr Dinge zu unternehmen, die sie eigentlich mit ihren Freundinnen machen sollte, weil das der Sinn der Teenagerzeit war, so wusste sie, dass sie nicht ersetzen konnte, was Jules verwehrt blieb.

Nicht nur einmal hatte Annie den Tisch verlassen, nachdem sie sich gegenseitig die Nägel lackiert hatten, und in der nächsten Kammer zu weinen begonnen, weil Jules so glücklich und Annies Herz so schwer geworden war, als die Worte „Das war mein bester Tag seit Jahren" gefallen waren.

Mit dem Mitleid für das Mädchen wuchs die Wut auf dessen Mutter. Mit der Wut kam der Mut, sich immer mal wieder gegen Violet zu stellen, wenn die etwas verlangte, was Annie ganz und gar nicht teilen konnte.

„Wie viele Lehrer hattest du schon?", fragte Annie eines Tages, als sie den Unterricht beendet hatten.

„Keine Ahnung, vier, fünf? Ich glaube du bist Nummer sechs."

Annie kritzelte mit dem Kugelschreiber in ihrem Notizbuch herum. „Hat sie sie alle gefeuert?"

„Ja. Das heißt nein." Beschwörend sah Jules von ihrer Hausaufgabe auf. „Zwei sind freiwillig gegangen."

„Echt? Wieso?"

„Na, wieso wohl?"

„Wegen deiner Mom?"

Jules grinste. „Jedenfalls nicht meinetwegen. Ich bin unschuldig."

Annie seufzte. „Hast du …?" Wie konnte sie das, was sie fragen wollte, so unauffällig wie möglich rüberbringen? „Gibt es hier irgendwo Material von deinen ehemaligen Lehrern? Irgendwas, wo ich nachlesen kann, was sie unterrichtet haben? Lehrpläne oder so?"

Jules schien den Braten zu riechen. „Du willst stöbern."

Annie wurde rot. „Nein!"

„Doch! Du willst wissen, warum sie aufgehört haben."

„Ich muss doch bitten."

„Stell dich nicht so an!" Jules legte die Hände an die Räder ihres Rollstuhls. „Komm mal mit, ich zeig dir ein Geheimnis!"

Annie stand von ihrem Stuhl auf. Gemeinsam verließen sie das Zimmer, Annie hinter Jules. Das Quietschen des alten Fahrgestells erfüllte den Flur. Sie führte Annie in ihr Schlafzimmer.

„Der Schrank."

„Soll ich ihn aufmachen?"

„Ja, ganz unten steht eine blaue Kiste. Früher war da Donovans Lego drin."

Annie öffnete den Schrank, fand die Kiste schnell und holte sie heraus.

„Ich hab's da reingetan, weil ich wusste, dass Mom sie nicht durchsucht. Sie würde denken, sie ist von Donovan."

„Warum sollte sie deine Sachen durchsuchen?"

„Weil sie Violet Grant und meine Mutter ist."

Annie schmunzelte. „Verstehe." Sie hielt die Kiste wie ein Relikt in ihren Händen. „Soll ich sie öffnen?"

„Dazu sind wir hier."

Annie hob den Deckel ab. Da gab es Hefter, Zeichnungen, ein paar Dokumente.

„Das kleine Heftchen mit der Maus drauf."

Sie griff nach dem abgegriffenen Heftchen, das ganz unten lag. „Und was ist das?"

„Herzlichen Glückwunsch, das ist deine Gutenachtlektüre", flötete Jules. „Ich habe zu jedem Lehrer ein bisschen was geschrieben. Was ich toll fand, was mir auffiel und wovon ich vermutete, dass das der Grund war, warum eben plötzlich doch wieder jemand Neues gesucht wurde."

„Das soll ich lesen?" Gab Jules Annie gerade so was wie eine Art Tagebuch? „Das sind deine Gedanken …"

„Ja, aber die sind nicht geheim. Es war nur eine Beschäftigung, die mich einen weiteren Tag überleben ließ."

„Ach, Jules." Annie nahm das Heft an sich. „Danke, ich werde mal reinschauen."

„Geh damit lieber weg. Mom kommt gleich hoch."

„Ich weiß, Mittagspause."

„Genau, und sie soll nicht sehen, was ich da geschrieben habe."

„Verstehe." Annie ging an Jules vorbei zur Tür. „Sag mal, steht da auch was über mich?"

„Das hättest du wohl gern, hm?" Jules lachte. „Nein, noch nicht."

„Noch nicht? Erst wenn ich die Flucht ergreife?" Sie wollte witzig sein, weil das ja auch Jules' Ding war.

Doch die lachte nicht, setzte ein eher nachdenkliches Gesicht auf und sagte mit matter Stimme: „Wenn du die Flucht ergreifst, dann …", sie schaute auf die Räder ihres Rollstuhls, „ … muss ich das wohl auch tun, und dann habe ich keine Zeit mehr, etwas in ein Heft zu schreiben."

Annie hielt das Heft an ihre Brust gepresst, schenkte Jules ein mitleidiges Lächeln und verließ dann rasch den Raum, als sie Violets Schritte hörte.

Weil Donovan und Melroy nicht da waren, gab es für Annie keinen Grund, sich abends im Salon einzufinden. So war sie meistens schon gegen acht Uhr in ihrem Zimmer, saß auf dem Bett, schaute Netflix über ihrem Laptop und langweilte sich. Manchmal telefonierte sie mit Freundinnen aus New York, doch heute Abend stöberte sie in Jules' Aufzeichnungen über ehemalige Lehrer und lachte herzlich über ihre Worte.

Jules war einfach ein richtig cooles Mädchen.

Sie hatte Seiten über Seiten gefüllt, mit Anekdoten über Lehrer und Lehrerinnen, verteilte Punkte für die, die sie mochte, und ließ sich über jene aus, bei denen sie „froh war, dass sie endlich abhauen".

Annie fand einen interessanten Eintrag über den Lehrer Adam James: *„Adam (ja, ich darf Du sagen) ist erst 23. Er studiert noch und will einmal Professor werden. Das hat er mir gesagt, als wir nach dem Unterricht noch lange im Raum saßen und plauderten. Ich weiß, dass er mich mag. Ich mag ihn auch. Er hat mir einmal gesagt, dass er nicht glauben kann, dass ich erst 14 sei. Ich sei anders als die Mädchen, mit denen er zur Schule gegangen war. Ich sei reifer, wirke fast wie eine Erwachsene. Als er mir dann näher kam und mir eine Haarsträhne aus dem Gesicht strich, legte ich meine Hand an sein Bein und danach küsste er mich, weil er das anscheinend als Einladung gesehen hatte. Am nächsten Tag küssten wir uns wieder, doch am dritten Tag meinte er, er könne das nicht mehr. Er habe es aus Mitleid getan, weil seine Cousine auch im Rollstuhl säße, und deswegen mit 26 noch keinen Typen gehabt habe. Ich stand auf und zeigte ihm, dass ich irgendwann wieder laufen* *würde können, und als er mich auffing, und ich in seinen Armen lag, kam Mom.*"

Annie seufzte beim Lesen.

„*Adam ist jetzt schon seit zwei Monaten nicht mehr da. Ich vermisse ihn. War ich verliebt? Ich bin zu reif, um mich in meinen Lehrer zu verlieben. Mom ist immer noch wütend auf mich. Sie stellt ab jetzt nur noch Frauen ein.*"

Über die letzte Lehrerin, Mrs. Deborah Bryant, die hier beschäftigt war, bevor Annie kam, hatte Jules geschrieben: „*Mrs. Bryant kann Mom nicht ausstehen. Das ist seit dem ersten Tag so. Mrs. Bryant hat einen langen Anfahrtsweg, weshalb sie Mom gebeten hat, an nur vier Tagen die Woche zu unterrichten, fünf Stunden täglich. Da macht Mom nicht mit. Ich erinnere mich an zuschlagende Türen, und heftiges Gezeter ist keine Seltenheit. Wie ich Mrs. Bryant finde? Eher langweilig. Sie erinnert mich an meine Grundschullehrerin, doch Moment, ich hatte ja gar keine.*"

Annie las weiter. Es folgten Stichpunkte.

„*März: Mrs. Bryant meldet sich krank. Sie kommt ganze zwei Wochen nicht.*"

„*April: Sie haben einen hörbaren Streit unten im Salon. Durch die Lüftungsschächte verstehe ich jedes Wort.*"

„*April: Mrs. Bryant ist schon wieder krank.*"

„*Mai: Dad hat mit ihr geredet, sie ist wieder da. Sie besteht darauf, dass Mom sie ihre Arbeit machen lässt und droht, ,sofort zu gehen', lässt sich Mom nur noch ein einziges Mal während des Unterrichts im Zimmer blicken.*"

„*Juni: Mrs. Bryant rastet aus. Sie brüllt Mom an. Ihr Ton ist etwas drüber. Sie beschimpft Mom als ,Irre!'.*"

„*Juli: Mrs. Bryant wird gekündigt/kündigt selbst. Ich finde einen Brief von ihr, den ich verbrannt habe, weil Mom ihn niemals finden sollte. Wortlaut: ,Deine Mutter ist verrückt! Lauf weg, Kind!'.*"

2

Einige Tage später bestellte ich Annie in die Bibliothek. Die Bibliothek von Grant House war schon immer ein besonderes Zimmer für mich gewesen. Sie lag Richtung Norden, hatte an drei Seiten bodentiefe Fenster, und man könnte meinen, direkt im Garten zu stehen. Es war der hellste und schönste Raum im ganzen Haus.

Ich verbrachte hier den größten Teil meiner Zeit. Wenn Jules Unterricht hatte, wenn sich abends jeder in sein Zimmer verabschiedete, oder einer Beschäftigung im Wohnzimmer nachging, fand man mich hier. Mit einem Tee, einem Kaffee oder einem guten Glas Wein, je nach Tageszeit.

Alle Bücher, die es in dieser Bibliothek gab, hatte ich mindestens einmal gelesen. Ich liebte Hemingways *Der alte Mann und das Meer*, die Texte von William Faulkner, und ich hatte eine Schwäche für Schriftsteller aus Europa.

Man konnte sagen, die Bibliothek war mein Ort, und auch wenn ich mir stets einredete, es läge nur an den Büchern, so wusste ich, dass das nicht so ganz stimmte.

In den Ecken befanden sich drei Sitzgruppen mit jeweils einem Sofa, zwei Sesseln und einem Tisch. Früher, wenn Vater Besuch hatte, wurde alles zusammengeschoben, um einer großen Runde Platz zu schaffen. Und jedes Mal, wenn ich zu dem Sofa in der Mitte sah, hatte ich das Bild ihrer Tränen vor Augen und in meinen Ohren hallte ihr Weinen wider …

Ich schüttelte die Gedanken ab. Nie wieder waren die Tische und Sitzgelegenheiten aneinandergeschoben worden, nie wieder hatte es hier in diesem Raum „große Runden" gegeben.

Stattdessen benutzte ich diesen Raum, um ihn mit Leben zu füllen. Hatte ich Termine, so fanden sie oft hier statt, sei es mit Jules' Arzt, einem der Angestellten oder unserem Finanzberater.

Während Jules mit ihrer Physiotherapeutin beschäftigt war, bereitete ich mich auf mein Gespräch mit Annie vor.

Ich zog mein langes Sommerkleid zurecht, strich den Stoff glatt, prüfte, ob die Stichpunkte in meinem Notizbuch säuberlich und gut zu lesen waren. Das Buch lag auf einem Tischchen zwischen den beiden Sesseln der Sitzgruppe am Fenster. Auf dem vorderen hatte mein Vater immer gesessen, weshalb ich versuchte, diesen Platz bis heute zu meiden.

Es war so lange her, und doch verfolgten mich die Geschehnisse jener Zeit bis in die Gegenwart. Und wenn die Erinnerungen erst einmal angestoßen wurden, war es, als würden sie alle anderen dazu animieren, sich ebenfalls erneut in meinen Kopf abzuspielen.

So fühlte ich mich zurückversetzt in eine Zeit, als dieses Haus noch den Namen *Burke House* getragen hatte.

„Meine Großmutter hat schon hier gelebt", hatte Grandma einmal zu mir gesagt. „Burke House ist etwas ganz Besonderes. Als sie hier einzog, war ihr Mann bei der Armee und ist dort verunglückt. Ich glaube nicht an Geister, doch wenn sie mir erzählte, dass sie immer, wenn sie heimkam, im Salon an der Bar eine Wärmefront spürte, so glaube ich ihr. Es konnte überall kalt sein, aber an der Bar, die er so geliebt hatte, war es warm."

Granny war der einzige Mensch, den ich geliebt hatte.

„Es gab nie wieder solche ‚Wärmefronten' in Burke House, aber wenn ich mich schlecht fühle und schlafen gehe, wache ich auf, ohne dass es mir am nächsten Morgen immer noch schlecht geht. Ich glaube nicht an Geister, aber ich glaube, dass Burke House etwas Magisches hat. Glaubst du das auch?"

Ich nahm jetzt einen Schluck heißen Tee. Heiß, weil meine Grandma gesagt hatte, bei Hitze solle man Heißes trinken.

„Ich weiß nicht, Granny."

„Burke Haus ist wie nur wenige andere Häuser im Süden aus festem Stein gebaut worden. Schon damals war klar, dass die Mauern Jahrzehnte, ach, Jahrhunderte überleben sollten. Und soll ich dir was sagen? Ich glaube, Burke House wurde für die Ewigkeit gebaut, weil es einen Zweck hat. Ein Haus ist mehr als Mauern und Gebälk. Mehr als Holz und Schindeln. Ein Haus ist ein Zeuge vieler

Geschichten. Es speichert sie wie ein Buch, weil die Wände wie Seiten sind. Man kann in diesem Buch nicht blättern, aber man kann den Einband bewundern. Man hat dann eine Vorstellung von dem, was in diesem Buch geschrieben wurde – nur lesen kann man es nicht. Erst wenn man es betritt und zu lesen beginnt, beginnt man, zu verstehen."

Ich sah aus dem Fenster und betrachtete mein Spiegelbild darin.

„Es gibt Bücher mit guten Geschichten, und es gibt Schauermärchen, vor denen wir uns fürchten und sie schlussendlich doch lesen. Wusstest du, dass meine Großmutter verrückt war? Sie sich auf den Eisenzaun geworfen hat? Dass mein Großvater getrunken und sich erhängt hat, als meine Mom ein Kind war? Sie hat ihn gefunden. Hier im Haus. In der Bibliothek. Siehst du den Haken an der Decke?"

Ich sah nach oben. Obwohl dieses Gespräch mit meiner Urgroßmutter über vierzig Jahre und der beschriebene Selbstmord noch viel länger her war, befand sich der Haken noch in der Decke.

„Ich wollte wissen, warum er das getan hatte. Also fragte ich das Haus. Ich suchte nach Antworten. Und fand sie in Form von Briefen, versteckt an einem sicheren Platz hier in Burke House."

„Wo ist dieser Platz?", hatte ich wissen wollen.

„Weißt du noch, was ich dir gesagt habe? Ein Haus ist ein Zeuge. Die Wände, die um dich herumstehen, beobachten dich. Sie sehen alles. Und so fand ich heraus, dass mein Großvater in der Nacht zuvor versucht hatte, meine Mutter zu töten, während er schlafwandelte. Er hatte es in den Briefen niedergeschrieben. Und weil er Angst hatte, dass seine Krankheit sie töten würde, hat er sich selbst gerichtet. Und Burke House war sein Zeuge."

Ich drehte mich rasch um, weil ich Schritte hörte. Durch die geöffnete schwere Flügeltür aus Holz trat eine junge Dame mit einem blonden Haarschopf, obwohl man die Haarfarbe als nicht blond, sondern eher als einen Ascheton bezeichnen konnte, Bio-Ledertretern, einer Mom-Jeans, für die es viel zu warm war, und einem Streifen-T-Shirt. Sie war nicht geschminkt, nicht zurechtgemacht, die Haare lösten sich zu allen Seiten aus ihrem

Zopf, doch diese junge Dame war nicht hier, um mir zu gefallen, sondern um das zu tun, wofür ich sie eingestellt hatte: zu lehren.

„Ma'am." Annie blieb vor mir stehen.

Ich wies auf den Sessel meines Vaters. Es war, als läge der Geruch seiner Pfeife noch nach über dreißig Jahren in der Luft. „Danke, dass Sie gekommen sind, Annie. Wie kommen Sie mit der Hitze zurecht?"

„Ich komme zurecht. In New York haben wir in den Sommern ab und an Hitzewellen, aber hier hält die Hitze an, das ist etwas anderes. Durch die Luftfeuchte kann man das Klima überhaupt nicht vergleichen." Sie schien nervös, trotz ihres Auftretens, das ich stets als souverän betiteln würde. „Sie wollten mich sprechen?"

„Ich wollte mit Ihnen ein paar Punkte Jules betreffend durchgehen."

Ohne zu murren, ging die junge Lehrerin mit mir die Punkte durch, die ich aufgeschrieben hatte. Sie betrafen den Unterricht, Jules' Nachmittagsgestaltung und ein paar Änderungen der Zeiten.

„Das war es schon?", fragte Annie, als ich meinen Monolog beendet hatte.

„Ja, Sie können gehen."

Annie stand auf und nickte freundlich, dann ging sie in Richtung Tür, hielt aber vor einem Kalender an der Wand inne. Es handelte sich um einen alten Jahreskalender aus Holz, den Vater einst aus Italien mitgebracht hatte. Geburtstage waren darauf eingetragen, nicht nur die meiner Familie, sondern auch die von Heiligen des Christentums.

„Ihre Mutter", sagte Annie. „Das war Lonna, habe ich recht?"

Ich saß noch auf dem Sessel. „Ja."

Annie tippte auf ihren Namen am Kalender. „Sie ist genau am 25. Dezember geboren?"

„Ja."

„War sie eine gute Mutter?" Annie schlug sich die Hand vor den Mund. „Ich ... Entschuldigung."

„Schon gut." Ich holte tief Luft. „Diese Frage lässt sich nicht so einfach beantworten, Annie. Eine gute Mutter ist doch für jeden etwas anderes, oder?"

Mit dieser Antwort war die junge Lehrerin vielleicht nicht ganz einverstanden, es war aber alles, was ich dazu sagen konnte.

Annie kam zurück und setzte sich wieder. „Darf ich Sie etwas fragen, Ma'am?"

„Bitte." Ich führte die Teetasse an meine Lippen. Der Tee war eiskalt und schmeckte nach den frischen Kräutern, die Georgina für seine Zubereitung zum Trocknen in der Küche aufhängte.

„Ich war nur ein paar Stunden hier, da hat Donovan davon geredet, dass uns dieses Haus einmal gehören würde."

„Und Jules."

„Sie haben ihn in diesem Gedanken unterstützt. Sie schlossen mich nicht aus."

„Beschweren Sie sich jetzt darüber, dass ich an Sie gedacht habe?"

„Ganz und gar nicht. Es hat mich … gewundert."

„Sie sind Donovans Verlobte. Ich würde mal sagen, dass die Wahrscheinlichkeit, dass Sie beide wirklich heiraten werden, bei 99 Prozent liegt. Donovan ist ein guter Junge. Er ist seinem Vater sehr ähnlich. Ich bin nicht naiv, Ehen werden geschieden. Aber ich denke, Ihre Karten stehen gut."

Annie verengte die Augen. „Es gibt eine Sache, die ich nicht verstehe."

„Die da wäre?"

„Sie geben mir trotzdem nicht das Gefühl, zur Familie zu gehören. Auch wenn Donovan bald mein Ehemann sein wird. Ich verstehe, dass Sie Georgina anders behandeln als mich, Sie kennen sie wahrscheinlich fast Ihr ganzes Leben. Mich nur wenige Wochen, und dennoch erklären Sie völlig selbstverständlich, dass das hier irgendwann mal mein Zuhause sein wird."

„Ich gebe nicht *Ihnen* das Haus. Es wird Donovan und Jules gehören, und Sie als Partnerin gehören dazu."

„Ma'am, was ich damit sagen will, ist: Für mich ist es absurd, denn wenn man von außen betrachtet, wie wir miteinander umgehen, würde man nicht meinen, ich wäre ein Mitglied der Familie, sondern eher denken, ich wäre nur eine Angestellte. Verstehen Sie mich nicht falsch, es ist nur … Ich würde es so gern verstehen."

„Ich weiß, Annie, Sie brauchen es nicht weiter auszuführen." Ich legte die Hände im Schoß zusammen. „Sie interpretieren da sehr viel hinein. Dass ein Haus weitergegeben wird – an die Kinder und deren Partner – ist der Lauf der Zeit und keine emotionale Schenkung."

„Das ist nicht das, was ich meine." Annie senkte den Kopf. „Es geht mir darum, als was und wie Sie mich behandeln."

Ich schnaubte. „Wie wünschen Sie denn, behandelt zu werden? Ergeht es Ihnen hier so schlecht?"

Annie lächelte, schüttelte dabei aber den Kopf. „Ich glaube, wir beide sprechen einfach nicht dieselbe Sprache, und das ist in Ordnung, denn jeder Mensch ist anders. Vielleicht ist es auch nur so … verdammt schwer, in diesem Haus so allein zu sein. Ich will nicht jammern, ich will auch kein Mitleid, denn ich bin erwachsen, ein großes Mädchen. In einem verdammt großen Haus." Sie sah sich um. „Selbst die Bibliothek ist größer als unser Apartment in New York. Die Menschen, die ich hier habe, kenne ich nun, anders als in der Stadt, und dennoch … fühle ich mich einsam."

Sie war so anders. Annie zeigte immer jede ihrer Emotionen, sprach immer aus dem Herzen. Setzte sich für andere ein und trat in den Hintergrund, nur wenn sie es nicht mehr aushielt, sprach sie aus, welche Bedürfnisse sie gerade hatte. Wenn sie verzweifelt war, schluckte sie ihre Tränen nicht hinunter, sondern zeigte, dass sie traurig und enttäuscht war.

„Und was erwarten Sie von mir, Annie? Dass ich Sie in die Arme nehme? Dass Sie mich ,Mom' nennen dürfen? Was erwarten Sie?" Ich war so schlecht in zwischenmenschlichen Beziehungen. Ich war niemand, der gern umarmte, ich tat es bei Menschen, die mir wirklich nahestanden, und dass ich oftmals als kalt und streng

116

wahrgenommen wurde, wusste ich natürlich. Doch die Vergangenheit hatte mich gelehrt, dass es böse Menschen gab, die eine gute Maske trugen.

Mein Dad war sehr herzlich gewesen. Und damals war ich es auch noch gewesen. Bis …

„Ich erwarte nichts", antwortete Annie. „Es wäre völlig übergriffig, etwas zu erwarten. Man kann von anderen nichts erwarten, nur weil man weiß, wie man selbst reagieren würde." Sie seufzte tief. „Mrs. Grant, ich will nur Antworten."

Es erinnerte mich daran, wie ich Antworten gesucht hatte. Jedes Mal. Und meine Mutter nie etwas geantwortet hatte.

Nie!

Und du warst auch allein.

Ich stand auf und ging ein paar Schritte, ehe ich mich wieder zu Annie umdrehte. „Sie glauben, dass mir Grant House ziemlich viel bedeutet, nicht wahr? Ich werde froh sein, wenn meine Zeit hier vorüber ist. Meinen Vorfahren war ‚Burke House' sehr wichtig. Meiner Mutter so wichtig, dass sie darauf bestanden hatte, dass mein Vater ihren Namen annahm. Es gibt in unserer Familie ein Versprechen, stillschweigend, dass das Haus in der Familie weitergegeben wird und es niemals in fremde Hände gerät. Und warum soll es in der Familie bleiben? Weil hier nicht nur gute Dinge passiert sind. Die Wände sind Zeugen wirklich schlimmer Dinge, die niemand erfahren soll. Ich wollte es verkaufen, ja, es gab eine Zeit, da wollte ich hier weg, nur …", ich drehte mich zum Fenster, „… haben mich die Wände immer wieder daran erinnert, dass ich bleiben muss. So ist es immer noch: Ich kann nicht gehen. Ich brächte es nicht übers Herz. Aber wenn meine Zeit vorüber ist, dann gehe ich gern."

„Gehen Sie doch einfach."

Ich fuhr herum. „Was?"

„Es ist ein Haus. Nur ein Haus."

Ich lachte leise auf. „Haben Sie schon mal was von Pflicht und Schuld gehört?"

„Ja, aber Ihre Mutter ist tot, Sie wartet im Jenseits nicht auf Sie, um Ihnen die Hölle heißzumachen, weil Sie Grant House verlassen haben."

Ich schüttelte den Kopf. „Nein, Annie. Dann haben Sie mich nicht verstanden. Pflicht und Schuld sind im Prinzip das Gleiche: Wenn ich meiner Pflicht nicht nachgehe, empfinde ich Schuld, es nicht getan zu haben." Meine Hände berührten den schweren Stoff der Vorhänge. Mein Blick glitt nach draußen. „Und manchmal hat man die Pflicht, jemanden nicht zu verlassen, weil die Schuld zu groß ist."

„Ich gehe jetzt." Annies Stimme klang belegt. „Oder haben Sie noch etwas für mich?"

„Nein, Annie."

Ich hörte ihre Schritte über dem Holzboden und wie sie verhallten, als sie die Bibliothek verlassen hatte.

Ich kämpfte mit den Dämonen, die dieses Gespräch in mir freigelassen hatte.

Schuld.

Und das Haus ist dein Zeuge.

Wie in Trance verließ ich die Bibliothek, ging den langen Weg bis in die Küche, wo Georgina von ihrem Berg Kartoffeln aufsah. Das Radio lief. Ein alter Song durchflutete die Küche.

Ich stellte mich vor die Spüle. Meine Hände waren heiß. Ich schwitzte nicht, aber mir war diesig und schwindelig. Aus dem Schrank nahm ich ein Glas, öffnete den Hahn, hielt das Glas darunter, ließ Wasser einlaufen und trank es dann in einem Zug aus.

Georgina schälte weiter ihre Kartoffeln. „Ach, Ma'am, alles nicht so einfach, hm?"

„Da sagen Sie was, Georgina." Ich betrachtete mich im blank geputzten Metall des Hahnes. Mein Gesicht sah darin aus wie eine Fratze. Na ja, vielleicht gab das Metall auch nur das wider, was man ihm bot.

Das kalte Wasser hatte meine Kehle gekühlt, ich wischte mir den Rest von den Lippen und schaute über die Schulter zur Uhr an der Wand. Schon halb fünf am Abend. „Ich muss noch gehen", sagte ich, weil mein Inneres mich mahnte, nicht zu spät zu kommen.

„Wieder in den Wald, Ma'am?"

„Ja, es ist ... Es ist an der Zeit." Ein Kloß bildete sich in meinem Hals. „Sie wartet auf mich."

Pflicht und Schuld ...

Von Georgina kam ein mitleidiges Seufzen. „Dann sollten Sie sie nicht warten lassen."

3

Donovan war bereits seit zehn Tagen mit seinem Vater unterwegs. Er schickte Annie immer wieder Bilder: Wie er mit einem Bauhelm vor einem modernen Wolkenkratzer stand und stolz den Daumen hob, war nur ein Beispiel davon.

Er arbeitete hart, hatte aber Spaß, ihm ging es gut, und er liebte das, was er tat, und nur das war für Annie wichtig. Sie kam schon zurecht und gewöhnte sich mit der Zeit an den Umstand, ohne ihn, dafür aber mit Jules und Violet, in Grant House zu wohnen. Außerdem war es nicht für immer, sondern nur vorübergehend. Daran hielt sie fest, wenn sie abends mit ihren Freundinnen per Videochat sprach, auch wenn sie vor zwei Tagen in Tränen ausgebrochen war, als eine davon ihr strahlend einen Verlobungsring in die Kamera gehalten hatte und Annie sie nicht umarmen konnte.

Sie begann irgendwann, Grant House – trotz allem – zu lieben. Ihr war nicht mehr langweilig. Zusammen mit Tabitha und Ben legte sie ein neues Beet an, suchte die Pflanzen dafür aus und beteiligte sich am Kochen. Sie buk nach Georginas Anleitung einen Pecan Pie, den es zum Nachtisch gab, und fand sich eines Abends mit Felicia und einem Glas Wein in der Hand auf der Bank unter der Eiche wieder. Manchmal streifte sie einfach durchs Haus, und jedes Mal lernte sie es ganz neu kennen und entdeckte Dinge, die ihr neu waren.

Annie liebte es, spazieren zu gehen. Sie war Amerikanerin, Amerikaner gingen nicht spazieren! Doch hier tat sie es. Manchmal morgens, wenn der Nebel noch wie eine weiße Decke über dem Land lag, wenn ihre Nasenspitze sich von der kühlen Luft rot färbte, wenn ihre Füße vom Tau nass wurden. Sie liebte es, dass hier nichts so war, wie sie es kannte, und sie an jedem Weg, an jeder Stelle neue Orte erblickte.

Glenn Lock entpuppte sich nach dem eher fahlen ersten Eindruck dann doch als ein reizendes Städtchen. Das Diner war ein altes Gebäude, immer hübsch geschmückt, genau wie die kleinen

Läden, von deren Vordächern die amerikanische Flagge hing. Handbeschriftete Tafeln luden zu Omelette, Sandwiches und Kuchen ein.

In nicht einmal sieben Minuten hatte sie Glenn Lock allerdings zu Fuß durchquert, und wenn sie zurück nach Grant House lief, kam erst mal nichts, nur grüne Wiesen rechts und links der Strecke, bis sie in den Wald eintauchte. Wenn sie auf dieser Straße unterwegs war, sog sie den Geruch der nahen Sümpfe ein. Sie rochen salzig, obwohl sie Süßwasser trugen, und Annie glaubte, dass das der nicht weit entfernten Küste geschuldet wäre. Als würde der Wind das Salz bis hier zum Wald tragen, wo er sich mit dem Geruch des Harzes und der Süße der Blumen im Garten von Grant House vermischte.

Jules meinte, dass Annie den Geruch völlig falsch interpretierte. Sie behauptete, sie hätte den Tod und das Verderben in den Sümpfen gesehen, wüsste, welche Gefahren unter den Wasseroberflächen lauerten, und es gab Tage, da läge ihr der Geruch der Verwesung permanent in der Nase.

Doch Annie tat Jules' Versuche, ihr die Stimmung zu verderben, jedes Mal ab.

Manchmal ging sie mit geschlossenen Augen durch die Welt. Fand, dass jeder das sehr viel häufiger tun sollte. Wie es Kinder manchmal ausprobierten. Und entdeckten sie nicht mehr als Erwachsene?

Manchmal blieb sie einfach stehen, lauschte, roch, fühlte und spürte immer öfter … Glück.

An einem gewöhnlichen Mittwoch fühlte Jules sich nicht wohl. Ihr taten die Beine weh, ihr war schlecht und sie hatte Kopfschmerzen. Annie hatte das schon in der ersten Stunde gemerkt und dann aus dem Fenster gesehen: Es regnete seit sieben Uhr, der Himmel war einheitlich grau und laut ihrer Wetter-App würde es sich heute auch nicht mehr ändern.

„Das liegt sicher am Wetter", meinte sie. „Ich schlage vor, du ruhst dich heute aus."

„Ich ruhe mich doch jeden Tag aus", antwortete Jules. „Meinst du, ich tue jetzt etwas anderes als gestern? Vorgestern? Ich weiß, wie viele Dielen der Boden hat. Ich habe jeden einzelnen funkelnden Stein des Kronleuchters gezählt. Ich habe so viel gelesen und gemalt. Ich kenne jedes TikTok-Video auswendig, Annie."

„Und was soll ich jetzt tun?" Annie lachte leise. „Wenn deine Mom dich abholen kommt und du aussiehst, wie du aussiehst, bekomme ich riesigen Ärger."

„Das will ich nicht." Jules seufzte und packte ihre Sachen zusammen.

Annie half. „Komm, ich mach das."

„NEIN!" Jules feuerte – versehentlich – ihr Etui vom Tisch, die Stifte fielen heraus und auf den Boden.

Annie wollte sie aufsammeln.

„Lass das!", rief Jules.

Annie schaute auf und hob beschwichtigend die Hände. „Wie du willst." Sie ging ein Stück weg, ließ Jules ihren Freiraum, die ihre Hefte in ihrer Tasche verstaute, ehe sie sich nach den Stiften bückte.

Sie war immer noch dabei, als Violet den Kopf durch die Tür steckte. „Annie, ich bin außer Haus."

„Ma'am, ich hatte Sie gebeten, nicht in den Unterricht zu platzen." Annie stemmte die Hände in die Hüfte.

„Was ist denn …?" Jetzt trat Violet ins Zimmer. Sie trug einen langen Regenmantel und einen Regenschirm in der Hand. „Jules, was ist?"

„Ich habe keinen guten Tag und Annie schickt mich ins Zimmer."

„Du hast keinen guten Tag? Was ist mit dir …? Was machst du da?" Sofort preschte Violet los und sammelte alle Stifte ein, um sie ins Etui zu legen.

Annie sah, dass Jules etwas entgegnen wollte, ihren Mund dann aber wieder zuklappte und in Annies Richtung blickte. Sie schien zu fragen: *Siehst du es, siehst du, was sie tut?*

„Komm, mein Baby, ich roll dich rüber." Violet stand auf, warf das Etui in die Tasche und schob Jules' quietschenden Rollstuhl aus dem Zimmer.

Annie sah ihr hinterher.

Siehst du es?

„Warten Sie!"

Violet blieb stehen und drehte sich um, Jules warf einen Blick über die Schulter.

Siehst du es?

Annie wollte so viel sagen. Jules vor so vielem beschützen, was die Mutter nicht erkannte. Es war zu viel. Zu viel von allem. Und irgendwann würde sie ersticken.

Siehst du es?

„Ja, Annie?" Ungeduldig wippte Violet mit dem Fuß.

Jules blickte Annie mit so viel Hoffnung an.

Doch wenn ich etwas sage, findet sie irgendwann einen Weg, mich aus dem Weg zu schaffen, genau wie alle anderen Lehrer ... und was haben wir dann davon?

„Es ist nichts", sagte Annie, drehte sich um, um Jules' enttäuschtem Blick auszuweichen, ging in die Hocke, weil sie unter dem Bücherregal noch einen Stift entdeckt hatte.

Violet verließ endgültig den Raum.

Im Augenwinkel entdeckte Annie einen Karton neben einem Stapel Bücher, der ihr vorher noch nie aufgefallen war. „PHOTOS" stand auf dem Karton geschrieben.

Sie legte den Stift auf den Tisch und zog den Karton heraus. Er war etwas staubig, und sie wischte sich die Hände an ihrer Jeans ab, nachdem sie den Deckel abgenommen hatte. Ja, da gab es einige Fotos. Hauptsächlich welche von Jules. Als sie noch hatte laufen können. Fotos mit ihr und ihren Eltern und sogar eines, das Donovan und Jules im Garten zeigte. Annie lächelte.

Mittendrin, zwischen all den Zeugen glücklicher Kindheitstage, lag ein altes Bild. Schwarz und weiß, der Rahmen geriffelt. Annie runzelte die Stirn. Es war ein Bild von dem Rollstuhl. Nur der Rollstuhl, ganz allein in der Diele stehend, von der Sonne beleuchtet, die einen weißen Schein auf den schwarzen Boden warf. Der Rollstuhl wirkte genauso alt wie jetzt, hatte sich kaum verändert und irgendetwas an diesem Bild war sonderbar.

Annie packte den Karton mit den Fotos weg und steckte das von Donovan und Jules in ihre Tasche.

„Was für ein Wetter." Timothy schlürfte seinen schwarzen Tee. Er saß neben Annie und löste das Kreuzworträtsel in der Zeitung. „So viel Regen mögen die Rosen gar nicht!"

Georgina kam mit zwei Tassen zum Tisch in der Küche. Eine setzte sie vor Annie ab, die andere vor sich selbst. Die schwere Frau ließ sich mit einem kräftigen Seufzen auf den Stuhl nieder. „Wir brauchen alle mal eine unfreiwillige Pause, du auch, Schätzchen." Sie streichelte Annies Arm.

„Ist in Ordnung. Wenn ich darüber nachdenke, wann ich in New York nach Hause gekommen bin, habe ich jetzt sehr viele unfreiwillige Pausen."

„Macht sich die Kleine gut?"

„Sie ist super. Sie ist sehr wissbegierig."

„Das ist ihr Vater auch", warf Timothy ein, ohne von seiner Zeitung aufzusehen. „Sie wird mal in seine Fußstapfen treten."

Georgina lachte. „So ein Blödsinn! Die gnädige Frau lässt das Mädchen doch nicht arbeiten gehen."

Annie sah auf. „Meinst du nicht?" Sie hatte fest daran geglaubt, dass Jules aufs College gehen würde. Schon im nächsten Jahr würde sie sich bewerben können.

Georgina schüttelte den Kopf. „Der Doktor sagt es ihr jedes Mal: Schicken Sie das Kind zur Schule. Sie kann gefahren werden, Hugh bekommt das hin. Sie will es nicht. Du denkst, aus Jules soll mal was werden? Einen Beruf soll sie erlernen? Pah, das glaube ich erst, wenn der Himmel grünt."

„Aber das ist ... unfair", sagte Annie und drehte die Kaffeetasse in ihren Händen. „Sie ist doch keine Gefangene. Wovor hat ihre Mutter Angst?"

„Wenn ich das wüsste. Aber na ja … Die Burkes waren schon immer eine eigenartige Familie." Georgina schlug sich die Hand vor den Mund. „Das hast du aber nicht von mir."

„Ich dachte, ihr kanntet sie nicht?"

„Aber es gibt Geschichten." Georgina und Timothy wechselten einen Blick.

Annie entging das nicht. „Nun sagt schon!"

Timothy grinste. „Fräulein Lehrerin bekommt sonst noch Furcht."

„So ein Quatsch!", protestierte Annie. „Georgina!"

Die Köchin verschränkte die Arme vor der Brust und lehnte sich zurück. „Fakt ist, dass du längst nicht alles über Grant House und das, was hier passiert ist, weißt, aber Timothy hat recht, nachher gruselst du dich und willst wieder heim."

„Ich bin erwachsen, sagt mal!" Annie schlug auf den Tisch und lachte. „Raus mit der Sprache, worüber redet ihr?"

„Über Mord", sagte Timothy kurz.

„Und Selbstmord", fügte Georgina hinzu. „Aber das sind alles Gerüchte und niemand, wirklich niemand, außer den Wänden dieses Hauses, kennt die Wahrheit!"

„Wer hat wen …?" Annie sah von der einen zum anderen.

Georgina hob die Hände. „Tut mir leid, Kleine! Aber das bleibt unausgesprochen."

„Das ist jetzt nicht euer Ernst!"

„Erzähl's ihr doch", meinte Timothy.

„Na schön: Also … An Mrs. Grants 18. Geburtstag starb ihre Mutter durch ‚Selbstmord'."

Annie dachte an das Gespräch mit Violet vor wenigen Tagen zurück.

„Und das ist nur Wochen … oder waren's Monate … später passiert als der Mord an Kenneth Burke."

„Er wurde ermordet?" Annie sprach leiser.

„Wie gesagt: Geschichten und Gerüchte." Jetzt redete Georgina wieder normal.

„Das sind keine Gerüchte", wandte Timothy ein. „Das stand doch in der Zeitung!"

„Da steht aber nicht immer die Wahrheit drin."

„Ja, wer kennt schon die ganze Wahrheit oder besser gesagt: Wen interessiert die Wahrheit? Es ist passiert. Sie sind tot. Wahrheit hin oder her."

„Deswegen gibt es ja Gerüchte." Georgina rollte die Augen. „Also, Kind, wenn du mich fragst, irgendwo wird was dran sein, aber wie gesagt, das wissen nur die Wände dieses Hauses."

„Aber ... O mein Gott." Annie griff sich an die Brust.

„Lass dir nicht zu viel erzählen." Timothy boxte ihr sacht in die Seite. „Nachher ist da rein gar nichts dran!"

„Na, na", sagte Georgina. „Was es auch war, denke immer dran, dass kranke Menschen zu Krankem fähig sind, und dass die meisten Unmenschen diejenigen sind, die völlig unschuldig wirken ..."

4

September

Annie war bewusst gewesen, dass Louisiana, auch „Bayou State" oder der „Pelican State" genannt, heiße und nasse Sommer versprach.

Auch wenn sie noch nie zuvor dort gewesen war, hatte sie gewusst, was sie erwartete, genau wie sie wusste, dass es auf Hawaii Wellen und Vulkane gab und es in Alaska ziemlich kalt werden konnte.

Was ihr aber wirklich zu schaffen machte, war die Luftfeuchtigkeit.

Nach einem sehr starken Sturm Mitte August, von dem Annie hundertprozentig überzeugt gewesen war, dass es sich um einen Hurrikan gehandelt hatte, und einer Zeit, in der es tagsüber immer wieder gewittert und geregnet hatte, waren Tage mit strahlend blauem Himmel und feuchter Luft gefolgt.

Annie war schwindelig, sie hatte sich mehrere Male übergeben müssen und arge Kopfschmerzen. Sie ging von einem Sonnenstich aus, bekam von Dr. Brennert eine Infusion und den Rat, sich eher im Haus aufzuhalten, solange es so unerträglich heiß war.

„Ist Ihnen nicht heiß?", hatte sie ihn gefragt, als er in seinem Langarmpullover und der Jeans auf Grant House angekommen war.

Er hatte nur gelacht. „Wir sind es gewohnt, Sie nicht!"

Am nächsten Tag war es ihr bereits besser gegangen.

Im September, als Donovan schon zwei Wochen mit Melroy unterwegs war, und Annie Jules einen Test schreiben ließ, während sie selbst in einem Buch las, das sie in der Bibliothek entdeckt hatte, kam erneut eine Hitzefront auf das Land zu. Die Gewitter wüteten nun abends und in der Nacht, der Tag war heiß und sonnig.

„Ich bin fertig." Jules legte den Stift weg.

Annie klappte das Buch zu. „Hervorragend. Wollen wir für heute Schluss machen?"

„Nein, wir müssen doch noch den Text zu Ende lesen."

Annie hatte Jules einen Text von einer Freundin aus New York ausgedruckt. Sie war Schauspielerin im Theater und verkörperte gerade eine Dienstmagd aus dem 16. Jahrhundert, die sich in den Plantagenbesitzer verliebte, bei dem sie arbeitete. Es war ein Drama, das in den Südstaaten spielte. Sobald sie es gelesen hatten, würde Annie Jules auch das Video zeigen.

„Das können wir morgen machen."

„Bitte, Annie! Wir waren doch da stehen geblieben, wo Charlotte ihm gesteht, was sie fühlt! Ich kann nicht bis morgen warten. Ich denke die ganze Zeit daran, wie Richard reagieren wird!"

Annie wischte sich den Schweiß von der Stirn. Ihr Körper glühte heute besonders.

„Geht es dir nicht gut?"

„Doch, eigentlich schon, aber heute ist es wirklich sehr heiß."

„Die Luft hier drinnen ist nicht gut." Jules rollte ihren Rollstuhl über den Boden zum Fenster. „Lass uns rausgehen!"

„Draußen ist es zu heiß", antwortete Annie.

„Das stimmt. Mom lässt bei Regen immer die Fenster geschlossen, weil es hier schon oft reingeregnet hat. Die Luft hier drin ist stickig." Jules zeigte ihren Hundeblick. „Es ist zwar heiß, aber die Luft ist dennoch besser. Eine halbe Stunde? An der Eiche? Und dabei den Text lesen?"

„Na schön", erwiderte Annie seufzend, nahm die Sonnenbrille, Jules' Sonnenhut und das Skript und zeigte zur Tür. „Wir verlagernd den Unterricht zur Eiche."

Im Garten hatte die Sonne die Steine erhitzt, sodass Annie das Gefühl hatte, sie liefe über Feuer. Es war so heiß, dass das Wasser in den Vogeltränken längst verdunstet war, obwohl sie sie erst heute Morgen aufgefüllt hatte.

Jules schien keine Probleme mit der Hitze zu haben. Sie plauderte über das mögliche Ende des Stücks und blieb vor dem Rasenstück stehen, damit Annie ihr mit dem Rollstuhl helfen konnte. Schon nach den ersten Metern merkte Annie, dass sich in ihrem Kopf unter der Anstrengung alles zu drehen begann. Siedend heiß fiel ihr ein, dass sie zwar an Jules' Hut gedacht, ihren dabei aber vergessen hatte.

Völlig erschöpft kam sie im Schatten der wuchtigen Eiche an. Annie ließ sich sofort auf die Bank fallen, atmete schnell, trank ihre mitgebrachte Wasserflasche fast gänzlich aus und spürte ein Flattern in ihrer Brust und das Zittern ihrer Hand, als sie Jules den Text reichte.

„Also gut", versuchte sie, ihre Sache gut zu machen, „dann lies mal weiter!"

Jules sah etwas besorgt aus, grinste dann aber, als sie die ausgedruckten Blätter von Annie nahm und laut vorlas. Zum Glück kannte Annie den Text schon, so konnte sie sich an den Baum lehnen, die Augen schließen und durchatmen.

Mit der Zeit wurde es besser, Annie entspannte sich und Jules las ohne zu pausieren, verstellte die Stimme, betonte hervorragend und schien mittendrin in diesem Liebesdrama zu sein.

Annie schaute sich um, weit und breit war kein Mensch zu sehen. Das Haus lag still vor ihnen, niemand bewegte sich durch den Garten. Dann fiel ihr Blick über die Schulter. Das weiß gestrichene Spielhaus lag in der prallen Vormittagssonne, kein bisschen Wind raschelte in den Büschen des Waldes.

„Willst du es dir mal ansehen?"

„Hm?" Annie fuhr herum zu Jules. „Was?"

„Das Haus. Es scheint dich so sehr zu interessieren."

„Gar nicht wahr!"

„Sieh es dir mal an, Annie, es ist wirklich schön da drin!"

„Ich dachte, du wärst nie dort gewesen?"

„Trotzdem weiß ich, wie es aussieht." Jules legte das Skript weg und die Hände auf die Räder ihres Rollstuhls. „Komm!"

„Nein, warum denn?" Annie schüttelte den Kopf. „Lies weiter!"

„Die Szene ist doch vorbei. Hast du nicht zugehört? Der Rest ist oben."

War Annie eingedöst? Sie stand auf und blickte zu dem Spielhaus. Der Schwindel kam wieder. „Komm, wir gehen wieder rein."

„Nein, Annie", sagte Jules fast verschwörerisch. „Geh mal rein!"

„Jules, das ist nicht lustig." Annies Kreislauf machte schlapp, sie hielt sich am Stamm der Eiche fest.

„Du traust dich nicht!"

„Sag mal! Klar, aber ich habe keinen Grund, in das Spielhaus zu gehen!"

„Mom sagt, *sie* wohnt da drin."

„Wer?"

„Geh hinein und finde es raus!"

Annie wurde ungeduldig. Sie klatschte ihre schweißnassen Hände auf den Rollstuhl und schob ihn ein Stück näher zum Spielhaus. Der Wald kam auf sie zu, als sie aus dem Schatten der Eiche traten. Die Strahlen der Sonne nahmen sie ein.

„Und nun?", fragte Annie, als sie und Jules noch ungefähr fünf Meter vom Spielhaus entfernt standen.

„Jetzt geh hinein!"

„Jules, das ist albern!"

„Du traust dich nicht!"

Annie ließ den Rollstuhl los. Dann ging sie auf das Haus zu, dessen Spitze des Daches ihr ungefähr bis zur Schulter reichte, und öffnete die Tür. „Und?"

„Du bist nicht *im* Haus."

„Muss ich?"

„Ja, mach mal!" Jules kicherte. „Oder traust du dich etwa wirklich nicht?"

„Das ist so albern", murmelte Annie und ging in die Hocke. Der Schatten des Vordachs tauchte ihren Körper in Dunkelheit, sodass sie die Augen trotz der Sonnenbrille nicht mehr verengen musste, um von der Sonne nicht geblendet zu werden.

Unwillkürlich zog sie ihren Kopf zurück und warf einen Blick auf den Wald, der ihr hier so nahe wie nie war. Der Wald, in dem sich der Brunnen befand. Und das Kreuz.

Annie hockte im Gras, die Tür vom Spielhaus weit geöffnet. Sie sah nicht mehr als Dunkelheit. „Da ist nichts drin."

„Geh mal rein!"

„Ich pass da nicht rein!"

„Klar, mit dem Kopf."

Dunkelheit.

Der Wald.

Der Brunnen.

Das Kreuz.

Die Hitze.

Annie drehte sich zu Jules um. Das Haus, die Sicherheit, war so weit von ihnen entfernt! „Das mach ich nicht."

„Du traust dich nicht!"

Annies Herz pumpte schnell. Sie wollte hineinsehen, damit Jules Ruhe gab, und dann ins Haus gehen.

„Los, Annie!"

Annie starrte erneut zum Wald.

So weit weg vom Haus!

„Also schön." Annie steckte den Kopf in das Spielhaus. Ihre Augen gewöhnten sich nicht an die Dunkelheit, sie sah nur schwarz. Panik überkam sie, weil ihr Herz ihr bis zum Hals schlug. Der Geruch nach morschem Holz und Schimmel stieg ihr in die Nase, sie fühlte Spinnennetze auf ihrer Haut.

„LOS, ANNIE!"

„Aufhören", japste sie, wollte zurückkrabbeln, als sich die Hand, mit der sie sich aufstützte, in einen Nagel bohrte. „Aufhören!" Schnell zog sie die Hand weg, bevor der Nagel sich tief in ihre Haut bohren konnte.

Die Dunkelheit nahm sie ein, sie spürte Finsternis und Angst, und das Gefühl, als würde sie jemand schubsen, der hinter ihr stand, glaubte, dass Jules das wäre, die sie in dieses dunkle Spielhaus hineinschieben wollte. Doch es konnten nicht Jules' Hände sein, die sie auf ihrem Rücken spürte, Jules saß doch im Rollstuhl!

„LASS MICH LOS!"

Der Wald.

Der Brunnen.

Das Kreuz.

Die Hitze.

So weit weg vom Haus!

Hektisch schob sie sich aus dem Haus, alles drehte sich. Sie hörte Jules ihren Namen rufen, wusste aber nicht, wo sie war, und im nächsten Moment spürte sie ihren Kopf, in dem sich alles drehte, auf dem Rasen, und erblickte das Mädchen.

„Annie? Annie!"

Annie rappelte sich auf, kam auf die Knie, starrte zu der weit geöffneten Tür des Spielhauses, sah auch von hier aus nicht mehr als Finsternis, als wären die Latten so akkurat nebeneinander befestigt, dass kein Licht die Dunkelheit durchbrechen konnte. Die Fensterläden waren geschlossen.

„Was sollte das?!", fuhr Annie Jules an, sobald sie sich etwas erholt hatte. „Was zum Teufel sollte das?"

„Sorry, war ein Spaß!"

„Ich habe keine Lust auf deine Späße, verdammt!" Es war das erste Mal, dass Annie wirklich wütend war, seit sie in Grant House wohnte.

„Tut mir leid."

Annie ignorierte ihre Worte. „Wir gehen rein! Wir gehen sofort rein!" Als sie sich hinter Jules' Rollstuhl stellen wollte, um ihn anzuschieben, kam Violet Grant in hastigen Schritten auf sie zu.

„Scheiße", entfuhr es Annie, als sie zum Himmel blickte und dann auf Jules' rotes Haar, weil ihr Sonnenhut noch auf der Bank unter der Eiche lag. „Verdammt, verdammt, verdammt!" Es ging ihr selbst so schlecht, als sie diesen Ort verließ, und sie wusste, dass sie ein Donnerwetter empfangen würde.

„Was erlauben Sie sich!", brüllte Violet schon von Weitem. „Niemals darf Jules weitergehen als bis zur Eiche!"

„Ich weiß", sagte Annie, schob Jules an der Eibischhecke und an den zwei Palmen vorbei auf die Wegplatten des Rosengartens. „Wir wollten ..."

„Das war meine Schuld, Mom!"

„Du bist ruhig!", mahnte Violet. Dann blickte sie Annie verächtlich an. „Sie haben die Verantwortung für meine Tochter! Wie kommen Sie auf die Idee, sie bei dieser Hitze nach draußen zu schleifen! Jules ist krank, Annie! Sie ist krank!"

„Sie sitzt im Rollstuhl, mehr nicht!", protestierte Annie und hätte Violet am liebsten vor die Füße gekotzt.

„Mehr nicht?" Violet war außer sich. „Ist das Ihr Ernst?"

„So meinte ich das nicht, aber sie ist nicht bettlägerig. Sie kommt mit ihrer Situation sehr gut zurecht und verdient an einem so schönen Tag wie diesem etwas frische Luft!"

„Schöner Tag? Im Radio werden geschwächte Menschen angewiesen, sich drin aufzuhalten!"

„Jules ist aber nicht geschwächt!"

„Sie ist krank!" Violet tobte. Dann schubste sie Annie vom Rollstuhl weg und legte ihre Hände selbst auf die Griffe. „Sie gefährden mein Kind! Jules kann das Risiko eines Hitzeschlags noch gar nicht einschätzen!"

„Jules ist keine sechs Jahre mehr! Sie kann die Hitze besser kontrollieren als ich, weil sie sie gewohnt ist!"

„Das reicht!", brüllte Violet. „Ich will Sie heute nicht mehr sehen! Morgen wird es genauso heiß! Davon bekommt Jules Kopfschmerzen. Sie wird sehr krank werden in dieser Hitze. Und dann muss sie wieder in dieses Krankenhaus, wo man nicht auf sie achtgeben wird." Energisch hob sie den Zeigefinger. „Bis die Temperaturen sinken, wird es keinen Unterricht mehr geben."

„Violet, das ist völlig überzogen! Jules geht es wunderbar!" Annie griff nach Jules' Arm. „Dir geht's doch super, oder? Oder hast du Schmerzen?"

„Hab ich nicht."

Grob langte Violet nach Annies Arm und riss ihn von dem ihrer Tochter.

Annie war so in Rage, dass sie nicht aufhörte. „Reden Sie ihr nicht ein, dass sie krank wird, das ist falsch! Sie kann das aushalten!"

„Sie werden mir nicht sagen, was ich zu tun habe!" Violet setzte sich in Bewegung. „Für wen halten Sie sich?"

„Violet …"

„Mom!", schrie Jules. Sie streckte die Hand nach Annie aus. „Bitte, Annie!"

„Jules! Es geht nach oben. Ins Kühle. Du wirst dich ausruhen. In dein Bett gehen. Mommy macht das schon." Rasend schnell bewegte sich Violet durch den Garten zum Haus, während Annie zwischen den üppigen Rosenbeeten stehen blieb und im nächsten Moment zusammenbrach.

5

Wenn die Angst der Bedrohung am stärksten war, sollte ich innehalten, die Augen schließen, tief ein- und ausatmen, so lange, bis die Angst nachließ. So lautete die Theorie. Doch die Realität sah meistens völlig anders aus.

„Ich habe doch nur Angst, einen Fehler zu machen", hatte ich schon so oft zu Jules gesagt. Und es war noch nicht lange her, da hatte sie mir geantwortet: „Das hast du schon längst."

Jules strafte mich mit einem Blick, der mir bedeuten sollte, dass auch das eben ein Fehler gewesen war, als sie sich in ihr Himmelbett legte und ihren Groll nicht verstecken konnte.

„Kannst du bitte gehen?" Jules rollte sich auf die Seite.

Ich wusste nicht, was ich sagen sollte. Ich hatte es ihr hier oben so schön gemacht. Wäre nicht jedes Mädchen froh, in einem Traum von rosa Tüll und Volant zu schlafen?

„Aber, Jules ..."

„Mom. Bei allem Verständnis, und du weißt, wie viel ich für dich aufbringe ... jeden Tag. GEH!"

Das saß. Ich presste meine Hand gegen die Brust und senkte den Kopf.

Dann ließ ich mein Kind allein.

Ja, Schuld.

Ich war schuld, dass sie sich schlecht fühlte, Schuld, dass sie nicht glücklich war. Aber ich war nicht schuld daran, dass man ihr wehtat.

Und das verstand Jules nicht.

Annie war von Hugh ins Haus und in den Salon getragen worden, wo Georgina sich um sie gekümmert hatte. Ich hatte am Rand gestanden und zugesehen. Ich hatte mich nicht entschuldigt, weil ich nicht gewusst hätte wofür.

Irgendwann ging ich in die Bibliothek und blieb dort für Stunden.

Niemand wollte mich sehen. Weder Jules noch Annie, und ich betete, dass Melroy bald nach Hause kommen würde, damit er mich halten konnte.

Gegen fünf Uhr schritt ich durch den Eingangsbereich des Hauses und sah durch die Fenster, dass Annie das Haus verließ. Sie ging in letzter Zeit oft spazieren. Im Augenwinkel entdeckte ich einen Zettel auf einem kleinen Tischchen nahe der Treppe.

Ich nahm ihn auf, und dort stand in Annies Handschrift: *„Es tut mir leid, Ma'am. Es kommt nie wieder vor. Wenn Sie mich entschuldigen, ich werde die Nacht in dem Bed'n'Breakfast in der Nähe von Glenn Lock verbringen. Rufen Sie mich an, falls Sie meine Hilfe brauchen. Annie."*

Ich seufzte. Annie war eine unglaubliche Frau. Ich war beeindruckt von der jungen Lehrerin, und das seit dem ersten Tag. Dass sie sich entschuldigte, obwohl jeder andere mit einem fulminanten Wutausbruchsanfall gegangen wäre, sagte so einiges über sie aus. Und auch einiges über mich …

Vielleicht war es deswegen auch an der Zeit, Annie ein Stück entgegenzukommen.

Ich schrieb eine Notiz auf den Zettel, stieg damit die Treppe nach oben und betrat Donovans und Annies Bereich. Durch die Tür gelangte ich in den Flur, sah das große Schlafzimmer direkt vor mir.

Ich wollte den Zettel dorthin legen, doch hier in ihren Zimmern zu stehen, fühlte sich nicht gut an. Vielleicht hätte es auch ausgereicht, Annie eine SMS zu schicken, anstatt sich in ihre Räumlichkeiten zu begeben, zu denen ich keinen Zugang haben sollte.

Dennoch blieb ich und betrachtete Annies Werk: Sie hatte sich ihr neues Zuhause verschönert, Blumen in Vasen gesteckt, neue Vorhänge und Bettwäsche besorgt, einen Teil der Möblierung ersetzt und Bilder von sich und Donovan an die Wände gehängt. Auf Korkwände waren Fotos von ihr und einigen jungen Frauen gepinnt, die mit getrockneten Rosen, bunten Bändern, einer Plastikkrone und einer Bridesmaid-Scherpe geschmückt waren.

Ich wusste, dass ich hier raussollte, doch ich blieb, inspizierte jede Ecke der Räume, fand unaufgeräumte Schränke vor, offene Make-up-Döschen im Badezimmer und ein gerahmtes Bild ihrer Eltern auf dem Nachttisch.

Annies Mom hatte wohl alles richtig gemacht.

Da entdeckte ich etwas in der obersten Schublade des Nachttisches, was mir ganz und gar nicht gefiel: Ich zog eine Folie mit mehreren ausgedruckten Zeitungsartikeln über Grant House heraus und blätterte sie durch.

„Kenneth Burke tot in Burke House aufgefunden!"

„Wer hat Kenneth Burke in seinem eigenen Haus umgebracht?"

„Lonna Burke: Selbstmord am 18. Geburtstag ihrer Tochter Violet!"

„Tochter hüllt sich in Schweigen: Was weiß Violet Burke wirklich über den Tod ihrer Eltern?"

Ich warf die Schublade zu. Mein Herz pochte wild. Die Gedanken an damals durchfluteten meinen Kopf. Und gleichzeitig kochte mein Blut vor Wut.

Wie konnte Annie es wagen, derartige Nachforschungen anzustellen über eine Vergangenheit, meine Vergangenheit, die sie absolut nichts anging!

Tobend griff ich nach der netten Notiz, die sie mir geschrieben hatte, und zerriss sie mehrmals. Sie konnte im Hotel bleiben, ich würde sie nicht bitten zurückzukommen!

Grant House war mein Haus! Jules war meine Tochter! Und ich entschied!

Ich stürmte aus Annies und Donovans Apartment und hielt mich am Geländer der Galerie fest. Meine Brust hob und senkte sich rasch. Ich versuchte, Haltung zu wahren, doch die Bilder von damals schienen mich in den Bann gezogen zu haben.

Da war so viel Blut.

So viel rote Farbe, die keiner meiner Tuben im Tuschkasten ähnelte.

Da war so viel Blut auf Mutters Kleid, an ihren Händen, als sie seinen Kopf auf ihrem Schoß begutachtete, anstatt ihr Kind in den Arm zu nehmen, das vor Panik fast wahnsinnig wurde.

„Siehst du", hatte sie gesagt und seinen Kopf ganz langsam auf den Boden abgelegt. Sie war sich mit der blutverschmierten Hand über die Nase gefahren, wodurch ein schmieriger roter Film auf ihrem Gesicht zurückblieb. Sie benetzte die Lippen mit ihrer Zunge, und das Blut verteilte sich weiter.

Dann starrte sie mich an, die im Türrahmen stand. „Ich ... Ich hab's doch gesagt." Sie stotterte, war nervös, hielt die riesige Schneiderschere noch in der Hand, von der rote Tropfen auf dem Boden landeten. „Ich ... Ich hab's die ganze Zeit gesagt! Oder nicht?"

Ich konnte nicht antworten, blickte nur auf das grauenvolle Bild vor mir.

Mutter stellte sich auf und reckte das Kinn. „Es ist geschehen. Und ... es hatte nicht verhindert werden können." Sie klang so unsicher. „Gib acht, junge Lady. Denke stets daran, dass es Zeugen gab. Auch wenn du denkst, niemand hat es gesehen, sei dir sicher, die Wände von Burke House haben es gesehen." Sie kam näher, während ich einen Schritt zurückwich. „Und solange du in Burke House lebst, wird dich in jedem Raum jede Wand wie ein Spiegel daran erinnern, was passiert ist! Tag und Nacht, verstehst du das?" Sie legte den Kopf schräg, sah aus wie eine Wahnsinnige. „Bist du dafür bereit, mein Kind? Für diese Schuld?"

Ich schluckte.

„Ich meine ... glaubst du daran?" Mutter verzog das Gesicht, und es sah aus, als würde sie lächeln. „Dass sie dich erinnern werden? Jedes Mal?"

Ich schüttelte den Kopf. Nein, ich glaubte nicht daran.

Lonna Burkes Lächeln verschwand. „Okay, das ist okay. Aber nun ... geh zu Bett. Es ist an der Zeit."

Wie sich herausstellte, hatte Jules mehrere Bücher über die Kunst im Allgemeinen gelesen und sich dann auf die verschiedenen Epochen spezialisiert. Der Klassizismus hatte es ihr angetan, aber sie liebte auch den Kubismus und die Renaissance. Sie klärte Annie über diverse Künstler jener Epochen auf, zeigte ihr in Büchern ihre Werke und TikTok-Videos von jungen Leuten, die diesem Stil nacheiferten.

Jules konnte beeindruckend gut zeichnen. Das Malen lag ihr aber auch, doch weil sie darin noch Übung brauchte, malten Annie und Jules hauptsächlich. Annie erzählte viel von ihrer Freundin aus dem Theater in New York und dass es dort viele Kunst-Studiengänge gab, unter anderem natürlich auch Kunstgeschichte.

Weiterhin fand Annie heraus, dass Jules dichten und hervorragend Texte aufsagen konnte und ein Gespür für Schauspiel hatte.

Es war für Annie schon erstaunlich, was für geheime Talente das junge Mädchen barg. Genau deshalb hatte sie heute etwas in ihrer Tasche, nur für Jules.

Jules malte auf einer Leinwand auf der Staffelei, als Annie sich zu ihr gesellte.

Annie griff ebenfalls nach Pinsel und Farbe und versuchte sich an einer abstrakten Menschenform, einer sich schlingenden Person über der Leinwand, rechts ein blauer und links ein roter Hintergrund. Es sollte Violet darstellen, aber das blieb ihr Geheimnis. Sie wischte sich die Hände an einem weißen Handtuch ab, das sie aus einem Wandschrank hier oben genommen hatte, und scheuerte damit über ihre Fingernägel, die voll gelber Farbe waren. Plötzlich entdeckte sie eine feine Stickerei auf dem Handtuch: *Rosie*.

Annie runzelte die Stirn.

Rosie?

„Was sagst du?" Jules schien ihr Bild beendet zu haben. Sie hatte den Rosengarten von Grant House gemalt.

Annie legte das Handtuch weg und dachte nicht weiter über die Stickerei nach. „Das ist wirklich gut!"

„Danke. Das nächste Mal setze ich das Haus in den Hintergrund. Dann wirkt es realer."

Annie ging zu ihrem Pult und zog die Blätter aus ihrer Tasche. „Ich lege dir hier mal eine Lektüre für heute Nachmittag hin." Sie zwinkerte Jules zu.

„Hast du eine Geschichte geschrieben?", fragte Jules belustigt. „Die Lehrerin von Grant House und der böse Wald?"

„Nein, ich habe gegoogelt und zusammengetragen, welche Studiengänge ich dir empfehlen würde." Annie grinste. „Außerdem habe ich meine Freundin gebeten, dir die Links ihrer Schauspielschule und zu ihren Kursen zu schicken. Sie hat mir erzählt, dass es für junge Menschen die Möglichkeit gibt, hinter den Kulissen zu schnuppern."

„Annie …" Jules ließ den Pinsel sinken. Ihr rosa Shirt war voller grauer Flecken. „Das hast du für mich getan?"

„Ja." Annie nickte. „Es wird die Zeit kommen, in der du Entscheidungen treffen musst. Du hast großes Talent, und ich fände es wirklich eine Schande, wenn du hierbleiben würdest und es nicht nutzt."

„Aber …"

„Kein Aber. Niemand hat das Recht, über dein Leben zu bestimmen." Sie tippte auf die Blätter, die noch auf ihrem Pult lagen. „Man darf dir höchstens Hinweise darauf geben, auf etwas, was du vielleicht noch gar nicht bemerkt hast."

Jules ließ die Schultern hängen. „Ich weiß nicht, was ich sagen soll."

„Schon gut, es sind nur Informationen. Aber wir müssten dich bereits im nächsten Jahr anmelden, ziemlich genau dann, wenn mein Jahr hier vorüber ist. Lass uns das als Stichtag nehmen."

„Ich danke dir von Herzen", sagte Jules. Doch dann verfinsterte sich ihr Blick. „Aber ich in New York … Das ist unmöglich."

Annie ging auf sie zu und packte Jules an beiden Armen. „Dir wurde in deinem Leben schon viel zu oft gesagt, was das Beste für dich wäre. Aber weißt du was? Nur du weißt das. Nur du allein. Und du wirst staunen, dass New York voller Menschen ist, die ebenfalls ein Handicap haben, und so auf viele Gleichgesinnte treffen."

„Aber meine Mom …"

„Auch in New Orleans gibt's tolle Kurse." Annie stand auf. „Wir werden etwas für dich finden!"

„Annie!" Jules schaute ernst. „Mom würde mich nie gehen lassen."

„Mach dir um deine Mom keine Gedanken." Annie setzte ein verschwörerisches Lächeln auf. „Denke immer daran: Du hast auch einen Dad!"

„Sie haben was?" Violet wich sämtliche Farbe aus dem Gesicht und sie sah nun genauso aus wie die leere Leinwand, vor der Annie gesessen hatte, bevor die Kunststunde begonnen hatte. „Das ist nicht Ihr Ernst!"

„Doch. Melroy ist begeistert." Annie breitete die Unterlagen, die sie zweimal ausgedruckt hatte, nun vor Violet im Salon aus. „Das *King's College* in New York bewirbt hier den Bachelor in Medien, Kultur und Kunst. Jules könnte aus den Wahlfächern Theater, Film und Medien wählen. Das College ist gut! Ich habe zwei Freundinnen, die dort studieren. An meiner Universität bieten sie aber auch einen reinen Kunst–"

„Annie!", unterbrach Violet sie scharf. „Sie haben tatsächlich meinen Mann auf seiner Reise kontaktiert?"

Annie hob die Schultern. „Ja, das war nicht schwierig. Telefonieren Sie nie mit ihm? Donovan und er saßen gerade beim Dessert. Wir haben zu dritt –"

„Was erlauben Sie sich?" Violet verengte die Augen. „Sie kennen Jules erst ein paar Wochen und denken, Sie müssten ihre ganze Welt verändern! Das ist … Das ist …" Sie brach ab. Dann ließ sie die Papiere fallen und griff sich mit beiden Händen an die Schläfen. „Sie haben kein Recht, meiner Tochter einzureden, was für sie das Beste wäre!"

„Ma'am …"

„Ich rede!" Violet schlug die Fäuste auf den Tisch. „Jules wird niemals nach New York gehen, haben Sie mich verstanden!"

In Annie begann es zu brodeln. „Was ist mit New Orleans?"

„Sie wird auch niemals nach New Orleans gehen!"

„Warum nicht?" Annie atmete schnell. So oft hatte sie klein beigegeben. Heute nicht. „Wie stellen Sie sich die Zukunft Ihrer Tochter vor?"

„Das geht Sie gar nichts an!"

„Sie sperren sie ein, Violet! Ich weiß, wie Sie es am liebsten hätten!" Annie beugte sich über den Tisch. „Jules soll dort oben in ihrem Rollstuhl sitzen, ihr ganzes Leben lang! Sie soll niemals die Freuden einer jungen Frau empfinden, die auf dem Weg ist, sich ein Leben aufzubauen. Sie darf es nicht, weil Sie Angst haben, dass ihr irgendwas zustoßen könnte, was Sie nicht kontrollieren können. Und wissen Sie was? Das wird es auch, weil Jules nie gelernt hat, allein zurechtzukommen!"

„Was erlauben Sie sich!"

„Sie tut mir leid!", schimpfte Annie. „Sie verpasst all die Dinge, die das Leben für sie bereithält. Der Rollstuhl ist nicht mehr als eine Ausrede!"

„Sie ist krank!"

„Das ist sie nicht, sie ist gehbehindert!", schrie Annie. „Wovor haben Sie Angst, Violet? Was ist in Ihrer Vergangenheit passiert, dass Sie Ihre Tochter nicht allein lassen können? Hat es was mit Ihren Eltern zu tun? Ihrer Mutter?" An Violets verstörtem Blick merkte Annie, dass sie einen Schritt zu weit gegangen war. „Ich meine …"

„Verlassen Sie den Salon! Auf der Stelle, und nehmen Sie Ihren Kram mit!" Violet wischte mit einer raschen Bewegung all das Papier vom Tisch.

Annie senkte den Blick.

„GEHEN SIE!"

Annie zuckte zusammen, starrte aus tränenverschwommenen Augen zu der Frau, die sie niemals im Leben verstehen würde. „Sie haben in meinem Zimmer geschnüffelt."

Violet erstarrte. Und damit wusste Annie, dass sie richtiglag.

„Was haben Sie gefunden? Die Artikel? Ja, die liegen da. Genau." Annie hob das Kinn. „Haben Sie sie noch in Erinnerung? Ich schon. *Zweifel am Selbstmord: Hat sich Lonna Burke wirklich selbst getötet?*, lautet der eine. Sie wurden beschuldigt, nicht wahr? Von den Einwohnern der Stadt."

„Ich … Ich spreche nicht darüber."

„Okay. Das kann ich verstehen, nur … Sie verschweigen etwas, Violet. Ich sehe es jedes Mal, wenn ich in Ihre Augen schaue. Da ist Verbitterung, Unsicherheit und vor allem Angst. Und ich glaube manchmal … dass Jules nur wenig damit zu tun hat, was in Ihnen vorgeht."

„Annie!"

„Ich habe mit traumatisierten Kindern gearbeitet." Annie begann zu schluchzen, obwohl sie das nicht vor Violet tun wollte. „Kinder, die misshandelt, vergewaltigt, geschlagen und selbst getötet haben. Ich habe sehr viele solcher Kinder gesehen und mir Geschichten angehört, die furchtbar und nicht wiederzugeben sind. Ich glaube, dass hier in Grant House etwas passiert ist, dass mit Ihnen zu tun hat. Und ich bin seit unserem letzten Gespräch in der Bibliothek davon sogar überzeugt, denn Schuld und Pflicht ist manchmal dasselbe, nicht wahr?"

Violet drehte sich von ihr weg und atmete tief durch.

„Und damit wollen Sie mir wieder mal was sagen?"

Annie zog das mit Farbe beschmutzte weiße Handtuch aus ihrer Tasche, ging um Violet herum und zeigte ihr die Stickerei. *Rosie.*

„Wer ist Rosie?"

„Gehen Sie mir aus den Augen!" Violet streckte den Arm aus und zeigte zur Tür. „SOFORT!"

Annie nickte. „Das tue ich auch. Ich kündige!" Sie drehte sich auf dem Absatz um, rannte aus dem Salon und die Treppen hinauf.

In genau diesem Moment kam Jules aus Richtung Küche gefahren. „Annie!"

„Tut mir leid, Jules!" Annie war oben angekommen, rannte weiter, ohne Jules zu beachten.

„Mom!", hörte sie Jules jammern. „Wo will sie hin?"

Annie packte erneut eine Tasche mit ihrem wichtigsten Zeug zusammen: ein paar Kleidungsstücke zum Wechseln, Toilettenartikel, das Ladekabel für ihr Telefon und ihren Laptop, dann eilte sie die Treppe hinunter.

Da sie noch immer kein eigenes Auto hatte, obwohl Donovan ihr versprochen hatte, sie würde eines gestellt bekommen, ging sie zu Fuß in Richtung Stadt.

Georgina war ihr auf dem Weg nach draußen begegnet und hatte gefragt, wo sie hinwolle, und Annie hatte geantwortet: „Weg, einfach nur weg!"

Jetzt rannte sie durch das geöffnete Tor von Grant House und ging in eiligen Schritten die Waldstraße entlang.

Sie begann zu schwitzen, weil die Schwüle durch den Regen nur verstärkt worden war, ihr Pullover saugte sie auf wie ein Schwamm, sodass sie Glenn Lock klitschnass erreichte.

Erst als Annie an den ersten Häusern der kleinen Stadt vorbeilief, hatte sie das Gefühl, durchatmen zu können. Sie nahm die Kapuze ab und sah sich um. Nur wenige Autos fuhren an ihr vorbei. Es gab kaum Menschen, die sich auf den Straßen befanden.

Sie war allein.

Als sie über eine Brücke ging, die den Bayou Teche überspannte, versuchte sie vergeblich, Donovan zu erreichen. Seufzend unterbrach sie den Verbindungsaufbau und fragte sich, was sie jetzt tun sollte. Sie war erst vor wenigen Tagen in dem Hotel abgestiegen, das sich in der Nähe befand, und war vor Langeweile fast gestorben. Wenn sie jetzt an das ungemütliche alte Zimmer dachte und an die viele Zeit, die sie dort – allein – verbringen würde, könnte sie in Tränen ausbrechen.

An der Tankstelle neben dem Fluss warb ein Aufsteller vor einem unscheinbaren Häuschen für Swamp-Touren. Ein aufblasbarer Alligator stand, an die Wand gelehnt, davor.

Mit Wehmut dachte sie an den Ausflug mit Donovan vor wenigen Wochen.

Ach, wie sehr er ihr fehlte …

Annie hielt sich am Geländer der Brücke fest und dachte nach.

War sie zu weit gegangen? Ja.

War es hinterhältig, Violet zu übergehen und sich zuerst an Melroy zu wenden? Ja.

Aber hätte sie widerstehen können, all die Dinge zu Violet zu sagen, die sie schon so lange hatte aussprechen wollen? Nein.

Sie seufzte tief.

Egal, wie verzwickt die Lage war: Weglaufen war falsch. Die Mutter ihrer Schülerin hatte ihre Vorschläge nicht angenommen und war nicht mit ihr einer Meinung – im Berufsleben kam das nun mal vor. Dann wegzulaufen, war albern und unprofessionell. Das konnte man sich einmal leisten, dann aber nie wieder, und jetzt war sie schon zum zweiten Mal weggelaufen.

Deswegen ging Annie nachdenklich zurück in die Einkaufsstraße. Das Diner lockte mit einem blinkenden „Open"-Schild, um diese Uhrzeit war das Mittagsgeschäft in vollem Gange. Annie bekam noch einen Platz am Fenster und starrte auf die grauen Straßen und beobachtete, wie die dicken Regentropfen in den Pfützen platzten.

„Was darf es sein?", fragte eine junge Dame mit einer Filterkaffeekanne in der Hand. Sie war ungefähr in Annies Alter.

„Einen Kaffee bitte", antwortete Annie freundlich.

„Warte … Mit Zucker und einem Daumenbreit Milch?"

„Genau." Jetzt erinnerte sich Annie. Als sie das letzte Mal weggelaufen war, hatte die junge Dame sie ebenfalls bedient.

Kaffeetassen standen bereits auf dem Tisch, die Kellnerin schenkte ein. „Darf es etwas zu essen sein?"

Annie nickte. „Ein Thunfisch-Sandwich."

„Sehr gern." Die junge Dame schrieb etwas auf ihren Block. „Du bist neu in der Stadt?"

„Ja, ich wohne im Grant House."

„Ich bin Rumy. Mein Verlobter und ich sind auch gerade hergezogen."

„Ach wirklich?" Annie schüttelte die ihr angebotene Hand.

„Wenn du willst, können wir unsere Nummern tauschen."

Annie lächelte. Dann dachte sie an Jules. Ihr Herz wurde schwer. „Das würde ich sehr gern."

Rumy ging, und Annies Telefon vibrierte. Sie hoffte, dass die SMS von Donovan war, aber nein, sie kam von Jules: *Annie, bitte komm zurück! Bitte, bitte, lass mich nicht allein!*

Ich hielt beide Hände fest an meine Ohren gepresst, während ich die Bilder der Vergangenheit zu vergessen versuchte, und doch wusste ich, dass das nie der Fall sein würde.

Die Schreie meiner Tochter trafen mich bis ins Mark.

Und wenn Jules schrie, fühlte ich ihren Schmerz bis in mein Herz.

Ich kann nicht!

Ich kann nicht!

Ich kann keinem Menschen vertrauen, außer deinem Vater und mir!

Ich stand in meinem Zimmer, weit weg von Jules' Flügel des Hauses, und dennoch hörte ich das Quietschen der Räder ihres Rollstuhls und ihren Schrei bis hierher.

„Eins, zwei", zählte ich leise.

Der monotone Schrei meiner Tochter quälte mich.

„Drei, vier."

Er verbreitete in Grant House eine düstere Atmosphäre, die gruselig und markerschütternd war.

Und weil ich es nicht mehr ertragen konnte und *ihre* Hilfe brauchte, zog ich meine Regenjacke an, stieg in die Stiefel und verließ meinen Trakt des Hauses.

Untermalt von den Schreien meiner Tochter eilte ich aus dem Haus, um dem zu entfliehen, was einst hier geschehen war.

„Fünf, sechs." Der Garten lag in seiner morgendlichen Stille vor mir. Die Köpfe der Rosen hingen nach unten, auf den Steinen lag ein Spiegel aus Regenwasser. Plätschern ertönte, als ich dadurch in Richtung Eiche schritt.

Stumm begrüßte mich der Baumriese wie ein alter Freund, der mich kannte, seitdem ich geboren worden war. Wie immer blieb ich stehen, schaute in seine Krone, als wäre sie ein Gesicht, dem ich zunicken könnte. Dann eilte ich weiter, am Spielhaus vorbei, hielt inne, weil das Verlangen hineinzusehen, so unfassbar groß war.

Sie zu sehen. So wie damals.

Doch ich ging weiter, trat in den Wald, der seine Tore zu schließen schien, sobald ich den ersten Schritt hineingesetzt hatte. Um mich herum wurde es dunkel, das Blätterdach der Bäume hielt den meisten Regen von mir fern.

Vor mir lag der Brunnen.

Sobald er in Sichtweite war, hörte ich die Stimmen zweier Kinder. Hörte ihr Lachen, das von prächtigen Sommertagen einer wunderschönen Kindheit erzählte. Sie riefen nach mir, zeigten mir, wie gut es ihnen ging, und dass sie sich so sehr freuten, mich endlich zu sehen. Sie verrieten mir, dass sie Dad bei den Pferden besuchen würden, und ich nickte ihnen zu und hoffte so sehr, sie würden einfach dortbleiben.

Bei Pa.

Ein Lächeln huschte über mein Gesicht, weil ich mich willkommen fühlte, als jedes dieser Kinder eine meiner Hände und mich in ihre Mitte nahmen, weil sie sich so sehr freuten, mich zu sehen. Eines dieser Kinder kannte ich sehr genau …

Ich schloss die Augen, meine Hände lagen in der Luft, denn es war völlig klar, dass es hier niemanden gab, der mich zum Tanz durch den Wald aufforderte. *Doch eines Tages*, dachte ich. *Eines Tages werde ich wieder bei dir sein.*

Dann wirst du meine Hand nehmen und mit mir tanzen.

Du wirst meinen Namen rufen, mit mir lachen, wirst mir in die Arme laufen, weil es so lange her war, dass wir einander gesehen haben. Und das alles, weil die Zeit, die wir gemeinsam verbracht haben, so unfassbar kurz war.

Wie ein Traum, der zu schön war, um aufzuwachen.

Ach, was würde ich dafür geben, die Zeit zurückzudrehen, um den Schmerz in meinem Herzen niemals gefühlt haben zu müssen.

In jener Welt würde es keine Schuld geben.

Du würdest mit deiner süßen hellen Stimme nicht ein einziges Mal das Wort gegen mich richten, würdest mich vergessen lassen, was ich getan habe.

Wir würden lachen.

Wir würden singen und tanzen.

Wir würden uns an den Händen halten und uns – genau wie damals – versprechen, immer füreinander da zu sein.

Ja, eines dieser Kinder kannte ich sehr genau – denn eines dieser Mädchen war ich selbst.

Ich öffnete die Augen.

Da war der Wald.

Der Brunnen.

Und das Kreuz.

Irgendwann bin ich wieder bei dir. Irgendwann sehe ich dich wieder. Bis dahin ist dies der Ort, an dem du mir so nah bist wie nirgendwo sonst.

Ich sog den Geruch des Waldes und des Regens in mich auf.

Mein Herz spürte Liebe.

Ich war zu Hause.

Kapitel 4

1

Vergangenheit

April

„Wach auf! Komm schon, wach auf!"

Ich öffnete die Augen. Alles war schwarz. Das Ticken einer Uhr in meinen Ohren, und Regen, der an die Scheibe prasselte. Leises Donnergrollen.

„Komm, zähl mit mir!"

Ein Blitz sorgte dafür, dass das Zimmer kurz hell wurde. Ich zog die Bettdecke über meinen Kopf, mein Atem erhitzte die Luft darunter blitzschnell. Und ich begann zu zählen: „Eins, zwei, drei …"

Ich kam bis acht, dann erschütterte ein Donnern die friedliche Ruhe des Westflügels von Burke House. Als ich die Decke von meinem Kopf zog und einen Moment in der Dunkelheit verharrte, blitzte es wieder, und ich begann von vorn. Unter die Decke kriechen, zählen. Diesmal kam das auf den Blitz folgende Donnern schon bei sechs. Es machte mir Angst, ich hasste Gewitter. Ich kroch unter der Decke vor, starrte rüber zu Rosie, die nickte und lächelte. „Alles okay! Es zieht vorüber und dann ist alles wieder in Ordnung."

Als mich wieder ein Blitz unter die Decke zwang, war ich viel ruhiger, denn Rosie hatte gemeint, es käme alles wieder in Ordnung.

Rosie war nämlich der Meinung, dass man nur zu zählen bräuchte, wenn man Angst hatte …

Ich erinnerte mich sehr gern an meine Schwester Rosie, eigentlich Rose, und das schon immer. Seit ich denken konnte, gab es meine kleine Schwester, die zwei Jahre jünger war als ich.

Ich erinnerte mich zwar nicht an die Zeit, als ich ein Baby war, wer von uns kann das schon, auch nicht, wie ich laufen oder sprechen gelernt habe, aber ich weiß, dass es schon immer meine kleine Schwester Rosie gab. Und ich weiß noch, dass ich immer überzeugt davon war, dass sie das beste Geschenk war, das meine Mutter und mein Vater mir hätten geben können.

Vielleicht erinnerte ich mich so gut an Rosie, weil sie immer die Hübschere von uns war, die mit den dunklen Kulleraugen, die aussahen wie schwarze Murmeln. Ihr pechschwarzes Haar ähnelte dem einer Puppe, und jeden Morgen nach dem Aufstehen sahen die Locken aus wie am Abend zuvor, ohne dass sie nur irgendwas dafür tun musste, quasi wie durch Zauberei.

Immer wenn ich Rosie ansah, dachte ich, sie wäre eine Prinzessin. Aber nein, sie war keine Prinzessin, sie war meine Schwester, sie war flink, sie war stur, sie war lustig, ein Spaßvogel, und immer gut drauf. Sie war klug, und sie wusste viel, ja, Rosie war so ziemlich alles. Alles für mich und der beste Mensch, den ich in meinem Leben je kennengelernt hatte.

Rosie war mein Gegenstück, denn während Rosie für alles immer eine Lösung hatte, hatte ich nie eine.

Und später, als das Leben so richtig beschissen wurde, fragte ich mich, was ich nur ohne sie tun würde, und noch später, als die Probleme so richtig groß wurden, fragte ich mich, wie ich es schaffen sollte, wenn sie nicht mehr bei mir wäre.

Rosie war das Kind, das von allen gemocht wurde, während ich das Kind war, das niemand leiden konnte. Das war nicht immer so, denn ich weiß noch, dass mein Vater, wir nannten ihn Pa, mich über alles geliebt hatte. Mein Vater hieß Billy, und heute wusste ich, dass er sehr viel jünger war als meine Mutter, Lonna Burke. Er arbeitete im Stall, denn früher hatte es in Burke House noch Ställe gegeben. Ich erinnerte mich aber nicht mehr, welche Tiere es dort gab. Pferde-Ranches gab es hier im „Süden des Südens" (so nannte ich Glenn Lock) eher wenig. In meinem Kopf existierten noch die Rufe von Kühen, aber ich wusste nicht, ob ich da nicht etwas durcheinanderbrachte.

Ich erinnerte mich, dass er mir die Sternbilder beigebracht und dass er es lustig gefunden hatte, wenn ich mit meinen Stiefeln in den Stall gekommen war. In meinem Kopf existiert noch immer sein Lachen, der Klang seiner Stimme, denn die war besonders gewesen, genau wie sein Geruch. Er hatte nie gut gerochen, weil er ein fleißiger Arbeiter gewesen war, den ich eigentlich niemals im Haus gesehen hatte. Während ich wusste, dass sich meine Mom immer im Haus aufhielt, konnte ich mir sicher sein, dass Pa immer im Stall war.

Und somit verbrachte ich die meiste Zeit als Kind im Stall …

Als ich aber zu dem Kind wurde, das niemand mochte, und als das Leben begann, so richtig beschissen zu werden, starb Pa.

Den Tag, an dem er starb, würde ich nie vergessen. Er begann mit sehr viel Sonnenschein. Es war einer dieser Tage im Sommer, an denen man morgens aufwachte und es sich so anfühlte, als wäre es schon Nachmittag, als hätte es keine Nacht gegeben, in der es heruntergekühlt war, so heiß war es an diesem Tag.

Ich war vier Jahre alt und fragte mich, warum meine kleine Schwester nicht in ihrem Bettchen lag, und weil ich nach dem Aufstehen immer als Erstes meine Mutter suchte, ging ich rüber in ihr Schlafzimmer, doch auch bei ihr fand ich nur zerwühlte Laken vor.

Burke House lag in völliger Stille, nur das Ticken der Wanduhr unten im Salon war zu hören.

Niemand war in der Küche.

Niemand hatte das Frühstück gemacht, also schienen alle beschäftigt zu sein, und ich verließ das Haus, weil ich ein kleines Kind war, und Kinder nach Antworten auf jede noch so banale Frage hofften. Und in diesem Moment war meine Frage: Wo ist meiner Schwester und wo ist meine Mommy?

Ich machte mich auf den Weg zu den Ställen, um meinen Pa zu finden. Ich liebte die Ställe, und auch wenn ich mich nicht an die Tiere dort erinnern konnte, so wusste ich, dass es dort die ganze Zeit neben Mist auch nach Heu roch. Auf halber Strecke hielt ich an, hob einen Halm vom Boden auf und kitzelte damit meine Nase. Ich liebte Heu und hielt es gen Himmel, um zu betrachten, wie schön golden es in der Sonne leuchtete.

Als ich um die Ecke bog, zu den Gattern, die den Heustall ankündigten, sah ich meinen Vater lang ausgestreckt und mit den Armen nach vorn auf dem Boden liegen. Ich hatte gelacht, war zu ihm gelaufen und hatte ihn gefragt, ob ich mitspielen dürfte. Der Gartenschlauch lief, er hatte wohl gerade sauber gemacht, Erde hatte sich mit Wasser vermischt. Er war voller Matsch, und ich ging näher, bereit, mich schmutzig zu machen, weil das nach so viel Spaß aussah.

Doch Pa rührte sich nicht. Aber wieso nicht? Pa hatte schließlich die Augen offen! Und warum reagierte Pa nicht, als ich rief, immer und immer wieder: „Pa! PA! PAAAA!"

Dass es sich nicht nur um Erde und Wasser, sondern auch um Blut handelte, das zu diesem Matsch geworden war, in dem er lag, begriff ich erst, als ich den Stein entdeckte, an dem ebenfalls die dicke rote Flüssigkeit klebte, und der gerade mal dreißig Zentimeter neben seinem Kopf lag. Es war einer der Steine, die den Weg zu den Ställen säumten. Sie lagen hier überall. Pa hatte mich immer gewarnt und gesagt, ich solle vorsichtig sein, wenn ich ausrutschte und mein Kopf gegen so einen Stein prallte, sei das nicht lustig.

Ich verstand nun, dass er gemeint hatte: *Im schlimmsten Fall wirst du dann sterben.*

Ich betrachtete meinen Pa, der im Matsch neben einem dieser Steine lag, und als ich die klaffende Wunde an der linken Seite seines Kopfes entdeckte, aus der immer noch Blut lief, und es ausschaute, als wäre ein ganzes Stück des Kopfes nicht mehr da, begann ich zu schreien.

Es war das erste Mal in meinem Leben, dass ich eine Leiche sah. Und es würde nicht die letzte sein …

Von da an gab es außer Rosie niemanden mehr, der mich gernhatte. Ich wusste, wie es sich anfühlte, wenn man gemocht wurde. Man suchte die Nähe des Menschen, den man mochte. Meine Nähe hatte niemand gesucht, vor allem nicht unsere Mutter.

Unsere Mutter, Mom, war die größte Lügnerin der Welt.

Sie log, weil sie nach dem Tod unseres Vaters sagte, dass Pa „jetzt an einem besseren Ort" sei. Sie log auch, als sie wenige Atemzüge später sagte, dass sie „nun einen neuen, besseren Vater" für uns hätte. Einer, der Geld hätte. Der mit uns tolle Dinge unternehmen könne, vor allem mit ihr, weil sie jetzt nicht mehr alles allein bezahlen müsse, so wie bei unserem richtigen Vater.

Der neue Dad war am Anfang in Ordnung. Er kam nur zu Besuch. Er war älter, viel älter als unsere schöne Mommy, sah fast wie ein Großvater aus. Wir kannten unsere Großeltern nicht. Unser Großvater hatte sich totgetrunken, und unsere Großmutter war aus dem Fenster gesprungen und hatte sich auf dem Zaun aufgespießt.

Ich tat mich schwer damit, den neuen Vater als Dad und nicht als Grandpa anzusehen. Selbst seine Haare waren schon grau. Heute wusste ich, dass meinen Vater und Kenneth Burke, weil er den Namen meiner Mutter angenommen hatte, fünfunddreißig Jahre getrennt hatten.

Mommy war mit dem neuen Mann so richtig glücklich. Er schenkte ihr neue Kleider, in denen sie sich vor dem Spiegel hin und her drehte, und neue Stoffe, damit sie sich selbst wieder etwas nähen konnte. Das machte Mom nämlich gern. Der neue Dad führte unsere Mom aus, in schicke Restaurants in der großen Stadt New Orleans, und so kam es nicht nur einmal vor, dass Rosie und ich den Abend allein in Burke House verbrachten. Mit seinen fünfzehn Zimmern war das schon ziemlich gruselig, besonders, wenn es dunkel wurde, doch Mom sagte immer, wir sollten uns nicht so anstellen, schließlich war sie selbst in Burke House aufgewachsen, und wenn ihre Eltern ausgegangen waren, hatte sie auch keinen Babysitter gehabt.

Die meiste Zeit in den drei, vier Stunden, die unsere Mutter und ihr neuer Freund aus dem Haus waren, verbrachten Rosie und ich zusammen unter einer Bettdecke, weil das Haus so etwas kleiner wirkte und das Böse nicht mehr so viel Macht hatte.

Wenn Mom mit Kenneth nach Hause kam, hatte sich ihre Stimme verändert. Es hörte sich dann immer so an, als würde sie reden und singen zugleich. Ich dachte, es wäre ein Gutenachtlied für uns, heute aber wusste ich, dass sie einfach sturzbetrunken war, genauso wie der neue Mann, der zu Hause weitertrank. Wenn ich in diesen Nächten aufwachte, durfte ich nicht mehr in ihr Bett krabbeln, so wie früher, weil jetzt der neue Dad dort lag und sie beide nachts zusammen ein Spiel mit sehr viel Körpereinsatz auf der Matratze spielten. Sie brüllten und schrien dabei, der Mann jauchzte, Mom rief seinen Namen und stöhnte. Dieses Stöhnen klang so anders als sonst. Es brannte sich in mein Gehirn, und wenn ich zurück in mein Zimmer ging, war Rosie ebenfalls wach geworden, und wir beide zählten. Soweit ich mich erinnern konnte, schlief ich immer bei spätestens neun ein.

Mutter log also in Bezug auf unseren echten Vater, indem sie sagte, er sei nun an einem besseren Ort. Ich wusste, dass das eine Lüge war, denn Pa war tot und niemand wusste, ob das, was dann auf einen wartete, wirklich besser war. Aber auch das fand ich erst später heraus.

Und sie hatte in Bezug auf Kenneth gelogen, der nicht besser war als Pa.

Unsere Mutter war also eine Lügnerin, und doch hatten wir ihr immer geglaubt, denn wenn man seiner Mom nicht glauben konnte, wem sonst?

In der Nacht, in der Rosie mich wegen des Gewitters geweckt hatte, hatten wir nach jedem Blitz bis zum Donner gezählt, und irgendwann war aus der sechs eine vier und aus der vier eine neun geworden. Ich war müde, meine Augen fielen immer wieder zu. „Ist die Luft jetzt rein?", fragte ich schläfrig.

„Ja, ich denke schon!", antwortete Rosie.

Da lagen wir nun. Zwei kleine Mädchen, neun und elf Jahre alt. In einem Zimmer mit Erker, in zwei einfachen Betten, im wunderschönen, aber düsteren Burke House.

„Dann hat das Zählen geholfen!", schlussfolgerte ich.

„Ja, Violet, es hat geholfen."

„Dann ist das Gewitter vorbeigezogen?"

„Ja", antwortete sie mit einem tiefen Seufzen, das sich traurig anhörte. „Ja, es ist vorbeigezogen."

Ich glaubte ihr. Sowieso war meine Schwester der Mensch, dem ich jede Lüge abgekauft hätte. Wenn sie mir gesagt hätte, das Gras wäre ab morgen blau, so hätte ich ihr geglaubt. Hätte sie mir gesagt, dass der neue Dad toll wäre, hätte ich ihr geglaubt.

So legte ich mich in die Kissen und fiel in einen wunderbaren Schlaf, weil Rosie mir gesagt hatte, dass das Gewitter davongezogen sei.

2

Gegenwart

Als Annie nach Grant House zurückkehrte, hatte der Regen aufgehört und die Sonne schien zwischen den Wolkenfeldern hindurch auf das Haus am Wald.

Das offen stehende Tor begrüßte die junge Lehrerin, genauso wie Georgina, die mit einem zufriedenen Nicken im Gang zur Küche stand, als Annie das Haus betrat. Sie gab Timothy ihren nassen Pullover, und er reichte ihr ein Handtuch, womit sie ihr Haar trocknen konnte.

Violet streckte ihren Kopf aus dem Salon heraus. „Annie!" In ihrer Stimme klang doch tatsächlich so was wie Erleichterung. „Schön, Sie zu sehen."

Annie antwortete nicht.

„Könnten wir kurz miteinander reden?"

Annie gab Timothy das Handtuch zurück, drückte seine Hände dabei und bedankte sich. „Ich gehe kurz rauf und ziehe mir trockene Sachen an." Damit ließ sie Violet einfach stehen und ging nach oben. Sie wartete keine Antwort ab. Denn Annie hatte entschieden, auch wenn das hier Violets Haus war, sie ihre Daseinsberechtigung hatte, und diese Frau einsehen musste, dass Annie jemand war, der seine Meinung hatte, der den Mund aufmachte und seinen Standpunkt zu jeder Zeit offenlegen würde.

Oben wartete Jules in ihrem Rollstuhl vor Annies Zimmer. Die beiden fielen sich in die Arme. „Ich hatte so Angst!", sagte Jules. „Ich ... Ich will, dass du bleibst, Annie!"

„Ich weiß." Annie streichelte ihren Rücken. „Ich brauchte nur mal eine Auszeit. Jeder braucht die."

„Ist es meine Schuld?" Jules' Augen wurden groß.

„Nein", versicherte Annie, „nichts ist deine Schuld."

Das Mädchen nickte. „Danke, dass du wieder da bist!"

Auf ihrem Zimmer fühlte sich Annie innerlich leer. Sie hatte drei Stunden in dem Diner verbracht, Donovan hatte nicht zurückgerufen, ihr nur eine SMS geschrieben, dass er in einer wichtigen Verhandlung wäre und sie abends telefonieren könnten.

Also hatte Annie Zeit gehabt, sich Gedanken über die nächsten Wochen und Monate hier in Grant House zu machen. Über einige Dinge war sie sich sofort klar gewesen, während andere noch völlig im Dunkeln lagen. Sie hatte sich Gedanken zu Regeln gemacht, die sie aufstellen würde, und Konsequenzen erwägt. Die wichtigste Frage hatte jedoch gelautet: Soll ich gehen? Nicht ganz, vielleicht nach New Orleans, aber raus aus Grant House.

Immer wieder hatte sich Jules in diesen Gedanken geschlichen und dass Annies Anwesenheit wahrscheinlich das Einzige war, was ihr Leben momentan ein kleines bisschen heller machte.

Ich kann sie nicht allein lassen. Nicht mit dieser Mutter.

So war Annie aufgestanden und gegangen. Zurück an den Ort, von dem sie nicht wusste, wie die Zukunft aussehen würde. Zurück zu dem Mädchen, dem alles verwehrt blieb. Das nicht einmal ausbrechen konnte, weil Ketten sie an Grant House und die eigene Mutter banden.

Annie hatte sich geschworen, Jules zur Seite zu stehen, nicht immer als Lehrerin, wohl aber – in guten wie in schlechten Zeiten, bei Krankheit und Gesundheit, bis dass der Tod sie scheide – als ihre Schwägerin.

Im Salon wartete Violet mit ineinander verschränkten Händen. Ein Zeichen, dass sie nervös war. Sie brauchte Annie keinen Platz anbieten – Annie setzte sich von allein auf das gemütliche Sofa gegenüber Violets Sessel. Hatte Violet nicht verlauten lassen, es wäre irgendwann mal Donovans Besitz? Von daher nahm sie Platz, wann und wo sie wollte.

Violet schien das nicht zu überraschen, sie setzte sich ebenfalls und starrte eine Weile aus dem Fenster neben ihnen, ehe sie sagte: „Wussten Sie, dass ich eine Schwester hatte?"

„Nein." Annie war erstaunt. „Das wusste ich wirklich nicht."

„Wir hatten ein sehr enges Verhältnis. Sie war jünger als ich. Und wenn ich Sie und Jules heute so sehe, dann denke ich sehr viel an damals zurück."

Annie wollte zu gern fragen, was mit Violets Schwester geschehen war, doch sie ließ es. „Wie war Ihre Schwester?"

„Sie war …" Violet legte den Kopf in den Nacken. „Nun, sie war mein Fels. Ein Fels, an den ich mich klammern konnte, wenn die Flut kam und mir den Boden unter den Füßen wegreißen wollte. Sie war stark, wenn ich es nicht sein konnte. Obwohl sie meine kleine Schwester war, hatte ich das Gefühl, dass das eher meine Rolle gewesen wäre."

„Wie ist ihr Name?" Annie versuchte, sanft zu klingen. Nach dem heutigen Tag aber war das schwer.

„Oh, das ist …" Violet schüttelte den Kopf. „Nicht so wichtig, sie ist nicht mehr am Leben. Nicht einmal Melroy hat sie kennenlernen dürfen."

„War sie krank?"

„Ja, sie war auch krank. Sie … Ach, lassen wir das. Ich wollte Ihnen nur sagen, dass mich das Erlebte mit ihr geprägt hat und ich deswegen versuche, Jules Sicherheit zu bieten. Ihr soll es an nichts fehlen. Sie soll alles haben, was sie will. Ihr soll es gut gehen, sie soll niemals leiden, sie soll nie …" Violet brach ab. „Ich weiß, dass Sie mich verurteilen. Ich weiß auch, dass Sie meine Methoden nicht schätzen. Sie denken, ich sperre meine Tochter ein. Ja, vielleicht tue ich das, aber es ist schwer für mich, sie gehen zu lassen, sie ihre eigenen Schritte laufen zu lassen. Damit habe ich ein Problem, ja."

„Verstehen Sie auch, dass das kontraproduktiv für Jules ist?"

„Ja, das sehe ich ein. Und ich … Ich verspreche Ihnen, dass ich versuchen werde, mich dahingehend zu bessern, aber Sie müssen auch verstehen, dass Jules mein Kind ist und ich die Verantwortung habe, die ich manchmal auf Sie übertrage. Meistens von neun bis elf." Sie lächelte, doch Annie konnte das nicht erwidern. „Wie können wir uns beide einig werden?"

Annie verschränkte die Arme vor der Brust. „Indem Sie die Unterlagen aus New Orleans wenigstens lesen", antwortete sie.

„New York ist für jemanden, der die Stadt allein noch nicht verlassen hat, vielleicht ein Stück zu groß, obwohl ich Jules alles zutrauen würde. Aber auch in New Orleans gibt es tolle Möglichkeiten für ein Mädchen wie sie. Sie wird es Ihnen danken, später einmal, dass Sie ihr Türen geöffnet haben, anstatt sie verschlossen zu halten. Das geht nie gut, Violet. Irgendwann ist sie für sich allein verantwortlich, und dann findet sie auch Wege, das durchzusetzen, wenn Sie verstehen, was ich meine."

„Jules würde niemals weglaufen. Das kann sie ja auch gar nicht."

„Und das ist das Problem", meinte Annie. „Sie wiegen sich wegen des Rollstuhls in Sicherheit. Er ist für Sie der Anker, der Ihre Tochter im Hafen hält."

„Annie …"

„Jules hasst ihren Rollstuhl. Jules will laufen. Sie kann es nicht, aber sie übt."

„Das weiß ich."

„Ich gebe Ihnen einen Rat, Violet. Und den gebe ich Ihnen nicht als Lehrerin Ihrer Tochter, sondern als diejenige, die bald Ihre Stiefschwiegertochter sein wird: Sie haben ein Leben geschenkt, aber es gehört Ihnen nicht. Und wenn Sie wollen, dass Jules eines Tages mit ihren Kindern, die von mir aus hier aufwachsen, vor Ihrer Tür oder wo auch immer stehen soll, dann verderben Sie es jetzt nicht." Annie stand auf. Sie ging zur Tür, während ihr Herz wie wild pochte. Sie hatte sich ihre Rede gut zurechtgelegt und wollte den Abschluss jetzt selbst nicht versauen. So blieb sie an der Flügeltür stehen und drehte sich noch einmal um. „Ich habe mich dazu entschlossen, an vier Tagen die Woche drei Stunden Unterricht zu geben, das ist mit Jules so abgesprochen. Wir werden zukünftig zweimal die Woche Kunst behandeln. Morgen als erste Stunde. Und falls es morgen früh weder zu heiß ist noch regnet, findet der Unterricht unter der alten Eiche statt. Sie sind eingeladen, Ihrer Tochter über die Schulter zu schauen." Annie nickte ihr zum Abschied zu. „Guten Abend, Ma'am."

Sie hatte sich nicht entschuldigen müssen – wofür? Alles, was Annie getan hatte, war die Stärken ihrer Schülerin einzufangen und sie an den Vater weiterzutragen. Wer sagte, dass sie zuerst zu Violet hätte gehen müssen?

Bevor ihr Zweifel an dieser Annahme kamen, hatte sie dieses Thema aus ihrem Kopf gestrichen und am Abend bei Donovan angerufen, der endlich an sein Telefon gehen konnte.

„Es tut mir so leid, es lief heute echt beschissen", entschuldigte er sich. „Den Tag können wir gern streichen."

„Bei mir genauso." Sie saß auf ihrem Bett, ihren Block vor sich und in der Hand einen Kugelschreiber. „Wie geht's dir?"

„Jetzt gerade? Könnte besser sein. Sobald ich etwas gegessen habe, geht's wieder."

„Kommst du wirklich klar? Wie lange bist du schon auf den Beinen?"

„Mach dir keine Gedanken, Babe. Ich liebe meinen Job! Dad und ich sind ein starkes Team, und es macht mir Spaß, in seine Welt einzusteigen, die meiner so ähnlich ist."

„Das hört sich gut an." Ein Lächeln huschte über ihr Gesicht. „Und bei dir? Wie läuft es?"

Plötzlich kam ihr ihre Welt so wahnsinnig klein vor. Donovan fuhr durch das Land, hatte täglich wichtige Meetings, musste Entscheidungen treffen, seinen Kopf anstrengen, lebte aus dem Koffer, und sie machte sich Gedanken wegen zwischenmenschlicher Beziehungen.

Doch nicht umsonst hatte sie den Block vor sich. „Ich weiß nicht, ob du ein Ohr für das hast, was ich sagen will, aber es geht um Jules' Mom."

„Um Violet. Was ist mit ihr?"

„Ich finde es ein echtes Problem, wie sie mit Jules umgeht."

Donovan sagte nichts, und Annie glaubte, sogar ein Seufzen am anderen Ende der Leitung zu hören. „Ach, Annie."

„Don!"

„Weißt du, ich hab's dir ja schon mal gesagt, aber ich denke, ich muss akzeptieren, dass du so bist, wie du bist."

Annie schnaubte. „Was soll das heißen?"

„Dass du es nicht lassen kannst." Donovan redete mit vollem Mund. „Wenn Dad und ich so Sachen von jemandem hören, sagen wir: ‚Not my business'."

„Sie ist deine Schwester, ich finde schon, dass es ‚dein business' ist."

„Aber nicht deins."

Das war eine Klatsche. Er hätte ihr auch gleich sagen können, dass sie (noch) nicht zur Familie gehörte. „Ich nehme dir das nicht übel, weil du hungrig und überarbeitet bist."

„So war das auch nicht gemeint. Ich kenne Violet. Und ich kenne Jules. Sie wird schon klarkommen. Irgendwann ist sie achtzehn, und wenn wir dann immer noch in Grant House wohnen sollten, helfe ich dir dabei, dass sie allein über die Straße gehen darf." Er lachte, hielt das wohl für witzig.

Dabei meinte Annie es todernst. „Ich bin gerade ziemlich schockiert über deine Einstellung, Don."

„Ach, komm schon", nuschelte Donovan, da er offenbar weiter nebenbei aß. „Mein Dad ist auf deiner Seite, das hast du gestern gehört."

„Ja." Sie wollte nicht weitertelefonieren. Hatte genug. „Weißt du was, iss mal in Ruhe. Und dann hören wir uns morgen."

„Ich rufe dich an, und bald bin ich wieder bei dir!"

„Okay, bye." Sie legte genervt auf.

Sie hatte ihm so viel sagen wollen und doch den Mund gehalten, weil sie das Gefühl hatte, bei Donovan auf taube Ohren zu stoßen, wenn sie die Wörter Münchhausen-Stellvertreter-Syndrom, Rasenmäher- oder Helikoptermutter erwähnt hätte. Sie war keine Psychologin. Sie hatte nicht das Recht, Vermutungen anzustellen, denn eines stand fest: Ob Violet eine psychische Krankheit hatte oder nicht, wusste Annie nicht. Sie wusste nur, dass Violet Jules einsperrte und permanent kontrollierte.

Letztens hatte Jules Annie anvertraut, dass ihre Mutter nachts bei ihr im Zimmer stünde. Sie bewachte. Und sie jedes Mal einen

Schreck bekäme, wenn sie die dunkle Silhouette neben dem Schrank entdeckte.

Annie seufzte.

Violet sieht Gefahren, wo keine sind, und greift in Jules' Handlungen ein, will helfen, auch wenn Jules das gar nicht braucht.

Annie schob ihren Block mit den Notizen zu möglichen Erkrankungen nach unten und legte sich quer über das Bett.

Eine innere Stimme sagte ihr, dass es für Violets Verhalten einen Grund gab, der nicht auf diesem Block stand. Eine einfache Lösung, die Annie vielleicht irgendwann herausfinden würde.

Sie starrte an die Decke.

Vielleicht, dachte sie, *liegt sie genau hier.*

In diesem Haus.

Ich muss nur verstehen. Irgendwie verstehen.

3

Vergangenheit

Juni

Als ich zu dem Kind wurde, das niemand mochte, begann das Leben also, so richtig beschissen zu werden. Ja, ich würde sagen, dass das beides gleichzeitig geschah und es sich zudem um jenes Jahr handelte, in dem der Süden Louisianas von heftigen Unwettern getroffen wurde.

Jeden Abend schepperte und krachte es, es gab so viel Regen, dass der Wald hinter Burke House nicht mehr zu betreten war, denn das Wasser stand dort knietief.

Kenneth erzählte uns, dass er, als er zu den Sümpfen gegangen war, tief eingesunken wäre und wir den Wald lieber nicht betreten sollten.

Ich ging sowieso nie in den Wald, denn ich hatte Angst vor ihm. Rosie nicht, sie liebte es, auf dem Rand des Brunnens zu balancieren, was furchtbar gefährlich war. Sie liebte es, nach den Geistern zu rufen, die im Wald lebten, doch auch das machte mir Angst.

Da es einen ganzen Monat dauerte, bis sich das Wetter halbwegs beruhigte, baute Kenneth uns in dieser Zeit in einem Teil der alten Ställe ein Spielhaus.

Rosie meinte, er täte es, damit wir ihn gernhätten, und wenn ich ehrlich war, hatte ich damals noch nichts gegen Kenneth. Das Spielhaus war schön und groß, und im Sommer wurde es mit einem Kran auf die Rasenfläche hinter der alten Eiche gebracht und dort aufgestellt.

Er strich es mit weißer Farbe an, und Rosie und ich halfen dabei. Kenneth malte meine Nase an, und ich lachte und verstand nicht, warum Rosie es nicht tat, als er es bei ihr machte.

Einmal fragte ich Kenneth, warum das Holz so sehr nach Heu stank, und ob es daran läge, weil er es in den Ställen errichtet hatte.

Seine Antwort war, dass die Ställe nach und nach abgebaut würden und das Spielhaus aus diesem Holz angefertigt worden war.

Mir stiegen Tränen in die Augen. Das Spielhaus, das unser neuer Vater für uns gebaut hatte, bestand aus dem Holz der Ställe, wo ich unseren toten Pa gefunden hatte.

Kenneth sagte zu mir, ich solle nicht weinen, weil ich schon groß sei. Mit elf weine man nicht mehr. Erst recht solle ich nicht wegen „so eines Mists" heulen. Als ich ihm sagte, dass ich traurig sei, weil mein Pa mir fehle, flüsterte er, dass Mom ihn nicht vermisse – ich hatte ihn genau verstanden. Er machte pfeifend weiter, und auch ich nahm erneut meinen Pinsel in die Hand. Mit meinen Fingern fuhr ich über das Holz, das nach Heu roch, und versuchte, mich damit zu trösten, dass mir so wenigstens ein Stück meines Pa's erhalten blieb.

Das Spielhaus war klasse.

Wir verbrachten jeden Tag darin. Mom schneiderte Gardinen und Vorhänge, kaufte einen Teppich und Sitzmöbel, während Kenneth Regale anbrachte und wir einen Mini-Kühlschrank bekamen. Wir räumten ein paar Sachen aus unserem Zimmer dort hinein, transportierten Puppen, Kuscheltiere und all unsere Malsachen hinüber. Einmal servierte Mom uns Kuchen, aber nachts im Spielhaus schlafen durften wir nicht. Als ich nach dem Grund fragte, antwortete Mutter, dass es nirgendwo so sicher sei wie in Burke House.

Rosie rebellierte dagegen. Sie wollte bleiben, und als ich eines Abends in der Dämmerung aus dem Haus krabbelte und mich auf den Weg machen wollte, kam sie nicht mit. Ich sagte ihr, dass ich nie ohne sie gehen würde, allein deshalb schon nicht, weil ich Angst vor der Strafe hatte, die man ihr aufbürden würde. Rosie antwortete, dass Mom schon wieder gelogen hätte. „*Hier* ist es sicherer als in Burke House."

Damals verstand ich nicht, was meine Schwester damit gemeint hatte.

Heute schon.

Mom schimpfte *mich* aus, wenn Rosie länger draußen blieb, und auch das verstand ich nicht. Auf meine Fragen antwortete sie nicht, sondern widmete sich lieber ihrem Spiel mit Kenneth auf der Matratze. Ich sah derweil aus dem Fenster und wartete, bis Rosie wieder aus dem Spielhaus herauskommen würde.

Wir liebten es, über das Land zu jagen. Früher gehörte ein riesiges Stück Land zu Burke House. Ich übertrieb nicht, wenn ich sagte, dass man mehrere Fußballfelder aneinander hätte reihen müssen, um die Fläche aufzuzeigen, die Mom gehörte und die später Rosie und mir gehören würde. Das meiste Land davon war Ackerfläche, das Mom verpachtete. Wenn irgendwo gerade keine Landwirtschaft betrieben wurde, nahmen Rosie und ich dieses Land für uns ein. In der Nähe unseres Hauses gab es eine Allee, die von jahrhundertealten Eichen gesäumt wurde. Links und rechts leuchteten frische Wiesen, die von Holzzäunen eingefasst waren und uns förmlich anzogen. Wir kletterten über die Zäune und rannten. Rannten durch die Luft des Sommers, liefen durch die Freiheit, unbeschwert und leicht. Wenn im Frühsommer der Löwenzahn wuchs und dann zur Pusteblume wurde, deren Samenbüschel wir aufwirbelten, wenn wir sie beim Rennen streiften, glaubten wir, Tänzerinnen auf einer Bühne zu sein.

Manchmal ließen wir uns fallen, irgendwo auf dem weichen Gras, mit klopfenden Herzen und heißen Gesichtern und schauten in den blauen Himmel, zählten Wolken und Vögel, begrüßten die Insekten, die uns bekrabbelten, und genossen jeden Augenblick zusammen.

In diesen Momenten war das Leben magisch.

Eines Tages blieb Rosie auf dem Zaun sitzen und kam nicht mit zurück nach Hause.

Ich war schon vorgelaufen, merkte, dass sie nicht hinter mir war, blieb stehen, schaute zurück und fragte, warum sie nicht mitkomme. Sie wollte mir nicht sagen, was los war, sie bat lediglich darum, heute Abend zweimal *für sie* bis zehn zu zählen.

Von dem Tag an veränderte sich meine Schwester.

Sie wollte nun ständig in meiner Nähe sein, und sie schickte mich vor, um etwas zu holen oder zu erledigen.

Wenn ich rausging, ging sie sofort mit, und wenn ich reinging, fragte sie, ob wir noch bleiben könnten. Rosie wollte oft nicht nach Hause, und ich verstand nicht, was der Grund dafür war. Ich machte mir Sorgen, besonders, als sie mir sagte, dass ich sie niemals verlassen dürfe.

An ihren Wortlaut erinnere ich mich bis heute.

Du darfst nicht gehen. Du darfst mich nicht verlassen. Du darfst mich nicht allein lassen.

Und das tat ich nie.

Ich gab ihr alles, was ich konnte, denn weil Rosie immer für mich dagewesen war, wollte ich für sie da sein und ihr zeigen, dass sie sich auf mich verlassen konnte, egal, was mit ihr los war. Ich wollte nicht, dass sie traurig war, wollte sie beschützen, wollte, dass sie keinen Kummer hatte, und hätte alles dafür getan, dass sie wieder lachen konnte.

Doch Rosies Lachen war in dem Jahr der Unwetter verschwunden und kam nicht zurück.

In einer Nacht wachte ich auf. Draußen regnete es wie in jeder Nacht dieses Frühsommers. Rosie saß in ihrem Bett und starrte in die Dunkelheit.

„Hast du gezählt?", fragte ich.

„Nein."

„Was ist dann?"

„Ich kann nicht schlafen. Ich habe Angst."

Rosie hatte nie Angst!

„Wovor?"

„Ich weiß es nicht."

Ich wollte ihr so gern helfen!

„Hat die Angst gerade sehr viel Platz?"

Rosie nickte.

Da hatte ich eine Idee. Ich schwang die Beine aus dem Bett und griff nach ihrer Hand. „Komm mit!"

Zusammen rannten wir durch das schlafende Burke House, wurden von den tickenden Standuhren begleitet, die in der Nacht lauter zu ticken schienen als am Tag. Wir eilten aus dem Haus in den Regen hinein, durchquerten den Rosengarten, rannten über den Rasen, passierten die Eiche und kamen am Spielhaus an.

Wir krabbelten hinein, und der Geruch nach Pa's Heu stieg mir in die Nase. Allein der Gedanke an Pa gab mir Kraft.

„Du brauchst jetzt keine Angst mehr haben", sagte ich und wrang mein Haar aus, während Rosie sich noch skeptisch umschaute.

„Es ist dunkel."

„Ich weiß, aber bald geht die Sonne auf und um fünf Uhr wird es dann wieder hell." Es war wirklich dunkel, und ich hatte ebenfalls Angst, aber der Wald mit dem gruseligen Brunnen und dem Tor zu den Sümpfen war noch weit weg.

„Aber warum sind wir hier?", fragte Rosie. „Wenn Mom …"

„Sie wird uns nicht finden", unterbrach ich sie. „Sie schläft, und bevor sie wach wird, sind wir wieder drüben."

Damit schien Rosie zufrieden. Sie lehnte den Kopf an die Wand und schloss die Augen.

„Komm, wir zählen", sagte ich leise. „Ich fange an: eins."

„Zwei", begann Rosie zu zählen.

Der Regen prasste aufs Dach und war so laut, dass wir die Stimmen erheben mussten, um einander zu verstehen. Trotz der beängstigenden Dunkelheit fühlten wir uns an keinem anderen Ort sicherer als hier.

„Ist es schon besser?", fragte ich nach einer Weile.

„Es hat geholfen." Rosie lächelte. Sie knipste die Taschenlampe wieder an, mit der wir den Weg gefunden hatten, griff nach der Kreide und schrieb etwas an die Wand. Da hatten wir schon allerhand gekritzelt, und Rosie, die besser malen konnte als ich, hatte dort richtige Kunstwerke erschaffen.

„Es ist unser Haus", sagte sie. „Unser Ort." Sie legte die Kreide wieder weg, streckte die Arme aus und berührte mit ihren Fingern jede Wand in dem kleinen Haus.

„Was machst du da?"

„Ich fühle, wie viel Platz hier ist."

„Wozu?"

„Weil das der Ort sein soll, an dem wir all die schlimmen Dinge lassen, die uns passieren", antwortete Rosie, während ihre Hände immer weitertasteten. „Lass dieses Spielhaus zu dem Ort werden, der all die schlimmen Dinge für uns aufbewahrt."

„Wollen wir die denn aufbewahren?", fragte ich.

„Nein, aber jeder Mensch muss schlimme Dinge abladen, die darf man nicht mit sich rumschleppen."

Das hatte ich verstanden. „Okay!" Doch dann fiel mir etwas ein. „Aber … Ist es dann immer noch schön, wenn wir hier drinnen all die schlimmen Dinge abladen?"

„Ja, ganz besonders schön sogar. Da dies der Ort ist, in dem die Wände dich beschützen, weil hier viel zu wenig Raum für böse Gedanken ist, sieh doch!" Rosie stellte sich hin. Sie führte ihre Hand zwischen Kopf und Decke. „Da ist kaum noch Platz."

„Wenn *ich* stehe, muss ich mich sogar ducken."

„Siehst du! Also, ist es unser Ort, an dem wir die schlimmen Dinge lassen, einverstanden?"

„Ja!", befürwortete ich. „Das ist der Ort, an dem wir beschützt sind. Unser Spielhaus." Ich legte meine Hände auf ihre und war wieder einmal begeistert von meiner kleinen Schwester, die so verdammt tapfer war. Selbst in einem Moment, in dem es ihr schlecht ging, dass sie in ihrem Kopf wahrscheinlich permanent zählte, hatte sie den Mut, etwas zu finden, womit es ihr besser ging.

4

Am Sonntag herrschten milde Temperaturen, weil das Gewitter in der Nacht die Luft ordentlich abgekühlt hatte. Die Luftfeuchtigkeit war zurückgegangen, der Himmel wurde von Schönwetterwolken durchzogen, eine leichte, angenehme Brise wehte und die Bewohner von Grant House trieb es in den Garten.

Violet trug einen riesigen Sonnenhut und eine Gartenschere in der Hand, mit der sie die langstieligen Edelrosen schnitt, um sie in den Vasen im Haus zu verteilen.

Annie saß unter der alten Eiche, Jules in ihrem Rollstuhl neben ihr las ein paar Gedichte vor.

„Du siehst gelangweilt aus", bemerkte Jules irgendwann.

„Ich höre zu."

„Aber mit den Gedanken bist du woanders."

„Das stimmt. Habe ich dir von Rumy erzählt?"

„Rumy ist die aus dem Diner."

„Richtig. Sie hat mich zu sich eingeladen."

„Wo wohnt sie?"

Annie zuckte die Schultern. „Sie hat mir eine Adresse genannt, und ich habe gegoogelt. Scheint kurz vor Garden City zu liegen."

„Also ganz in der Nähe." Jules nickte. „Magst du sie?"

„Ja, wir haben gestern telefoniert. Zwei Stunden lang. Ich scheine also endlich Anschluss zu finden." Annie war richtig stolz, das erzählen zu können, auch wenn sie Angst hatte, Jules zu kränken. Jules hatte schließlich keinen Anschluss an irgendwas.

„Ich hatte immer gehofft, drüben im Jorisson House würde eine Familie einziehen, die Kinder hat." Jules machte eine Kopfbewegung über die Schulter. „Dann hätte ich vielleicht eine Freundin."

„Hinter dem Wald? Da ist ein Haus?"

„Wenn du den Waldweg Richtung Glenn Lock fährst, kommst du doch zu dieser Gabelung. Links geht es in die Stadt und rechts führt der Weg weiter."

„Ja, ich dachte, da kommt nichts mehr. Nur Sumpf."

„Was für einen Sinn würde dann ein Weg haben?"

Annie grinste. „Eins zu null für dich."

„Dort steht das alte Jorisson House."

„Man kann von hier aus rein gar nichts erkennen." Annie schaute in die Richtung, in der sich das Haus befinden sollte.

„Es ist deutlich kleiner als Grant House. Hat auch keinen riesigen Garten. Es steht seit Ewigkeiten leer, seit Dr. Jorisson mit seiner Familie weggezogen ist. Er war Chirurg, seine Frau und er hatten sechs Kinder. Sie zogen aus, da war Mom noch ein Kind."

Annie schüttelte den Kopf und beobachtete Violet bei der Rosenpflege. „Wenn das Haus schön ist, ist es echt traurig."

Violet stellte sich auf und schaute zu ihnen rüber.

Annie hob die Hand zum Gruß.

Jules hatte Annie darum gebeten, ihre alte Zeichenmappe vom Boden zu holen. Schon im zarten Alter von fünf Jahren hatte Jules zu malen und zeichnen begonnen, und Violet hatte die Bilder ihrer Tochter in einer großen Mappe gesammelt. Sie stammte wohl von Violets Vater Kenneth, eine große, in braunes Leder gebundene Mappe. Jules hatte gesagt, sie hätte ihre Mutter schon einige Male darum gebeten, sie ihr zu holen, doch aus irgendeinem Grund hatte Violet nie darauf reagiert.

So war es jetzt Annies Aufgabe.

Jules verabschiedete sich zu ihrem Mittagsschlaf, den Violet angewiesen hatte, während es im Haus still wurde und Annie die Gunst der Stunde nutzte. Die Klappe zum Dachboden befand sich im Mittelteil des Hauses, also da, wo Donovan und Annie wohnten. Der Flur war an dieser Stelle stark verwinkelt, in einer dunklen Ecke fand Annie die Klappe. Ein Seil hing davon herunter. Annie zog daran, die Klappe öffnete sich und eine Leiter kam zum Vorschein, die allerdings erst vor wenigen Jahren erneuert worden sein musste, denn das helle Holz der stabilen Stufen passte nicht zum Rest des Hauses.

Annie stieg nach oben, zum Glück hatte sie keine Angst vor Spinnen oder Mäusen. Sie fand die von Jules beschriebene Lichtquelle – eine Glühbirne, die sich mittels einer Schnur einschalten ließ.

Annie wischte sich die Spinnweben aus dem Gesicht. Es war heiß, stickig und feucht hier oben. Es gab mehrere dieser kleinen Dachkammern im Haus, da das Dach hier nicht durchgängig war.

Ein Schaukelstuhl wippte, als Annie ihn anstieß. Vorsichtig stieg sie über lose Latten, Kisten und Gerümpel, sie entdeckte Anzeichen von Mäusen in der Ecke hinter einem Regal mit Kartons, oben in der Ecke der Schräge hing etwas, das aussah wie eine Fledermaus.

Annie kitzelte der Staub in der Nase, als sie die Hände in die Hüfte stemmte und keine Ahnung hatte, wo sie als Erstes suchen sollte.

Neben ihr stand ein Blumenkübel, darin scheinbar Tausende von Fotos. Viele davon zeigten Violet allein irgendwo in Grant House. Doch wer hatte diese Bilder von ihr gemacht? Für die Kamera posierend und den Daten zufolge, war sie dabei nicht älter als neunzehn oder zwanzig gewesen.

Schon besonders, dachte Annie. *In diesem jungen Alter hat ihr Grant House ganz allein gehört.*

Auf den Bildern sah sie stolz und ein kleines bisschen eingebildet aus, so wie jetzt immer noch.

Ganz allein.

Annie dachte jetzt lieber nicht an Mord oder Selbstmord hier in Grant House, auf dem Dachboden war es ohnehin schon gruselig, was auch an der Stille liegen mochte. Ja, seit Annie zwischenzeitig nach Glenn Lock gezogen war, fiel ihr auf, wie unglaublich einschüchternd die Stille sein konnte.

Es gab Dutzende Kisten voller Bücher, vielleicht sogar Tagebüchern, die sich Annie im Leben nicht angesehen hätte, so neugierig sie auch war.

Eine Schneiderpuppe stand an der Wand, ein Fetzen Stoff bedeckte ihren Körper. Annie hatte Violet noch nie schneidern, nähen oder sticken sehen. Sie ging darauf zu und warf, ohne etwas zu berühren, einen Blick in die offenen Kartons. Da gab es jede Menge Schneiderwerkzeug, Skizzen, Muster, Stoffballen, Nähkörbe und eine Kiste mit Scheren – und ein Bild. Annie verengte die Augen. Das gerahmte Bild lag mitten in den Stoffen, das Glas war gesprungen. Eine Frau war darauf abgebildet. Eine bildschöne Frau, die Violet sehr ähnlich sah und die Annie schon von anderen Bildern im Haus her kannte: Das musste Lonna Burke, Violets Mutter, sein. War sie Schneiderin gewesen?

Annie ging in die Hocke und begutachtete die Skizzen, denn sie hielt es für möglich, hier auch Jules' Mappe zu finden. Die Skizzen waren lose zusammengerollt worden. Schneidermuster von Kleidern, Kimonos, Badeanzügen, Hosen und Blusen, aber nirgendwo war Jules' Mappe zu finden. Das hier war wahrscheinlich wirklich alter Kram von Violets Mutter.

Als Annie ihren Blick etwas weiter schweifen ließ, entdeckte sie ein paar lose Bretter unter der Dachschräge, und drunter etwas, was ihre Aufmerksamkeit auf sich zog. Es sah nicht im Entferntesten wie Jules' Zeichenmappe aus, doch es weckte Annies Neugier, weil sie das Gefühl hatte, dass jemand dort etwas verstecken wollte.

Kurz vergewisserte sie sich, dass niemand an der Treppe stand, dann krabbelte sie zu dem Versteck. Und Annie hatte recht: Unter den Brettern stand eine Kiste mit einem Deckel. Sie war so schwer, dass sie sie nicht unter dem Holz rausziehen konnte, was womöglich auch zu viel Krach gemacht und Violet angelockt hätte. Also packte sie mit beiden Händen nach den Brettern, verzog das Gesicht, weil ihr eine riesige Spinne über die Hand lief, und entfernte sie von der Kiste. Sie hob den Deckel ab, atmete rasch und fand nicht mehr als Lumpen. Etwas enttäuscht, keinen Schatz oder ein Geheimnis entdeckt zu haben, wollte sie den Deckel schon wieder raufsetzen, als sie feststellte, dass etwas an den Lumpen klebte. Es hielt die Lumpen, wobei es sich um Handtücher handelte, zusammen, war hart und tiefbraun.

Annie nahm eines der Handtücher heraus und war sich sicher: Das war keine Farbe. Das war Blut. Geronnenes, eingetrocknetes Blut.

„Bäh." Sie ließ es fallen und schaute noch mal zur Treppe. Niemand da.

Annie leuchtete das Handtuch mit der Taschenlampe ihres Telefons an. Ja, zweifellos handelte es sich hierbei um blutverschmierte Handtücher. Sie hielt das Licht in die Kiste, alles voll mit Handtüchern und Blut. Ein winziges Detail entging ihr dabei nicht: Sämtliche Handtücher trugen dieselbe, mit rot und rosa Lettern angefertigte Stickerei, wie jenes Handtuch, das sie im Schrank gefunden hatte: *Rosie.*

Annie packte die Lumpen zusammen und steckte sie in die Kiste zurück, als etwas aus einem der Handtücher herausfiel und dumpf auf den Dielen landete. Sie wich erschrocken zurück, als sie eine rostige, mit Blutkrusten versehene Schneiderschere entdeckte, die aus den Laken gefallen war.

„Sie wollten mich sprechen?" Annie ging mit ihrer Kaffeetasse am Nachmittag in die Bibliothek. Violet hatte sie rufen lassen, doch weil Annie gerade mit Georgina, Timothy, Hugh und Tabitha in der Küche Kaffee getrunken hatte, wollte sie den nicht dort kalt werden lassen.

„Ganz recht." Violets Blick haftete auf der Tasse.

Annie ließ sich nicht verunsichern. „Ich nehme einen Untersetzer."

„Schon gut." Violet wies auf den Sessel, sie selbst nahm auf dem Sofa Platz. „Ich habe mir Gedanken gemacht."

„Ich bin gespannt." Annie ließ sich in den Sessel fallen.

„Jules wird im Rollstuhl bleiben. Ich möchte nicht, dass sie aufsteht, ohne dass ihre Physiotherapeutin ihr Okay dazu gibt. Ich sage das, weil ich von Ihnen hörte, Jules würde ‚üben'."

„Ja, Ma'am."

„War das Ihre Idee oder kam das von der Physiotherapeutin?"

„Von Jules."

„Sehen Sie." Violet setzte ihre Brille auf. Sie las etwas von einer Liste ab. „Weisen Sie sie bitte an, im Rollstuhl sitzen zu bleiben."

„Ja, Ma'am."

„Gut. Als Nächstes: Jules hat die Bitte geäußert, Grant House verlassen zu dürfen."

Annie hob die Brauen. Hoffnung keimte in ihrer Brust.

„Nein, nein, nicht wie Sie denken", sagte Violet. „Ich rede nicht vom College. Ich rede von … Spazierfahrten. Also: Wenn Sie dabei sind, wenn irgendwer dabei ist, darf Jules Grant House künftig verlassen."

Das ist ein Anfang.

„Ja, Ma'am!"

„Wenn Sie dabei sind, Annie."

Annie nickte. „Sicher, ich passe auf!"

„Sollten Sie Glenn Lock verlassen wollen, müssen wir aber noch mal darüber sprechen."

Annie klatschte in die Hände und sprang völlig euphorisch auf. „Danke, Violet!" Sie machte Anstalten, Violet zu umarmen, besann sich aber dann doch, weil auch Violet so etwas in der Art offenbar ahnte und unwillkürlich ein Stück tiefer in das Sofa sank.

„Annie! Setzen Sie sich, ich bin noch nicht fertig!"

„Oh." Annie sank auf den Sessel zurück.

„Es gibt eine Ausnahme: Den Wald darf Jules immer noch nicht besuchen, und bitte bleiben Sie vom Haus der Nachbarn weg."

Dem Jorisson House, dem Haus, von dem Jules erzählt hatte. „Geht klar."

„Die Sache mit New Orleans werde ich in aller Ruhe im Winter mit meinem Mann besprechen. Ich kann Ihnen nichts versprechen." Violet setzte die Brille ab. Durch das Sonnenlicht, das durch ein Guckloch der Wolken vom Himmel durch das Fenster schien, konnte Annie die Fältchen um ihre Augen erkennen. „Aber Sie haben sich wirklich Mühe gegeben und sich Gedanken gemacht. Auch wenn ich es Ihnen nicht so zeigen kann, weiß ich zu schätzen, wie sehr Sie sich in Ihren Job hängen, und glauben Sie mir, ich werde eine ausführliche Beurteilung verfassen, wenn sich Ihr Jahr bei uns dem Ende neigt."

Annie musste schmunzeln. Violet redete noch immer so, als wäre Annie nicht viel mehr als eine Angestellte, wenn es um Jules ging. Dass sie, wenn das „Jahr sich dem Ende neigt" den Sohn ihres Mannes heiraten würde und dann wirklich zur Familie gehörte, ging bei Violet scheinbar komplett unter.

Doch vielleicht musste man sie einfach so nehmen, wie sie war.

„Vielen Dank, Ma'am."

„Haben Sie sonst noch irgendwelche Fragen?"

Annie holte Luft, blieb aber stumm. Zu gern hätte sie gewusst, wer Rosie war. Warum es auf dem Boden eine Kiste mit blutverkrusteten Handtüchern und einer Schneiderschere gab, doch sie wollte Violet nach diesem Gespräch auf keinen Fall belästigen.

„Ja?" Violet hob die Brauen. „Da ist doch was?"

„Nein, ich ..." Annie winkte ab. „Ich denke, es geht mich nichts an."

„Sie müssen schon genauer sein." Dann schenkte Violet ihr einen herausfordernden Blick. „Sie haben recherchiert."

Annie holte Luft. Mist! Die Zeitungsartikel! „Moment ..." War Violet in ihrem Zimmer gewesen? „Haben Sie ... geschnüffelt?"

„Das Thema wird nie ruhen, ehe sich jeder tausendmal darüber Gedanken gemacht hat." Violet stand auf. „Mir ist es wichtig, dass die Gerüchte sich dazu in Grenzen halten. Nichts liegt mir ferner, als dass Jules ständig mit irgendwelchen abenteuerlichen Geschichten oder Absurditäten konfrontiert wird."

„Das verstehe ich."

„Was wollen Sie wissen, Annie?"

Annie hielt den Atem an. Dann fragte sie leise: „Stimmt das mit dem Mord? Dass Ihr Vater ... ermordet wurde?"

Violet drehte sich zum Fenster. Sie verschränkte die Hände hinter dem Rücken. „Ja, das stimmt. Wissen Sie, mein Vater war kein wirklich guter Mensch. Nicht weil er getrunken hat und ein Schürzenjäger war, sondern weil er ein Kriegsveteran war und sich

176

darauf ausruhte, dass jeder für ihn Verständnis hatte." Sie schaute Annie nicht an. „Meine Mutter hatte Wahnvorstellungen. Es fing an, da waren meine Schwester und ich noch kleine Kinder. Sie war oft nicht sie selbst, lebte in anderen Welten, und es wurde nicht besser. Nach außen hin schienen meine Eltern durch das Haus, durch den Namen Burke, einflussreiche, geschätzte Leute zu sein." Sie lachte leise. „Doch das waren sie nicht." Jetzt fuhr sie herum. „Um Ihre Frage zu beantworten: Ja, er wurde ermordet. Und übrigens, und das wissen nicht einmal Donovan oder Jules: Kenneth war nicht mein leiblicher Vater."

„Er war Ihr Stiefvater?"

„Ja. Mein leiblicher Vater, mein Pa ... starb viel zu früh."

„Was ist mit ihm passiert?"

Violets Augen verrieten, dass sie darüber niemals mit jemandem sprechen würde. „Es war ... ein Unfall." Das Wort „Unfall" sprach sie in einem Ton aus, der nicht zu den anderen Wörtern ihres Satzes passte. „Einen schönen Nachmittag."

Annie nickte, ging zur Tür, ihre Tasse in der Hand. „Ma'am?"

„Ja?"

„Darf ich fragen, meine letzte Frage ... Wissen Sie, wer ihn getötet hat? Ihren ... Also Kenneth Burke, meine ich."

Das Ticken der Standuhr begleitete die Stille dieses Raumes, dieses Hauses und des ganzen Anwesens Grant House.

Ein Schauer lief Annie dabei über den Rücken.

„Nein", antwortete Violet. „Das weiß ich nicht."

5

Vergangenheit

Burke House war unser Zuhause.

Da Mom keine Bediensteten anstellen wollte, gab es in diesem Haus meistens nur meine Mutter, meinen Vater, Rosie und mich.

Heute wusste ich, dass Außenstehende ziemlich viel Gerüchte über die „Festung" im Wald streuten. Es hieß, in Burke House spukte es, unsere Familie wäre verrückt, und dass es Leute gäbe, die den Wald mieden, der zum Haus gehörte, weil von ihm eine bedrückende Finsternis ausginge, die den meisten unheimlich wäre. Dann gab es jene, die bewusst zu uns kamen. Jugendliche, die sich einen Scherz daraus machten, am stets verschlossenen Tor zu läuten, und dann gierig darauf warteten, einen Blick auf uns zu erhaschen, als wären wir Außerirdische.

Fakt aber war, dass wir ganz normale Menschen waren.

Zumindest dachte ich das.

Burke House war für mich nie ein gruseliger Ort gewesen, wenn wir nicht gerade allein zu Hause waren oder ich mitten in der Nacht einen Albtraum hatte.

Was ich aber fühlte, war, dass die Mauern, in denen wir uns befanden, kühler wurden, als das Leben begann, so beschissen zu werden.

„Hast du noch nicht mitbekommen, dass das Tor immer geschlossen ist?", flüsterte Rosie mir eines Tages zu. Sie saß auf ihrem Bett und betrachtete mich argwöhnisch. „Das muss dir doch aufgefallen sein."

Ich war elf. Ich wollte nie irgendwohin, und deshalb war mir das nie bewusst gewesen. Aber jetzt, da sie es sagte, ja, das Tor war niemals geöffnet.

„Sie wollen nicht, dass wir gehen."

„Wohin sollten wir gehen?"

„In die Freiheit." Rosie hatte schon wieder diesen unterschwelligen traurigen Ton in ihrer Stimme. „Ich muss gehen." Sie stand vom Bett auf und huschte an mir vorbei.

Seufzend trat ich zu einem der Fenster unseres Zimmers und starrte nach draußen. Ich konnte den Wald und das Spielhaus sehen.

Dass ich Burke House liebte, weil es nur das war, woran ich gewöhnt war, wurde mir erst im Erwachsenenalter bewusst.

In welche „Freiheit" wollte Rosie? Ich fühlte mich nicht gefangen. Noch nicht.

Rosie, so muss dazugesagt werden, hatte immer ihren eigenen Willen. Wir wurden von unserer Mutter unterrichtet (den Stundenplan hielt sie nie ein, und es hatte oft Ärger mit der Schulbehörde gegeben, Mom war aber immer irgendwie durchgekommen), und Rosie passte es meistens nicht, was wir aßen. Sie motzte, wenn jemand etwas von ihr wollte und sie in ihrer Ruhe störte, und Rosie hasste es, mit Mom oder Dad zusammen zu sein. Sie war am liebsten allein. Allein oder bei mir.

Ich warf einen Blick auf die Uhr. In Burke House gab es jeden Abend pünktlich um sechs Uhr Dinner, und auch wenn Mom nicht die beste Köchin war, sie kochte jeden Abend frisch. Bis zum Dinner waren es zwanzig Minuten, und ich befürchtete, Rosie würde noch mal in den Garten oder zum Spielhaus laufen, und dann würde es mit der Zeit sehr eng werden. Mom hasste es, wenn wir zu spät kamen. Und noch mehr hasste es Kenneth, wenn wir zu spät kamen.

Ich beschloss also, sie zu warnen, denn Rosie vergaß die Zeit ab und an. So eilte ich durch das Zimmer, durch den Flur und über die Diele zum nächsten Gang. An dessen Ende erreichte ich die schmale Treppe, die in die Küche führte. Auf dem Herd blubberte etwas in einem Topf, es roch nach angebratenem Speck und Zwiebeln. Im Ofen stand ein Bräter.

Mom war nicht da.

Ich spähte aus dem Fenster in den Garten, doch Rosie war nirgends zu sehen, also suchte ich zunächst nach Mom. Im

Eingangsbereich des Hauses war es frisch, die frühe Abendsonne warf ihr Licht durch die Buntglasfenster im angrenzenden Flur.

Mom war nicht im Salon, doch ihre Schneidersachen lagen auf dem Sofa.

„Rosie?" Ich rief meine Schwester durch das ganze Obergeschoss, fand sie aber nicht. Dann hörte ich Musik aus der Bibliothek, folgte ihr und blieb vor der Tür stehen. Durch den Spalt in der Flügeltür sah ich Mom, während die Musik in meinen Ohren dröhnte. Ich kannte das Lied. Mom hörte es oft. „Aus den späten 70er Jahren", hatte sie mir einmal erklärt, und es erinnere sie an ihre Zeit in Amsterdam, als sie noch sehr jung gewesen sei, weil die Band auch aus den Niederlanden käme. Mit elf wusste ich aber nicht mal, dass es ein Land gab, das so hieß.

Mom trug Unterwäsche und einen selbst genähten Kimono über den schmalen Schultern. Ihre schwarzen, langen Locken wippten zu ihren schwunghaften Bewegungen. Sie hatte die Augen geschlossen, ein Glas in den Händen, aus dem nur die Erwachsenen trinken durften. So tanzte sie barfuß durch die Bibliothek und sang den Song mit.

Ich öffnete die Tür.

„Love in a woman's heart I wanna have a whole and not a part."

Sie sah mich nicht. Sie hörte mich nicht.

„It's strange that this feeling grows more and more 'cause I've never loved someone like you before."

„Mom!"

Die Musik war so laut und ihr Gesang so schrill, dass ich nervös wurde. Es führte dazu, dass ich wollte, dass es aufhörte, weil ich meine eigenen Worte nicht hören konnte. „MOM!"

Und dann war es wieder da. Dieses Gefühl der Wut, weil sie mich nicht hörte, wenn ich schrie. Wenn ich sie brauchte, wenn sie mich hören sollte, anstatt in ihrer Welt zu leben. Ich wurde wütend, weil Mom zwar vor mir herumtanzte, in Wirklichkeit aber ganz woanders war.

Ich hatte das Gefühl, sie *wollte* mich nicht hören. Und dieser Gedanke war jedes Mal so schmerzhaft, dass es mir die Tränen in die Augen trieb, mir einen Stich ins Herz versetzte und sich wie ein Fels in meinen Bauch legte.

Mom konnte mich nicht nur nicht hören. *Mom wollte mich nicht hören.*

Nie.

„MOM!" Ich ballte die Hände zu Fäusten, Tränen strömten über mein Gesicht.

Mom ignorierte mich.

Irgendwann endete ihr Lied, und sie drehte sich blitzschnell um, während es von vorn zu spielen begann. Sie setzte erst das Glas ab, schlenderte dann in ihrem überlangen Kimono zur Anlage und schaltete sie ab.

„Violet!"

Mein Herz pochte. Ich war aufgeregt, weil Rosie nicht da war und Mom mich nicht gehört hatte. „Ich suche Rosie."

Mom schnaubte. „Und deswegen erschreckst du mich so?" Sie flanierte zu ihrem Glas und leerte es.

„Hast du sie gesehen?"

„Nein, Violet, ich habe sie nicht gesehen."

„Dann suche ich mal weiter." Ich drehte mich rasch um, und als ich in den Salon zurückkam, roch ich den Geruch, der aus der Küche kam und nicht sehr angenehm war.

„Beeil dich aber", sagte Mom und wischte sich mit dem Handrücken langsam und zärtlich übers Gesicht. „Es ist an der Zeit. Das Abendessen ist in zwanzig Minuten fertig, und du weißt, dass du nicht zu spät kommen darfst."

Weinend rannte ich nach draußen, schluchzend, weil es für ein Kind nichts Beängstigenderes gab, als nicht gehört und nicht gesehen zu werden. Nicht beachtet zu werden. Ich war erst elf Jahre auf der Welt und hatte Burke House noch nie verlassen. Mom war der einzige Mensch, der schon die ganze Zeit in meinem Leben war. Immer wenn sie mich nicht hörte, bekam ich Panik.

Ich fand Rosie an einer Ecke des Hauses, und es kam mir so vor, als versteckte sie sich vor Dad, der in der Einfahrt neben seinem Wagen stand und telefonierte. Als sie mich entdeckte, erhellte sich ihre Miene, sie griff meine Hand und zusammen gingen wir eine Runde durch den Rosengarten. Die Kieselsteine unter unseren Füßen knirschten, immer wieder geriet einer von ihnen unter meine Sohle und piekte mich. Wir sahen den Schmetterlingen zu, wie sie von Rosenkopf zu Rosenkopf flatterten, und kicherten über die Vögelchen an der Tränke.

Irgendwann gingen wir zusammen ins Haus und gesellten uns zu unserer Mutter, die in der Küche das Essen vorbereitete. Im Esszimmer war der Tisch schon gedeckt.

Mom trug noch immer diesen Kimono, hatte die Schlaufe nun aber fest vor dem Bauch verknotet, und rührte summend in dem blubbernden Topf auf dem Herd.

„Hast du Vater die Zeitung in die Bibliothek gelegt?", fragte Mutter fast mahnend in meine Richtung. Rosie und ich standen am Türrahmen und schauten ihr beim Kochen zu.

„Ja, sie liegt bereit."

„Und wenn er möchte, dass du ihm die Schuhe ausziehst und seine Füße massierst, wirst du das tun, nicht wahr?" Das ging jetzt an Rosie. Mom sprach so, dass Widerrede keinen Sinn hatte.

„Was ist denn, wenn ich das nicht tun will?", fragte Rosie mit diesem Blick in den Augen, den ich bei ihr in letzter Zeit schon so oft gesehen hatte.

Mom hörte auf zu rühren. Ihr Blick war starr. Und auch wenn ich glaubte, dass Rosie mehr gemocht wurde als ich, hatte ich das Gefühl, dass Mom begann, uns gleichermaßen nicht zu mögen. Rosie hatte mir mal ins Ohr geflüstert, dass sie glaube, Mom sei eifersüchtig auf sie. „Dann tust du es trotzdem!"

„Aber warum?"

„Ganz einfach: Wenn Daddy unglücklich und nicht zufrieden ist, hat das Konsequenzen."

„Was für Konsequenzen?"

„Nun." Mom nahm den langen hölzernen Kochlöffel aus dem Topf. „Er wird vielleicht ausziehen. Er wird mich verlassen. Und das alles nur, weil du ihm nicht die Füße massieren wolltest." Sie leckte den Löffel ab. Soße kleckerte auf ihre Finger. Sie ließ ihre

Zunge an dem Holz langsam herunterfahren wie bei einem Lolli. „Es wäre dann deine Schuld. Und ich würde mir an deiner Stelle überlegen, ob du willst, dass du schuld daran bist, dass ich traurig bin, weil Daddy gegangen ist."

Rosie sah zu mir. Ich griff nach ihrer Hand. Dann schüttelte sie tapfer den Kopf.

„Also." Mom lutschte die Soße von ihren Fingern. Im Licht über dem Herd glänzte das Fett auf ihrer Haut. „Los, Hände waschen! Es ist an der Zeit."

Kapitel 5

1

Kenneth Burke war nicht unser Vater. Und doch nannten wir ihn Dad, denn mit der Zeit kannten wir Kenneth länger, als wir unseren Pa gekannt hatten. Außerdem hatte er uns darum gebeten.

Ich weiß noch, ich war sechs oder sieben, da saß Dad nackt in der Küche, Mom auch, sie rauchten und ich wollte mir ein Glas warme Milch holen, die mir beim Einschlafen helfen sollte. Früher hatte Mom sie für mich besorgt, seitdem Pa gegangen und Kenneth gekommen ist, musste ich das selbst tun.

Als ich gesehen hatte, dass Kenneth nackt war, wollte ich wieder gehen, doch mit der Zigarette in der Hand winkte er mich in die Küche zurück und sagte, ich solle ruhig machen, ihn würde das nicht stören.

„Danke, Kenneth", hatte ich geantwortet und mir schnell die Milch warm gemacht, während meine Wangen rot geworden waren und ich peinlich berührt versucht hatte, nicht zum Küchentisch zu schauen. Ich wollte seinen nackten Körper nicht sehen. Er war groß und dick, haarig und stank sehr oft nach Schweiß und Alkohol. Ich wollte ihn nicht nackt sehen!

„Gute Nacht!", sagte ich rasch, als ich mit meiner Milch die Küche verlassen wollte, doch er rief mich zurück.

„Warte mal kurz."

„Was denn?" Ich drehte mich um. Sah Mom an, aber nicht ihn.

„Nenn mich *Daddy*. Okay?"

Mom grinste und zog an ihrer Zigarette.

Ich nickte, und verließ die Küche so schnell mich meine Beine trugen.

Oben im Zimmer trank Rosie die Hälfte meiner Milch. „Ich habe ihn vorhin auch nackt gesehen", erzählte sie mir. „Als ich mir heimlich das Popcorn geholt habe."

Ich drehte mich zu der Schüssel um, die auf meinem Bett stand. „Da war er auch schon nackt?" Ich schüttelte mich. „Hat er zu dir auch gesagt, du sollst ihn *Daddy* nennen?"

Rosie nickte. „Ich musste mich auf seinen Schoß setzen."

Ich erschrak. „Ihhh! Wirklich?"

Rosie hob die Schultern. „Mom war ja da, und ich glaubte ... ich muss es machen, damit sie nicht traurig ist, wenn ich Nein sage." Sie krabbelte unter ihre Decke.

Ich weiß noch, dass ich dachte, wie tapfer Rosie war. Ich hätte mich nie auf Kenneths, Dads, Schoß gesetzt.

Ich nannte Kenneth nur in sehr seltenen Ausnahmen „Daddy", denn ich fragte mich: *Wieso Daddy?* Dad war okay, aber *Daddy* klang, als würde ich ihn lieben. Und das tat ich nicht. Ich liebte Kenneth nicht.

Mit den Jahren wurden diese Wellen weniger, und auch wenn ich wusste, dass Kenneth nicht mein Vater war, wurde er irgendwann dazu.

Zur Hochzeit vor wenigen Jahren hatte es keine Feier gegeben, nur eine Zeremonie in der Kirche, und zu gern wären Rosie und ich noch in der Stadt geblieben, die wir sonst ja nie zu Gesicht bekamen. Wir kannten nur Burke House. Mom und Dad hatten keine Trauzeugen gehabt. Es waren nur der Pastor, die Eheleute, Rosie und ich da gewesen.

Mom hatte eines ihrer selbst genähten Kleider getragen und wie eine Prinzessin ausgesehen. Sowieso – für mich war meine Mutter die schönste Frau der Welt, und zu dieser Zeit hatte ich immer davon geträumt, einmal so zu werden wie sie.

Sie war glücklich. Sie liebte diesen Mann.

Und wenn ich ehrlich war, dann hoffte ich, dass Rosie, genau wie ich, alles dafür tat, dass er blieb, weil unsere Mom eine glückliche Mommy bleiben sollte. Ich fand, es gab nichts Schlimmeres, als eine Mommy, die traurig war, und immer wenn es dann doch so kam und Mommy weinte, stand ich da, zitterte und fragte mich, was Rosie oder ich falsch gemacht hatten, dass Mommy in Tränen ausbrechen musste.

Mommy sagte uns nie, dass es nicht unsere Schuld wäre, nein, sie verstand es, kleine Stiche zu setzen. „Du hast nicht aufgegessen, Violet, und darüber hat sich Dad sehr aufgeregt und es an mir ausgelassen. Wir haben uns deinetwegen sehr gestritten."

Diese Sätze hinterließen Wunden, die heute noch schmerzten.

Je älter wir wurden, desto schwerer fiel es mir, Rosie davon zu überzeugen, immer alles richtig zu machen, Mom und Dad nicht zu verärgern, denn Rosie schien unseren Vater zu hassen, während ich ihn nur manchmal nicht leiden konnte.

„Du kannst ihn nicht hassen", sagte ich eines Tages, als wir – verbotenerweise – wieder auf der Allee unterwegs waren.

„Warum nicht?"

„Weil Mom gesagt hat, dass man jemanden nur hassen kann, wenn man ihn mal geliebt hat." Das hatte sie mir aus einem ihrer Groschenromane vorgelesen.

„So ein Unsinn", meinte Rosie und brach einen Ast einer Eiche entzwei. „Ich hasse ihn, und ich will, dass er geht." Sie warf den Ast ins Gras. „Oder stirbt", fügte sie leise hinzu.

Ich hatte das gar nicht so richtig verstanden. Ich hatte nichts gegen Dad, und dennoch wünschte ich ihn mir manchmal weg, aber ich wusste, er machte Mom glücklich und er hatte uns doch das Spielhaus gebaut. Für mich reichte das, um damit klarzukommen, dass er da war. Aber hassen?

Außerdem redete er viel mit Rosie. Viel mehr als mit mir! Er machte ihr sogar Komplimente und sagte ihr, wie hübsch sie sei. Natürlich kränkte mich das ab und zu, weil ich von ihm nie so eine Aufmerksamkeit bekam.

Rosie brachte er von seinen Reisen immer Kleider mit, so viele, dass meine Schwester mittlerweile einen ganzen Schrank voll schöner Kleider hatte. Mom bekam selten etwas, die nähte ja sowieso ihr eigenes Zeug. Aber Rosie bekam Roben aus Los Angeles mit Tüll, Glitzer und Steinchen und hauteng

Pailettenstücke aus Washington D. C. Meistens sollte Rosie ihm die Kleider dann auch vorführen, drüben in der Bibliothek, er nannte das „eine Modenshow", und er wollte, dass es dabei keine weiteren Zuschauer außer ihm gab.

Ich war darüber manchmal sehr wütend, nicht nur wegen der Kleider, sondern weil ich auch gern bei der Show dabei gewesen wäre. Ich stellte mir vor, auf dem Boden zu sitzen und zu jubeln, jedes Mal, wenn Rosie in einem neuen Kleid ins Zimmer kam.

Doch stattdessen sah ich sie immer nur weinend aus der Bibliothek kommen, der Oberkörper nackig und nur mit ihrem Unterhöschen an. In ihren Armen die Kleider, die sie oben aufhängen sollte. Wenn ich in die Bibliothek schaute, verstand ich, dass Dad scheinbar auch eine Modenshow für sie veranstaltet hatte, denn er zog sich seine Hose wieder an.

„Was ist denn?", fragte Dad und starrte zur geöffneten Tür, in der ich mich zeigte.

Ich machte ein paar Schritte hinein. „Darf ich auch mal … Kleider anhaben?"

Er legte seine Hand an meine Wange. „Heute nicht mehr, Violet. Ein anderes Mal." Und damit wies er mich ab. Als ich mich zu Mom umdrehte, die im Salon über ihren Stoffen saß und eine riesige Schneiderschere in der Hand hielt, schaute sie schnell weg. „Geh dich waschen, Kind. Es ist an der Zeit."

Unser Vater verbrachte all seine Abende in der Bibliothek, während Mom im Salon blieb. Wir Kinder waren nach dem Dinner unten nie erwünscht. Doch manchmal lud Dad Freunde zu sich nach Hause ein, und Mom kam zu uns. Rosie fragte Mom dann, ob sie sich nicht in eines unserer Betten kuscheln wollte, doch das verneinte Mom immer. Sie blieb auf dem Boden sitzen und wenn wir sie um das Erzählen einer Geschichte baten, meinte sie, sie kenne keine, bis auf jene, die „nichts für Kinder seien". Manchmal schafften wir es, dass sie sie uns trotzdem erzählte: In Moms Geschichten kamen immer böse und gute Menschen vor. Die bösen Menschen wurden von den guten Menschen erstochen, erschlagen oder angezündet. Vielleicht hatte Rosie daher den Gedanken, dass Dad sterben sollte. Rosie gruselte sich nie bei Moms Geschichten, ich hingegen schon, obwohl ich die Ältere war. Ich hätte mir am liebsten Ohren und Augen zugehalten, als Mom erzählte, wie Ludovika ihren Mann die Treppe hinuntergeschubst hatte, weil sie erfahren hatte, dass er eine andere Frau hübscher fand als sie.

Mom streichelte Rosies Kopf nicht, wenn sie Angst bekam, während unsere Mutter die Geschichte erzählte. Sie saß mit dem Rücken an die Wand gelehnt, starrte ins Nichts und sprach die Sätze Ludovikas so aus, als wäre sie Ludovika selbst. Rosie teilte ihr immer mit, was für eine tolle Schauspielerin sie sei, während ich meiner Mutter nicht trauen konnte. War sie immer noch meine Mommy, obwohl sie gerade ihren Ehemann getötet hatte?

Als sie eines Abends wieder bei uns saß, weil Dad Besuch hatte, gab sie uns einen Gutenachtkuss auf die Wange und ging zur Tür. Der Raum war dunkel, nur ein schwaches Licht drang durch den Türspalt hinein.

„Mommy!" Ich setzte mich noch einmal auf.

„Was ist, Violet?"

„Kannst du nicht ein kleines bisschen bei uns bleiben?"

„Bei euch? Ach, Violet. Es ist spät …" Sie schüttelte den Kopf. „Ich will noch etwas fertig machen. Gute Nacht!" Die Tür fiel ins Schloss.

Kinderaugen aus den Betten links und rechts wurden geöffnet und starrten an die Decke.

„Kannst du auch nicht schlafen?", fragte ich Rosie.

„Sollen wir zählen?" Und da war sie wieder. Meine Schwester, die für alles eine Lösung wusste.

„Eins …"

„Zwei …"

„Drei …" Meine Augen wurden schwer. Und dann schlief ich ein.

Als ich aufwachte, war es nachts. Ich hatte von dem Tor geträumt. Diesen Traum hatte ich oft nachts. Er war nicht bedrohlich und weckte mich jedes Mal, nachdem ich verzweifelt versucht hatte, das allzeit geschlossene Tor zu öffnen, und es nicht funktioniert hatte.

Rosie lag nicht in ihrem Bett.

Ich schwang meine Beine aus dem Bett und prüfte, ob es unter ihrer Decke noch warm war. Das war es nicht. Also schlüpfte ich in die Pantoffeln und schälte mich aus der Tür.

Da Mommy schlafen würde, musste ich zu Dad gehen, der mir helfen sollte, Rosie zu finden. War sie ins Spielhaus gegangen? Hatte sie schlimme Dinge hineintun wollen und war dort eingeschlafen?

Burke House wurde von einer Wolke kalten Rauches gefüllt, und das musste bedeuten, dass Dad noch immer Besuch in der Bibliothek hatte. Der Weg dorthin war nicht weit, ich musste nur um die Ecke und dann eine Treppe runtergehen. Schon befand ich mich in einem kleinen Flur, rechts eine Tür zum Garten, direkt vor mir eine schmale Tür mit einem Fenster zur Bibliothek.

Ja, da war noch Besuch. Und wie immer waren es nur Männer. Zwölf erwachsene große, starke Männer.

Ich sah Dad in seinem Sessel sitzen. Solange ich denken konnte, gab es immer nur einen Sessel, in dem Dad gesessen hatte. Er war grau und tief, und Dad legte immer beide Arme auf den Lehnen ab und schlug das linke über das rechte Bein.

In diesem Sessel las er Zeitung, redete mit Mom, begutachtete Rosies Modenschauen und spielte Schach mit den Männern, während er Pfeife rauchte und Whiskey trank.

Und dann sah ich Rosie. Sie trug ihr langes weißes Nachthemd, sie war also nicht aufgestanden und umgezogen, um ins Spielhaus zu gehen. Jetzt erinnerte ich mich, dass sie mir mal erzählt hatte, Dad hätte sie nachts geweckt und gebeten, mit nach unten zu kommen, weil seine Freunde sie kennenlernen wollten. Sie hatte mir gesagt, dass sie auf Dads Schoß hatte sitzen dürfen und sich auch mal auf die der anderen Männer setzen sollte. Und so war das dann weitergegangen und Rosie hätte die ganze Zeit zwischen den

Männern hin und her gehen und sich auf deren Schöße setzen sollen.

War das heute auch so gewesen? Hatte Dad Rosie wieder geweckt?

Ich sah Rosies schwarze Locken zwischen den dicken Fingern meines Vaters, und dass sie auf seinem Knie saß und er ihr etwas auf einem Spielbrett zeigte. Ein anderer Mann langte zu ihr rüber und streichelte ihre Wange.

„Jetzt komm mal zu mir, Kleines!", forderte ein weiterer Mann sie auf. Ich konnte nicht alles verstehen, was sie sagten, aber genau sehen, dass Rosie aufstand, zu dem dicken alten Mann rüberging und sich auf dessen Schoß setzte. Er wickelte eine ihrer Locken um seinen Finger, roch daran, und ich sah, wie Rosie ihren Kopf wegdrehte, als er mit ihr sprach, da sich sein Gesicht sehr nahe an ihrem befand. Ein anderer Mann griff quer über den Tisch zu ihr und nahm ihr Kinn zwischen seinen Daumen und seinen Zeigefinger. Er stand auf und legte die andere Hand an ihren Hinterkopf.

Die Männer lachten und grölten, leckten sich dauernd über die Münder, legten sich in die weichen Kissen der Sofas und starrten zu Rosie und was die anderen Männer mit ihr taten.

Ich erhaschte einen Blick auf meine Schwester, als der Mann ihren Kopf losließ und sie von dem Schoß des anderen aufstand, weil Dad sie wieder zu sich zog. Ich legte meine Hände an die Scheibe, wollte rufen, als ich sah, dass Rosie jämmerlich weinte.

Ich fasste mir an die Brust. Meine Schwester schluchzte, ihr Gesicht war rot aufgequollen. Ich wollte reinstürmen, sie von dem Mann losreißen, fragte mich, warum Dad das zuließ, sondern stattdessen wieder seine Flasche hob, wusste aber nicht, ob ich das tun konnte, ohne dass ich mich selbst auf den Schoß eines Mannes setzen musste.

Ich wägte immer wieder ab: Sollte ich sie retten? Musste ich meine kleine Schwester nicht beschützen, egal, was aus mir wurde?

Aber ich will nicht, ich habe Angst! Ich will nicht so weinen müssen, ich will nicht so traurig sein!

ICH WAR ELF!

Ich kniff die Beine zusammen. Ich musste Pipi, weil ich so viel Angst um Rosie hatte. Ständig schaute ich nach ihr, wollte sehen, dass sie nicht mehr weinte, um wieder ruhig atmen zu können, doch nein, Rosie schluchzte noch immer.

Mir fiel nur eine Lösung ein: Mommy!

Also jagte ich nach oben, über den Flur durch unseren Bereich des Hauses, den langen Gang zu den Zimmern meiner Eltern entlang, und kam völlig erschöpft und wild nach Luft ringend dort an, stürmte ins Schlafzimmer meiner Mutter, wo ich sie in ihrem Bett vorfand.

„MOMMY!", schrie ich. „MOMMY! Sie tun ihr weh!"

Mom wachte auf und fuhr herum. Sie hatte kaum etwas an. „Was?"

„Rosie! Sie tun Rosie weh!"

„Wer?"

„Dads Freunde!"

Sie rieb sich die Augen und setzte sich auf. Ich ging einen Schritt zurück, weil ich wusste, dass Mom mitkommen und für Ordnung sorgen würde, aber nein, das tat sie nicht. „Geh ins Bett, Violet!"

„Aber Rosie!"

„Geh ins Bett!"

Ich konnte es nicht fassen. „Sie tun ihr weh", flüsterte ich unter Tränen. Warum nur, warum scherte sich meine Mom einen Dreck um das, was ich ihr sagte? Ich brauchte Hilfe, ihre Hilfe, weil sie der einzige Mensch war, der meine Schwester vor den Männern beschützen konnte!

„Geh ins Bett, Violet." Mom legte sich wieder ins Kissen.

„Aber … Wer schützt Rosie nun?" Ich trat zur Tür, erschöpft und fassungslos. „Und … wer … sagt jetzt was zu Dad?"

„Wir werden ihn nicht unnötig aufregen. Was er will, wird getan, haben wir uns verstanden, Violet?"

Ich konnte nicht atmen, weil ich nicht aufhören konnte zu weinen. Allein schaffte ich es nicht, Rosie zu beschützen, allein war ich machtlos. Und der Mensch, bei dem ich instinktiv Schutz und Hilfe gesucht hatte, wies mich – schon wieder – ab.

Also ging ich. Wie nach einem Krieg, den ich nicht zu gewinnen vermochte, legte ich den ganzen weiten Weg in mein Zimmer zurück. Unser Zimmer. Denn Rosie lag wieder in ihrem Bett. Ich war wahnsinnig froh, sie zu sehen, auch wenn es mir Angst machte, wie sie so starr dalag und den Blick an die Decke geheftet hatte. Ich konnte sehen, wie sich das Mondlicht in ihren Augen widerspiegelte.

„Weißt du, was er zu mir gesagt hat?", fragte sie mich.

„Wer denn?"

„Dad."

Ich schüttelte den Kopf und schlüpfte schnell in mein Bett. „Was hat er gesagt?"

Ehe sie antworten konnte, vernahmen wir Stimmen aus dem Salon. Durch den Lüftungsschacht konnten wir Teile von dem verstehen, was unten gesprochen wurde. Mom und Dad stritten, Glas klirrte, und am nächsten Morgen hatte Dad meistens einen Verband um die Hand gebunden.

Die lauten Stimmen und das Geschrei machten mir Angst, ich zog die Decke höher, als würde der Streit direkt vor mir stattfinden und das splitternde Glas würde mir zur Gefahr werden. Dabei war ich innerlich so dankbar, dass Mom wohl doch zu Dad gegangen war.

„Er hat gesagt, dass Santa Claus nicht kommt, weil ich nicht artig war", sagte Rosie nun doch.

O nein! Santa Claus musste kommen! Weihnachten war mein absoluter Lieblingstag! „Was hast du gemacht?"

„Ich habe mich gewehrt, weil ich nicht …" Und dann begann sie wieder zu weinen. „Er kommt gleich noch mal hoch und fragt mich, ob ich jetzt ein artiges Mädchen sein möchte."

Ich setzte mich auf und reichte meiner Schwester die Hand.

„Ich will ihm keine Antwort geben", sagte diese im Flüsterton. „Ich will nicht antworten, Violet."

„Dann musst du das auch nicht." Ich drückte ihre Hand fester. „Ein Jahr ohne Santa Claus bekommen wir hin!" Auch wenn es schwerfiel.

Ich legte mich wieder ins Kissen, die lauten Stimmen meiner Eltern waren noch immer zu hören.

„Es ist wie ein Gewitter, es zieht vorüber", sagte ich zu meiner kleinen Schwester. „Wir brauchen nur zu zählen, und dann wird alles wieder gut!"

„Eins …"

„Zwei …"

2

Am Montag, an Violet Grants Geburtstag, kamen Melroy und Donovan Grant zurück von ihrer Reise und wurden von den Frauen, die sie vor wenigen Wochen verabschiedet hatten, mehr als herzlich empfangen. Während Georgina Donovan in die Backen kniff und dreimal fest umarmte, musste Annie aufpassen, dass sie nicht in Tränen ausbrach. Sie hatte ihn so sehr vermisst. Die Zeit ohne ihn hier allein mit Jules und Violet war hart gewesen, aber sie hatte sie mit Bravour gemeistert.

Jetzt ließ sie nicht die Hände von ihm, küsste und streichelte ihn, und hatte dabei einen Blick auf Violet und Melroy, die sich einander ebenfalls erleichtert in die Arme warfen.

Wie das fünfte Rad am Wagen saß Jules in ihrem Rollstuhl neben Georgina und wartete geduldig, bis beide Frauen ihre Partner begrüßt hatten, doch dann schloss Melroy seine Tochter in die Arme.

Donovan schob den Rollstuhl ins Haus, wo Timothy kurz darauf das Geburtstags-und-Willkommens-Dinner servierte, und endlich konnte die ganze Familie nach langer Zeit mal wieder zusammen essen. Tatsächlich war es ein sehr schönes Dinner. Melroy und Donovan überreichten Violet ihr Geschenk: eine Sammlung von Büchern aus verschiedenen Städten, alte Bücher natürlich, deren Autoren Annie kein Begriff waren. Violet behandelte die Bücher wie einen Schatz und fiel beiden Männern um den Hals.

Überrascht war Annie, als Violet sich kurz entschuldigte, und später mit einer Leinwand wiederkam, verkündete, dass dies ihr Geschenk von Jules sei. Jeder bestaunte das Gemälde, das ihre Tochter gemalt hatte: Sie hatte sich zum ersten Mal an Öl auf Leinwand getraut und den Garten von Grant House gemalt. Die Eiche, die Bank und eine Frau mit einem riesigen Sonnenschirm in vielen Farben darauf.

Jules strahlte vor Stolz und suchte Annies Blick, die lediglich – genauso stolz – grinsen konnte. Es freute sie, dass Jules' Talent gerade so viel Beachtung bekam.

Beim Essen ging es sehr heiter zu. Jeder schien an diesem Abend gut drauf zu sein. Annie vernahm in Violets Stimme eine unheimliche Erleichterung. Sie scherzte, war mit den Augen nur bei ihrem Ehemann und vergaß hier und da, Jules Hilfestellung zu leisten, die sie sowieso niemals brauchte.

Im Anschluss, als Melroy und Violet sich in den Salon zurückzogen, Donovan die Koffer nach oben brachte und Annie gerade fertig war, Georgina in der Küche zu helfen, sah sie Jules allein mit ihrem Rollstuhl durch den Flur Richtung Fahrstuhl fahren.

Sie erblickte das Mädchen nur von hinten, während das Quietschen der alten Räder des Rollstuhls den Raum mit einer Schwere erfüllte. Es hatte immer etwas Unangenehmes an sich. Dafür konnte Jules am wenigsten etwas, aber tatsächlich wurde Annies Herz jedes Mal schwer, und ihr Puls schnellte nach oben, wenn sie das Quietschen des Rollstuhls vernahm.

Es erinnerte sie jedes Mal an einen Horrorfilm oder an irgendwelche bösen Träume. Ein Ort, dunkel und kalt. Ein Rollstuhl, aus dem man nicht herauskam. Gefangen in der Dunkelheit. Konnte nicht rennen, sich nicht bewegen. *Nicht fliehen.*

Abends wartete Annie schon im Bett, während Donovan noch unter der Dusche stand. Sie hatten den ganzen Abend geredet, waren im Garten spazieren gegangen, hatten unter der Eiche gesessen. Er hatte ihr Fotos gezeigt, von Bauwerken und Sehenswürdigkeiten, die er in seiner wenigen Freizeit gesehen hatte. Hatte ihr von fremden Orten erzählt und von dem Werk seines Vaters, das er endlich einmal live und in Farbe hatte bestaunen können. Es hatte so viel Geschäftliches gegeben, was hatte besprochen werden müssen, dass Donovan der Kopf geraucht hatte.

Auszeiten, hatte Melroy ihm dann wohl gesagt, seien wichtig. Für die Familie, aber auch für sich selbst. Und auch der geschäftigste Firmeninhaber musste lernen, Grenzen zu ziehen.

„Urlaub?"

„Ja. Ist so abgesprochen. Nächste Woche Montag und Dienstag habe ich frei." Donovan hatte gelacht. „Es fällt mir unglaublich schwer, weil ich Angst habe, wieder ins Büro zu kommen und nicht zu wissen, wo mir der Kopf steht, aber Dad zwingt mich."

„Und was hast du vor?"

„Wir dürfen nicht hierbleiben, denn dann besteht die Gefahr, dass ich doch ins Büro fahre."

„Also?"

„Lass uns wegfahren. Ich könnte dir Lake Charles zeigen, oder wir machen einen Ausflug nach Alabama."

„Das geht nicht, ich habe Unterricht."

„Jules kann mitkommen."

„Nein, ich will Violet nicht sofort überfordern."

Sie hatten sich Gedanken gemacht, was sie stattdessen tun könnten, Pläne geschmiedet, recherchiert und einen ganzen Abend nur als Annie und Donovan verbracht.

Jetzt kam Donovan aus der Dusche und zu ihr unter die Bettdecke. Tatsächlich war es das erste Mal, dass sie sich in Grant House liebten. Vorher hatte Annie immer Hemmungen gehabt, die sie sich selbst nicht erklären konnte. Doch jetzt hatte sie Donovan – und auch sich selbst – nicht mehr vertrösten wollen.

Sie fühlte sich gut, geliebt, genoss seine Nähe so sehr, dass sie absolut glücklich anschließend in die Kissen fiel und sofort auf seiner Brust einschlief.

Am Wochenende fuhren Annie, Donovan und Jules nach Lafayette ins *Hilliard Art Museum*, das zur *University of Louisiana* gehörte. Das hochmoderne Gebäude gab einen Blick auf das *A. Hays Town Building*, ein Plantagenhaus, frei, benannt nach einem sehr bekannten Architekten, A. Hays Town, von dem etliche

Bauten im ganzen Süden stammten und der Donovan natürlich ein Begriff war.

Der Museumsbesuch war ein voller Erfolg, obwohl der Ausflug beinahe nicht stattgefunden hätte. Jules' Rollstuhl war so alt, dass er keine Funktion zum Zusammenklappen hatte, und so passte er nur mit Gewalt in Donovans Wagen hinein. Es hatte fast eine Stunde gedauert, die richtige Position zu finden, und Jules hatte mit jeder Minute mehr die Geduld verloren. Auch Violet hatte sich dafür ausgesprochen, dass es besser wäre, Jules bliebe zu Hause.

Doch Donovan hatte nicht aufgegeben. Anderthalb Stunden flanierten die drei durch die Hallen des Museums, bewunderten Kunstwerke jeglicher Art, Skulpturen, Gemälde, und Jules bekam einen ersten Eindruck davon, was einmal für sie möglich sein könnte. Immer wieder blieben sie vor Werken stehen, die ihr besonders ins Auge sprangen, und Annie war unfassbar glücklich, dass Jules das alles so gut annahm.

Im Anschluss zeigte Donovan den jungen Frauen noch den Campus, weil er dort jemanden kannte, und Annie war begeistert von der gigantischen Anlage, die einen Großteil der Stadt Lafayette ausmachte. Hier wurde Großstadtcharme mit Ländlichkeit kombiniert, und immer wieder ertappte sie sich dabei, wie sie nach Fahrstühlen und barrierefreien Eingängen Ausschau hielt. Im Kopf war sie sich sicher, dass Jules genau hierhergehörte.

Jules wurde schnell müde, die Eindrücke hatten sie erschöpft. So ließen sie den Lunch ausfallen, aßen stattdessen Eis in einem Laden am Rand der Stadt und fuhren dann zurück.

Auf dem Weg nach Glenn Lock schlief Jules auf der Rückbank ein, und Donovan legte seine Hand auf Annies Knie. Stolz und zufrieden lenkte er den Wagen zurück nach Hause, und auch wenn es anstrengend gewesen war, hatte Annie das Gefühl, Jules einen großen Gefallen getan zu haben.

Sicher und wohlbehalten lieferten sie Jules bei ihrer Mutter ab, die ihre Tochter schon am Tor in Empfang nahm, als hätte sie nichts anderes getan, als stundenlang hier auf sie zu warten.

Jules redete und redete, als Violet sie ins Haus schob, und kurz blickte Violet über die Schulter zu Annie.

Annie nickte, und Violet tat es ihr nach.

„Ich habe eine riesige Überraschung für dich." Donovan nippte an seinem Sektglas.

„Lass hören!" Annie spürte seinen Fuß unter ihrem Po. Sie saßen einander gegenüber in der Badewanne. Es war spät am Abend, draußen zirpten die Grillen, die Moskitos klebten an den Fliegengittern, doch sie würden einen Weg hineinfinden, so war das immer.

Zwischen ihnen befanden sich Berge voll flauschigem Badeschaum, und während Donovan seine Arme auf dem Badewannenrand ausbreitete, saß Annie bis zu den Schultern im Wasser.

„Noch nicht."

„Wieso nicht?" Genau zwischen ihnen befand sich das in die Keramik geritzte Unendlichkeitszeichen. Nach so vielen Wochen hatte Annie noch immer nicht herausgefunden, was es damit auf sich hatte.

„Weil du noch nicht Geburtstag hast."

„Es ist also ein Geschenk." Auf den Ablagen und auf dem Waschtisch brannten Kerzen, sodass sie kein Licht angeschaltet hatten. Es war gemütlich, romantisch, und Annie fühlte sich, wie schon in den letzten Tagen, irgendwie angekommen.

„Ja, so kann man das sehen."

„Du spannst mich auf die Folter."

„Das tue ich gern." Donovan stellte sein Glas weg. Dann beugte er sich zu ihr rüber, Wasser schwappte über den Rand. Sie konnte seine Hände zwar nicht sehen, aber spüren. Sie fuhren über ihren Bauch zu den Brüsten, massierten sie, während er ihren Hals küsste. Annie machte mit, Donovan entfachte ein Feuer in ihr, als er eine seiner Hände nun an ihrem Körper nach unten wandern ließ und er diesen Blick in seinen Augen hatte, dem sie noch nie hatte widerstehen können.

„Don …", murmelte sie, warf dann aber den Kopf in den Nacken und schloss die Augen, während er sie befriedigte. Wohlig begann sie zu stöhnen, ließ sich fallen, spürte nicht nur die Wärme des Badewassers von außen, sondern auch eine leidenschaftliche Hitze in ihrem Inneren.

Es fühlte sich so wahnsinnig gut an, weil Annie zum ersten Mal dachte, dass sie sich hier in Grant House wirklich zu Hause fühlen konnte.

Mit Donovan zusammen könnte sie hier – wenn auch zeitlich begrenzt – glücklich sein.

Die Atmosphäre des alten Badezimmers, in das stimmungsvolle Licht der Kerzen getaucht, das warme Wasser – das alles war gut!

Schließlich zog sie Donovan näher, er legte sich auf sie und sie gaben sich ihrer Erregung hin, während immer mehr Wasser über den Rand der wahnsinnig engen Badewanne schwappte.

Am Rand nahm Annie das bekannte Quietschen der Räder wahr, glaubte aber zunächst an Einbildung, bis sie die Augen öffnete und Jules in der Tür entdeckte.

Annie schubste Donovan zurück. „JULES!"

„Ach du Scheiße!" Panisch tauchte Donovan seinen nackten Körper unter Wasser, während Annie ihre Brüste mit den Armen verdeckte und nicht mehr tun konnte, als Jules anzustarren.

Sofort verwandelte sich ihr Gefühl, dieses wunderbare Gefühl der Zufriedenheit, zurück in eine Ahnung, die sie schon immer gehabt hatte, und das, seit Annie in Grant House angekommen war.

„Lügnerin", sagte Jules leise, ehe sie zu schreien begann. „SIE IST EINE LÜGNERIN!"

3

Vergangenheit

In der Nacht hatte ich wieder diesen Traum von dem verschlossenen Tor gehabt. Ich war aufgestanden, in meine Pantoffeln gestiegen und wie ein Geist in meinem weißen Nachthemd durchs Haus gewandert und hatte es durch die Haupteingangstür verlassen.

Durch den Nebel hindurch hatte ich das Tor erreicht, meine Hände um die dicken schwarzen Gitterstäbe gelegt und daran gezogen. Nichts war passiert. Ich hatte es noch mal und noch mal versucht – ohne Erfolg. Das Tor blieb geschlossen.

Und als ich mich umgedreht hatte, hatte ich geglaubt, jemanden auf mich zukommen zu sehen, nicht Mom, nicht Dad, sondern …

„Violet?" Ich schreckte hoch. Rosie hockte vor ihrem Bett. „Alles in Ordnung?"

Ich wischte mir die schweißnassen Haare aus dem Gesicht. „Nur ein Traum", sagte ich, dann legte ich mich wieder hin und hörte, wie Rosie zurück in ihr Bettchen krabbelte.

Am nächsten Morgen fiel der Unterricht ziemlich kurz aus, weil Mom ihre Kopfschmerzen hatte und wir nichts anderes getan hatten, als ein paar Aufgaben zu lösen und dann zu warten, bis Mom von der Toilette wiederkam.

Schon nach zehn Uhr hatte Mom uns nach draußen geschickt, wo Rosie sofort zum Spielhaus gerannt war. Sie wollte eine Teeparty veranstalten, doch ich merkte, dass ich mit meinen elf Jahren dafür etwas zu alt geworden war: In den Tassen befand sich kein Tee und auf den Tellern kein Kuchen und die Kuscheltiere, die auf Stühle und Kissen gepresst wurden, hatten keine Ahnung, dass sie gerade zu Gast waren. Sie sahen nichts. Sie hörten nichts. Sie fühlten nichts.

Nach einigem Hin und Her entschied ich mich, das Spielhaus zu verlassen. Zum Glück war Rosie nicht gekränkt, allein zu spielen. Ich zog währenddessen durch den Rosengarten, hielt unter einem der Bögen inne, und setzte mich auf die Schaukel, die Dad unter dem Pavillon befestigt hatte. Ich schaukelte ein wenig und dachte an meinen Traum von letzter Nacht.

Das verschlossene Tor.

Ich sprang von der Schaukel und durchquerte den Rosengarten, der jetzt im Juni in üppiger Blüte stand. Zum Tor gelangte ich durch den schmalen Gang am Haus, wo ich von den Buchsbaumbeeten im Vorgarten empfangen wurde. In der Mitte dieser Beete blühte der Jasmin mit seinen kleinen weißen und rosa Blüten im starken Kontrast zum Dunkelgrün der Buchsbäume und gab einen betörenden Duft von sich.

Das Tor war geschlossen. Ich ging bis nach vorn, legte die Hand auf die Klinke und versuchte, es zu öffnen. Abgeschlossen.

Wenn wir unterwegs zur Eichenallee waren, benutzten wir stets den Pfad im Wald, der irgendwann in die Gabelung mündete, die entweder nach Glenn Lock oder zum Jorisson House führte. Mom und Dad wussten nichts von diesem Pfad durchs hohe Gras, und wenn sie es wüssten, würden sie verbieten, dass wir ihn benutzten – Dad hatte im Wald einmal einen toten Alligator im Dickicht gefunden.

Und auch wenn ich wusste, dass ich aufgrund dieses Pfades nicht eingesperrt war, so war das verschlossene Tor beklemmend.

Mom und Dad wussten schließlich nichts von unserem „Ausweg".

Warum wollten sie uns einsperren?

„Violet!", rief Rosie, die an der Hausecke stand. „Komm, wir gehen in den Wald!"

Ich murrte. Ich mochte den Wald nicht. Ich mochte den Brunnen nicht. Doch Rosie wollte ständig dort sein. Rosie war jemand, der in der Dunkelheit an gruseligen Orten gut aufgehoben war, weil Rosie nur vor ganz wenigen Dingen Angst hatte. Ein dunkler Wald und ein tiefer Brunnen gehörten nicht dazu.

„Hey!"

Ich fuhr herum und sah zwei Jungen, in meinem Alter etwa, mit Kappen und Hosenträgern auf Fahrrädern. Sie kauten Kaugummi, hatten die Köpfe gereckt und betrachteten mich von oben herab. Der eine war blond, der andere braunhaarig. Sie standen mit ihren Rädern vor dem Tor und grinsten dämlich.

Ich hatte sie noch nie gesehen.

Schnell sah ich mich zu meiner Schwester um, die nicht mehr an der Hausecke stand.

„Was guckt ihr so?", fragte ich und ging in Kampfposition. Die Jungen sahen aus wie Rabauken, die nichts Gutes im Sinn hatten.

„Wir wollten mal gucken, wie ihr ausseht", sagte der Blonde.

„Wie sollen wir denn aussehen?", fragte ich und hatte wirklich keine Ahnung, was der Junge meinte.

„Es heißt, ihr seid unnormal und komisch." Der Braunhaarige stieß dem Blonden in die Seite. „Los, frag!", murmelte er.

„Nee, frag du!", gab der Blonde zurück.

Ich fühlte mich unsicher und wich ein Stück ab. Ich wollte zum Haus rennen, zu Mom oder besser noch zu Rosie, zu irgendwem, der mich vor den Dingen, die die Jungs sprachen, beschützte und mir zur Seite stand. Als ich kurz davor war, in Tränen auszubrechen, weil ich mich so unwohl fühlte, weil die Jungs über mich lachten, hörte ich Schritte hinter mir: Rosie.

„Was wollt ihr?", fragte sie mit lauter Stimme. „Haut ab!"

Die Jungen dachten nicht daran.

Rosie stellte sich vor mich, und ich war unendlich dankbar und erleichtert.

Sie legte ihre Hände um die Stäbe. „Weg mit euch! Hier habt ihr nichts zu suchen!"

„Beruhig dich mal", sagte der Braunhaarige. „Wir wollten nur mal was fragen!"

„Was denn?", blökte Rosie.

Der Blonde schaute erst auf den Boden, verkniff sich das Lachen, schaute wieder hoch und sah mir in die Augen: „Stimmt's, dass dein Dad deine Muschi anfasst?"

Ich erschrak so sehr, dass ich glaubte, meine Augen und mein Mund würden für immer offen stehen bleiben. Ich starrte zu Rosie, die mit den Füßen auf den Boden trampelte und schrie: „Schert euch zum Teufel!"

Lachend schwangen sich die Jungs auf ihre Räder und fuhren davon, und wir drehten uns um, weil Mom den Weg zum Tor hinunterschritt. „Was wollten die?", fragte sie energisch. Sie hielt ihren Kimono hoch, sodass sich der Saum nicht in ihren Füßen verheddterte. Ihre Brüste wippten auf und ab, nach rechts und links. Sie beugte sich zu Rosie, griff um ihre Schultern und schüttelte sie. „Was wollten die?"

„Nichts, Mom!"

„Was wollten diese Jungen, jetzt sag es schon!" Auf mich achtete Mom nicht. „Was wollten sie?"

„Nichts!" Rosie kämpfte sich aus ihrem Griff. „Macht doch einfach das Tor auf!", schrie sie und rannte weg.

Am Abend spähte ich aus dem Fenster, wo Mom und Dad lange vor dem Haus redeten. Sie saßen auf einer Bank, und Dad gestikulierte viel. Die Unterhaltung ging lange, überschritt die Dinnertime, und als sie zum Haus kamen, rannte ich schnell nach oben. Auch Rosie stand hier. Sie versteckte sich im Rahmen einer der Türen, und ich stellte mich dazu. Zusammen beobachteten wir, wie Mom in die Küche abbog und Dad die Treppe raufging.

Sein Büro befand sich dicht daneben. Ein kleines Zimmer mit dunklen Möbeln und vielen Bücherregalen. Er verbrachte hier viel Zeit, und oft war die Tür abgeschlossen, was ich nie verstanden hatte.

Jetzt ging er an uns vorbei, schenkte uns einen kurzen Blick. An der Bürotür blieb er stehen, streckte den Arm aus, krümmte den Zeigefinger und wies auf Rosie. „Komm mal her!"

Rosie sah mich kurz an, und ich hob die Schultern. Meine Schwester ging zu ihm, er fasste sie bei der Schulter und zog sie ins Zimmer. Die Tür fiel nicht ins Schloss, sie blieb offen, und ganz leise und auf Zehenspitzen, weil ich im Haus keine Schuhe trug, tapste ich hinterher.

Ich hörte, wie Dad sich in den schweren Ledersessel fallen ließ. Das Leder knirschte immer so und war eiskalt. Ich saß gern auf diesem Stuhl, doch Rosie nicht. Sie mied den Raum, wenn sie konnte und nicht hineinmusste, weil Dad das wollte.

Ich lugte um die Ecke, nur mit einem Auge, meinem Detektiv-Auge, dem Auge, auf dem ich besser sehen konnte. Ich sah Rosie neben dem Sessel stehen. Da Dad seine Ellenbogen auf die Knie gestützt hatte, befanden sich beide etwa auf derselben Höhe. „Was haben die Jungs gewollt?"

Rosie schüttelte den Kopf.

Dad seufzte. „Du musst es mir sagen. Das ist wichtig."

„Warum, Dad?"

„Weil ich der Mann im Haus bin. Ich muss euch beschützen. Und weil ich wissen will, was sie gesagt haben, damit ich in der Stadt sagen kann, dass sie gelogen haben." Er griff nach ihrer Haarlocke. „Außerdem … Nenn mich Daddy!"

„Daddy."

„Kleine Rosie", flüsterte er und biss sich dann auf die Unterlippe.

Rosie rührte sich nicht.

Dad lehnte sich in seinen Sessel zurück. „Das Kleid sieht hübsch an dir aus. Magst du gelb?"

Rosie nickte. Ich mochte das Kleid nicht. Es war ein Sommerkleid mit Rüschen an den kurzen Ärmeln und am Saum, ging bis zu den Knien und auf der Brust prangte ein blumenumschlungenes Herz.

„Dreh dich mal!"

Kopfschütteln.

„Na komm, dreh dich mal für mich!"

Wieder Kopfschütteln.

Dad beugte sich vor und flüsterte: „Wenn ich etwas von dir will, dann tust du das, okay? Es wird deiner Mommy sonst sehr schlecht gehen, und das willst du doch nicht, oder?"

Nicken.

Dad legte seinen Zeigefinger an den Saum ihres Kleides und schob es ein Stück nach oben. Er schien etwas zu suchen, duckte sich leicht, und ich versuchte zu erraten, was er unter ihrem Kleid suchte und warum Rosie so zu beben begann und die Fäuste ballte, als Mom plötzlich hinter mir auftauchte.

Sofort ließ Dad Rosies Saum los, sie eilte zu mir, Mom steckte den Kopf in die Tür des Büros.

„Essen ist fertig. Mich hört ja keiner, wenn ich rufe." Sie starrte auf Rosie, die wild atmete und schon wieder zu weinen begann. „Was ist?"

„Mom …" Tränen über Tränen.

„Ja, wenn du nicht redest!" Mom zuckte mit den Schultern, drehte sich um und ging, während ich Rosie in die Arme nahm, ihr Schluchzen aber nicht aufhörte.

4

In der Nacht erwachte Annie mit der panischen Angst, nicht atmen zu können. Sie schreckte auf, ihre Augen starrten in die Dunkelheit, ihr Hemd war schweißnass, die feinen blonden Haare klebten an ihrer Stirn. Sie tastete neben sich, Donovan lag nicht im Bett. Seine Seite war kalt, die Decke zerwühlt, er war nicht mehr da.

Sie schwang die Füße aus dem Bett, ihre Sohlen tapsten über den eiskalten Holzboden hin zum offenen Fenster. Die Vorhänge wurden vom lauen Wind aufgebauscht, untermalten die bedrohliche Atmosphäre in Grant House. Der Mond schien durch ein Guckloch zwischen den Wolken, warf sein Licht in den Garten.

„Don?" Annie machte kehrt, verließ das Zimmer und tauchte in die Dunkelheit des Hauses ein. Große Standuhren tickten, langsamer als in Wirklichkeit, das Geräusch erfüllte die Flure. *Tick … tack. Tick … tack.*

Ein Schauer lief ihr über den Rücken, als sie das Erdgeschoss erreichte, zitternd wie Espenlaub schob sie die gewaltige Eingangstür auf und trat nach draußen. „Don!"

Kieselsteine bohrten sich in ihre Fersen, als sie zwischen den Buchsbaumgewächsen in Richtung Tor rannte. Es war geöffnet, einen winzigen Spalt. Annie schaute sich um, spähte über die Schulter, als sie unmerklich schneller zu laufen begann und ihr Puls in die Höhe schoss.

Renne!

„Don!", schrie sie verzweifelt, rannte, und blieb abrupt stehen, als sie entdeckte, dass jemand das Tor geschlossen hatte. „Nein, nein, nein!"

Sie ging näher, rüttelte daran, doch das Tor ließ sich nicht öffnen.

Sie war gefangen.

Annie sank zu Boden, streckte ihre Hand durch das Gitter, als sie jenes Geräusch vernahm, das ihr das Blut in den Adern gefrieren ließ.

Quietschende Reifen über Kieselsteine.

Das Zerren des alten Leders bei jeder Bewegung.

Das angestrengte Ausatmen, weil der Rollstuhl sich so schlecht bewegen ließ.

Annie wagte es nicht, über die Schulter zu blicken. Sie wagte es nicht, das Bild erneut in ihren Kopf zu rufen, das sie immer und immer vor Augen hatte. Tag und Nacht.

„Geh weg!", schrie sie, schlug die Arme über den Kopf und kauerte vor den Gittern des Tores. „Lass mich! Geh weg!"

„LÜGNERIN!", rief Jules hinter ihr. „MÖRDERIN!"

„GEH!"

„LÜGNERIN! MÖRDERIN!"

Annie schreckte auf. Draußen schien die Sonne. Es war früher Morgen. Die Vögel zwitscherten. Hastig legte sie die Hand an ihren Hals, schloss kurz die Augen und versuchte, sich zu beruhigen.

Donovan steckte den Kopf aus dem Badezimmer. Er trug ein Handtuch um die Hüfte, seine Haare waren nass. „Hast du wieder schlecht geträumt?"

Annie stieg aus dem Bett. Sie wollte keine Minute länger darin liegen bleiben. „Ja, schon wieder." Es war das fünfzehnte Mal, dass sie diesen Traum gehabt hatte.

Vor dem Unterricht arbeitete Annie im Büro. Es war mehr ihr Büro geworden als das von Donovan, der die wenige Zeit, die er in Grant House hatte, nicht mit Arbeit verbringen wollte.

Sie hatte versucht, das Büro freundlicher zu gestalten, hatte einige der vorhandenen Bücher gegen ihre ausgetauscht, Platz für Dekoration geschaffen und beim Trödelmarkt einen Sessel aus rosa Samt erstanden, der nicht hier hineinpasste und ihr nicht einmal gefiel – sie wollte einfach etwas anderes als dunkles Holz haben.

Während sie den Bericht abtippte, den sie einmal im Monat für ihr Studium abschicken musste, hörte sie durch die geöffnete Tür das Quietschen von Jules' Rollstuhl, wie es langsam näher kam und schließlich so laut war, dass Annie am liebsten aufgestanden wäre und die Tür zugeschlagen hätte.

Dass sie so dachte, beschämte sie sehr, Jules konnte nichts dafür, dass sie im Rollstuhl saß.

„Darf ich reinkommen?"

„Sicher." Annie schaute nicht von ihrem Laptop auf.

„Ich will mich entschuldigen, dass ich gestern ins Badezimmer … Du weißt schon, Don und du …"

Annie wurde nicht rot. „Was meintest du mit dem, was du gesagt hast?"

„Ich kann mich daran nicht erinnern."

Jetzt schob Annie den Laptop weg. Sie glaubte Jules kein Wort.

Violet kam in den Raum. „Meine Damen, es ist schon recht spät, das Frühstück wartet."

„Wir sind gleich da, Ma'am."

„Mom!" Noch ehe Violet weitergehen konnte, hielt Jules sie am Arm fest. „Das, was ich gestern gesagt habe, als du mich aus Annies Zimmer geholt hast …"

Jetzt wurde Annie rot. Tatsächlich war nicht nur Jules, sondern auch Violet in das Badezimmer gestürmt, als Donovan und Annie gerade ziemlich viel Spaß unter der Wasseroberfläche gehabt hatten.

„Ja, du hast geschlafwandelt."

„Sie kann nicht geschlafwandelt haben", entgegnete Annie, ohne eine von ihnen anzusehen. „Sie soll im Schlaf aufgestanden, in ihren Rollstuhl geklettert und rübergefahren sein?"

Violet lachte. „Schenken Sie dem Thema nicht zu viel Beachtung." Sie verließ den Raum.

Jules schob sich ebenfalls aus der Tür. „Also noch mal: sorry."

„Schon gut." Annie wandte sich wieder ihrem Bericht zu, während das Quietschen des Rollstuhls erneut einsetzte und sich in ihr Gehirn einbrannte.

„Es verfolgt mich", erzählte sie am Nachmittag Georgina bei einem Kaffee. „Ich höre dieses Geräusch in der Nacht in meinen Träumen. Ich höre es, wenn ich im Garten sitze, obwohl Jules sich im Haus befindet, und es gar nicht möglich ist, es zu vernehmen. Aber es ist da. Die ganze Zeit."

Georgina rührte eine Paste aus scharfen Gewürzen an. Daneben stand ein Schälchen mit einer weniger scharfen Paste, die sie noch immer extra für Annie anmixte. Trotzdem war Annie in letzter Zeit schon etwas mutiger geworden, was die Cajun-Küche anging.

„Träumst du schlecht?"

„Ja, ich würde schon sagen, dass das schlechte Träume sind, denn sie fühlen sich bedrohlich an. Und immer wenn ich wach werde und realisiere, dass das nur ein Traum war, bin ich erleichtert."

„Ist es besser geworden, seit Donovan wieder da ist?"

„Ein wenig."

„Schätzchen, vielleicht brauchst du einfach ein bisschen mehr Schlaf."

Annie nahm einen großen Schluck Kaffee. „Vielleicht hast du recht. Nur … Mich lässt der Gedanke nicht los, dass irgendwas nicht stimmt."

„Mit Jules?"

„Nicht mit ihr direkt. Das Einzige, was durch meine Träume sehr nervend ist, ist die Tatsache, dass ich Jules meide, was sie nicht verdient hat." Annie stand auf und brachte ihre Kaffeetasse zur Spüle, wo sie sie gleich abwusch und zum Mitarbeitergeschirr zurückstellte. „Und deswegen muss ich wohl oder übel da durch."

„Hab doch gesagt, du sollst ihr keine Horrorgeschichten erzählen", warf Timothy ein, der den Einkauf wegräumte und Annie zuzwinkerte.

„Macht euch keine Gedanken", sagte Annie, „ich bin schon groß."

Den Rest des Nachmittags verbrachte sie ebenfalls in ihrem Büro. Eigentlich hatte sie diese Woche mit Jules nach Glenn Lock gehen wollen, um in dem Diner mit ihr einen Milchshake zu trinken. Doch irgendwie hatte Annie sich dann doch nicht dazu durchringen können, was an ihrer momentanen Gedankenlage liegen mochte. Es tat ihr leid für Jules, aber Annie konnte das nicht ändern.

Als die Sonne langsam unterging und sie deutlich die Geruchswelten, die aus der Küche drangen, im Obergeschoss wahrnehmen konnte, war Annie noch immer mit Schreiben beschäftigt. Sie ließ sich Zeit, ja, denn sie wollte gleichzeitig mit Donovan Feierabend machen, sodass sie gemeinsam zum Dinner gehen konnten.

Violet klopfte an die offene Tür. Sie schien von draußen zu kommen, ihre Beine steckten in Hosen, die unten verdreckt waren, und ihr Oberkörper in einem dünnen Pullover, mit dem Annie sie noch nie im Salon oder beim Essen gesehen hatte.

„Ja?" Annie klappte den Laptop zu, weil sie zur selben Zeit Donovans Wagen vorfahren hörte.

„Ich habe in den Nachrichten gehört, was in Lafayette los ist, haben Sie das auch gehört?"

Annie stand voll auf dem Schlauch. „Nein, was ist passiert?"

„Es gab eine Massenschlägerei, ich habe es Jules gerade erzählt. Ganz in der Nähe des Museums. Das Ende einer Demonstration, unglaublich, oder?"

Annie verengte die Augen.

„Eine junge Frau wurde vergewaltigt, von drei Männern, sie wurde einfach von ihren Freunden im Gedränge getrennt und dann hinter die Bahnstation geschleppt."

„Oh, das ist … tragisch."

„Ja, also … Ich würde vorschlagen, das mit den Ausflügen … Also, Sie merken ja, wie gefährlich es ist …"

„Ma'am, Jules' Rollstuhl ist Jahrzehnte alt. Sie könnte auch aus dem Fahrstuhl steigen, das Rad würde blockieren, sich verkeilen, die Tür zugehen und ihre Tochter würde eingeklemmt und zerquetscht werden."

Violet verstummte.

„Also, was erwarten Sie, Violet? Wir sollen diese Ausflüge sein lassen? Von mir aus, ich ..." Annie seufzte tief und winkte ab. „Ich habe keine Kraft mehr, herzlichen Glückwunsch, Sie haben es geschafft." Außerdem hatte sie das Gefühl, dass diese Nachrichten frei erfunden waren, denn Donovan hätte ihr das längst erzählt, oder sie hätte es in Social Media gelesen.

Violet sagte noch immer kein Wort.

Annie gab auf.

Wie lange hätte sie noch kämpfen sollen?

Lohnte es sich, sich derart einzubringen, wenn alles, was sie tat, mit Füßen getreten wurde?

Ja, fragte sich Annie, wofür das alles?

Sie stand auf und ging an Violet vorbei. „Ma'am, unsere Männer sind da. Wollen wir essen gehen?" Sie lief vor zur Treppe, hielt dann inne und wandte sich kurz noch mal zu ihr um. „Es ist doch an der Zeit, nicht wahr?"

5

Vergangenheit

Juli

Im folgenden Monat lief meine Schwester Rosie immer mal wieder weg. Anfangs immer nur eine Stunde oder zwei, manchmal aber blieb sie den ganzen Tag verschwunden.

Wenn mir auffiel, dass Rosie mal wieder verschwunden war, ignorierte Mom meine Worte. Sie saß nur stumm auf dem Sofa und nähte und stickte weiter.

Manchmal dachte ich, es läge daran, dass Rosie beliebter war als ich. Dad würde mich bestrafen, würde ich weglaufen, weil ich das Kind war, das keiner mochte. Rosie aber meinte, weil Mom eifersüchtig wäre, sei sie froh, wenn sie mal nicht da war.

„Mom?", fragte ich. „Kann ich dich was fragen?"

„Alles, Schätzchen."

„Warum weinst du?"

Mom sah nicht von ihrer Arbeit auf. Es war Nachmittag, Rosie war nicht da, das Wochenende stand vor der Tür, ich wusste nichts mit mir anzufangen, und meine Mutter saß hier vor mir, bestickte ein schneeweißes Handtuch, während Tränen über ihre Wangen flossen. „Ist schon gut, Violet."

„Ich will dir helfen." Ich hatte schon einmal erwähnt, dass es nichts Schlimmeres für ein Kind gab, als wenn es eine traurige Mom hatte. Ich fühlte diesen Schmerz in der Brust, während mein Kopf all die letzten Tage abspulte, um den Grund zu finden, weshalb Mommy traurig war. „Ist es meinetwegen?"

Sie gab mir die Antwort, vor der ich Angst hatte. „Ein bisschen schon, ja."

„Was habe ich gemacht?" Oh, wie schwer mein Herz wurde. Ich griff mir an die Brust, weil ich fürchtete, dieser Felsen könnte sonst nicht mehr von meinem Körper getragen werden. Panik breitete sich in mir aus, ich konnte kaum noch atmen.

„Na ja, ich hatte dir schon einmal gesagt, dass wir alles tun müssen, was Daddy von uns will."

„Aber das tue ich doch!" Ich aß immer auf! Ich räumte immer mein Zimmer auf. Ich achtete auf meinen Ton, ich zog nur gute Sachen zum Dinner an.

„Nein, gestern hast du etwas, was Daddy wollte, nicht getan."

„Wann?"

„In der Nacht."

Ich erinnerte mich nicht. Ich wusste nur, dass ich aufgewacht war, weil Rosie geweint hatte, und ich hatte gedacht, sie hätte schlecht geträumt, aber die Tür hatte einen Spalt offen gestanden, Licht war hineingefallen. „Ich habe geschlafen!"

„Lassen wir das Thema. Wie findest du es?" Sie drehte das gestickte Handtuch um. Dort stand in geschwungenen Buchstaben in Rosa nun *Rosie* drauf.

„Oh, ist das schön!", sagte ich, weil ich es wirklich schön fand. „Das wird ihr gefallen!"

„Ich habe noch mehr gemacht. Ich finde es auch hübsch." Mom legte das Handtuch weg und sah mir in die Augen. „Und wirst du fortan alles tun, was Daddy will, damit ich nicht mehr traurig bin?"

Jetzt wusste ich auch, warum ich etwas für Dad tun sollte – Rosie lief ja immer weg.

Und weil das Wichtigste für ein Kind eine glückliche Mutter war, antwortete ich: „Ja, Mommy!"

Rosie tauchte erst am Abend wieder auf. Pünktlich zum Dinner. Mom würdigte sie keines Blickes, und später sagte Rosie zu mir, dass Mom sie „auf dem Kieker" habe, und das nicht nur wegen der Eifersucht. Sie würde Mom gefährlich werden, jetzt, da sie älter werde, und deswegen sei es Mom auch egal, ob Rosie hier sei oder nicht.

„Das kann nicht sein", sagte ich, als wir beide in der Diele auf der Fensterbank saßen und uns die abendliche Sommersonne ins Gesicht schien. „Sie hat heute Handtücher für dich bestickt."

„Trotzdem kann sie mich nicht leiden."

„Aber du bist ihr Kind!"

„Das Kind, das ihr den Mann wegnimmt."

Ich prustete laut los. „Quatsch!"

„Du verstehst das nicht, Violet", sagte Rosie leise. „Mom hat Angst, dass Dad mich mehr mag als sie."

Ich verstand das wirklich nicht. Es war mir auch egal. Ich stand auf, schüttelte dabei den Kopf und ging in unser Zimmer.

In der Nacht erwachte ich, weil jemand schrie.

Es donnerte und blitzte draußen, doch das war es nicht, was mir das Blut in den Adern gefrieren ließ: Es waren die Schreie.

„Rosie!", rief ich, weil ich mich nicht traute, aus dem Bett zu steigen. „Wach auf!" Blitz und Donner erschütterten Burke House, ich zog mir die Decke über den Kopf und verkroch mich darunter. Zählen brachte nichts, wenn die Gefahr zu groß war. „ROSIE!"

Als das Donnern verebbte, lugte ich unter der Decke hervor und starrte rüber zum Bett meiner Schwester. Es war leer. Wieder ein Blitz, gefolgt von Donner. Erneut versteckte ich mich. Bis der Abstand zwischen Blitz und Donner größer wurde und ich es endlich wagen konnte, aus dem Bett zu steigen. Ich suchte nach Rosie, fand sie aber nicht, also schlüpfte ich in die Pantoffeln und ging rüber zu Mom und Dad. Der Weg war lang, und weil ich mich nicht traute, bei Gewitter das Licht anzuschalten, durchlebte ich gerade meinen persönlichen Albtraum.

Dunkelheit.

Ein Geist in der Nacht.

So schnell mich meine Füße trugen, rannte ich rüber zum Schlafzimmer meiner Eltern, als ein weiterer Schrei mich innehalten ließ. Er kam von unten, und ich wusste, es war Rosie. Also änderte ich meinen Plan, doch weder in der Küche noch im Salon oder in der Bibliothek fand ich sie.

Weinend vor Verzweiflung wollte ich doch hoch zu Mom und Dad, als mir das Spielhaus einfiel. Ich glaubte nicht, dass sie woanders war, sie musste im Spielhaus sein. Die Schreie hatte ich mir sicher nur eingebildet. Also rannte ich durch den Garten, durch den Regen und schrie, als erneut ein Blitz und daraufhin ein

Donner erfolgte. Unter der alten Eiche hielt ich an, wild atmend, weil es so anstrengend war, in den Pantoffeln zu rennen, aus denen ich ständig hinausschlüpfte, und setzte meinen Weg fort.

„Rosie!", rief ich schon weit vor der Eiche, weit vor dem Wald, der sich vor mir auftürmte wie eine Herde dunkler Menschen, die nur darauf warteten, ihren Umhang um mich zu legen. Das weiß gestrichene Spielhaus davor schien in der Nacht zu leuchten, ich rannte darauf zu, krabbelte hinein, doch auch hier war Rosie nicht.

Ein weiterer Blitz erhellte den Garten, das Donnern war hier drinnen so laut zu hören, dass ich die Hände auf die Ohren schlug und meinen Kopf fest in meine angewinkelten Knie grub.

„Eins", begann ich zu zählen, weil es vielleicht doch etwas brachte. „Zwei …" Blitz. Donner. Regen. „Drei."

Ich tastete nach den Wänden des kleinen Spielhauses. Alles Böse konnte ich hier abladen, die Wände würden mich beschützen, für Kummer war dann nicht mehr viel Platz.

Als ich bei neun angekommen war, kam kein weiterer Blitz, kein weiterer Donner, nur der Regen blieb und die Schreie, die nun von Burke House zu kommen schienen.

Ich muss sie finden, dachte ich. *Ich muss meine Schwester finden.*

Denn so wie sich der Schrei anhörte, war sie in Gefahr.

Also stapfte ich durch den Regen zurück zum Haus, nun sicherer, weil sich meine Augen an die Dunkelheit gewöhnt hatten, es nicht mehr blitzte und donnerte und ich im Spielhaus alle furchterregenden Dinge abgeladen hatte.

Die Schreie wurden lauter, und als ich durch die Haupteingangstür schritt, entdeckte ich Licht. Es musste aus der Bibliothek kommen, denn den Salon sah man von hier. Also trippelte ich vor, spähte in die Bibliothek und fand Dad und Mom, die seinen Arm festhielt und von sich wegstieß. Als er sie packen wollte, schrie sie. Das war der Schrei! Ich hatte ihn mir nicht eingebildet, nur war er nicht von Rosie gekommen, sondern von Mom! Irgendwann umfasste Dad Moms Hals mit beiden Händen, sie griff danach, während sie die Augen aufriss und ihr Gesicht blau wurde.

Ich wollte eingreifen, sie retten, doch meine Beine bewegten sich nicht, anders als mein Herz, das so stark pochte, dass es mich in der Brust schmerzte. „Mommy", wimmerte ich und hasste mich, dass ich nicht den Mut hatte, ihr zu helfen.

Da kickte Mom ihren Fuß zwischen Dads Beine, sodass er zu Boden ging.

„Richtig so, Mom!", feuerte ich sie leise an, bis ich sah, dass Mom zu mir schaute. Ich duckte mich. Über den Boden des Salons krabbelte ich in den Eingangsbereich und rannte die Treppe rauf.

Im Zimmer angekommen, war der Regen verebbt und durch die Fenster im Erker sah ich den Horizont in rosa und hellblauen Farben leuchten. Die größte Überraschung jedoch war, dass Rosie in ihrem Bett saß und mich anschaute. „Wo warst du?", fragte sie mit besorgter Stimme.

„Ich habe dich gesucht! Wo warst *du*?"

„Ich war draußen", sagte sie. Ihre Haare waren noch nass. „Drüben im Spielhaus."

„Da war ich, aber du nicht!"

„Doch!"

„Dann haben wir uns verpasst", schlussfolgerte ich und legte mich wieder hin.

„Wahrscheinlich." Rosie tat es mir nach.

Ganz oft legten wir uns beide auf die Seite, auf der wir die andere anschauen konnten, so wie jetzt.

„Hast du Mom und Dad streiten gehört?", fragte sie.

„Ja, ich habe sie sogar gesehen." Ich seufzte. „Mir macht es Angst, wenn sie streiten."

„Ja, mir auch. Aber es wird nichts passieren, Violet." Rosie lächelte. Sie war so stark! So tapfer.

„Bist du dir sicher?" Ich wusste nicht wieso, aber ich bekam plötzlich eine Ahnung. „Haben sie sich etwa … deinetwegen gestritten?"

„Nein."

„Warum läufst du immer davon?", wollte ich wissen. Ich wollte nicht, dass sie ging. Ich wollte sie nicht suchen müssen. Sie sollte bei mir sein.

„Manchmal ist es an der Zeit", antwortete Rosie. „Aber ich glaube, das verstehst du irgendwann schon noch."

Ich war nicht zufrieden mit ihrer Antwort und hoffte, sie würde es sich anders überlegen und fortan immer in Burke House bleiben.

„Zählen wir, Violet?"

Ich gähnte, war so müde. „Klar! Eins …"

„Zwei …"

Die drei kam nicht mehr aus meinem Mund, weil ich schon eingeschlafen war.

Kapitel 6

1

August des darauffolgenden Sommers

Ich konnte nicht an meinen Fingern abzählen, wie oft Rosie in den letzten Monaten verschwunden war.

Zwar ahnte ich nun den Grund, aber mir ging es damit nie gut. Wir waren Schwestern, Rosie war mein Ein und Alles, nicht nur meine Spielgefährtin, sondern auch ein Mensch, den ich einfach in meiner Nähe brauchte – jetzt war ich allein. Ich hockte allein im Spielhaus vor einer Teeparty, die mich nicht interessierte, aber ich dachte, es würde sie zum Bleiben animieren, wenn ich hier auf sie wartete. Ich vertrieb mir allein mit den schon hundertfach gelesenen Büchern die Zeit oben in der Diele, und wenn Mom mit mir reden wollte, ging ich freiwillig zu ihr und blieb länger, weil ich so einsam war. Wenn ich Mom fragte, wo Rosie war, bekam ich nur ein „Keine Ahnung, mir auch egal".

Oft kam Rosie erst heim, wenn ich schon im Bett war, kurz bevor unsere Mutter abends noch mal nach uns sah. Ich hörte, wie sie hektisch atmete, weil sie anscheinend gerade eine weite Reise hinter sich hatte und erst mal runterkommen musste. Wenn Mom hereinkam, hielt Rosie die Luft an. Ich war wütend. Wütend, weil sie nicht an mich dachte. *Nicht mehr.*

Ich erinnere mich an eine heiße Sommernacht, als Rosie mich weckte. „Violet, steh auf!"

Panisch fuhr ich hoch. „Was ist?"

„Du wolltest doch immer wissen, was ich so mache, wenn du nicht bei mir bist. Ich will es dir zeigen!"

Mein Blick glitt zum Fenster. Der fast volle Mond schien durch das Glas, weshalb ich Rosies funkelnde Augen genau erkennen konnte. „Jetzt?"

„Ja!"

Ich schälte mich aus dem Bett und zog mir Schuhe an, dann huschten wir aus dem Zimmer und schlichen nach unten. Rosie war völlig euphorisch, hielt aber inne, als wir im Eingangsbereich des Hauses ankamen. Ich folgte ihrem Blick: Der Salon war hell erleuchtet, Mom hockte vor dem Kamin. Ein Scherbenhaufen lag vor ihr. Sie sortierte ihn. Ob nach Farben oder Formen, wussten wir nicht, aber das Bild unserer Mutter, vor diesen Scherben, mit blutigen Händen und diesem leeren Blick, würde ich nie vergessen. Die Fenster standen weit offen, leiser Wind bauschte die langen Vorhänge auf.

„Warum ist sie denn wach?", fragte Rosie enttäuscht.

Mom blickte auf.

Sofort duckten wir uns hinter die Treppe.

„Hallo?", rief sie. „Violet?"

„Mist!", flüsterte ich. „Sie hat mich gesehen."

„Weil du so unvorsichtig bist!"

„Ich bin nicht gut in Nachtexpeditionen."

Rosie seufzte. „Komm, gehen wir wieder hoch!"

Wir eilten die Treppe hinauf und krochen in unsere Betten. Als Mom wenig später nach uns sah, stellten wir uns schlafend. Danach kicherten wir. Unser Plan war es, in der kommenden Nacht erneut unser Glück zu versuchen.

Und das taten wir.

Dieses Mal lief alles glatt. Es war Vollmondnacht und der Himmel sternenklar. Als wir durch den Garten und an der alten Eiche vorbeiliefen, wurde mir allerdings zunehmend mulmig zumute. „In den Wald?", fragte ich. Noch immer hatte ich Angst vor dem Brunnen, doch Rosie nahm meine Hand und zog mich durch das nasse Gras immer tiefer in die Dunkelheit hinein, bis wir zur Gabelung im Wald gelangten.

„Es ist gruselig!" Ich bibberte und rieb mir die Arme. „Wo willst du hin?"

„Dahin!" Rosie zeigte zum alten Jorisson House, das sich hinter einer leichten Kurve auf einer Lichtung im Wald befand.

„Warum?"

Rosie trat dicht an mich heran. „Weil ich weiß, wie man reinkommt."

Kurz darauf erreichten wir das Haus, das mir schon immer gut gefallen hatte. Ich hatte mir von Mom mal erzählen lassen, dass es einst zu Burke House gehört hatte, es das „Verlobungshaus" gewesen war. Damals hatten Mann und Frau bis zur Hochzeit getrennt gewohnt, und die Braut war in Jorisson House untergebracht worden. Aus diesem Grund seien damals rings um das Haus Dutzende Blumengärten angelegt worden, von denen heute aber kaum noch etwas übrig geblieben war.

Ich hatte Fotos gesehen und war verzaubert gewesen. Die Mauern hatten hell in der Sonne geleuchtet, zumal es auf einer großen Lichtung stand, die nicht von Tannen verdunkelt wurde. Es hatte so viele Blumen in allen Farben gegeben.

Jetzt aber wirkte das Haus wie ein Geisterschloss.

Rosie rannte zur Terrasse des Hauses, ich folgte ihr durch das wuchernde Gestrüpp Jahrzehnte alter Büsche und Sträucher und entdeckte dabei den Pool, der sich direkt an der Terrasse anschloss. Er war leer, doch im Mondlicht waren die dreckigen, aber dennoch hübschen Mosaiksteine gut zu erkennen.

„Komm!", forderte Rosie mich auf.

Ich ging hinter meiner Schwester durch ein Loch in einer Nebentür ins Haus. Über zahlreiche heruntergestürzte Latten in einem kleinen Flur gelangten wir schließlich in den Eingangsbereich des Hauses, der nicht so imposant wie in Burke House wirkte, aber mit seiner geschwungenen Treppe und den großen Fenstern darüber, durch die das Mondlicht fiel, trotzdem herrschaftlich und besonders erschien.

Ich liebte dieses Haus auf Anhieb.

Was sich außen angedeutet hatte, setzte sich innen fort. Mit viel Liebe zum Detail war jede Nische hübsch gestaltet worden, wie Sitzbänke unter jedem Fenster und prächtig verzierte Stuckleisten sowie geschnitzte Elemente über den Türen und an der Treppe.

Rosie breitete die Arme aus und tanzte durch den Raum. Auf dem Boden lag ein Teppich, an vielen Stellen zerfetzt, weshalb sie ab und zu stolperte. „Was sagst du?"

„Unglaublich!" Ich schaute zu den offenen Türen, die in weitere Räume führten. „Und hier warst du die ganze Zeit?"

„Kann sein." Rosies Blick verfinsterte sich. Sie spielte mit dem abblätternden Ton einer Skulptur auf einem Podest vor der Treppe. „Aber das ist egal: Auch wenn ich nicht zu sehen bin, bin ich trotzdem bei dir, Violet."

Mom sagte einmal, dass alle Menschen sich unterschiedlich entwickelten. Vielleicht musste ich einfach akzeptieren, dass Rosie ein Mensch war, der seine Freiheiten brauchte, sich nicht einsperren lassen konnte, wie es die Eltern gern hätten, und irgendwann, wie ein Vogel ausbrechen würde.

Mir fehlte das nicht. Ich kannte es nicht, „frei" zu sein. Ich war doch frei. Wir hatten Wege gefunden, Burke House zu verlassen, sodass ich mich zu keinem Zeitpunkt wirklich eingesperrt fühlte. Ich mochte den Unterricht mit Mom, ich brauchte nicht mehr – glaubte ich. Und wenn ich an die Kinder vor dem Tor dachte, dann wollte ich gar nicht in eine Schule, wo es vor solchen Kindern nur so wimmelte.

„Ich bin unglücklich." Rosie schien meine Gedanken zu lesen. „Ich halte es zu Hause nicht aus. Nicht bei ihm …"

„Ja, ich weiß."

„Also lass mir das Spannende im Leben. Dieses Haus, denn es gehört mir, weil niemand es haben will!" Ihre Augen strahlten. „Soll ich dir alles zeigen?"

Obwohl ich von dem Haus genauso beeindruckt war wie Rosie, hatte ich genug. „Geht das auch morgen?"

„Willst du schon wieder heim?" Rosies Worte hallten durch das Haus.

So leid es mir für Rosie tat, aber ja. „Ja, ich will heim."

Schon am nächsten Tag gingen wir wieder zum Jorisson House, und dieses Mal startete unsere Entdeckungsreise im Tageslicht, was mir viel lieber war. Durch die Farben der Buntglasfenster leuchteten die Staubpartikel im Inneren des Hauses in Blau, Rot und Gelb, während Rosie mir stolz ihren Schatz zeigte.

„Sich mal hier, das ist das Beste am ganzen Haus!" Sie führte mich in ein Zimmer im Erdgeschoss, das Dads Büro sehr ähnelte. In der Mitte gab es einen Schreibtisch und einen schweren Ledersessel. An den Wänden standen Regale, Boden und Tisch waren übersät mit Papier. Es gab hier Kisten und Kartons voller Akten, sodass man kaum treten konnte. Ich sah dabei zu, wie Rosie über den ganzen Kram stieg, über den Tisch hopste, sich auf den Ledersessel warf und dann die Arme ausbreitete. „Mein Büro!", jauchzte sie und legte die Füße dabei auf der Tischplatte ab.

Ich lachte laut. „Was ist das hier?"

„Jorisson war Chirurg", erklärte Rosie und wies auf die Akten. „Das sind alles alte Patientenakten!"

Ich nahm eine davon vom Boden hoch. „Mary Hopkins", las ich vor. „Kraniotmonie … Aneurysma …" Ich blätterte und fand Bilder. „Ihh …" Ich warf die Akte weg. „Eklig!"

„Ich finde das total interessant", meinte Rosie. „Zeig mal her, die kenn ich noch gar nicht!"

Ich gab ihr die Akte. „Hast du dir die alle angeguckt?"

„Zum Teil, alle habe ich noch nicht durch. Er war Neurochirurg in New Orleans. Oben im Schlafzimmer habe ich Auszeichnungen gefunden. Ganz unten, unter anderem Kram. Anscheinend hat ihn das nicht interessiert, er wollte nur seine Arbeit gut machen."

„„Epilepsie", las ich auf einem gerahmten Bild hinter Rosie auf dem Ledersessel. Es hing aus den Angeln an der Wand. „Was gibt's hier noch?"

„Was voll Spannendes, komm mit!" Rosie sprang auf und führte mich durch das Untergeschoss des Hauses. „Du darfst aber keine Angst bekommen!"

Tapfer schüttelte ich den Kopf. Und doch lief mir ein kalter Schauer über den Rücken, als ich in das kleine Zimmer trat, von dem Rosie nun die Tür öffnete. Der Raum war klein, hatte kein Fenster, Rosie musste ihre Taschenlampe anschalten, deren Lichtstrahl auf die Metallliege fiel, die in der Mitte stand. Hinter einem Vorhang in der Ecke stand ein Stuhl, an der Wand gab es eine Vitrine, daneben ein Waschbecken.

Doch die Liege erhielt unsere ganze Aufmerksamkeit.

„Das ist schaurig", sagte ich. „Wollen wir lieber gehen?"

„Du wolltest doch wissen, was es hier noch gibt." Rosie schwang sich auf die Liege und legte sich sogar einmal komplett lang. Sie war wirklich unerschrocken!

„Komm da runter!" Ich sah über die Schulter, als würde ich jemanden erwarten.

„Sieh mal in den Schrank!"

Seufzend ging ich zu der Vitrine, auf die sie zeigte. Hinter dem Glas standen Modelle von Gehirnen und der Querschnitt eines Schädels. „Ist das echt?"

„Klar! Bis in die Ewigkeit haltbar gemacht!"

„Igitt!"

„Stell dich nicht so an. Mach die Schranktüren auf!"

Nur sehr zögerlich öffnete ich die Türen unter dem Glas und entdeckte einen Koffer. So einen Koffer trugen die Landärzte im Fernsehen immer auf ihren Hausbesuchen bei sich. „Und nun?"

„Mach ihn auf!"

Ich nahm all meinen Mut zusammen und öffnete den schwarzen Lederkoffer. Ich fand ein Skalpell und anderes Chirurgiebesteck, nahm alles einmal in die Hand. Da waren auch Pillendosen und Medizinfläschchen zu finden, und als ich alles gesehen hatte, schloss ich den Koffer und richtete mich wieder auf, während Rosie den Strahl der Taschenlampe an der Decke kreisen ließ.

„Meinst du, er hat hier operiert?", fragte ich ängstlich. „Menschen aufgeschnitten?"

„Nein", antwortete sie, „aber behandelt."

„Mir ist kalt." Ich schauderte kurz. „Ich habe den Garten noch nicht gesehen."

„Da gibt's auch nichts Besonderes."

„Können wir trotzdem mal rausgehen?" Ich fand den Pool am aufregendsten und wollte ihn mir unbedingt aus der Nähe ansehen.

Rosie tat mir den Gefallen, und zusammen gingen wir nach draußen. Die Sonne brannte heiß, der Himmel war strahlend blau und ein angenehmer Wind raschelte in den umliegenden Bäumen am Rande der Lichtung. Der Garten der Familie Jorisson zeigte sich ungepflegt, und der leere, dreckige Pool hatte seine besten Tage schon vor langer Zeit erlebt.

Als wir uns nahe an den Rand stellten, konnten wir unsere Stimmen darin hallen hören, was uns zum Kichern brachte. Es war wieder einmal Rosie, die tollkühn die wackelige Leiter hinunterstieg und von der untersten Stufe absprang, sodass sie auf dem mit Blättern und Schmutzwasserpfützen besetzten Boden aufkam. In dem riesigen Pool wirkte sie wie eine Ameise.

„Hey!" Mir war das nicht geheuer. „Wie kommst du jetzt wieder rauf?"

„Das schaffe ich schon! Komm runter!"

„Niemals!"

„Angsthase!"

Ich kämpfte mit mir. Dieser leere Pool hatte etwas Unheimliches an sich. Was, wenn das Wasser plötzlich wiederkäme?

„Ich … Ich kann nicht!"

„Komm schon!"

Schließlich tat ich es doch. Ich ging zur Leiter, betrat die erste Stufe und stieg langsam immer weiter runter. Von der letzten Stufe sprang ich ab und landete etwas unsanft auf dem Po. Schnell wischte ich mir den Dreck vom Kleid und sah mich um. Die Poolwände waren so hoch, dass ich kaum die Wipfel der Bäume sehen konnte.

Während Rosie sich im Kreis drehte und tat, als würde sie schwimmen, fragte ich mich, wie wir hier wieder rauskommen sollten.

Dort, wo der Pool tiefer wurde, hatte sich Wasser gesammelt, eine stinkende Jauche, der Rosie sich nun näherte.

„Mach das nicht!", warnte ich. Ich hatte Angst, dort würde ein Monster lauern oder ein Hai, und erneut dachte ich daran, wie das Wasser wie durch Zauberhand mehr werden und das Becken fluten könnte.

Doch Rosie trat mit dem Fuß in das Wasser. „Warm!"

„Wie kommen wir hier raus?" Verzweifelt blickte ich an den Wänden hoch. Rosie kam zu mir, hob beide Arme und versuchte, die Leiter zu erreichen – Fehlanzeige.

„Rosie!" Panik machte sich in mir breit. „Was machen wir jetzt?"

„Bleib ruhig!", besänftigte sie mich. „Räuberleiter!"

Es war anstrengend, es war heiß, und es dauerte dreißig Minuten, um dem Pool zu entkommen. Für mich waren es die schlimmsten dreißig Minuten meines Lebens, und ich war so zornig auf meine Schwester, dass ich wütend nach Hause stapfte und mich nicht mehr zu ihr umdrehte.

„Violet." Rosie rannte mir hinterher. „Bleib doch stehen!"

Doch das tat ich nicht. Ich ging zurück in den Garten von Burke House und verschanzte mich im Spielhaus. Ich zählte bis zehn, lud all die Angst, die ich in dem Becken gehabt hatte, im Spielhaus ab und spielte mit einer der Puppen – ohne Rosie.

Irgendwann kroch ich wieder heraus. Rosie saß unter der Eiche auf der Bank und starrte zum Haus.

„Ich habe mich beruhigt", sagte ich und kam näher.

„Bist du mir noch böse?"

„Ich war dir nicht böse." Ich setzte mich neben sie. „Ich hatte nur Angst."

Rosie schluckte. „Ich habe auch oft Angst", sagte sie. „Aber ich habe keine Angst zu sterben."

Mein Herz fühlte sich schwer an. „Was?"

„Vor was soll ich Angst haben? Ich kann in das Haus gehen. Es wird nicht über meinem Kopf zusammenbrechen und mich erschlagen, es nächtigt auch kein Killer darin. Ich kann in den Pool steigen, ich komme wieder raus, ich verhungere und verdurste nicht darin. In der Nacht kann ich in der Dunkelheit durch den Regen irren – das Schlimmste, was passieren kann, ist, dass ich mich erkälte." Sie lächelte. „Aber vor den wirklich bösen Dingen, vor denen habe ich Angst."

„Was sind die wirklich bösen Dinge?"

„Dass mir jemand begegnet, der nichts Gutes vorhat."

„Ist dir schon mal so jemand begegnet?" Ich dachte schnell nach. „Mom?"

Rosie schüttelte den Kopf. „Sie nicht. Aber Dad."

„Warum?" Auch wenn ich mich an Rosies vieles Weinen erinnerte, so dachte ich auch an all die Geschenke, die sie von ihm bekam. Die tollen Kleider! Die Bücher, denn wie ich liebte Rosie Bücher.

„Weil er ein ganz böser Mensch ist, der schlimme Dinge tut." Sie legte den Kopf in den Nacken und schloss die Augen. „Und er hört nicht auf, weil ich ihn nicht stoppen kann. Ich weiß nicht wie."

Mir tat die traurige Stimme meiner taffen Schwester in der Seele weh. „Dann geh ins Spielhaus", riet ich. „Da kommen all die schlimmen Dinge hin."

Rosie drehte sich zu mir und sagte mit finsterer Miene: „Das ganze Spielhaus ist schon voll mit den schlimmen Dingen, die er mir angetan hat!"

Ein paar Nächte später saßen wir im Jorisson House auf dem Boden des Eingangsbereiches und entzündeten eine Petroleumlampe, die Rosie hier gefunden hatte. Eine wohlig warme Flamme leuchtete hinter dem Glas in der Dunkelheit, und eine Weile schwiegen wir und hingen beide unseren Gedanken nach.

Rosie spielte mit einem kleinen rostigen Messer. Sie ließ es auf ihrem Bein rauf- und runterfahren, es war nicht mehr scharf, tat ihrer Haut nichts. Dann streckte sie den Zeigefinger in die Luft. „Ich habe eine Idee!"

„Welche?"

„Ein Tattoo!"

Ich wollte kein Tattoo. „Nein."

„Komm schon!" Rosie begann, das Messer am abgeplatzten Ton der Skulptur neben der Treppe zu schleifen.

„Um Gottes willen", sagte ich. „Was hast du vor?"

„Ich will etwas haben, was uns bis in die Unendlichkeit verbindet." Rosie schien zufrieden mit dem Ergebnis ihrer Schleiferei. „Gib mir deinen Arm!"

„Ganz sicher nicht!"

„Dann mach du es zuerst." Rosie streckte mir ihren Arm entgegen und tippte auf die Unterseite. „Mach was!"

Ich griff nach dem Messer. „Und was?"

„Irgendwas. Was fällt dir zu uns ein?"

„Ein Herz!"

„Nein, kein Herz." Rosie seufzte. „Komm schon, Violet, lass es mich bei dir zuerst tun!"

Ich starrte auf ihren Unterarm. „Aber ... das tut weh."

„Ich bin ganz vorsichtig." Rosie griff nach meiner Hand, wischte über die Fläche, wo sie das Symbol haben wollte und begann zu schneiden. Das funktionierte nur nicht.

„Zu stumpf."

„Ich glaube nicht, dass es zu stumpf ist – au!" Jetzt trat ein bisschen Blut aus meiner Haut.

Sofort hob Rosie ihre Hand. „Das müssen wir anders machen. Warte mal ..." Sie starrte zu der Flamme in der Lampe. „Werden Tattoos nicht in die Haut gebrannt? Mit einer Nadel?"

„Ausgeschlossen, Rosie Burke!"

„Doch, warte hier!" Rosie sprang auf, das Messer ließ sie liegen. Sie eilte in das Untersuchungszimmer im Erdgeschoss und kam kurz darauf wieder. In der Hand hielt sie ein Besteck, das ich noch nie gesehen hatte. Es sah aus wie eine lange Nadel mit einem Faden hinten dran oder einem kleinen Schlauch.

„Was hast du vor?", fragte ich, als Rosie die Nadel in die Flamme hielt.

„Wirst du schon sehen!" Erneut griff Rosie nach meiner Hand. „Bereit?"

Ich nickte, war nicht bereit! Aber ein Tattoo, das uns verbinden würde, klang gut.

„Ich weiß auch schon was." Rosie setzte die Nadel auf meine Haut und begann, eine Schleife zu stechen. Der Schmerz war so beißend, dass ich nicht schreien konnte. Ich zog meinen Arm zurück und pustete unter verschwommenem Blick auf die Wunde. Da war Blut, und es hatte gezischt. „NEIN!"

„Das geht auch nicht", murmelte Rosie. „Es muss schnell gehen. Wir müssten das jetzt noch drei-, viermal stechen, ehe es hält."

Ich betrachtete die Wunde. Blut quoll aus dem Schnitt heraus, der recht tief ging. Ich wischte mir das Blut ab. Ein Hautlappen blieb zurück, ein Tattoo machte man so sicher nicht.

„Wir brauchen etwas, das schnell arbeitet und größer ist." Rosie legte den Finger an ihr Kinn.

„Was wolltest du dort zeichnen?", fragte ich.

„Ein Symbol." Rosie stand auf. „Ein Symbol für die Unendlichkeit."

Das kannte ich aus dem Matheunterricht von Mom. „Und warum?"

„Weil wir Schwestern sind. Für immer. Egal, was kommt." Rosie lächelte. „Wenn ich wieder da bin, kannst du es zuerst bei mir machen und ich dann bei dir. Okay?"

„Nein, mach du es erst bei mir … Ich … will erst sehen, was ich genau tun muss." Ich verengte die Augen, als Rosie Batterien aus der Tasche ihres Kleides fummelte. „Batterien? Hast du wieder eine Idee?"

„Ja, die habe ich." Rosie grinste.

Sie verließ das Zimmer und kam mit einer kleinen Maschine und einem Tuch wieder. Es erinnerte mich an die weißen Tücher, mit denen die Möbel abgedeckt wurden. Rosie rollte es zusammen zu einer langen Schlange. Ich fragte mich, was sie damit vorhatte.

„Leg dich hin!"

Ich tat es. Mein Herz klopfte, ich war nervös. Beim ersten Mal hatte es schon wehgetan, wer wusste schon, wie schlimm es jetzt werden würde! Ich machte den linken Arm frei, denn ich hatte das Gefühl, dass Rosies Idee nun fruchten würde. Sie nahm die kleine Maschine und hielt sie in die Flamme. Dann ertönte ein Geräusch, das mich zusammenzucken ließ. „Was ist das?"

Rosie drehte sich um. „Das ist Dads Handbohrer."

Zwanzig Minuten später rannten wir schreiend durch den Wald zurück nach Burke House, wo wir von unseren besorgten Eltern erwartet wurden. Es war kurz nach Mitternacht, als Mom sich wütend um unsere Wunden kümmerte und dabei unentwegt schimpfte. „Wie kann man nur auf so dumme Gedanken kommen!", brüllte sie und wandte sich hauptsächlich an mich, weil ich die Ältere war. „Du bist zwölf Jahre alt, hättest du nicht wissen müssen, dass der Bohrer rostig ist und man nicht mit Feuer spielt?"

Ich suchte Rosies Blick. „Wir dachten, dass das Feuer den Rost wegmacht", erklärte Rosie.

„Ach, so ein Unsinn!" Mom war außer sich und etwas zu fest scheuerte sie mit einem sauberen Lappen über meine Wunden.

Mir wurde schwindelig, meine Haut war am ganzen Arm gerötet und die Wunde nach dem Scheuern fleischig und mit weißen Blasen besetzt. „AAAAAUUU!"

„Das kommt davon, wenn man nicht nachdenkt!" Mom warf den Lappen zu Boden. Jetzt konnten wir alle das Kunstwerk auf meinem Arm in voller Pracht bewundern: Es war tatsächlich ein Tattoo entstanden. Die Unendlichkeitsschleife, etwas krumm und schief, aber gut zwischen den weißen Blasen zu erkennen. Eingebrannt mit einer glühenden Bohrerspitze.

Meine Schmerzen waren kaum auszuhalten gewesen, dennoch hatte ich es geschafft, Rosie das gleiche Tattoo zu verpassen.

Dad kümmerte sich um Rosies Wunde, die etwas schlimmer aussah als meine. „Das sieht nicht gut aus", sagte er. „Das wird sich infizieren."

„Grundgütiger." Mom schlug die Hände über dem Kopf zusammen. „Wie kann man nur so dumm sein!" Sie stampfte mit dem Fuß auf den Boden.

Ich verstand Mom nicht. Ich verstand, dass sie wütend war, ja, dass sie sich sorgte, aber ich verstand nicht, warum das schlimmer war, als wenn Rosie ihr sagte, dass sie sich vor Dad fürchtete. Das tat Mom ab, als würde sie von einer Spinne in ihrem Zimmer reden.

Jetzt verhielt sich Mom wie eine Furie, rannte aus dem Salon und kam wenig später wieder, in der Hand eine Flasche mit einem Totenkopf und einem Feuersymbol darauf. Sie steuerte auf Rosie zu.

„Was ist das?", fragte sie.

„Das wird alle Bakterien verätzen!"

„Nein, das will ich nicht!"

„DU WIRST GEHORCHEN!" Mom griff nach Rosies Arm.

Ich konnte nicht mehr tun als zuzusehen, weil ich selbst Angst vor dem Zeug in der Flasche hatte.

„STILLHALTEN!" Mom biss die Zähne zusammen. Erst jetzt sah ich, dass sie ein blaues Auge hatte. Das war heute Morgen noch nicht so gewesen.

„Mommy", fragte ich, Rosies Schrei ignorierend. „Was ist mit deinem Auge?"

Mom tobte. „Ich habe es immer gesagt!" Giftig sah sie mich an, während sie meine zappelnde Schwester unter Kontrolle zu behalten versuchte. „Wenn man nicht tut, was Daddy sagt, wird er wütend!"

Ich zuckte zusammen. Und mehr noch, als Mom Rosies Arm lang streckte, unter ihre Achsel griff, ihr das Zeug über die Haut kippte und Rosie nach einem Schrei in Ohnmacht fiel.

2

An einem Nachmittag Ende September saßen Annie, Jules und ich bei einer Tasse Tee zusammen in der Bibliothek.

Jules hatte einen Monolog einstudiert, ein Stück eines Dichters aus dem Norden, uralt und wertvoll wie die ganze Sammlung seiner Werke dieser Zeit.

Annie lauschte stolz ihren Worten, während ich abwechselnd sie und Jules beobachtete. Es war schon erstaunlich, was die junge Lehrerin aus meiner Tochter herausholte. Ich wusste, dass Jules intelligent und klug war, wie sehr sie aber aufblühte, wenn sie Dinge tat, die ihr Freude bereiteten, hatte ich bisher nicht gewusst.

„Das war großartig!" Annie klatschte in die Hände und drehte sich zu mir um. „Was sagen Sie?" Ihre Lebensfreude, ihr unglaubliches Talent, immer etwas Gutes in jedem und allem zu finden, war inspirierend. Nur nicht für mich, die längst damit abgeschlossen hatte, dass das Leben eher schlecht als gut verlief, und auch die buntesten Blumen, die klangvollsten Vögel und am tollsten vorgetragenen Balladen konnten mich nicht eines Besseren belehren.

„Wunderbar", sagte ich, obwohl ich allenfalls die Hälfte mitbekommen hatte. „Alles in Ordnung, Jules?"

„Ja." Sie zeigte auf das Rad ihres Rollstuhls. Es schien verbogen. „Ich komm nicht mehr so gut vorwärts."

Sofort stand ich auf. Der Gedanke, dass Jules sich ohne ihren Rollstuhl fortbewegen müsste, wollte mir nicht in den Kopf. „Ich werde Hugh bitten, sich das anzusehen." Ich wandte mich zum Gehen.

„Warte, Mom, das kann ich selbst." Jules kam hinter mir her. „Wolltest du nicht mit Annie reden?"

Ich starrte zu Annie, die sitzen geblieben war, jetzt aber Anstalten machte, den Tisch abzuräumen, obwohl das nicht ihre

Aufgabe war. „Ja, Schatz, da hast du recht. Nun, Hugh ist doch meist draußen und du …"

„Ich finde den Weg raus, Mom", erwiderte Jules. „Ich schaffe das allein."

Ich sah meiner Tochter nach, die die Bibliothek nun verließ.

„Sie wollten mich sprechen?" Mit dem Geschirr in der Hand wirkte Annie wie eine Angestellte. Es hatte eine Weile gedauert, aber inzwischen glaubte ich, mich mit dem Gedanken anfreunden zu können, dass sie bald zur Familie gehören würde. Ich liebte Donovan. Und ich verstand, warum er Annie liebte.

„Ja, Annie. Sie haben bald Geburtstag. Nächste Woche schon."

„Ja, Ma'am." Annie schien erleichtert, dass es sich um ein Gespräch in dieser Richtung handelte.

„Haben Sie spezielle Wünsche für diesen Tag? Eine Beurlaubung vielleicht?"

„Nein, Donovan muss arbeiten, und ich mag meinen Job. Vielleicht suche ich eine interessante Dokumentation für Jules heraus, um den Unterricht lockerer zu gestalten, aber mehr brauche ich nicht."

„Sind Sie sich sicher?"

„Ich habe mir noch nie viel aus meinem Geburtstag gemacht. Es ist ein Tag wie jeder andere, ähnlich wie Silvester. Am nächsten Tag wird lediglich eine andere Jahreszahl benutzt."

„Na gut, das Mindeste ist aber ein gemeinsames Dinner mit Ihrem Lieblingsessen. Sprechen Sie doch Georgina darauf an und erzählen Sie ihr von Ihren Vorlieben."

„Jetzt muss ich Sie fragen: Sind Sie sicher, Ma'am?" Annie lachte. Das Geschirr in ihren Händen schwankte leicht. „In New York liebe ich saftige Burger mit doppelt Käse. Am besten noch mit Käsesauce drauf – ich weiß nicht, ob Sie uns alle gern mit den Händen essen sehen."

„Ich würde es in Kauf nehmen." Ich lächelte. Ganz bewusst. Und Annie schien davon genauso überrascht zu sein wie ich selbst.

Sie schaute über die Schulter, dann wandte sie sich wieder an mich. „Darf ich Sie etwas fragen?"

„Wenn Ihre Frage so beginnt, verheißt das tiefgründige Gedanken."

„Ich will nur wissen, wo Sie diesen Rollstuhl herhaben und warum für Jules kein neuer gekauft wird?"

Damit hatte sie mich auf dem falschen Fuß erwischt. „Ich weiß nicht, ob ich darauf antworten möchte."

Annie lächelte. „Dann ist das schon in Ordnung." Sie drehte sich um, wobei eine Tasse so stark ins Wanken geriet, dass sie zusammen mit einer anderen vom Tablett zu Boden fiel und in mehrere Einzelteile zerbrach. Sofort bückte sich Annie, um die Scherben aufzusammeln, und ich rang mit mir, ihr zu helfen oder nicht. Schlussendlich kniete ich neben sie und zusammen griffen wir nach einem abgebrochenen Henkel einer Tasse. Dabei fiel Annies Blick auf meinen Unterarm.

„Oh", sagte sie. „Sie haben ein Tattoo!"

Schnell stand ich auf und zog den Ärmel meines dünnen Pullovers weiter nach unten, während Annie den Rest ihres Malheurs aufsammelte.

Die Stimmung kippte, mein Lächeln gefror so schnell, wie es gekommen war.

Annie hob das Tablett. „Tut mir leid, Ma'am."

„Schon gut. Also dann, einen schönen Nachmittag." Ich zog mich in die Bibliothek von Grant House zurück, als wäre sie meine Höhle, mein Spielhaus, in dem ich sicher war. Meine Finger fühlten meinen Hals, als ich ans Fenster trat und hinüber zum Wald starrte, während ich das Gefühl nicht loswurde, dass das Tattoo an der Innenseite meines Unterarmes zu brennen begann.

Ich zog den Ärmel des Pullovers hoch, betrachtete das Abbild des Unendlichkeitszeichens. Zwei Zentimeter groß, nicht sehr gerade. Die Ränder schlecht gestochen, weil es nicht von einem Profi stammte. Für mich war es kein Tattoo. Für mich war es eine Erinnerung. An eine Zeit, längst vergangen, und weil jetzt genau der richtige Zeitpunkt dafür schien, machte ich mich auf in den Wald, um jener Zeit und jenen Boten der Erinnerungen zu gedenken.

3

Vergangenheit

Februar

Ich hatte schon immer gern gelesen, und ab meinem 14. Lebensjahr begann ich, mich genauer mit Literatur zu beschäftigen.

Ich bat Mom, Unterricht in der Stadt nehmen zu dürfen. Ihr „Fachwissen" reichte mir nicht. Doch sie wollte nicht, dass ich Burke House verließ, also bestellte sie einen Lehrer zu uns nach Hause, der dreimal in der Woche kam und uns oben im Unterrichtszimmer lehrte, wie man komplizierte Brüche in Mathematik behandelte und uns in die hohe Welt der Poesie einführte. Er ließ uns Gedichte auswendig lernen, er brachte mir Bücher exzellenter Schriftsteller vergangener Zeiten zum Lesen in meiner Freizeit mit, und ich las jede freie Minute meines Tages.

Jane Austens *Stolz und Vorurteil* las ich innerhalb von zwei Tagen durch, und als ich fertig war, las ich es noch mal. Es war mein absolutes Lieblingsbuch.

Rosie las nie. Rosie lernte nicht, Rosie trieb sich die ganze Zeit im Jorisson House herum und stellte dort was weiß ich an.

Eines Februarnachmittags, als ich mit einem neuen Buch von Mr. Quinn, unserem Lehrer, das Haus verließ, verabschiedete Mom ihn an der Haustür. „Also, dann bis morgen", sagte sie. Sie trug einen neuen Kimono, den sie sich selbst genäht hatte. Er war noch nicht ganz fertig. Untypische Farben schmückten Moms Körper, rosa und rot, und weil der mit Spitze besetzte Ausschnitt noch zu Ende genäht werden musste, blitzte Moms BH hervor. Sie lächelte Mr. Quinn an.

„Bis morgen, Ma'am." Er zog seinen Hut. Dann drehte er sich zu mir um. „Viel Spaß beim Lesen, Violet."

Ich nickte, während Mom dem Mann, immer noch grinsend, hinterhersah. Rasch machte ich mich mit *Jane Eyre* von Charlotte Bontë auf den Weg in den Garten und setzte mich unter die alte

Eiche. Ich genoss die Ruhe, das Rascheln der Blätter in der Baumkrone und tauchte in die Geschichte der kleinen Jane ein, die zu ihrer Tante zog, weil sie ihre Eltern verloren hatte.

Als ich am Rande meines Bewusstseins einen Schatten drüben am Tor wahrnahm, verlor ich meine Konzentration. Ich blickte auf und entdeckte einen Jungen, vielleicht sogar einen jungen Mann, mit Kappe auf dem Kopf und die Griffe einer Schubkarre in den Händen. Er stand unweit des Tores vor dem Zaun, und nur weil der Oleanderbusch von Mom in einem Wutausbruch aus der Erde gerissen worden war, konnte ich ihn von der alten Eiche aus sehen.

Ich legte mein Buch zur Seite und stellte mich in Kampfstellung, weil ich dachte, es wäre wieder einer der Rabauken, auch wenn der Junge deutlich älter zu sein schien. Meine Stirn war bereit, sich in Zornesfalten zu legen, doch irgendetwas war anders. Ich ging ein Stück näher, vorsichtig und langsam, der Junge blieb stehen. Als ich auf der Höhe des Vorgartens angekommen war, erkannte ich Sommersprossen auf seinem Gesicht und hässliche Pickel, richtige Eiterklumpen, die seinen Hals übersäten. Was ich aber auch entdeckte, war das Lächeln. Eines der schönsten Lächeln, das ich je gesehen hatte.

Und dann lächelte ich zurück.

„Violet!"

Ich erschrak fast zu Tode, fuhr herum und sah Rosie zu mir rennen. „Komm mal mit!"

„Wohin?"

„Ich will dir was zeigen!"

„Wo?"

„Drüben im Haus!"

Ich wollte nicht in dieses Haus. Ich wollte nicht in den Wald. Ich wollte hierbleiben bei … Als ich mich umdrehte, war der Junge mit der Schubkarre fort.

Nur widerwillig folgte ich Rosie in den Wald und zum Haus der Jorissons. Es stand immer noch leer. Ich erzählte Rosie nicht, dass ich den Grund kannte, denn als sich Mom und Dad mal unterhalten hatten, hatte er gesagt, dass niemand direkt neben uns wohnen wolle, weil Mom verrückt wäre.

Ich fand Mom gar nicht verrückt. Mom war vielleicht anders. Andererseits: Ich kannte keine anderen Mütter, also war sie für mich normal. Abgesehen davon, dass sie Rosie nicht half, weil sie eifersüchtig auf sie war, glaubte ich, dass Mom eine gute Mom war, denn sie gab uns Essen und ein Dach über dem Kopf. Mom sagte immer, dass das ihre Aufgabe sei. Und ich glaubte, das wäre genug.

Dass eine Mutter Wärme und Liebe schenken sollte, kannte ich nur aus Büchern, weswegen ich es auch nicht vermisste. Liebe verband ich nur mit einem Menschen: Pa. Und selbstverständlich mit meiner Schwester. Doch das zwischen Rosie und mir war nicht nur Liebe. Natürlich liebte ich meine Schwester, aber es war mehr … Verbundenheit. Sie war mein Seelenmensch, der wichtigste Mensch in meinem Leben, ein Stück von mir. Und genau deswegen kam ich mit.

„In den Keller!" Rosie führte mich zu einer Bodenklappe an der Seite des Hauses. So etwas war hier selten, denn in unseren Regionen kam es häufig zu Überschwemmungen – ein Bodenbunker ergab da wenig Sinn.

Wir krabbelten hinein und Rosie zückte ihre Taschenlampe. Der Kellerraum war voller Regale und Kisten, in den Kartons lagerten noch mehr Akten. Hier unten war es kalt und muffelig, und ich fühlte mich unwohl, weil ich zu frieren begann.

„Die Treppe da!" Rosie hielt den Lichtstrahl der Taschenlampe in die Richtung einer schmalen Holztreppe. „Da müssen wir irgendwie hoch."

„Und weshalb sind wir dann hier?"

„Deswegen!" Jetzt leuchtete Rosie in die Ecke des Kellers.

Und da sah ich ihn zum ersten Mal: den Rollstuhl.

Ich erinnerte mich noch genau an das Gefühl, als wäre er ein stummer ewiger Lebendiger, als hätte er Tausende Geschichten zu erzählen, so wie die Wände von Burke House. Wie ein Zeitzeuge der Vergangenheit stand er hier in diesem Keller, wurde entdeckt von zwei jungen Mädchen, im verlassenen Haus eines Doktors.

Anscheinend war er mit Tüchern bedeckt gewesen, die Rosie auf den Boden geworfen hatte. „Den will ich haben!"

Ich trat näher. Der Rollstuhl hatte schon ein paar Jahre auf dem Buckel. Das Gestell aus silbernem Metall glänzte auch im Schein der Lampe nicht mehr, die Nähte des schwarzen Leders des Sitzes unter der Rückenlehne waren leicht ausgefranst.

„Ich mach den sauber, ich nehme mir Nadel und Faden von Mom und dann ..."

„Rosie!" Ich legte die Hand auf ihren Arm. „Was willst du damit?"

„Wir werden so tun, als wäre ich in den Pool gefallen. Ich hätte mir etwas am Bein getan."

„Dann musst du zum Arzt."

„Sie lässt mich nicht zu einem Arzt."

Ich blickte in das Gesicht meiner Schwester, und es war, als wäre Rosie ein Buch, in dem ich jedes Wort lesen konnte. „Ach, Rosie ..."

„Dann kann er mir nichts mehr tun", sagte sie leise.

Inzwischen wusste ich, was sie meinte, und so streichelte ich ihren Arm. „Also dann", sagte ich, „lass uns das Ding nach oben bringen!"

Wir schafften es tatsächlich, den alten Rollstuhl nach oben zu schleppen. Außer Atem rollten wir ihn durchs Haus, durch den Garten und über den Waldweg.

„Warte!" Rosie setzte sich hinein. Ich wich dabei einen Schritt zurück und betrachtete meine Schwester in dem Rollstuhl. „Wie sehe ich aus?"

Sollte ich ehrlich sein? Es machte mir Angst, und es kam mir so vor, als würde sie um hundert Jahre gealtert sein. Als wäre aus dem jungen, flinken, abenteuerlustigen kleinen Mädchen plötzlich ein alter Mensch geworden, im Spätherbst seines Lebens. „Ich weiß nicht", sagte ich. Sie sah krank aus, gebrechlich. Aber ich wusste, dass genau das ihr Plan war.

Sie lächelte. „Dann mal los!"

Ich sollte sie schieben. Genauso wie sie jetzt aussah, wollte sie zurück nach Burke House und Mom den Schock ihres Lebens versetzen. Die Sonne verriet, dass es spät geworden war, und das Auto in der Einfahrt, dass unser Vater sich schon im Haus befand.

Es fiel mir schwer, die Geschichte, die meine Schwester sich ausgedacht hatte, zu untermauern, indem ich später nicken und sagen würde: „Ja, genau so war es", doch ich würde es für sie tun – bei Gott, ich würde alles für Rosie tun.

Schon von Weitem hörten wir die Musik aus dem Haus. Wenn Dad heimkam, drehte er seine Lieblingssongs von früher auf. Wir hassten diese Musik, Rosie noch mehr als ich, denn sie verriet, dass er hier war und das Haus einnahm, wie eine gierige Schnecke eine Pflanze voll köstlicher Blüten.

„Wenn wir das jetzt anfangen", gab Rosie zu bedenken, „dann hören wir nicht damit auf. Okay?"

Was sollte ich antworten? Ich nickte, schob die Nebentür auf und rollte meine Schwester durch den Flur in die Bibliothek.

Während ich es verstörend, abstrus und völlig hoffnungslos fand, sah Rosie in dem, was wir taten, eine Chance.

Ich erinnerte mich noch genau, als wir in die Bibliothek einfuhren, meine Schwester sich auf die Armlehne stützte, ihren Kopf schräg legte und zu schreien begann. Als ich den Rollstuhl durch die geöffnete Flügeltür des Salons schob, klopfte das Herz mir bis zum Halse.

Ihr Schrei übertönte den alten Song, den Dad hörte. Er hatte einen Cowboyhut auf dem Kopf, trug nur eine Hose, über den Bund hing sein Bauch herüber, Haare, gekräuselt und grau, übersäten die Brust. Er hielt sich am Kaminsims fest, ein Glas mit brauner Flüssigkeit in der Hand.

Ich beobachtete sein Gesicht, in dem das blanke Entsetzen stand.

„WO IST MOM?", schrie Rosie. „WO IST MOM?"

Dad wusste nicht, was er tun sollte, war völlig perplex, und es dauerte ewig, bis er die Musik ausstellte und brüllte: „WAS ZUR HÖLLE …?"

„Ich habe Schmerzen", weinte Rosie.

Wie erstarrt stand ich hinter dem Rollstuhl, noch immer die Hände fest um die Griffe geklammert. Keinen Zentimeter konnte ich mich bewegen, mein Körper bebte. Das hier konnte so verdammt schiefgehen und was dann aus meiner Schwester wurde – daran wollte ich nicht denken.

„WAS SOLL DAS?", brüllte Dad.

Ich sehnte mich in das Spielhaus, wollte ablegen, was ich fühlte, wollte die schwere Last der Angst loswerden.

„Ich habe mich verletzt", erklärte Rosie und drehte sich zu mir. „So war das doch!"

Ich nickte, Tränen rollten über meine Wangen, ich schluchzte wild.

„STEH AUF!"

„Ich kann nicht!"

„STEH AUF, VERDAMMT!"

„ICH KANN NICHT!"

Dad stampfte auf sie zu, packte sie am Arm und riss Rosie aus dem Stuhl. Ich fuhr zusammen, meine Hände bildeten Fäuste, ich hatte das Gefühl zu zerbrechen, von innen heraus, weil Rosie sich schwermachte, auf den Boden fiel und Dad entsetzt auf das Mädchen vor seinen Füßen blickte.

„Wo ist Mommy?", schrie Rosie. „Ich brauche meine Mommy!"

„DIE IST NICHT DA!"

Da lag Rosie nun. Auf dem Boden, die Beine über Kreuz, und robbte Richtung Flur. „MOMMY!" Sie bewegte ihre Füße nicht, zog sie hinter sich her, als bestünden sie aus Blei, kämpfte, stöhnte vor Anstrengung, während Dad so aussah, als würde er die Hände bewusst heben, um sie ja nicht anzufassen.

„WO IST MEINE MOMMY?"

„Daddy!", schrie ich, aber es war wie immer – ich hatte das Gefühl, Dad sah nur Rosie. Er ging hinter ihr her, angewidert und erschrocken, auf sie einbrüllend.

Wo war Mom?

Ich rannte zurück, durch die Bibliothek, durch den Flur nach oben und eilte durch das Obergeschoss den ganzen Weg zum Bereich von Mom und Dad. Sie konnte nicht unten in der Küche sein, das ging einfach nicht, denn dann hätte sie Rosie gehört und wäre gekommen. *Bestimmt.*

Sie musste im Schlafzimmer sein. Ich stieß die Tür auf, ohne anzuklopfen. Und sah Mom.

Ich zuckte zurück, da ich nicht glauben konnte, was ich hier vorfand: Unsere Mutter hockte neben dem Lüftungsschacht, eine Flasche in der Hand, und ich hörte Rosies Schreie deutlich durch das Gitter dringen.

„Warum tust du nichts?", fragte ich leise, weil Tränen meine Stimme erstickten. „Warum tust du nichts?"

Ich stand in der Tür. Sie sah mich mit einem Lächeln an, und es war, als würden ihr die Schreie meiner Schwester dort unten völlig egal sein. Als würde sie sie hören, sie aber nicht für schlimm befinden.

„Du hast es gehört", sagte ich anklagend. „Die ganze Zeit hast du es gehört! Aber du kommst nicht! Warum nicht, Mom?"

Mom hob die Schultern. „Du hast doch eine Lösung gefunden."

Der Rollstuhl.

Ich senkte den Blick. Mom würde meiner Schwester nicht helfen. *Niemals.*

„Das war ich nicht", sagte ich leise. „Das war Rosie."

4

Oktober

„Happy Birthday, Baby."

Annie wurde von Küssen auf ihrer Wange geweckt, von Händen, die ihre Arme streichelten, von Haaren, die an ihrer Nase kitzelten. Als sie die Augen öffnete und in Donovans strahlendes Gesicht schaute, verspürte sie pures Glück.

Der Duft von Kaffee und Buttercroissants machte sich über dem Bett breit, als sie an ihm vorbei zum Ende ihrer Decke schaute. „Du hast Frühstück gemacht?"

Donovan setzte sich auf. „Natürlich!"

Annie lehnte sich an das Kopfteil des Bettes, betrachtete das liebevoll zubereitete Frühstück auf dem Tablett und legte ihre Hand an sein Gesicht. „Danke!"

„Aber … Das war ich nicht allein. Georgina hat Croissants gebacken." Er leckte sich mit der Zunge über die Lippen. „Hast du schon mal frisch gebackene Croissants gegessen? Ich meine nicht die aus New York, wenn die tiefgefrorenen Croissants im Ofen nur aufgebacken werden, nein, ich meine echte Croissants, die gerade eben erst geknetet worden sind."

„Ich glaube, Croissants knetet man nicht, ist das nicht eher dieser Teig, bei dem man Lagen übereinanderlegt und dazwischen Butter kommt?" Annie hob die Schultern. „Aber wie auch immer. Du musst dir keine Mühe geben. Ich weiß, dass Georgina wahrscheinlich die besten Croissants machen kann, die es auf der Welt gibt."

„So was von!" Donovan reichte ihr eine Tasse Kaffee.

„Das hat ein bisschen was von dem Morgen unserer Verlobung, weißt du noch?" Da hatten sie auch im Bett gefrühstückt.

„Natürlich weiß ich das noch." Donovan griff nach einem der fluffig-krossen Gebäckstücke. „Marmelade oder Schoko?"

„Schoko." Sie nahm einen Schluck Kaffee.

„Achtundzwanzig Jahre, Baby." Er bestrich ein Croissant mit Schokocreme und reichte es Annie. „Ich habe eine Überraschung für dich."

„Die, die du vor Kurzem angeteasert hast?"

„Genau die. Ich zeige sie dir heute Abend." Genüsslich biss Donovan selbst in ein Gebäck nur mit Butter bestrichen. „Mein Gott. Mein Gott, ist das fantastisch. Ich bin im Croissant-Himmel." Er wischte sich die zerlaufene Butter aus dem Mundwinkel. „Ich habe heute nur zwei Termine. Wir verbringen den Morgen zusammen, bis du zum Unterricht musst, und heute Nachmittag bin ich spätestens um vier Uhr zu Hause. Was sagst du?"

Annie grinste breit, weil sie sich sicher war, dass er sein Versprechen nicht würde halten können, sosehr er es versuchte, und sie ihm deshalb auch nicht böse sein würde. „Das hört sich wunderbar an!"

Als Annie später den Unterrichtsraum betrat, wurde sie von Jules mit einer Tröte, einem Ständchen und einem Partyhut überrascht, den sie ihr reichte. Sie selbst trug auch einen. „Alles Gute, Ms. Annie!"

Annie lachte und setzte sich den Hut auf. „Danke, Jules."

„Was ist in der Tüte?"

Annie reichte ihr die Papiertüte. „Ein Croissant. Hat Georgina für mich gebacken."

„Da fällt mir die Funktionsanalyse gleich viel leichter." Mit der Tüte in der Hand rollte Jules zu ihrem Tisch. Das Quietschen der Räder ihres Rollstuhls füllte den Raum.

Annie bekam eine Gänsehaut, weil sie schon wieder an den Traum von letzter Nacht denken musste, denn selbst an ihrem Geburtstag war sie von dem verschlossenen Tor von Grant House, der Stille und Dunkelheit nicht verschont geblieben.

Am Nachmittag traf sie ihre zwei besten Freundinnen Annabelle und Mary per Videotelefonie auf ihrem Laptop. Die beiden saßen im Bryant Park in New York, schlürften einen Iced

Caffè Latte und prosteten ihr zu. Zwei ganze Stunden ließen sie Annie an ihrem Leben dort teilhaben, bis sie das Gefühl hatte, dass Annabell und Mary das Gespräch beenden wollten, es aber ihr zuliebe noch nicht taten.

Etwas wehmütig fiel Annie auf, dass das einfach der Lauf der Zeit war. Das Leben ging weiter, Freundinnen, die weit voneinander entfernt wohnten, verloren sich zum Teil, kamen kurz zusammen, und danach ging wieder jeder seinen Weg.

Das Leben geht weiter. Immer weiter.

Du hast dich entschieden, du bist gegangen, und der Preis dafür ist, dass du nie zu hundert Prozent weißt, wie es wäre, dich doch anders entschieden zu haben.

Da Annie dankbar war, dass sich die Freundinnen überhaupt so viel Zeit für sie nahmen, beendete sie das Gespräch dann selbst. Ihr ging es ja gut! Aber gerade an solchen Tagen vermisste sie ihre Heimat schon sehr. Das Vertraute, die gute alte Zeit. Ihre Freunde. Als wäre sie vom Universum erhört worden, meldete sich just in diesem Moment Rumy aus dem Diner, um ihr zu gratulieren und sie auf einen Drink am nächsten Abend bei sich zu Hause einzuladen.

Annie stand auf, klappte den Laptop zu, und als sie die Treppe runterging, um zu ihrem Lieblingsort zu gehen, der Küche, wurde die Eingangstür geöffnet, und Donovan betrat das Haus. Es war noch nicht mal drei Uhr.

„Hey!", sagte er strahlend. „Überraschung!"

Sie sah zu, wie er die Arme ausbreitete und darauf wartete, dass sie ihn begrüßen kam. Und das tat sie. Sie sank in die Umarmung, spürte, wie er sie fest drückte, und wusste, dass das alles hier schon ganz richtig war. Für Donovan, der ihr seine Liebe immer wieder zeigte, hatte sie es gern getan.

Das Leben ging weiter. Immer weiter.

Zum Dinner hatten sich alle herausgeputzt, Annie trug ein kurzes schwarzes Kleid, das am Ausschnitt mit Glitzersteinen verziert war, und Jules hatte sich gewünscht, es auch mal tragen zu dürfen.

Als Annie das Esszimmer betrat, hielt sie inne, ihr Herz wurde schwer, als sie alle hinter ihren Stühlen standen und auf sie warteten. Ihr Blick ging zur Tafel: Es gab Burger, Pommes, Hähnchenteile, gebackene Bohnen, Zwiebelringe und neben Annies Teller eine Schüssel Käsesoße. In den Corn Dogs steckten kleine Motiv-Holzstäbchen mit der Freiheitsstatue und der Brooklyn Bridge. Annie fiel Georgina um den Hals und bedankte sich für dieses zünftige amerikanische Festmahl im New Yorker Stil.

Die Stimmung war ausgelassen und unterhaltsam, und als eine zweite und dritte Flasche Wein geöffnet wurde, kam es Annie so vor, als würde sie jetzt so langsam tatsächlich zur Familie gehören.

„Die Herrschaften sind bereit für das Dessert?"

„O ja!" Violet rückte ihren Stuhl zurecht. „Annie, jetzt müssen Sie hinsehen!"

Annie stellte ihr Weinglas ab und starrte zur Tür, wo Timothy und Georgina gemeinsam eine riesige Torte auf einem Servierwagen ins Esszimmer schoben. Erneut sangen sie den Happy-Birthday-Song, dieses Mal auf Französisch. Annie war restlos begeistert: Schokolade und Vanille, aufgetürmt in einer dreistöckigen Torte, dekoriert mit einer „28" aus Fondant.

„Lassen Sie es sich schmecken", sagte Georgina und ging mit Timothy zurück in die Küche.

Annie sah ihnen nach. „Wartet!"

Alle Blicke ruhten auf ihr, als sie sich an Violet wandte. „Wäre es möglich, dass Timothy und Georgina zum Dessert bleiben?"

Stille.

Jules schien den Atem anzuhalten, Donovan nahm schnell einen Schluck Wein, und Melroy sah abwartend zu seiner Frau.

„Nein, Annie, ist schon okay." Georgina lächelte und ging in die Küche.

Doch Annie wollte nicht aufgeben. „Bitte?"

Violet wischte sich den Mund mit der Serviette ab. „Nun, es ist eigentlich nicht üblich, dass das Personal mit uns am Tisch sitzt."

Annie wartete, ob da noch mehr kam, doch Violet schien ihre Entscheidung getroffen zu haben. Melroy aß weiter, Jules zeigte auf den Kuchen, Donovan begann, für jeden ein Stück aus der Torte zu schneiden.

Annie kämpfte mit sich. Als Donovan ihren Teller vor ihr abstellte, stand sie auf. „Sie haben recht", sagte sie an Violet gewandt. „Sie sind Angestellte. Aber es ist mein Geburtstag und sie sind meine Freunde und deswegen …" Sie griff nach dem Messer und schnitt zwei Stücke von der Torte ab und legte sie auf Teller. „An meinem Geburtstag möchte ich nicht nur meine Familie um mich haben", Annie schaute zu Donovan, „sondern auch meine Freunde." Sie wartete nicht auf eine Antwort, denn sie alle schienen sowieso verstummt zu sein.

Annie ging mit den Tellern in die Küche und blickte in die staunenden Gesichter der beiden Cajuns. Während Georgina ihre Wange streichelte, und Timothy sagte, was für ein „gutes Mädchen" sie sei, ließ sie sich auf einen Stuhl am Tisch in der Küche fallen.

Doch darum hatte Annie das gar nicht getan. Es ging um sie selbst. Es war Georgina, die immer für sie da war, und Timothy, der immer ein Ohr für sie hatte. Ihren Geburtstag wollte sie mit den Menschen feiern, die ihr wirklich am Herzen lagen. Kurz darauf wurde die Tür geöffnet und Donovan gesellte sich zu ihnen, dicht gefolgt von Jules.

Eine Weile starrte Annie weiter zur Tür, wusste aber genau, dass Violet und Melroy nicht dazukommen würden.

„Bereit für die Überraschung?" Donovan hielt sie an der Hand, als sie nach einem gelungenen Abend in Richtung Treppe gingen.

„Ich bin den ganzen Tag schon ganz gespannt", sagte sie. „Wo ist sie? Soll ich die Augen zumachen?"

„Nein, aber du kannst dir eine Jacke holen."

Annie legte den Kopf schräg. „Jacke?"

„Ja." Donovan grinste verschwörerisch. „Die Überraschung ist draußen!"

Er eilte dann selbst nach oben, um ihr eine seiner Jacken zu holen, die ihr zwar viel zu groß war, die sie aber gern trug. Sie verließen das Haus durch die Tür zum Garten und durchquerten ihn im Licht des Mondes und einer Taschenlampe.

„Wo gehen wir hin?", fragte Annie.

Doch Donovan wollte offenbar noch immer nichts verraten. „Wir sind gleich da!" Er hielt noch immer ihre Hand, als sie die alte Eiche und das Spielhaus passierten und Annie regelrecht Furcht bekam, ihre Überraschung würde sich im Wald bei dem Brunnen und dem Kreuz befinden. Doch kurz vorher bog Donovan mit ihr nach rechts ab und durchstreifte einen zugewachsenen schmalen Pfad.

Nach ein paar Metern fand sie sich auf dem Waldweg wieder. „Das ist ja verrückt", sagte sie, hielt an und drehte sich zur Abzweigung in die Stadt um. „Ich wusste nicht, dass es diesen Weg gibt. Er ist nicht abgezäunt."

„Den gibt's schon ewig", sagte Donovan. „Sogar als Kind kannte Violet ihn schon."

Annie, die sich auf ihrem Fußmarsch durch die Dunkelheit stark an ihren Traum erinnert fühlte, war erleichtert, dass es einen direkten Weg aus dem Garten von Grant House gab.

Schnurstracks eilte Donovan nun weiter, weg von Grant House, auf dem befestigten Waldweg entlang.

„Don, wo gehen wir hin?" Immer wieder fasste sie sich an die von zahlreichen Moskitos zerstochenen Beine und japste nach Luft, weil sie erschöpft war. Der Mond hatte sich hinter den Wolken verkrochen, keine einzige Lampe brannte entlang des Weges. Es war stockfinster und unheimlich, aber genauso abenteuerlich und spannend.

Irgendwann erreichten sie eine Lichtung, und genau in diesem Moment trat der Mond wieder aus dem Dickicht der Wolken heraus und sorgte dafür, dass Annie das Haus vor ihnen gut sehen konnte.

Donovan ging ihr voraus, trat über kniehohes Gras und dicke Wurzeln, warnte sie vor großen herumliegenden Steinen und blieb irgendwann vor dem Haus stehen, das fast wie ein Geisterhaus wirkte.

Da beschlich Annie eine Ahnung, die Donovan in seinem nächsten Atemzug bestätigte: „Happy Birthday, Baby!" Er kam aus dem Strahlen nicht mehr heraus. „Willkommen zu Hause!"

Vergangenheit

März

Rosie blieb im Rollstuhl.

Mom ignorierte, dass sie sich ihr Nähzeug nahm, um den Rollstuhl zu reparieren, und auch dass sie zum Essen im Rollstuhl erschien und fortan all ihre Wege mit dem Rollstuhl erledigte.

Dad sprach kein Wort mehr mit ihr.

Es begann tatsächlich Ruhe einzukehren in Burke House. Nach einer Weile wurde diese Ruhe aber zu einer Stille, die zum Greifen schien. Jeder ging dem anderen aus dem Weg, und ich hatte keine Ahnung, wie ich mich verhalten sollte.

Mr. Quinn fragte erst Rosie, dann mich und dann Mom, was mit ihr sei, und während Mom von „einer Phase" redete, blieb ich stumm. Ich konnte nicht sagen, dass Rosie im Rollstuhl saß, weil Dad ihr wehtat, und Mom mir gesagt hatte, dass Dad, würde ich ein Wort erwähnen, Rosie umbringen würde.

So schwiegen alle, die zwischen den Wänden von Burke House lebten, und ein stummer Schleier legte sich über das Anwesen. Dunkel und traurig, verzweifelt und mächtig.

Im Jorisson House gab es im Arbeitszimmer des Doktors jede Menge Bücher. Ich fand sogar eines über Glenn Lock, und in diesem Buch stand etwas von Burke House und seiner Vergangenheit. Damals hatte es einem Feudalherren gehört, der bei einer Lobotomie gestorben war, genau wie seine Frau. Dank der Fachmedizin in den Regalen des Dr. Jorisson hatte ich erfahren, was eine Lobotomie war, und Rosie davon erzählt.

Sie saß im Rollstuhl ebenfalls im Büro und ging die Akten durch. „Sieh dir das an!" Sie drehte eine der alten Akten um.

„Was ist das?"

Jetzt schlug sie die Akte auf, und ich erkannte das Foto.

„Lonna Burke", sagte Rosie. „Sie war seine Patientin."

Mom ist verrückt. Das hatte Dad erzählt. Und die Leute im Dorf.

„Was steht da?"

Rosie blätterte. „Bio... Bipo..."

„Bipolare Störung?"

„Ja!" Rosie gab mir die Akte.

Ich blätterte sie durch. „Therapieeinheiten, Therapiebeginn ..." Ich hielt inne, rechnete. „Mom wurde hier behandelt, da war sie so alt wie ich ..."

„So lange lebt hier keiner mehr?" Rosie sah einmal durch den Raum. „Wahnsinn!"

„Ich finde es Wahnsinn, dass unsere Mutter an einer Psychose leidet." Ich blätterte ein wenig weiter. „Die Leute im Dorf streuen Gerüchte, dass Mom verrückt sei."

„Sie ist verrückt."

„Inwiefern?"

„Sie lässt zu, dass ihr Mann ihre Tochter an den Arsch fasst."

Ich hasste es, wenn Rosie so vulgär redete. Aber je älter sie wurde, desto deutlicher waren ihre Worte.

„Deswegen ist sie aber nicht ... krank." Seufzend legte ich die Akte weg. „Sie kann einfach nicht anders."

„Das ist keine Entschuldigung."

„Das weiß ich. Und ich kann es ihr auch nicht verzeihen."

Rosie nuschelte noch irgendetwas und rollte aus dem Zimmer. Darüber war ich froh, denn ich hatte vor einigen Tagen eine Lektüre gefunden, die mich sehr interessiert hatte: ein Biologiebuch über den menschlichen Körper mit Bildern. In der ersten Hälfte des Buches ging es um die Frau, in der zweiten um den Mann. Die Frau hatte ich nur stellenweise gelesen, dem Mann hatte meine Aufmerksamkeit gegolten.

Ich verbrachte Stunden damit, vom Pomum Adami oder dem Bizeps zu lesen, doch natürlich interessierten mich die Kapitel mit den Bildern rund um das männliche Geschlechtsorgan am meisten. Ich las auch über Hormone und über die Biologie des Mannes und fand das alles so faszinierend, dass ich mich dabei ertappte, nicht mehr ganz so häufig mit Rosie zu spielen.

„Willst du in diesem Rollstuhl bleiben?", fragte ich, als wir später nach Hause gingen.

Rosie schob den Rollstuhl allein an, sie war kräftig und hatte trainiert. „Ja, sicher, so war doch der Plan."

Ich nickte. Dass ich das Buch mitgenommen hatte und es unter meiner Strickjacke festhielt, konnte Rosie nicht sehen. „Ich glaube, Dad weiß, dass du nicht krank bist."

„Ja, ich auch", antwortete Rosie. „Aber es hilft. Er … Er hat mich letztens zu sich runterbestellt, als du schon geschlafen hast. Als ich mit dem Ding vorrollte, sagte er, ich solle aufstehen. Er war ganz nett, sprach ruhig. Aber ich blieb sitzen. Als er dann kam, und mich packen wollte, ließ er es, und ich glaube … es ekelt ihn an." Rosie lächelte. „Der Rollstuhl ekelt ihn an. Er hat mich nicht angefasst."

Und dann sah ich ihn wieder.

Den Jungen.

Mit den Pickeln, der Kappe und der Schubkarre. Dieses Mal lag eine Harke darauf, und er stand in der Nähe der Gabelung. Nur wenige Meter entfernt. Er erspähte mich nicht, sondern achtete auf den Weg.

„Wer ist das?", fragte Rosie.

Ich antwortete ihr nicht. „Fahr nach Hause! Ich komme nach." Schnell huschte ich hinter den nächsten Busch und wartete, bis er aufsah. Dann nahm ich all meinen Mut zusammen und trat hinter den Blättern hervor.

„Hallo!", sagte er.

Uns trennten zwanzig Meter. „Hallo", gab ich zurück. Dann drehte ich mich um und rannte nach Burke House.

Das Buch versteckte ich unter der Decke in meinem Bett, als ich Mom in der Tür sah. „Hey, Mäuschen."

Mäuschen. Mom sagte nie „Mäuschen" zu mir.

„Was ist denn?" Hatte Mom das Buch gesehen?

„Wie wäre es, wenn du heute Abend ein bisschen früher schlafen gehst?"

Heute war Badetag. Meistens badeten Rosie und ich zusammen, doch seit einiger Zeit war es mir lieber, wir badeten nacheinander. Ich zuerst und dann sie.

„Okay." Ich nickte. „Hast du Rosie schon Bescheid gesagt?"

Mom schüttelte den Kopf und spielte an der Kordel ihrer Bluse herum. Ich dachte an die Akte, die Rosie gefunden hatte. Mom war gerade so nett und sah so hübsch aus. „Ich würde darum bitten, heute Abend wirklich nicht gestört zu werden."

„Und Dad?"

„Dad ist heute nicht da. Wir Mädels sind ganz allein." Sie lächelte. „Also ... Du weißt Bescheid und ... Mommy bekommt wirklich ihre Ruhe, ja?"

„Ja, Mommy."

„Gut, weil du weißt ja ... Es würde mich sehr traurig machen, wenn meine Bitte ignoriert wird."

„Versprochen. Ich sage es auch Rosie."

Mom nickte. „Danke, meine Große!" Sie verließ das Zimmer, und ich öffnete das Buch.

Am Abend stiegen Rosie und ich trotzdem gemeinsam in die Wanne. Ich war ganz und gar nicht begeistert, dass sie mit dem Rollstuhl ins Badezimmer kam, das sich weit vorn im Haus befand, in der Nähe der Treppe und von Dads Büro. Sie setzte sich zu mir in die Badewanne, obwohl ich darum gebeten hatte, erst nach mir zu baden. Ich zog meine Knie an und machte mich klein, während sie mit dem Schaum spielte.

„Was machst du da?", fragte sie und zeigte auf meine Knie.

„Nichts."

„Was versteckst du da?"

„Nichts!"

Dann riss sie an meinem Arm. So stark, dass meine Brust entblößt wurde. Ihre Augen weiteten sich. „Du hast Brüste!" Sie lachte laut. „Das habe ich ja noch gar nicht gesehen!"

„Musst du auch nicht!" Schnell zog ich meinen Arm wieder vor. Ja, ich hatte Brüste bekommen, und ich hasste es, weil ich wusste, dass auch Dad sie entdeckt hatte. Aus diesem Grund ging ich ihm schon seit Wochen aus dem Weg.

„Wenn ich Brüste bekomme", sagte Rosie nun leise, „dann … muss ich weg."

„Ich dachte, es ist besser geworden." Ich machte eine Kopfbewegung zum Rollstuhl.

Sie ließ den Schaum auf ihre Hand gleiten und pustete. „Besser, ja, aber es hat nicht aufgehört." Dann legte sie ihre gesunden Beine über den Badewannenrand. „Nachts sitze ich nicht im Rollstuhl. Das ist vielleicht mein Fehler."

„Kommt er nachts in unser Zimmer?"

„Hast du das noch nicht gemerkt?" Rosie seufzte. „Ist schon okay. Du schläfst ja schon."

„Was tut er dann?", wollte ich wissen.

„Er greift unter die Decke, und wenn ich aufwache und schreien will, legt er mir eine Hand auf den Mund und sagt ‚Pschttt'."

Ich wollte das nicht hören und krallte meine Hände fester in das Fleisch meiner Beine.

„Tagsüber sitze ich im Rollstuhl, und dann ignoriert er mich. Letztens, als seine Freunde da waren, hat er mich nicht runtergebeten. Ich musste mich nicht auf die Schöße dieser verdammten alten Männer setzen. Nicht ihre Hände an meinen Beinen und an meinem Po spüren. Nicht an meinem Bauch unter dem Nachthemd." Sie schob die Arme tief in das Wasser hinein. „Ich glaube, ich bin ihm peinlich. Er nannte mich neulich ‚das Rollstuhlkind', als er mit Mom über mich sprach."

Ich schaute weg. „Ich weiß nicht, wie ich dir helfen kann."

„Du musst mir nicht helfen. Ich habe ja ihn." Erneut wies sie zum Rollstuhl. „Er wird das Böse von mir fernhalten. Immer und überall."

Dann hörten wir Stimmen. Mom redete, und obwohl die Tür zum Badezimmer geschlossen war, hörte ich, wie sie über den

Gang schritt. „Das ist Mom", sagte ich. „Sie redet mit jemanden. Ist das Dad?"

„Sie lacht ganz laut!", flüsterte Rosie. „Dad ist nicht da."

Eine Tür fiel ins Schloss. Moms Stimme verstummte. Ich seufzte tief und blickte auf mein Tattoo. Rosie tat es mir nach. Wir hielten die Unterarme aneinander.

Es war unser Tattoo, das Tattoo unserer Verbundenheit. Für immer. Denn Rosie war der Mensch, den ich – bis in die Unendlichkeit – lieben würde.

„Gib mir mal die Nagelschere", sagte Rosie und zeigte hinter mich. Dort stand ein Körbchen mit Seife, einem Lappen und der Nagelschere. Ich gab ihr die Schere, sie nahm sie und ritzte mit der Spitze das Unendlichkeitszeichen in die Wand der Badewanne. Es sah viel besser aus – wenn auch nicht perfekt – als unsere Tattoos.

„Der Rollstuhl wird dir nicht immer helfen können", sagte ich und legte die Schere zurück. „Irgendwann wird er das Ding einfach die Treppe runterstoßen."

„Dann laufe ich weg, Violet." Verschwörerisch kam Rosie in der engen Wanne näher. „Ich halte das nicht mehr aus! Irgendwann ist es genug, und dann muss ich weg."

Ich schüttelte den Kopf. „Du hast früher zu mir gesagt, dass ich immer bei dir bleiben muss. Du kannst nicht gehen. Du kannst mich nicht im Stich lassen – denn was bin ich ohne dich?"

„Du bist Violet. Du kommst schon klar, aber wenn ich …" Sie hörte auf zu reden.

Ich blickte zum Spiegel, er war ganz beschlagen, mir war heiß im Badewasser. „Ich weiß, was du mir sagen willst, aber … Ich kann nicht ohne dich leben, so wie du früher nicht ohne mich leben konntest." Das war nicht richtig. Ich hatte ihr nie helfen können, konnte ihr lediglich ein Spielhaus anbieten, in dem sie alle ihre Sorgen ablegen konnte. Aber wirklich helfen konnte ich ihr nie.

„Hast du … Hast du denn keine Angst?", wollte ich wissen.

„Wovor?"

„Vor der Welt. Vor bösen Menschen, die hinter einer Mauer lauern. Vor einer Entführung …"

„Nein, wieso sollte ich?"

„Weil …" Ich wollte sagen: „Weil es hier sicher ist." Aber das stimmte nicht. Das Gegenteil war der Fall. Burke House war kein sicherer Ort.

„Violet, du musst lernen, dass immer etwas passieren kann. Aber wozu ist das Leben da, wenn ich nicht gehen kann, wohin ich will? Wenn ich mich verkrieche, weil es Risiken gibt. Ich will frei sein, ich will alles tun, was ich will. Ich will die Welt entdecken. Also: Ich habe keine Angst! Und du solltest auch keine haben!"

Dann hörten wir wieder Stimmen. Dieses Mal viel lauter. Moms Stimme, dann auch Dads Stimme. Türen wurden geknallt, es wurde geschrien, und wir erschraken in der Wanne so sehr, dass wir instinktiv näher aneinander rückten, und in dieser Situation war es mir auch egal, wie unangenehm es mir eigentlich war.

Das Wasser schwappte über den Rand, als wir hörten, wie jemand die Treppe in der Nähe des Bades herunterpolterte und Mom und Dad wie besessen vom Zorn diskutierten.

Dann riss jemand die Tür zum Badezimmer auf. Dad stand vor uns, noch in seiner Arbeitskleidung, und starrte uns an. „Violet! Raus aus dem Wasser!"

Ich schaute zu Rosie, deren Augen mir sagten: *Geh nicht!*

Doch was sollte ich tun? Ich starrte auf den Rollstuhl, ich hatte es doch gesagt, er konnte nicht immer helfen!

„Dann dreh dich um!", rief ich ihm zu.

„RAUS!"

Ich bebte vor Wut. Vor Angst und vor Scham. Ich hielt die Arme über meiner Brust verschränkt, hatte keine Ahnung, wie ich dann noch meinen Intimbereich vor seinen Augen schützen sollte, und stellte mich auf. Unter seinen gierigen Blicken stieg ich aus der Wanne, bevor ich mich mit einem Handtuch bedecken konnte.

Rosie blieb in der Wanne sitzen, ich stahl mich aus dem Raum, verließ meine Schwester, obwohl ich eigentlich hatte bleiben wollen. Wenn ich nicht gehen würde, könnte ich sie schützen, vor seinen Händen, vor seinen Worten, doch etwas in mir schrie danach zu gehen, es nicht mitanzusehen, wenngleich das schlechte

Gewissen sich in mir ausbreitete wie eine Krankheit, die nicht zu heilen war. Ich wusste, dass sie nicht im Rollstuhl saß, ihm ausgeliefert war, diesem Mann, der ein Scheusal war.

Draußen auf dem Flur war es kalt, ich zog schnell meine Kleider an, die ich mitgenommen hatte, dann hörte ich, wie im Badezimmer geschrien wurde und Rosie zu weinen begann. Ich presste meine Hände an die Ohren, um es nicht mitanhören zu müssen.

Ich wollte weg, raus, rannte die Treppe runter und stolperte die letzte Stufe hinunter, und als ich die Haustür öffnete, sah ich Mom, die vor der Tür stand und rauchte.

„Mom!" Ich erschrak so sehr, dass ich meine Hand an die Brust riss. „Du bist ja hier!"

„Wo sollte ich sonst sein?" Sie sah mich nicht an, rauchte, die Arme vor der Brust verschränkt.

Bei deiner Tochter, wollte ich sagen. *Und bei deinem Mann, der sie,* und da war ich mir sicher, *jetzt gerade vergewaltigte oder sonst irgendetwas mit ihr anstellte, was sie nicht wollte.*

„Es ist deine Schuld", sagte sie. „Ich habe dir gesagt, heute Abend braucht Mommy ihre Zeit für sich." Sie zog die Worte lang. Erst jetzt entdeckte ich die blutigen Schrammen an ihren Armen und an ihrem Hals. Auch das Gesicht hatte etwas abbekommen.

„Er ist nicht gut!", sagte ich tapfer und spürte den Kloß in meinem Hals. Meine Haare waren noch nass, Wasser tropfte auf meine nackten Füße, weil ich nur rasch Hose und Shirt angezogen hatte. „Mom … Er … Er tut Rosie weh."

„Ach, ich kann es nicht mehr hören." Mom drehte sich jetzt zu mir. „Sieh mich an! Denkst du nicht, dass er mir nicht auch wehtut? Es ist so einfach, es muss nur ein für alle Male verstanden werden: Wenn wir tun, was er will, tut er uns nicht weh! Begreif das doch!"

„Das, was er Rosie antut, ist in Ordnung?"

„Nein, aber es würde nicht passieren, wenn … man sich ihm nicht so anbietet!"

Mir stand der Mund offen. Sie war tatsächlich eifersüchtig. Rosie hatte recht!

„Lassen wir das." Mom warf die Zigarette auf den Boden. „Wir machen einfach immer, was er will, und dann ist alles gut."

„Wie kannst du nur so sein?", fragte ich und stampfte einmal auf den Verandaboden. „Wie kannst du es zulassen, dass er deiner Tochter …? Ich meine, was bist du für eine Mutter?"

Und dann klatschte es. Moms Hand war noch erhoben, als ich mir schon die Wange hielt und sie fassungslos ansah.

„Halt den Mund!" Moms Körper bebte. „Ich bin … Ich bin eine gute Mutter", sagte sie und hörte sich an, als wäre sie wahnsinnig. Sie lächelte, ihr Mund verzog sich. „Es ist … unsere eigene Schuld, wenn er uns wehtut, dafür kann ich doch nichts!"

Ich sah ihr in die Augen und hoffte, sie würde sehen, wie sehr ich begann, sie zu hassen. Ja, vielleicht war es dieser Moment, als mir klar wurde, dass sie genau wusste, was Sache war, aber uns die Schuld gab. Ich begann, meine Mutter zu hassen, und weil ich sie einmal geliebt hatte, war es richtig, dass ich sie hassen durfte. Ich tat nur das, was sie mir selbst einmal beigebracht hatte.

Ich rannte weg, so schnell meine Füße mich tragen konnten, und eilte in den Garten. Ich wollte zum Spielhaus, wollte alles darin abladen und am liebsten für immer darin bleiben.

Rosie hatte gesagt, sie würde weggehen, und es war das erste Mal, dass ich mich fragte, ob ich nicht mit ihr gehen sollte.

„Hey!", hörte ich eine Stimme.

Ich blieb stehen, drehte mich um, niemand war mir gefolgt, doch woher kam diese Stimme? Dann wurde mir bewusst, dass ich sie schon einmal gehört hatte, vor ein paar Stunden und nur ganz kurz.

Ich drehte mich zum Zaun, zwischen zwei Zypressen stand wieder der Junge.

„Alles okay?", fragte er und hatte die Hände um die Stäbe des Gitterzaunes gelegt. „Du bist doch Violet, oder? Violet Burke?"

Ich konnte nicht mehr tun, als ihn anzusehen. Blonde Haare hatte der junge Mann. War bestimmt schon achtzehn oder zwanzig.

Sollte ich näher gehen?

Ich blickte auf meine Füße und war froh, den Mut zu finden, sie zu benutzen. Als ich nur noch wenige Meter von dem Jungen entfernt war, spähte ich, dass er blaue Augen hatte, und das Lächeln auf seinem Gesicht brannte sich in mein Gedächtnis ein.

„Hi", sagte er und streckte seine Hand zwischen den Gittern zu mir aus. Neben ihm stand seine Schubkarre mit einem riesigen Blätterhaufen darin und einer Gartenharke darüber.

Ich nahm seine Hand an und schüttelte sie. „Hallo."

„Kann ich dir helfen, du siehst aus, als bräuchtest du Hilfe."

„Nicht ich", sagte ich und fragte mich, ob das richtig war. Dann aber dachte ich an die Worte aus den Büchern, die ich schon so oft gelesen hatte: *Hör auf dein Herz!* Und tat es: „Aber meine Schwester."

„Okay." Er nickte und schenkte mir mit einem einzigen Nicken mehr Zuversicht und Hoffnung als meine Mutter in all den Jahren. „Ich helfe deiner Schwester." Dann zeigte er mir erneut sein Lächeln. „Ich bin übrigens Melroy."

6

Gegenwart

„Du magst es nicht."

„Das habe ich nicht gesagt!"

„Ich sehe es dir an, du magst es nicht." Donovan entfuhr ein tiefer Seufzer. Dann legte er die Hand an sein Kinn und ging in dem dunklen Haus vor ihr hin und her. „Verdammt, ich hab's schon gekauft, Annie!"

Dafür konnte sie nichts! Und diesen Schuh würde sie sich auch nicht anziehen lassen! Warum mussten sich Männer manchmal nur so heroisch verhalten? Warum hatte er sie nicht einfach vorher gefragt, anstatt sie vor Tatsachen zu stellen?

„Du hast es schon wieder getan, Don!", beschwerte sie sich. „Du hast schon wieder entschieden, wo ich zu leben habe!"

„Das wolltest du doch!"

„Ich wollte was? Direkt ins Haus nebenan ziehen?"

Er hob den Zeigefinger. „Du wolltest weg aus Grant House. Dein eigenes Haus haben, eher heute als morgen! Bitte schön, jetzt hast du eines! Und es ist nicht nebenan! Luftlinie sind das sicher … fünfhundert Meter!" Er schnaufte.

„Fünfhundert Meter sind nichts, wenn man bedenkt, wie wenige Häuser es auf wie viel Quadratmeter in dieser Region gibt!" Sie stemmte die Hände in die Hüfte. „Was ich meine, ist, dass ich nicht mitentscheiden darf, weil du es gar nicht zulässt. Ich habe in New York mein Leben aufgegeben und zugestimmt, in Grant House zu wohnen, obwohl ich lieber etwas Eigenes gehabt hätte. Und ich hatte mich darauf gefreut, es zusammen mit dir auszusuchen. Stattdessen kaufst du einfach irgendwas, und ich hatte zum zweiten Mal nicht die Gelegenheit, es mir anzusehen und zu entscheiden: Will ich das wirklich?"

„Mit Grant House warst du einverstanden, ohne es gesehen zu haben."

„Hatte ich eine Wahl?"

Donovan zog mit eingeschnappter Miene den abgeplatzten Lack vom Handlauf der geschwungenen Treppe ab. Er hatte einen Schlüssel für Jorisson House gehabt und die große schwere knarzige Tür geöffnet. Auf Annie waren zahlreiche Fakten zum Haus eingeströmt, während er in einer Petroleumlampe eine Flamme aufleuchten gelassen hatte, die die gespenstische Atmosphäre des sicherlich wunderschönen alten Hauses nur noch untermalte.

Er hatte von dem Pool erzählt, den es im Garten gab, von einer großen Terrasse, halb im Schatten liegend, und von einem ausgebauten Dachboden.

„Wenn du willst, machen wir fünf Kinder." Er hatte die Arme ausgebreitet. „Das Haus hat Platz für sieben Leute! Und einen Hund!" Er hatte die Hand auf sein Herz gelegt. „Ich wollte schon immer einen Hund."

Und sie hatte nichts anderes getan, als wie ein Geist durch das Erdgeschoss zu wandeln und es nicht glauben zu können – im negativen Sinn.

War sie undankbar?

„Eine Wahl?", fragte Donovan nun. „Man hat ja auch nicht immer eine Wahl."

Annie glaubte, sich verhört zu haben. Sie war nicht undankbar, aber vielleicht er! „Das ist der Dank? Jetzt mal im Ernst, das ist der Dank, Don? Ich habe alles in New York aufgegeben, so eine Stelle wie bei Violet hätte ich in Brooklyn, in Staten Island, Herrgott, auch in den Hamptons bekommen, wo ich hohe Löhne erhalten hätte, sodass wir uns ein richtig tolles Haus hätten kaufen können! Aber nein, ich bin mit dir gegangen!"

„Dieses dämliche New York", sagte er wütend. „Es nervt mich so sehr, dass du ständig von New York redest!"

„Ich bin dort aufgewachsen, verdammt!", schrie sie. „Meine Eltern und ich haben in Queens gelebt! An dem Haus, in dessen Vorgarten meine Mom ihre Wisterien gezüchtet hat, bin ich jeden Monat einmal vorbeigegangen und konnte doch nicht hinsehen, weil es so wehtat zu wissen, dass sie nie wieder ihre Wisterien blühen sehen wird!" Eine Träne rannte über ihre Wange, obwohl sie nicht weinen wollte. Sie wollte stark sein, sich behaupten. Doch seine Worte taten weh. „Die Gewissheit, dass ich zu ihren Gräbern gehen konnte, um ihr zu erzählen, dass ihre Blumen genau so schön sind wie früher, und Dad versicherte, dass sein Basketballkorb noch hängt, ist ein verdammter Trost! Es gab einen Spielzeugladen in Lenox Hill, da hat meine Mom mir jedes Mal für eine gute Zensur zwei Dollar gegeben, damit ich mir Kaugummis kaufen konnte, weil ich die liebte! Am Tag vor unserer Abschiedsparty war ich da und … Der Laden ist nicht mehr da. Dort steht jetzt ein Parkhaus, aber den großen Ahornbaum auf der anderen Seite der Straße gibt es noch."

Donovan setzte sich auf die unterste Stufe der Treppe und vergrub den Kopf in seinen Armen.

Annie schluchzte. „Mein erster Job war bei *Duane Reade* in der 8th Avenue. Im Central Park habe ich Fahrrad fahren gelernt, ein Clown hat mir da mal mein Portemonnaie geklaut, und du hast mich das erste Mal dort geküsst." Sie schüttelte den Kopf. „Ich kann verstehen, wie wichtig dir der Job bei Melroy ist, weil er dein Vater ist, und genau dasselbe hätte ich für meinen Vater getan, aber … halte es nicht für selbstverständlich, dass ich alles, was ich in New York hatte, in zwei Wochen aufgegeben habe. Ich hatte eine Wahl. Ja, aber wie beschissen sah die aus, bitte? Ich … Ich hatte die Wahl mitzugehen, oder dich … oder dich zu verlieren, und …" Jetzt sank sie zu Boden, legte die Hände vors Gesicht und brach in Tränen aus.

Es dauerte nicht lange, da spürte sie seine Hand auf ihrer Schulter. „Ich bin so ein Idiot", sagte er, kam zu ihr runter und nahm sie in die Arme. Dabei setzten sie sich auf den Boden des Hauses, mitten in die Dunkelheit, die nur durch das bisschen Licht der Petroleumlampe durchbrochen wurde.

„Es tut mir leid." Donovan streichelte ihr sanft über den Kopf. „Ich … Ich bin ein Idiot. Du hast völlig recht, ich hätte das niemals allein entscheiden dürfen, und es ist alles andere als selbstverständlich, dass du New York für mich verlassen hast. Das war nicht fair. Verzeihst du mir?"

Sie antwortete nicht, doch ihre Tränen versiegten, sie wiegte sich in seinen Armen. Ein Zittern durchlief ihren Körper, teils vor Kälte, teils vor Verzweiflung. Sie schloss die Augen und schmiegte sich noch enger an ihn.

„Was nur blöd ist", sagte er leise. „Ich hab's schon gekauft."

„Du hättest es mir am Tag zeigen sollen", erwiderte sie und musste über den Aspekt, dass er ihr ein verlassenes, gruseliges Haus im Wald in der Nacht zeigte, regelrecht schmunzeln. „Vielleicht ist es ja ganz hübsch."

„Das ist es", gab er zurück, „und ich war überrascht, dass es noch zum Verkauf stand."

Annie sah sich um. Sie saßen am Fuß einer geschwungenen Treppe ins Obergeschoss. Der Eingangsbereich war wie der in Grant House ziemlich groß gehalten. Schwach erkannte sie zu ihrer rechten Seite ein großes Zimmer, vielleicht das Wohnzimmer mit riesigen Fenstern zum Garten hin. „Was weißt du über dieses Haus?"

„Nur, dass die Jorissons hier wohnten. Der Mann war Chirurg." Er küsste sie auf die Stirn. „Also ... Vielleicht schaust du es dir mal bei Tag an, ganz allein, und dann sagst du mir, ob du es dir vorstellen kannst, hier zu leben oder nicht."

„Und wenn nicht?"

„Dann finden wir eine Lösung. Und dann darfst du aussuchen, während ich mich raushalte."

Sie seufzte tief und richtete sich auf, weil ihr Hintern und ihre Beine kalt waren. „Einverstanden. Und jetzt lass uns rübergehen. Die Überraschung ist dir gelungen."

Vergangenheit

Mai

Im Frühling regnete es oft monsunartig, sodass ich mich mit meinen Büchern gern an geschützte Orte zurückzog, und oftmals war einer davon das Spielhaus im Garten von Burke House.

Während Rosie nur noch selten rüber zum Jorisson House fuhr, weil das mit dem Rollstuhl so umständlich war, blieb sie im Haus, aber manchmal kam sie mit mir mit, und wir lasen zusammen. Manchmal las ich vor, und manchmal lasen wir mit verteilten Rollen.

Bei Sturm und Regen hockte ich im Spielhaus, das Dad uns gebaut hatte, und sagte immer zu Rosie, dass es das einzig Gute war, was er je für uns beide getan hatte.

So wollte ich an diesem verregneten Frühsommertag ebenfalls rüber ins Spielhaus gehen, gewappnet mit dem Klassiker von Patrick Süskind *„Das Parfum"*. Ich hatte ihn schon zweimal gelesen und wollte mir jetzt zum dritten Mal vorstellen, wie es wäre, eine der Frauen zu sein, die von Jean-Baptiste Grenouille verführt wurden. Rot wurde ich bei diesem Gedanken, als ich das Quietschen des Rollstuhls durch den Regen hinter mir vernahm, was bedeutete, dass Rosie mir gefolgt sein musste.

Kurz vor dem Rosengarten blieb ich stehen und drehte mich um. „Was ist denn?", fragte ich fast ein bisschen genervt.

„Ich will mit!"

Erneut fühlte ich dieses Verlangen, meiner Schwester zu sagen, wie leid ich es war, sie in diesem Rollstuhl zu sehen, daran erinnert zu werden, warum sie darin saß, und dass ich eine Pause brauchte von all dem Schlechten, von all ihren Schmerzen, Qualen und der Pein.

Doch würde ich meiner Schwester niemals sagen, dass ich mir manchmal wünschte, ich wäre allein. Denn ich wusste, dass ich für

Rosie in dieser Situation das Einzige war, was sie hatte. Gerade jetzt, da Rosie es für ihren Frieden aufgegeben hatte, herumzutollen und zu toben.

„Na gut", antwortete ich mit einem Lächeln und ging dennoch etwas zu hastig über den Kieselsteinboden im Rosengarten, wohlwissend, dass Rosie kaum so schnell hinterhergerollt kam, um kurz für mich zu sein.

Am Spielhaus angekommen, krabbelte ich hinein. Es war dunkel hier drinnen, weil der Himmel sich zugezogen hatte und ein ordentlicher Wind pfiff und ich die Läden des Fensters geschlossen hatte, damit keine Blätter ins Spielhaus drangen.

Ich sah mich nach Rosie um, während ich tiefer in das Haus hineinkrabbelte, als meine rechte Hand in etwas Kratziges, Nasses fasste. Sofort fuhr ich herum und sah etwas auf dem Boden des Spielhauses liegen. Ich hob die Hand und sah das Blut. „AHHHHHHH!"

Rückwärts kroch ich aus dem Haus heraus, wischte mir das Blut meiner Hand an der Jacke ab und starrte ins Innere des Hauses, als Rosie mit dem Rollstuhl ankam. „Was ist denn?"

„Da!", schrie ich und zeigte zur offenen Tür. „Da ist was drin!"

Rosie bewegte sich nicht vom Rollstuhl und spähte ins Haus. „Ich sehe nichts!"

„Es ist ein Tier!" Ich zeigte ihr meine Hand, bevor der Regen das Blut abwaschen konnte. „DAD! DAD! DAD!"

„Nicht Dad!", mahnte Rosie rasch.

„DAD!", schrie ich weiter, und tatsächlich ging in Burke House ein Fenster auf, und Dad streckte den Kopf raus.

„Was ist denn?", hörten wir ihn rufen.

„KOMM!", brüllte ich. „Komm schnell!"

Rosie schüttelte den Kopf, als das Fenster geschlossen wurde. „Wozu brauchst du ihn?"

„Damit er es wegmacht!"

Rosie schob sich ein Stück an den Rand. „Aber warum *er*?", fragte sie bebend. „Ich kann das auch."

„Du sitzt im Rollstuhl!", raunte ich böse.

Rosies Kinn vibrierte. „Aber nicht wirklich."

Doch! Für mich saß Rosie im Rollstuhl. Sie befand sich schon so lange darin, dass mir die Unterscheidung zwischen Realität und der Idee eines kleinen Mädchens, das sich schützen wollte, immer schwerer fiel.

Dad kam angelaufen. Er atmete schwer, hustete laut und hielt die Hände gegen die Knie, als er am Spielhaus angekommen war. Auf dem Kopf hatte er eine ordentliche Platte bekommen, die übrig gebliebenen Haare lagen nass, grau und gekräuselt an seinem Hinterkopf. Er wurde immer dicker, sein gigantischer Bauch überlappte den Hosenbund. Das Shirt legte seinen Bauchnabel frei. In den Latschen sah ich ungepflegte, krumme, schiefe Zehennägel.

Mom war so hübsch. Manchmal fragte ich mich, was sie an diesem Mann fand, der nicht nur äußerlich, sondern auch innerlich ein Dreckschwein war.

„Da ist ein Tier drin", erklärte ich und zeigte ins Innere des Spielhauses. „Ein totes Tier."

„Da soll ein Tier drin sein?", fragte Dad skeptisch. „Heilige Scheiße!"

Wir sahen zu, wie Dad sich duckte, und etwas am Schwanz packte. Dann schleuderte er es angewidert nach draußen, wo es Rosie am Kopf traf und dann erst auf ihren Schoß und dann zum Boden abrollte. „IHHHH!", schrie sie. „DAD!"

Ich krampfte zusammen. Dann betrachteten wir alle drei das tote Tier auf dem Boden. Es hatte einen Panzer, eine spitze Schnauze und ein blutendes Loch im Kopf. Der Schwanz war lang und dünn.

„Wieso hast du das verdammte Gürteltier ins Spielhaus gelegt?", fragte Dad an Rosie gewandt.

„Ich?" Rosie riss die Augen auf.

„Wer denn sonst?"

Ich schluckte. Hatte Rosie das wirklich getan? Zuzutrauen wäre es ihr. Aber warum?

„Ich war das nicht!" Rosie wischte sich das Blut von der Wange, am Ohr klebte noch was. „Ich war das nicht."

„Klar, du warst ja nie was." Er spuckte ins Gras, wo sich der Pfropf mit dem Pfützenwasser mischte. Dann griff er nach dem Schwanz des Tieres und schleuderte es in die Büsche. „Dort drinnen wird sauber gemacht! Haben wir uns verstanden?"

Wir nickten, und ich sah, dass Dad seinen Blick nicht von Rosie wenden konnte.

Er sah sich um, schaute nach links, nach rechts, als würde er jemand Fremdes in unserem Garten vermuten, dann hob er den Zeigefinger in Rosies Richtung. „Wir sprechen uns noch! Hast du verstanden? Wir ... Wir sprechen uns noch!"

Und als er ging, traf mich ein anschuldigender und sehr zorniger Blick meiner Schwester.

„Ich war das nicht", beteuerte ich später, als wir beide in der Küche vor einem Glas Milch saßen. „Ich habe den armen Kerl nicht in das Spielhaus gelegt."

„Es ist nicht von allein dort zum Sterben hineingegangen. Du musst es gewesen sein." Rosie war richtig wütend. „Hast du seine Worte gehört? Ich werde dafür büßen, nicht du."

„Das hat er nicht gesagt." Ich seufzte tief. „Rosie, noch mal: Ich war es nicht."

Sie schnaubte und wandte den Kopf von mir weg. Drüben im Eingangsbereich stritten Mom und Dad. Der Streit war heftig und meine Anspannung groß. Die Milch schmeckte nicht, ich bekam kaum was runter.

„Ein Arzt! Nein, sie geht zu keinem Arzt!", hörte ich Dad brüllen. „Die ganze Stadt wird über uns reden!"

„Das tut sie doch schon!", gab Mom zurück. Trocken, aber bestimmt.

„Weil du eine dreckige, scheißverdammte Hure bist!" Irgendetwas ging zu Bruch, und weil es sich wie Holz und Glas anhörte, ging ich davon aus, dass Dad die Standuhr umgeworfen hatte.

Ich bekam Angst, Angst, dass uns gleich jemand wehtun würde.

„Wie ein Gewitter", sagte Rosie. „Zähl bis zehn."

Ich konnte nicht. „Eine Hure. Warum sagt er so was zu ihr?"

„Weißt du, was eine Hure ist?" Es war schon eigenartig, dass meine kleine Schwester mich das fragte.

„Ja." Ich wusste es aus meinen Büchern.

„Dann weißt du ja, warum er das zu ihr sagt."

„Nein, warum?"

„Hast du das mit Mr. Quinn nicht mitbekommen?"

„Was … Nein …"

„Er kommt, wenn Dad in den Pub in Lock Beach geht. Er kam letztens zwei Stunden früher, als Dad schon bei der Arbeit war und wir noch geschlafen haben."

Ich fuhr zusammen. Unser Lehrer? „Aber woher weiß er das dann?"

„Weil er sie gesehen hat."

„Und … Woher weißt du das?"

Rosie lachte verbittert. „Weil Dad ihre Untreue an mir ausgelassen hat."

Später gingen Rosie und ich vorsichtig an den streitenden Eltern vorbei und blieben im Schutze zweier Kübel mit abgeblühter Bougainvillea vor der Haustür stehen. Ich drehte mich um, sah durch das Buntglasfenster meinen Vater, der seine Hände um den Hals meiner Mutter legte und sie schüttelte. Ich war kurz davor, die Tür aufzureißen, um sie zu beschützen, dann stieß ich mit dem Fuß gegen Rosies Rollstuhl und hielt inne.

Nein, Mom brauchte keine Hilfe.

Denn Rosie bekam sie von ihr auch nicht.

Ein Pfeifen ertönte, ich fuhr herum und sah Melroy hinter einer Tanne vor dem großen verschlossenen Eingangstor.

„Wer ist das?", fragte Rosie. „Ist das wieder dieser Junge?"

„Er ist kein Junge." Er ist ein Mann!

Rosie machte Anstalten, den Rollstuhl von der Rampe zu schieben, als ich meine Hände an die Griffe legte und ihn zurückzog. „Du bleibst hier!", sagte ich bestimmt.

„Aber warum?"

„Weil ich das so will!" Ich schob sie noch ein Stück weiter über die Veranda, sodass sie Melroy nicht sehen konnte, und vor allem, damit Melroy *sie* nicht sehen konnte. Und nicht den Rollstuhl. Dann eilte ich zwischen die Buchsbaumbeete hindurch zum Tor.

„Und?", fragte Melroy, als ich noch nicht einmal angekommen war. Ihn zu sehen, war wunderbar. Sofort fühlte ich mich verstanden, beschützt, und dieses Kribbeln im Bauch setzte ein, so wie jedes Mal, wenn ich pikante Szenen in meinen Büchern las, oder ... ich Melroy sah.

„Hallo!", rief ich und versuchte, nicht zu sehr nach Luft zu japsen.

„Hat es funktioniert?" Gespannt wartete er auf meine Antwort.

Ich verzog meinen Mund zu einem Lächeln. „Ich weiß nicht", sagte ich, „aber ich glaube, er weiß jetzt, dass es jemanden gibt, der ihn beobachtet."

„Ich finde, du hast dich verändert", sagte Rosie abends zu mir. Wir lagen in unseren Betten und sahen einander an, während sich draußen die Nacht über Burke House ausgebreitet hatte. Sie hatte sich tief in ihre Decke gekuschelt.

„Wie meinst du das?"

„Na ja, seit du diesen Jungen gesehen hast."

Ja, vielleicht hatte ich mich verändert. Doch diese Veränderung tat mir gut. Der Junge tat mir gut. Ich wollte schon lange nicht mehr drüben im Spielhaus Teepartys veranstalten. Ich wollte lesen und die Aufregung genießen, jeden Tag aus dem Fenster zum Tor zu sehen, um vielleicht ihn zu entdecken.

Meine kleine Schwester verstand das nicht.

Ich blickte zu dem Rollstuhl, der an Rosies Bettende stand, so wie in jeder Nacht.

Dann hörte ich Schritte.

„Er kommt!", rief Rosie und zog die Decke über ihren Kopf.

Ich starrte zu dem offenen Türspalt. Licht ging im Flur an. Dann kam ein dicker Mann zum Vorschein. Er trug ein Achselhemd, das selbst ihm zu weit war, und eine Shorts. Wenn ich genau hinsah, konnte ich seinen Penis unter der Wölbung ausmachen, der sich hin und her bewegte, mit jedem Schritt, den er ging.

Dad trat in den dunklen Raum und blieb zwischen unseren Betten stehen. „Guten Abend", sagte er leise in einem sanften, fast schon zärtlichen Ton.

„Ich muss zur Toilette", sagte ich, schlug die Bettdecke zurück und wagte es nicht, in Rosies Gesicht zu sehen. Mein Herz schlug mir bis zum Hals, als ich aus der Tür ging und dahinter stehen blieb, weil mir das schlechte Gewissen die Nerven raubte.

Du kannst sie nicht allein lassen!

Du weißt genau, was er mit ihr tun wird – schließlich sitzt sie gerade nicht in ihrem Rollstuhl!

Du musst bleiben!

Ich griff mir an die Brust, hielt inne und drehte mich zur offenen Tür um. Dann wagte ich es, am Türrahmen vorbei ins Innere des Zimmers zu sehen.

Ich sah Dad, wie er auf der Kante von Rosies Bett saß. Er streichelte ihren Rücken unter dem Nachthemd, das sie trug, redete leise auf sie ein.

„Ich will das Kleid anziehen, das dir so gefällt", sagte sie. „Bitte geh kurz raus."

Raus? Ich sah mich hektisch um. Dann huschte ich in einen Wandschrank in einer Nische auf dem Flur.

Dad kam aus dem Zimmer, lehnte sich mit dem Rücken gegen die Wand gleich neben der Tür, legte den Kopf in den Nacken und schloss die Augen. Dann glitt seine Hand in seine Unterhose.

Ich ekelte mich vor ihm. Ich fand ihn abstoßend und widerlich, weil ich inzwischen wusste, was er da tat. Erneut hoffte ich so sehr, dass Mom aus ihrem Schlafzimmer stürmen und ihre Tochter retten würde. Doch das tat sie nicht. Stattdessen rief Rosie nun, sie sei fertig, und wie ein gieriger Löwe auf der Jagd nach Beute ging Dad in unser Kinderzimmer.

Ich huschte hinterher. Was ich dann sah, zauberte mir ein Lächeln auf die Lippen: Rosie hatte sich nicht umgezogen, sie hatte sich lediglich in den Rollstuhl gesetzt, der nun zwischen den Betten stand. Sie saß darin und grinste.

„Steh auf, Rosie!", forderte Dad.

Sie tat es nicht. „Meine Beine tun weh."

„Das ist nicht wahr."

„Doch, sieh nur …" Sie verzerrte ihr Gesicht und zeigte auf ihre Beine. „Ich kann nicht, Daddy."

Ich sah, wie Dad nach Worten suchte, nervös wurde, nicht wusste, wohin mit seinen Händen, sich schließlich an den Hinterkopf griff. „Das hört auf!", sagte er mit erhobenem Finger und machte kehrt.

Er sah mich nicht, als ich am anderen Ende des Flurs stand und ihm nachschaute, wie er – unverrichteter Dinge – abzog.

Er sah nicht, wie ich ins Zimmer stürmte, meine Schwester umarmte und zu ihr meinte, wie gut sie das gemacht hatte.

Was ich aber auch sah, war ein hilfloses kleines Mädchen, das, um seinen Frieden zu bekommen, so tun musste, als wäre es ein Krüppel, um den, der es misshandelte, abzuschrecken.

Ein Mädchen, allein auf dieser Welt.

Ein Mädchen, ohne Mutter, die es beschützte.

Und ein Mädchen, das nicht um Hilfe bat, weil es wusste, es würde sie ohnehin nicht bekommen.

Es tat weh, sich selbst ins Bett zu legen, während meine Schwester im Rollstuhl sitzen bleiben wollte, falls er noch mal wiederkommen würde. Der Anblick war furchtbar und ein Bild, das sich in meinen Kopf brannte wie jenes Tattoo von damals, das ich nun im Mondlicht der Nacht betrachtete.

Unendlichkeit.

Rosie meinte auch, von nun an jede Nacht im Rollstuhl schlafen zu wollen, sie hatte es ja schon prophezeit, dass es irgendwann so kommen würde. Jeden Rückenschmerz in Kauf nehmend, weil manche Situationen eben ihren Tribut forderten.

Aufhalten konnte ich sie nicht. Ich konnte nur noch mal aufstehen, ihre Decke holen, sie über meine Schwester legen und ihr ein Kissen zwischen Kopf und Wand klemmen, damit sie sich anlehnen konnte.

„Das kannst du nicht durchhalten", sagte ich leise, während ich ins Bett krabbelte, weil mir die Augen zufielen.

„Dann sag mir, was ich sonst machen soll."

Das konnte ich nicht.

„Ich weiß etwas", flüsterte sie in die Dunkelheit, während ich schon fast schlief. „Ich muss hier weg. Helft ihr mir?"

8

September

Eines möchte ich in aller Form klarstellen: Ich liebte Rosie über alles, und ich hätte mein Leben dafür gegeben, dass es ihr besser ging. Nichts, was ihr angetan wurde, war einfach anzusehen für mich, und ich hätte ihr alles abgenommen, wenn ich es gekonnt hätte.

Alles.

Doch aus irgendeinem Grund wollte ich mit aller Macht verhindern, dass Rosie und Melroy aufeinandertrafen.

Ich war verliebt.

Das erste Mal in meinem Leben spürte ich Liebe in meinem Herzen.

An einem Sonntag im September, kurz nach meinem 14. und Rosies 12. Geburtstag, gab es Frühstück, und wir saßen mit der Familie zusammen am Esstisch. Draußen schien die Sonne, hier drinnen war es kalt und dunkel, sodass sich eine Gänsehaut auf meinen Beinen unter meinem kurzen Kleid gebildet hatte.

Mom trank nur Kaffee. Sie trug eine Sonnenbrille auf der Nase, Tränen rannen über ihre Wangen. Sie war dünn geworden und sah blass aus. Mr. Quinn war nicht mehr unser Lehrer. Er hatte gekündigt – so hieß es –, und Rosie und ich glaubten, Dad hätte ihn verjagt.

Zurzeit hatten wir also keinen Unterricht, weil unsere Mutter nur noch trank und schlief und schlecht drauf war, während unser Vater in seinem Frühstück herumstocherte und dann die Gabel zur Seite legte. Als unsere Blicke sich trafen, lächelte mein Vater mich an. Ich konnte dieses Lächeln nicht einordnen. War es nett gemeint? Wollte er etwas von mir?

Dann wandte er sich an Rosie. „Mir ist zu Ohren gekommen, dass du dich mit einem Jungen aus dem Ort triffst, junge Dame."

Sofort hörte ich auf zu essen. Rosie saß mir gegenüber, ihr Blick traf mich strafend.

„Nein, Dad."

„Du möchtest also sagen, dass Mom lügt?"

Wir sahen zu unserer Mutter, die ihre Brille abnahm, um sich die Tränen vom Gesicht zu wischen.

Dad faltete die Hände. „Ich habe dich nicht so erzogen, du bist viel zu jung! Du weißt, was du davon haben wirst, dich einem Jungen hinzugeben."

Ich senkte den Blick, weil ich Rosie nicht in die Augen sehen konnte. Mein Herz schlug wie wild. Ich war mir sicher, sie würde mich nicht verraten, aber es war absolut nicht richtig, Dad in dem Glauben zu lassen, Melroy käme ihretwegen. Denn das tat er nicht. Melroy kam meinetwegen! Und meine Schwester bekam jetzt Ärger, weil ich mich nicht traute, die Sache klarzustellen.

„Ich treffe mich nicht mit einem Jungen, Dad." Rosie zeigte auf ihren Stuhl. „Wie sollte ich das denn tun?"

Ich zuckte zusammen. Sie verriet mich nicht direkt, aber indirekt schon – oder?

Vater schaute zu unserer Mutter. „Du hast sie doch gesehen."

„Deutlich." Mom schniefte. „Es war vor zwei Tagen. Du hast im Rosengarten gesessen. Dann kam er zum Zaun, und du hast ihn reingelassen."

„Er war auf dem Grundstück?" Das schien Dad neu gewesen zu sein.

Ich wurde in meinem Stuhl immer kleiner. Ein Tritt von Rosie erreichte mich. Es wäre verdammt richtig zu sagen, dass es nicht Rosie, sondern ich war, die sich mit einem Jungen aus dem Ort traf, es wäre nur gerecht.

Für einen Moment herrschte Stille, immer wieder wollte ich das Wort ergreifen, doch ich tat es nicht. Stattdessen tupfte ich meinen Mund mit der Serviette ab und beobachtete, dass Dad das Besteck auf seinem Teller übereinanderlegte als Zeichen dafür, dass er fertig mit dem Essen war.

„Rosie, in die Bibliothek!", befahl er streng.

Fast erleichtert schloss ich kurz die Augen.

„Nein", gab Rosie dann jedoch zurück.

„In die Bibliothek, habe ich gesagt!"

„Und ich habe gesagt: Nein."

Ich hatte Angst um Rosie, und das schlechte Gewissen, dass er sie für etwas bestrafen würde, was ich getan hatte, nagte an mir wie eine Maus an einem Stück Käse. Denn ich war diejenige gewesen, die im Rosengarten mit einem Jungen gesessen hatte.

Dann schlug Dad beide Hände auf den Tisch. In seinen Augen blitzte Zorn auf, und Rosie hielt dem stand. Und wieder einmal war ich überwältigt von ihrem Mut. Schließlich aber langte Dad nach seiner Gabel und warf sie Rosie an den Kopf.

Ich erschrak, weil die Gabel Rosie genau an der Schläfe traf, und konnte den Schmerz nachfühlen, den sie empfinden musste, als sie die Augen zusammenkniff, Tränen unter den Lidern blitzten und ihre Hand an den Kopf fuhr.

Da sie noch immer nicht aufstand, kam Dad zu ihr rüber, griff ihren Arm und zog sie vom Tisch weg. Rosie wehrte sich und hielt sich am Tischbein fest, bis Dad mit aufeinandergebissenen Zähnen so ruckartig den Rollstuhl vom Tisch wegzog, dass Rosies Finger einfach weggerissen wurden und sie aus dem Stuhl fiel.

Dad kannte keine Gnade. Er zerrte das Mädchen vom Tisch weg, verdrehte dabei seinen Arm, während es schrie und nach ihm trat. Er schlug Rosie ins Gesicht, brüllte sie an und packte sie am Ausschnitt ihres Kleides. Er zog sie hoch und schüttelte sie kräftig, als wäre sie eine Puppe in seinen Händen.

Ich zitterte, konnte kaum mitansehen, was er mit ihr tat, und starrte zu dem Rollstuhl, der immer noch in der Nähe des Esstisches stand. Ich hatte es doch gesagt! Der Rollstuhl würde Rosie nicht immer helfen können! Was in letzter Zeit so gut funktioniert hatte, funktionierte jetzt nicht mehr!

Als Rosies Schreie leiser wurden, blickte ich zu Mom, während mein Herz schwer wie Blei wurde. „Mom! Mom! Hilf doch!"

„Was soll ich denn machen?", gab sie achselzuckend zurück. „Sag mir, Violet, was soll ich machen?"

„Helfen", sagte ich. „Du sollst helfen! Nicht zusehen. Nicht zulassen. Helfen!"

Mom kratzte sich am Kopf. Erst jetzt entdeckte ich kahle Stellen zwischen ihren Haaren, wo die weiße Kopfhaut hervorstach, als würde sie sich ihre Haare büscheldick ausreißen. „Geh dich waschen, mein Mädchen. Es ist an der Zeit."

Ich hasste sie.

Der Hass auf meine Mutter wuchs mit jedem Tag, je mehr ich die Tragweite ihres Schweigens erkannte. An der Tür hielt ich inne und drehte mich zu der Frau um, die ihren kleinen Finger spreizte, als sie von dem Kaffee nahm, der längst nicht mehr ihre Tasse füllte. „Mom?", fragte ich und meine Stimme klang nicht wie damals, als ich ein kleines Kind war. Ich war vierzehn, ich war eine junge Frau.

„Ja, Liebes?" Sanft lächelte sie mich an, obwohl die Schreie ihrer anderen Tochter aus dem Westflügel des Hauses drangen.

„Wenn ich einmal Mutter sein sollte", sagte ich, „werde ich nicht so sein wie du. Bei Gott, ich werde niemals, niemals so sein wie du!"

Mein Zufluchtsort war jetzt das Spielhaus. Ich war gewachsen und musste mich ducken, um hineinzukommen, und die Knie anziehen, wenn ich dort bequem sitzen wollte. Vorbei waren die Zeiten, als ich hier noch mit ausgestreckten Beinen hatte sitzen können. Unter meinem Po lagen Decken, von Motten zerschlissen, neben mir auf dem kleinen Regal das Buch, das ich heute morgen hier gelesen hatte. Jetzt aber war mir nicht nach Lesen.

Ich betrachtete die Wände im Inneren des Spielhauses. Schon vor langer Zeit hatte Rosie begonnen, alles, was er mit ihr tat, hier im wahrsten Sinne des Wortes „niederzulassen". Sie kratzte sie ins Holz, all die Dinge, die nicht richtig waren. Ich hatte gefragt, ob das sein müsse, denn ich wurde so auch immer wieder daran erinnert, was er ihr antat, doch war ich nicht in der Rolle, sie deswegen davon abzuhalten. Sie musste es loswerden, „aus dem

Kopf bekommen", und meinte, dass ihr das Zählen und das gedankliche Abladen nicht mehr reichten.

Ich seufzte.

Dass mein Vater und Rosie gerade in der Bibliothek waren, wusste ich, und auch dass sie dort jetzt nicht wäre, hätte ich zugegeben, dass mir die Strafe galt.

Ich wusste, dass es meine Pflicht sein sollte, jemandem zu sagen, was hier passierte. Doch der Weg nach Glenn Lock war weit und das Tor immer verschlossen. Der Weg durch den Wald und allein in der Stadt zu sein, machten mir Angst. Ich war seit Jahren nicht mehr in der Stadt gewesen.

Also blieb mir nichts anderes übrig, als damit zu leben. Mit einer Schuld, die schwer auf meinen Schultern lastete und die ich selbst im Schutz der vier Wände des Spielhauses nie ganz loswerden konnte. Ich versuchte es, breitete die Arme aus, tastete jede Wand ab und ratterte unter Tränen herunter, was ich zu sagen hatte.

Er tut ihr weh.

Jedes Mal.

Und ich tue nichts, weil ich denke, nichts tun zu können.

Ich ignorierte den Gedanken, dass ich mich vielleicht selbst belog, nicht genug tat, weil ich so müde war von all dem Schlechten, das uns widerfuhr. Ich war müde und erschöpft, und ich hatte keine Ahnung, wie lange das alles noch gehen sollte.

„Eins."

Manchmal, da wünschte ich mich fort. In all die fernen Länder, über die ich gelesen hatte, bereit für ach so tolle Abenteuer, doch was blieb, war Burke House. Was blieb, war eine Mutter, die meine Schwester nicht beschützen wollte, und ein Vater, der die Seele eines Kindes schändete.

„Zwei."

Ich schloss die Augen, stützte meinen Kopf auf die Knie und fragte mich, warum dieser Rollstuhl ihn heute nicht abgeschreckt hatte. Warum es nicht funktioniert hatte, und ich gab die Hoffnung schon fast auf, dass es überhaupt noch einmal funktionieren würde.

„Drei."

Manchmal, so wie jetzt, fragte ich mich, was wohl das Ende sein würde. Irgendwann würde er sterben. Und Mom auch. Was würde dann aus uns? Wo würden wir sein? Wer würden wir dann sein? Was würde aus Burke House werden?

Wie lange würde das noch gehen?

„Vier."

Ich wusste es nicht, ich wusste nur, dass ich mich mit dem Zählen erneut beruhigte, so wie es immer gewesen war. Ich war mir sicher, hätte es dieses Spielhaus, damals, als alles angefangen hatte, nicht gegeben, wäre Rosie nicht mehr am Leben. Und ich vielleicht auch nicht.

„Na du."

Ich hob den Kopf. Und dann sah ich ihn. In meinem Herzen wurde es warm, als würde sich eine Welle des Golfstromes darin ausbreiten. Meine Seele erhellte sich so sehr, dass es das Innere des Spielhauses zu erleuchten schien, weil das Leben eben hin und wieder doch richtig gut zu einem war, wenn man es mit Menschen teilte, die man zu genau der rechten Zeit in sein Herz ließ.

Melroy krabbelte ins Spielhaus und betrachtete mich eine Weile. „Was tut er?"

Ich musste schlucken, weil ich nicht weinen wollte. „Er berührt sie."

Nickend schaute er auf seinen Schoß. „Hast du … versucht, Hilfe zu bekommen?"

„Von meiner Mom, ja, aber sie … Sie hilft nicht." Ich sah, wie er die Inschriften im Holz zu lesen begann.

„Dann gehe ich zur Polizei. Gleich heute!"

„Das wird nichts bringen. Er hat uns schon damals deutlich gemacht, dass der Sheriff einer seiner besten Freunde ist und uns nicht glauben wird …"

„Das kann nicht sein."

Ich seufzte. „Schlimmer." Ich erinnerte mich an damals. Die Männer, die zu Besuch bei meinem Vater in der Bibliothek gewesen waren. Zwölf Männer. Der Sheriff war einer von ihnen.

„Kann ich irgendwas tun?" Er kam näher und legte seine Hand auf mein Bein. „Irgendetwas?"

„Du kannst da sein, bei mir, denn ich habe das Gefühl, manchmal völlig allein zu sein. Dad und ich reden nicht, ich kann nicht mit ihm reden. Und ich habe so ein schlechtes Gewissen Rosie gegenüber, dass sie da durch muss, während ich hier sitze."

„Das ist doch nicht deine Schuld!"

„Mom sieht das anders. Sie sagt, dass nichts, was er täte, seine Schuld wäre, im Gegenteil: Wir wären dafür selbst verantwortlich."

„Das glaubst du ihr doch wohl nicht?"

„Glaubst du mir?", fragte ich, weil ich es wissen musste. Ich musste von ihm hören, dass er mir jedes Wort glaubte, weil er damit zeigen würde, dass er es ernst meinte. Dass er meinen Kummer, meine Sorgen wahrnahm, und das, was ich mit mir trug, jeden Tag.

„Ja, ich glaube dir", sagte er und nahm mein Gesicht in beide Hände. Seine Berührung spendete mir Trost, und es schien, als würden seine Hände mich mit einer Schutzhülle ummanteln, in der ich mich geborgen und sicher fühlen konnte. Nie hatten sich die Hände eines anderen auf meinem Körper so gut angefühlt, und ich war froh, sie überhaupt zulassen zu können, denn nach allem, was geschehen war, und nach allem, was ich in meinen Büchern der klassischen Literatur gelesen hatte, war das eine meiner größten Ängste gewesen: Leidenschaft und Zärtlichkeit eines Mannes nicht zulassen zu können, aus Angst, er würde mir wehtun.

Melroy war so vorsichtig. Ganz behutsam senkte er seinen Kopf zu mir, weil er deutlich größer war als ich, und ich spürte sein Herz in seiner Brust schlagen, als mein Arm seinen Oberkörper berührte. Ich erkannte die Angst zu versagen in seinen Augen, als er seine Lippen auf meine legte. Das angenehme, warme Feuerchen, das schon seit Monaten in mir brannte, wurde größer, die Flamme heißer.

Seine Lippen waren weich, ein bisschen feucht, und sein Kuss so perfekt, dass ich mir sicher war, dass es nicht sein erster gewesen sein musste. Ich wollte es schneller, wollte meine Zunge einsetzen, weil Männer das doch so wollten, das hatte ich gelesen, doch er stoppte mich, indem er sie abwehrte, und stattdessen mit seinen Lippen mein Kinn, meine Nasenspitze und den Bereich zwischen Nase und Mund zu liebkosen begann. Und immer wenn sich unsere Lippen wieder trafen, zeigte er mir, wie schön es war, es langsam angehen zu lassen, immer ein paar Millimeter weiterzugehen und sich gleichzeitig zu berühren. Erst legte er seinen Arm um mich, dann berührte er sanft mein Kinn, meinen Hals, mein Dekolleté und dann die Arme.

Das Feuer in mir brannte lichterloh, und ich war mir sicher, dass niemand aus meinen Büchern so unglaublich gut küssen könnte wie Melroy, damals, als ich vierzehn Jahre alt war und wir im Spielhaus hockten, im Rücken all die Inschriften, die davon erzählten, was mein Vater meiner Schwester antat.

Es war abstrus.

Es war unfair.

Aber genau das war mein Leben.

Melroy zeigte mir, dass es Hoffnung gab. Für mich. Zumindest für mich. Dieser Gedanke schmerzte, denn ich wünschte, es gäbe sie für uns beide.

Er wischte mir die Tränen ab, die kamen, weil mein Herz von all den Emotionen überfloss. So viel Traurigkeit lag darin für meine Schwester, so viel Sorgen und Kummer und Schuld und schlechte Dinge, die trotz des Spielhauses nicht von meinen Schultern rollen wollten.

Ich war noch immer ein Kind. Ich war ein Kind, das mitansehen musste, was das Paradebeispiel eines schlechten Stiefvaters und einer abscheulichen Mutter war, und das Zeuge des Schicksals eines Kindes war, dessen Seele vielleicht eines Tages wieder heller, aber niemals geheilt werden würde.

„Wo hast du die her?", fragte Melroy und wies auf die blauen Flecke an meinen Beinen und Armen, auf die Schnittwunden.

„Vom Rollstuhl meiner Schwester", sagte ich. „Manchmal … bin ich unvorsichtig."

278

Er streichelte meinen Kopf, küsste meine Stirn, als wir aneinandergekuschelt im Spielhaus saßen. „Wo ist sie jetzt, deine Schwester?", wollte er wissen.

Ich war ein Kind, ja.

Aber ich war auch ein junges Mädchen mit starken Gefühlen, das um seinen Platz in der Welt zu kämpfen begann. „Ich denke, sie ist oben", log ich. „Gerade jetzt wird die Sonne durch die Fenster in der Diele scheinen. Dann ist es dort immer ganz warm und die Strahlen lassen den Staub in der Luft glitzern und tanzen."

Melroy nahm meine Hand und küsste sie. „Ich kann deine Schwester hier wegbringen, wenn du willst."

Ich horchte auf. Es war genau das, was Rosie wollte. Weg von hier.

„Du würdest …?"

„Sie wegbringen. Ich kann doch schon fahren." Melroy streichelte mit Daumen und Zeigefinger meine Hand. „Ich kann das machen, wenn du willst."

Es wäre genau das, was Rosie wollte, und was richtig wäre. Es war aber eben genau das, was ich nicht wollte.

Ich wollte meine Schwester bei mir haben, wenn ich hier war.

Und ich wollte nicht, dass Rosie bei Melroy war …

„Also?", fragte Melroy, und es klang, als würde er sich sogleich auf den Weg machen können.

Ich schloss die Augen und lehnte mich an seine Schulter. „Es ist schon gut", antwortete ich und spürte, wie mit der letzten ausgesprochenen Silbe dieses Satzes die Schuld auf meinen Schultern schwer wie ein Felsen wurde.

Kapitel 7

1

Gegenwart

November

Der November hinterließ seine Spuren rund um Grant House. Einige teils heftige Stürme hatten dafür gesorgt, dass morsche Äste der großen Eichen vor dem Haus abgebrochen und auf die Erde gestürzt waren. Dunkles Laub übersäte das Anwesen und machte es düsterer, als es ohnehin schon war.

Tabitha und Ben kamen mit der Gartenarbeit kaum hinterher, jeden Tag harkten und fegten sie den Garten von Grant House sauber – eine Arbeit, die nie viel Sinn ergab, da eine halbe Stunde später alles genauso aussah wie vorher.

Einige Menschen verfielen im Herbst jedes Mal in eine Depression. Bei mir war das nicht so.

Ich mochte den Herbst. Er verriet, dass bald die Zeit kam, in der ich nicht mehr das Haus verlassen musste, weil es draußen „ja so schön war, und man das Wetter ausnutzen" sollte. Es war legitim, sich dann mit einer Tasse Tee in die Bibliothek zu verkriechen und in eine Art Winterschlaf zu verfallen, obwohl das Leben draußen spielte.

Trotzdem zwang ich mich dazu, zweimal am Tag in den Wald zu gehen, mindestens für jeweils zwanzig Minuten. Ob ich diesem Drang irgendwann einmal widerstehen könnte, wusste ich nicht. Es würde ein Loslassen bedeuten. Ein Loslassen meiner Schuld. Doch wer sollte mich davon befreien? Also ging ich jeden Tag aufs Neue und wusste doch genau, dass meine Schultern die Last mein Leben lang tragen würden.

Als der Regen aufhörte und ich die Eiche erreichte, blickte ich auf meine Stiefel hinab: Sie waren voller Matsch, weil sie im Waldboden eingesunken waren. Der Boden dort war lehmig und weich, und wenn es regnete, verwandelte er sich blitzschnell in einen Sumpf.

Grant House lag an diesem Donnerstag in einer traurigen Wolke aus Nebelschwaden, die sich einmal wie ein Gürtel um es herumgelegt zu haben schien. Manchmal dachte ich, dass er genau das mit dem Haus und mit mir tat: sich um uns legen und zudrücken, wann immer er es wollte.

Je näher ich dem Gebäude im Nebel kam, desto dichter wurde er um mich herum, als wäre er in diesem Teil des Gartens zum Stehen gekommen. Schließlich kam ich am Rosengarten an und entdeckte die junge Lehrerin auf der Bank vor dem Buntglasfenster sitzen. Das war ihr Platz. Ich hatte Annie dort schon oft sitzen sehen. Und wenn Annie nicht dort saß, lag etwas von ihr auf dieser Bank: ein Buch, das gelesen werden wollte, eine Tasse mit einem viertel Rest Kaffee oder ein Haargummi, diese gerüschten Dinger, die sie ums Holz gestülpt hatte.

Jetzt saß Annie dort mit übereinandergeschlagenen Beinen, eine Jacke fest um den Körper geschlungen, in der Hand eine Tasse, die wahrscheinlich noch voll und heiß war, denn Dampf stieg daraus empor.

„Guten Morgen", grüßte ich und blieb schräg gegenüber von ihr stehen.

„Morgen, Ma'am." Sie hörte sich genauso zerknautscht an, wie sie aussah. Vielleicht hatte sie nicht viel Schlaf bekommen. „Ich glaube, es wird ein richtig schöner Tag."

„Wie kommen Sie darauf?" Ich glaubte nicht an Sonne, denn der Himmel war über und über mit Wolken verhangen, die sich so schnell nicht aufklären würden.

„Na ja, mein Vater hat immer gesagt, wenn es Nebel am Morgen gibt, ist der nur dazu da, sich mit den Wolken zum Meer zu schieben, und dann folgt Sonnenschein."

„Ist das eine Bauernregel?"

„Das weiß ich nicht. Ich kenne nicht viele, weil ich in der Stadt groß geworden bin. Ich kenne nur die hier: *Ist der Winter kalt und weiß, wird der Sommer lang und heiß*." Sie lachte. „Aber das gilt wohl nicht für diese Region."

Ich lächelte höflich. „Also dann, bis später zum Frühstück." Ein Blick auf die Uhr verriet mir, dass es bis dahin nur noch dreißig Minuten Zeit waren, und am liebsten hätte ich Annie darauf hingewiesen. Ich ging schon weiter, da hörte ich Annies Schritte auf den kleinen Kieselsteinen.

„Ich komme mit, es ist viel zu kalt, um draußen zu sitzen. Oder es liegt an dem wenigen Schlaf."

„Haben Sie Schlafprobleme?" Wir gingen nun nebeneinander in Richtung Haupteingang.

„Das würde ich nicht sagen, ich träume nur furchtbar. Und das fast jede Nacht." Annie hielt mir die Tür auf.

„Denselben Traum?"

„Ja, ist das nicht eigenartig?"

„Und … Worum geht es in Ihrem Traum?" Ich schlüpfte ins Haus und zog mir sofort die nassen, schmutzigen Stiefel aus.

„Ich denke, es geht ums Schweigen." Annie umklammerte ihre Tasse. „Träume sind unglaublich spannend, weil man auf dem ersten Blick nie für möglich hält, was sie wirklich zu bedeuten haben. In meinem Traum geht es – glaube ich – ums Schweigen."

Ich wartete darauf, dass noch mehr kam, doch Annie sprach nicht weiter.

„Nun", sagte ich daher. „Dann bis gleich. Machen Sie sich lieber zurecht, denn … es ist an der Zeit." Damit ließ ich Annie stehen und ging nach oben.

„Du siehst so nachdenklich aus, Mom."

Ich schreckte auf. Ich saß in Jules' Bereich des Hauses, in der Diele im Obergeschoss. Tatsächlich hatte Annie recht behalten – die Sonne schien hell und warm und flutete den offenen Raum, in dem Jules die meiste Zeit des Tages verbrachte. Unter den Fenstern gab es eine lange Bank, auf der Kissen arrangiert waren – der Ort, an dem ich saß, wenn ich Jules besuchte. Gegenüber standen Bücherregale und daneben ein Tisch, an dem meine Tochter gern zeichnete.

Eine Staffelei gab es auch. Daneben befanden sich bereits bemalte Leinwände, zum Teil auch welche, die laut Jules „nichts geworden" waren.

Wenn ich ehrlich war, verbrachte Jules die meiste Zeit hier allein. Manchmal mit Felicia, öfters mit Annie, selten mit mir. Wir teilten kaum Zeit miteinander. Und wenn, dann gab es nie richtige Gespräche, nur Hinweise auf Dinge, die besser laufen könnten.

„Sind die Hausaufgaben fertig?"

„Hier, eine neue Hose für dich."

„Was soll Georgina nächste Woche kochen?"

„Ich fahre kurz in die Stadt – soll ich dir was mitbringen?"

„Wie geht's dir heute, hast du Schmerzen?"

„Willst du ein neues Buch?"

Jetzt schaute Jules mich besorgt an. „Mom?"

„Ich bin in Gedanken." Ich faltete die Hände im Schoß. Es war später Nachmittag, und ich war nur zu Jules hochgegangen, weil ich mit meiner Tochter reden und etwas klarstellen musste, was mir den ganzen Tag nicht aus dem Kopf gegangen war.

„Was hast du für Gedanken?" Wie groß Jules doch geworden war. Wenn sie stand, war sie genauso groß wie ich. Aus ihr war ein hübsches Mädchen geworden. Sie war klug, höflich und erinnerte mich oft an Rosie.

„Nun, ich habe darüber nachgedacht, was Annie mir heute Morgen geschildert hat."

„Dass sie träumt?"

„Du weißt also davon."

„Jeder träumt, Mom. Ich habe heute Nacht jemanden umgebracht." Jules grinste. „Scherz."

„Das ist nicht witzig, Jules. Ich meine das sehr ernst. Was hat Annie dir gesagt?"

Jules seufzte, sie war es leid. Denn wir beide wussten, was das Problem war: Wir kamen einfach nicht miteinander aus, obwohl wir den anderen liebten. Ich liebte Jules, sie war mein Kind, ich liebte sie mehr als mein Leben. Die Liebe zum eigenen Kind tat manchmal weh, und es brach mir das Herz, dass wir so oft Probleme hatten, obwohl ich doch wusste, dass sie mich ebenfalls liebte. Das bewies sie mir schließlich jeden Tag.

Ich wusste aber auch, dass es eine Zeit gegeben hatte, in der etwas zwischen uns zerbrochen war, was nie wieder repariert werden konnte.

„Sie hat mir nur erzählt, dass dieser Traum dunkel ist und sie das Gefühl hat, dass sie spricht, aber niemand sie hören kann. Oder nicht hören soll."

Das hatte ich befürchtet. „Du meinst …?"

„Ich kann nicht sagen, was genau ihr Traum ist, ich will es auch nicht wissen, Mom. Es ist schließlich nur ein Traum."

Damit war ich nicht zufrieden. Nervös tippte ich mit dem Fuß auf den Boden. „Jules, sag mir die Wahrheit: Hast du Annie etwas von …?"

„Nein, Mom!", unterbrach Jules mich scharf. „Nein!"

„Aber warum …?"

„MOM!" Jules legte ihre Hände an die Räder des Rollstuhls. „Ich habe Annie nichts gesagt!" Sie sah von mir weg aus dem Fenster. „Du hast mir ja eindeutig klargemacht, dass du das nicht willst." Ihre Stimme begann zu vibrieren. „Außerdem … will ich … Ich will dich nicht verletzen."

Ich nickte hektisch und stand dann auf, weil ich die Nähe meiner Tochter nicht ertragen konnte. Ich konnte nicht ertragen, was sie durchmachen musste – und was ich damit zu tun hatte. Es war meine Schuld … und doch wusste ich, dass ich sie nicht allein trug …

„Mom?"

Ich blieb stehen. „Ja?"

„Liebst du mich?"

„Natürlich liebe ich dich."

„Aber warum …? Ich meine, warum …?"

„Jules." Ich ging weiter. Als ich den Flur erreichte, hörte ich, dass Jules mir hinterherfuhr. Ich blieb stehen, schloss genervt die Augen, weil mich das Quietschen des Rollstuhls ständig verfolgte, selbst wenn Jules nicht in meiner Nähe war.

„JULES!" Ich fuhr herum und streckte den Zeigefinger Richtung Diele. „Bleib da!"

„Ich will, dass du es hörst!" Jules' Augen füllten sich mit Tränen. „Ich will, dass du es in deinem Kopf hast. Jeden verdammten Tag, dein ganzes Leben lang, sollst du das Bild von mir in deinem Kopf haben und das Geräusch in deinen Ohren!"

Niemand verstand mich. Niemand verstand, was ich durchmachen musste. Niemand. Was ich hatte ansehen und wobei ich hatte zuhören müssen. Bei welchen Taten ich Zeuge geworden war. Niemand. „Jules, ich habe doch …"

„Nein, Mom!" Jules rollte noch näher. „Ich will, dass du daran erinnert wirst, was du getan hast, immer und immer wieder!"

Der Rollstuhl berührte mich am Knie. Ich hielt mich an der Wand fest. „Hör auf damit!" Etwas in mir schnappte über, und ich schlug meiner Tochter ins Gesicht. Sofort zog ich meine Hand zurück und legte sie mir ans Kinn. „Es … Das tut mir leid …"

Jules konnte mich nicht ansehen.

„Jules, ich …" Ich ging in die Hocke, strich die Haare aus dem Gesicht meiner Tochter. „Jules, hör mir doch zu …"

„Geh weg von mir", sagte Jules und rollte rückwärts. „GEH WEG VON MIR!"

Ich rappelte mich auf. Wie gern hätte ich ihr alles erzählt. Alles, was ich hatte erleben müssen. Alles, was ich hatte durchmachen müssen. Doch sie war ein Kind, und die Geschichte, Rosies und meine Geschichte, war nicht für Kinderohren bestimmt. „Ich höre es!", verteidigte ich mich. „Bist du zufrieden? Ich höre es am Tag und besonders in der Nacht! Ich höre dieses Geräusch durch das ganze Haus hallen, als würde es sich vermehren und an jeder Ecke auf mich lauern! Du musst nicht versuchen, mir eine Schuld einzureden, die schon lange auf meinen Schultern lastet! Aber …"

Jules schaute mich weiterhin nicht an.

„Und ich wünschte", sagte ich, „es wäre anders, es wäre damals anders gelaufen und … ich hätte …" Ich hob meine Hände und schaute auf sie. „Ich wünschte, es hätte diesen Tag am Brunnen damals nie gegeben …"

2

Vergangenheit

Oktober

Um mein schlechtes Gewissen zu erleichtern, sorgte ich dafür, dass Rosie im Rollstuhl sitzen konnte und sich um nichts kümmern musste. Ich schob sie durchs Haus, wenn Rosie dazu keine Lust hatte, ich rollte mit ihr durch den Garten, was mich körperlich sehr anstrengte, wenn die Sonne schien. Nachts, wenn Rosie völlig übermüdet war und Rückenschmerzen vom Schlafen im Rollstuhl hatte, blieb ich mit ihr wach und hielt selbst im Rollstuhl Wache, damit sie sich hinlegen konnte.

Ich tat alles, um Rosie das Leben so angenehm wie möglich zu machen, während ich selbst die Vorzüge einer jungen Liebe genoss. Melroy war der Sohn des Landmaschinenverkäufers Joseph Grant, und weil Melroy keine Mutter mehr hatte und sein Vater immer viel gearbeitet hatte, wuchs er in Glenn Lock bei seiner Großmutter auf. Melroy war schon einundzwanzig Jahre alt und pflegte seine Granny, während er selbst in der Landwirtschaft arbeitete und nebenbei studierte. Er war schon oft in den großen Städten unterwegs gewesen und hatte viele Pläne für die Zukunft.

„Ich will mal erfolgreich sein", hatte er eines Tages gesagt, als wir Hand in Hand über den Waldweg spaziert waren. „Ich will mal Häuser bauen."

„Häuser bauen?"

„Ja, ich will Ingenieur werden. Ich muss noch drei Jahre studieren und dann will ich irgendwohin, wo ich Häuser bauen kann."

„Vielleicht in Glenn Lock."

„Nein, weiter weg."

„Wo denn?"

„New Orleans oder Lafayette vielleicht. Oder ... Ich gehe nach Alabama. Meine Mom kam aus Alabama."

Und ich?

Ich dachte darüber nach, dass seine Pläne nicht zu mir passten. Denn in drei Jahren würde ich siebzehn sein, und ich hatte keine Ahnung, was dann sein würde. Was mit Rosie wäre, mit Mom …

Melroy und ich verbrachten viel Zeit im Wald, versteckt zwischen den hohen Kiefern und Pinien. Immer wenn wir uns sahen, versuchte ich, nicht zu viel über die Zukunft nachzudenken. Das Hier und Jetzt war so viel schöner. Manchmal drückte er mich im Wald an einen Baum, übersäte meinen Körper mit seinen Liebesbekundungen, oder er brachte eine Decke mit und wir streichelten uns auf einer Lichtung in der Nähe der Sümpfe. Er zwang mich zu nichts, was ich nicht wollte, doch wäre das auch gar nicht nötig, denn ich wollte alles von ihm. Er war derjenige, der mich im Zaum halten musste und mich immer wieder anlächelte, wenn ich weitergehen wollte, als er es für diesen Ort und diese Zeit angemessen fand.

„Du bist noch so jung …" Seine Stimme glich einem Flüstern. „Wir müssen warten."

Doch worauf? Auf die Zeit, in der er gehen würde?

Ich wollte nicht warten. Denn ich hatte Angst, dass die Zeit ihn mir irgendwann nehmen würde.

Je länger das mit uns beiden ging, desto mehr ekelte ich mich beim Nachhausekommen vor meinem Vater.

Ich ging ihm aus dem Weg, wann immer ich es konnte, ich sah ihn irgendwann nur noch zum Dinner und war froh darüber. Immer wieder sprach er Rosie auf „den Jungen" an, und dass, wenn er sie beide erwische, er einen von beiden umbringen würde. Sie dürfe sich dann aussuchen, wer das sein solle.

Ich ignorierte ihre Gespräche, während Rosie mich wütend beäugte. Sie wusste ganz genau, dass ich diejenige mit dem Jungen war, und irgendwann konnte ich es auch nicht mehr leugnen.

„Wo willst du hin?", fragte sie mich eines Abends, als es draußen schon dunkel wurde, ich mich mit Melroy aber noch auf dem Waldweg treffen wollte. Sie war in ihrem Rollstuhl eingenickt, der zwischen den Betten stand.

„Spazieren im Wald?" Das war keine anständige Ausrede, das wusste ich.

Sie glaubte mir auch kein Wort. „Ich weiß doch, dass du dich mit ihm triffst. Kannst du … Kannst du ihn nicht mal fragen, ob er … mir irgendwie helfen kann?"

„Das wäre sehr gefährlich", gab ich schnell und viel zu barsch zurück. „Denk daran, was Vater gesagt hat. Willst du Melroy in den sicheren Tod schicken?"

„Violet, du wolltest mir helfen oder zumindest immer bei mir sein."

Ich nickte rasch. „Sicher, brauchst du irgendwas?"

„Ja, dich!"

„Aber ich bin doch hier!" Ich griff mir an die Brust. „Jeden Tag, Rosie! Ich bin immer hier! Ich habe dich nie im Stich gelassen!"

Sie wandte ihren Kopf zur Seite. Trotzig und beleidigt. Und ich kämpfte mit den inneren Dämonen in mir. War es in Ordnung, jetzt zu gehen? Was änderte mein Bleiben an ihrer Situation? War es nicht irgendwann *genug*? Musste ihr Schicksal auch meines sein? Durfte ich nicht leben, nur weil sie es nicht durfte?

„Ich gehe", kündigte ich selbstsicher an, während sie sich nicht rührte. Tränen standen in meinen Augen, als ich das Zimmer und damit meine Schwester verließ.

Nur Tage später saß ich zusammen mit meiner Mutter im Salon und nähte. Sie brachte mir das Schneidern bei, und es gefiel mir. Ich saß an meiner ersten Bluse, hatte mir einen hübschen blauen Stoff dafür ausgesucht. Die Stunden mit Mom sorgten dafür, dass wir zwangsläufig viel miteinander redeten. So kam es, dass ich irgendwann mehr mit Mom redete als mit Rosie.

Ich konnte nicht sagen, dass es mir gefiel, aber es war okay. Wir redeten über andere Dinge, die nie etwas mit Rosie zu tun hatten, deshalb war es in Ordnung.

„Weißt du, wo Rosie ist?", fragte ich, nachdem ich mir die Nadel in den Zeigefinger gestochen hatte und ihn in meinen Mund steckte, wo meine nasse Zunge für Linderung des Schmerzes sorgte.

„Nein, mein Liebes, das weiß ich nicht."

Ich stand auf, legte meine Arbeit auf die Lehne des Sessels und trat ans Fenster. Und dann sah ich sie. Meine Augen weiteten sich, als ich zum verschlossenen Tor blickte, mit Rosie davor und Melroy dahinter.

Und sie saß nicht in ihrem Rollstuhl.

„Alles in Ordnung?"

Ich fuhr zu Mom herum. „Ja." Meine Stimme geriet ins Wanken, mein Herzschlag verdoppelte sich, der Puls raste in die Höhe. „Ich würde gern eine Pause machen."

„Sicher. Aber mach das heute fertig. Für eine Bluse braucht man nicht länger als eine halbe Woche. Es ist an der Zeit."

„Ja, Mom." Ich ging aus dem Salon und riss die Eingangstür auf. Melroy war gegangen, und Rosie war wieder auf dem Weg zum Haus. „BIST DU WAHNSINNIG?", schrie ich los und konnte meinen Zorn kaum im Zaum halten.

„Wieso denn wahnsinnig?" Rosie war überrumpelt. „Ich habe nur deinen Freund kennengelernt! Melroy! Er ist … lustig! Ich mag ihn! Verstehe nicht, warum du ihn mir nicht schon eher vorgestellt hast."

Ich war so wütend. Sie sollte ihn nicht kennenlernen. Er sollte sie nicht kennenlernen.

„Und weißt du, was er mir gesagt hat? Er … Er würde mich von hier fortbringen!"

Mir stockte der Atem.

„Nein!", tobte ich und ging am Haus vorbei in den Garten. Rosie folgte mir. Ich wollte ohne sie sein, mich beruhigen, weil innerlich in mir gerade ganz viel kaputtging, was ich zu lieben begonnen hatte. Ich mochte mein Geheimnis, weil es nur mir gehörte. Weil etwas wirklich nur mal mir allein gehörte und ich es nicht mit meiner Schwester teilen musste.

„Wieso bist du nicht in deinem Rollstuhl?", fragte ich viel zu laut.

„Weil ich Rückenschmerzen habe, ich brauchte eine Pause!"

„Nein", fuhr ich sie wild an. „Du musst in deinen Rollstuhl! Er wird kommen und dir wehtun! Setz dich in den Rollstuhl!"

„Dad ist aber gerade nicht da!", fauchte Rosie zurück. „Lass mir eine Pause!"

„Nein!" Ich war außer mir, durchquerte den Rosengarten, kam an der alten Eiche an und hoffte inständig, Rosie möge endlich gehen. In ihren Rollstuhl. In ihr Leben, und hielte sich aus meinem heraus. „Du kannst nicht mehr ohne Rollstuhl sein, du bist das Rollstuhlkind!", wiederholte ich Dads Worte.

„Doch, das kann ich, siehst du doch!" Rosie zeigte an sich herab. „Jetzt bleib doch mal stehen!"

Weil sich ihr Tonfall änderte, blieb ich tatsächlich stehen. Neben mir befand sich das Spielhaus. Ich sah es an, blickte zum Haus und dann zu meiner Schwester. Das hier hatte ich immer mitgetragen. All die Zeit, in der das Leben beschissen geworden war, hatte ich immer alles mitgetragen. Irgendwann war es genug. Jetzt war es genug.

„Warum hast du es mir nicht gesagt?", fragte Rosie ernst und verengte die Augen. „Warum hast du mir nicht gesagt, dass er es angeboten hat?"

„Hat er nicht."

„Du lügst! Er hat mir erzählt, dass er es schon vor langer Zeit angeboten hat."

Mir wurde kalt und heiß zugleich. „Ich … Daran kann ich mich nicht erinnern …"

„Was bist du für eine Schwester, Violet?" Jetzt war es Rosie, die sich wütend und zornig zeigte. „Warum hast du mir das angetan?"

„Ich habe dir gar nichts angetan!" Ich drehte mich um und stapfte weiter in Richtung Wald. Obwohl ich ihn all die Jahre immer gemieden hatte, war der Wald nun der scheinbar einzige Ort, an den ich gehen konnte. Jetzt aber folgte Rosie mir noch immer.

Der Brunnen tauchte vor uns auf.

Es war, als würden mit Erscheinen des Brunnens die Bäume des Waldes wie Pilze aus dem Boden schießen, mächtig und größer werden, die Sonne verdecken und alles in Dunkelheit tauchen.

Diese Finsternis schnürte mir die Kehle zu, ich hatte das Gefühl, dass der Platz um den Brunnen enger wurde, uns einspannte, in einer Welt fernab der Realität.

Ich blieb abseits des Brunnens stehen, weil ich ihm nicht traute, während Rosie nicht zögerte, sich auf den Rand zu setzen, so wie sie es immer tat, wenn wir hier waren.

„Kannst du mich denn nicht verstehen?", fragte sie nun etwas ruhiger. „Ich habe eine Chance bekommen, und du hast sie mir verwehrt. Ich hätte schon seit Wochen von hier weg sein können, doch du hast seine Hilfe nicht angenommen."

„Ich kenne ihn doch gar nicht. Und du erst recht nicht. Er ist ein junger Mann, der in der Stadt wohnt, weiter wissen wir nichts. Du solltest dein Leben keinem Fremden anvertrauen."

„Mein Leben?" Rosie lachte auf. „Welches Leben, Violet? Welches Leben ist das denn, welches ich ihm anvertraue?"

Ich war so verdammt wütend. Das hatte nie so weit kommen sollen. Ich wollte nicht, dass sich die beiden kennenlernten, ich wollte ihn für mich allein!

Aufgeregt sah ich an meinem Körper hinab: Ich hatte mich extra schön gemacht, weil ich wusste, dass Melroy und ich uns heute sehen würden. Ich hatte mir mein bestes Kleid angezogen, das weiße mit den großen Blumen darauf. Meine Haare hatte ich so frisiert, dass es wie das Haar von Rosie aussah, große Locken wie bei einer schönen Puppe. Heute sahen wir uns sehr ähnlich, aber das würde nichts nützen, denn Melroy war gegangen, und ich glaubte nicht, dass er heute noch einmal wiederkommen würde.

„Gib es zu", sagte Rosie, „du bist wahnsinnig froh, dass ich diejenige bin, die das aushalten muss, und nicht du. Du bist glücklich darüber, dass ich im Rollstuhl sitzen muss und nicht du. Du kannst dein Leben leben. Mit ihm gehen, irgendwann. Aber mir gönnst du es nicht."

„So ein Unsinn!" Ich winkte ab.

Rosie zeigte auf das Tattoo auf der Innenseite ihres Unterarmes. „Da, siehst du! Unser Tattoo. Unendlichkeit. Das haben wir uns als Schwestern geschworen."

„Ich wollte dir nie etwas Schlechtes, und jetzt auch nicht."

„Aber wie eine Schwester hast du dich nicht verhalten", schrie Rosie aufgebracht. „Du hast immer zugesehen, aber als du die Chance hattest, mir zu helfen, hast du sie nicht ergriffen!"

„Jetzt reicht es!" Ich ging auf den Brunnen zu, wollte Rosie am Stoff ihres Kleides packen, sie zu mir ziehen, als meine Schwester meinem Griff auswich und sich dabei nach hinten lehnte. Ihr Körper geriet ins Wanken, sie konnte sich nicht halten, und ich bekam sie nicht mehr zu fassen.

Das Letzte, was ich sah, war Rosies entgeisterter Blick, die Panik, die Angst und wie ihr Körper in den Brunnen fiel, in dieses viel zu tiefe schwarze Loch.

Ihr Schrei hallte zwischen den Steinwänden des Brunnens und wurde leiser, immer leiser, bis er schließlich ganz verstummte. Lange starrte ich in den Brunnen, doch er war so tief, dass ich sein Ende nicht ausmachen konnte, weder ihren Schrei noch ihren Aufschlag auf dem Boden hörte.

Die Stille, die eintrat, war unwirklich, und doch zeigte sie mir, was sie zu bedeuten hatte.

Das ist jetzt nicht passiert!

Das kann nicht wahr sein!

Wach auf, Violet, bitte wach auf!

Sie ist da jetzt nicht hinuntergefallen, nein, nein, das kann nicht sein!

So was Schlimmes kann nicht passiert sein.

Und dann war ich es, die zu schreien begann …

Das Gefühl, das Schlimmste getan zu haben, wozu ein Mensch fähig war, konnte ich nicht in Worte fassen. Es war, als wäre mein Herz in tausend Teile zersprungen und diese klopften nun überall in meinem Körper. In meinem Kopf, in meiner Brust, in meinen Armen und in meinem Bauch.

Ich konnte nicht reden, nicht schreien, nur schluchzen und jammern und keinen Gedanken mehr fassen. Die Panik war eine Welle, die gegen eine Mauer schlug, zurückprallte und mich immer wieder erfasste.

Ich kroch über den Waldboden zurück zur Wiese, und als Burke House vor mir auftauchte, bebte mein Körper so sehr, dass ich mich an den Grasbüscheln festhalten musste, um irgendwie vorwärtszukommen. Ich rollte mich zusammen wie ein Kind bei Nacht, wollte sterben, wollte niemals in dieses Haus gehen und Mom beichten, was ich getan hatte. Mein Kopf, mein Rumpf, meine Beine – alles fühlte sich an wie Pudding, und als ich ankam, hatte ich keine Ahnung, wie ich den Weg zum Spielhaus geschafft hatte.

Ich krabbelte hinein und weinte die bitterlichsten Tränen meines Lebens. Der Schmerz war so stark, dass ich glaubte, dass er nie vergehen würde. Er saß in meinem Herzen und breitete sich von dort in meinem ganzen Körper aus. Er gab mir zu verstehen, dass nichts ihn heilen könnte, weil Rosie nicht wieder lebendig werden würde.

Ich hatte sie getötet.

Ich hatte sie zu mir ziehen wollen, obwohl ich gewusst hatte, was passieren könnte.

Ich starrte auf meine Hände.

Ich hatte sie festhalten wollen. Dazu hatte ich meine Hände doch nach ihr ausgestreckt. Ich hatte sie festhalten wollen – oder?

Verzweifelt kniff ich die Augen zusammen und schlug die Hände gegen meine Ohren.

ES WAR KEINE ABSICHT!

Sie war mein Ein und Alles. Meine Schwester, der wichtigste Mensch in meinem Leben.

UND WAS, WENN DOCH?

Ich wollte nicht mehr, der Schmerz war nicht auszuhalten. „Ei… Ei… Eins", begann ich zu zählen, verschluckte mich, weil ich so schluchzen musste, und brach dann doch wieder in Tränen aus, die niemals wieder versiegen würden.

Stunden vergingen.

Stunden, in denen ich die schlimmsten Schmerzen meines Lebens aushalten musste. Dreimal war ich kurz davor gewesen, in den Wald zu gehen, um mich selbst in den Brunnen zu stürzen, und zweimal, ins Jorisson House zu laufen, um mich dort von der Treppe fallen zu lassen. Einmal war ich schon im Rosengarten gewesen, auf dem Weg zu meiner Mutter, um ihr zu sagen, dass Rosie in den Brunnen gestürzt war, und ob sie sie rausholen und wieder lebendig machen könnte. Sie sollte Dr. Brunnert holen, den jungen Arzt, der in Glenn Lock eine Praxis aufgemacht hatte. Doch ich wusste, was sie antworten würden.

Sie ist tot. Wenn man in den Brunnen fällt, ist man tot.

„Meine Urgroßmutter hat sich in den Brunnen gestürzt, weil sie die Stimme ihres verstorbenen Mannes darin gehört hatte", hatte Mom einmal erzählt. „Man hat ihre Überreste nicht herausgeholt, weil der Brunnen zu tief ist – deswegen warne ich auch immer vor diesem Wald!"

Jetzt lag Rosie bei Moms Urgroßmutter. Und ich hatte nicht einmal den Mut, ihr zu sagen, was passiert war.

Sie würde mich hassen.

Sie würde mich schlagen.

Ich wusste nicht, was Dad mit mir machen würde, wenn ich erzählte …

Ich schüttelte diese Gedanken ab, setzte mich auf und griff nach der Kreide im Spielhaus.

Rosies Stimme hallte in dem Haus wider, ich hörte sie lachen, hörte sie reden, ermahnen und trösten. Ich hörte, wie sie selbst in dieser Situation jetzt einen Ausweg gewusst hätte, für etwas, wofür es keinen gab.

Ich setzte die Kreide an die Wand des Spielhauses und begann zu zeichnen. Zeichnete die Silhouette eines Mädchens, das niemals wieder das Spielhaus betreten würde, die Silhouette des Mädchens, das ich getötet hatte, obwohl ich es liebte, mehr liebte als alles andere auf dieser Welt.

Mein Herz war gebrochen. Und die Schuld würde auf mir lasten.

Mein ganzes Leben lang.

„Violet! Rosie!"

Ich schreckte zusammen, unaufhörlich rannen Tränen über mein Gesicht, als ich Moms Stimme hörte. Ich streckte meinen Kopf aus dem Haus, sah meine Mutter unweit der tiefrot leuchtenden Rosen des Herbstes und wie sie die Hände in die Hüfte stemmte.

„Es ist an der Zeit!"

Dinnertime.

Ich nickte, was sie nicht sehen konnte, und als ich aus dem Spielhaus krabbelte, erblickte ich unter der Eiche neben der Bank Rosies Rollstuhl.

Ach, wäre sie doch darin sitzen geblieben. Dann wäre das alles nicht passiert. Ich hätte sie nicht in den Brunnen schubsen können. Hätte mir nicht selbst das Beste genommen, was ich in meinem Leben gehabt hatte.

Denn eines war klar: Mit Rosies Tod war auch ich gestorben, denn die Schuld würde mir mein Leben nehmen.

Ich machte mich auf den Weg zum Haus. Gedankenverloren. Einsam. Verzweifelt. Passierte die Eiche. Hielt inne, blickte auf den Rollstuhl.

Ach, dachte ich, *wäre sie doch bloß darin sitzen geblieben …*

3

Gegenwart

Ich stand vor dem Grab meiner Schwester. Jenem Grab im Wald neben dem Brunnen.

Ein trauriges, schlichtes Holzkreuz schmückte den Ort, der für Rosie die letzte Ruhestätte war. Niemand hatte sich die Mühe gemacht, ihr ein hübsches Grab zu schenken, mit Blumen, einem Stein, niemand hatte sich dafür interessiert.

Niemand außer mir, die seit Jahren und Jahrzehnten täglich zum Grab ging, um mit ihr zu reden und ihr Blumen davorzulegen, die rasch verwelkten.

Ich glaubte nicht, dass unsere Mutter das Grab jemals besuchen gegangen war. Aber genau wusste ich das nicht. Unser Verhältnis zueinander war seit dem Tag des Todes von Rosie gänzlich eingefroren.

Es hatte keine Schneiderei-Stunden mehr gegeben.

Es hatte keine Gespräche mehr gegeben.

Und auch mit unserem Vater hatte ich gebrochen.

Die Nächte hatte ich fortan überall im Haus verbracht, nur nicht da, wo man mich finden konnte.

Die Zeit nach Rosies Tod war die schlimmste Zeit meines Lebens gewesen.

„Du fehlst mir so", sagte ich nun, als ich das Kreuz betrachtete, auf dem kein Name stand, weil niemand ihn dort eingeritzt hatte. Ich krempelte meine Manschette auf und blickte auf das Tattoo, das sich noch immer an Ort und Stelle befand.

Unendlichkeit.

Irgendwann ging ich, so viele Jahre nach Rosies Tod, vor ihrem Grab in die Knie und begann, mit bloßen Händen in der Erde zu graben, die im Lauf der Zeit hart und undurchdringbar geworden war.

Der Schmerz existierte noch immer. Der Schmerz, der so tief und fest in meinem Herzen saß, dass es wehtat zu leben, einem

Alltag nachzugehen. Der Schmerz, schuld daran zu sein, dass Rosie im Alter von nur zwölf Jahren gestorben war.

Irgendwann hob ich meine Hände, dunkle feuchte Erde klebte an meiner Haut und hatte sich tief unter meinen Nägeln festgesetzt.

„Es tut mir so leid", sagte ich bibbernd vor Schmerz und Kälte, auf das viel zu schlichte Stück Holz blickend, was meiner Schwester geblieben war. „Ich vermisse dich so sehr."

Alles, was nach Rosie gekommen war, befand sich in meinem Kopf wie in einer Blase, als wäre es gar nicht wirklich passiert. Alles, was ich mit Rosie geteilt hatte, nahm nach wie vor den größten Platz ein und schien lebendig.

Noch ganz genau erinnerte ich mich an das fröhliche, schnelle Mädchen, das so gern Abenteuer erlebt hatte. An seine Expeditionen zum Jorisson House und an lange Sprints über die Wiesen beidseits der Eichenallee. Ich erinnerte mich ganz genau an die Zeit, in der es stiller um Rosie geworden war, und an die Qualen, die sie hatte aushalten müssen, während ich nicht mehr hatte tun können, als bei ihr zu sein.

Und dann hast du sie im Stich gelassen.

Ich griff mir ans Herz.

Ich wollte das nicht.

Und doch hast du sie getötet.

„Ich wollte das nicht." Weinend kroch ich zu dem Kreuz auf dem Grab meiner Schwester, umklammerte es und schloss die Augen.

So viele Jahre.

Und es hätte nicht sein müssen.

Ach, dachte ich, *wäre sie doch bloß im Rollstuhl sitzen geblieben ...*

Kapitel 8

1

Mitte November brach Donovan allein zu einer erneuten Reise auf. Er besuchte in South Carolina ein Bauprojekt, welches das erste Projekt unter seiner Leitung war.

„Nur ein paar Tage", versprach er Annie beim Abschied, als sie Donovan wieder gemeinsam mit Violet, Jules und Georgina verabschiedete.

Annie ging es nicht gut. Ihr Heimweh war groß, und wenn Donovan unterwegs war, fühlte sie sich immer noch einsam, so viel Druck lastete auf ihr, zu viele Dinge, die noch nicht geklärt waren, ließen sie nachts nicht schlafen.

Damit niemand ihre Tränen sah, vergrub sie ihr Gesicht in seiner Schulter.

„Ihr habt doch etwas Schönes vor", sagte er leise und strich ihr dabei zärtlich über die Schulter. „Ihr seht euch unsere Hochzeitskirche an."

Tatsächlich hatten Violet und Annie angefangen, erste Hochzeitsplanungen zu starten. Doch Annie hatte so viel wie möglich mit Donovan daran arbeiten wollen.

Als er in den Wagen stieg und sie ihm nachsah, rollte Jules zu ihr und legte ihre Hand an Annies Arm. „Ist alles in Ordnung?"

Annie blickte über ihre Schulter. Das Tor stand geöffnet. Grant House lag hinter ihnen. Es war ein einziges Haus auf so viel Land, doch im Gegensatz zu New York hatte sie das Gefühl, dass sich die Sagen, Geschichten und Gerüchte um dieses Anwesen weiter streuten als alle Hintergründe eines jeden Einwohners der Millionen-Metropole.

Sosehr sie sich an ihr neues Leben gewöhnt hatte – es fiel ihr immer noch schwer.

Sie wollte heim.

Denn Jules und Violet – so gern sie tatsächlich beide hatte – ersetzten nicht ihre langjährigen Freunde in New York. Noch nicht.

So antwortete Annie nicht, schüttelte den Kopf und ging ins Haus.

Am Nachmittag unternahmen Annie und Jules einen Ausflug zur Eichenallee. Zwei Kilometer fester Sandweg entlang beidseitig, vor Jahrhunderten gepflanzter Eichen, deren Laub sich verfärbt hatte. Braun und rot und gelb lagen die Blätter Annie zu Füßen, als sie Jules' Rollstuhl über die Allee schob und sie den Wind in den verbliebenen Blättern der Baumkronen rascheln hörte.

Annie liebte diese Allee.

Violet und Jules hatten ihr davon erzählt, und bevor Jules das Haus hatte verlassen dürfen, war sie hier schon oft allein spazieren gegangen. Sie war fasziniert davon, dass es sich anfühlte, als würde sie von den Hütern dieses Ortes beobachtet werden, weil sie ein Gebiet betreten hatte, das nicht ihr gehörte. Somit wurde sie beäugt, von den sich säumenden Freunden, die ihr Einlass gewährt hatten. Schaute sie nach oben, sah sie tausendfach verwinkelte Äste und Zweige, die von den dicken, teils verdrehten Stämmen mit über den Boden wuchernden Wurzeln abgingen, und ihre Fühler bis weit gen Himmel streckten. Das Spanische Moos wog sachte im Wind, schien aber etwas blasser im Vergleich zum Sommer geworden zu sein, und hier, wo es so viel davon gab, glaubte man fast, entlang bauschiger Wolken zu schweben.

Ein magischer Ort voller Freiheit und Frieden, an dem Annie jetzt allein mit Jules war, die den Mund nicht halten konnte. Sie redete von Bildern, die sie gemalt hatte und die sie noch malen wollte, und von Plänen, die sich innerhalb der Mauern von Grant House abspielten.

Sie erwähnte das Museum nicht, das sie besucht hatten, nicht die Ausflüge ans Wasser.

An diesem Ort, wo ihnen der Wind der Freiheit um die Nase wehte, fragte sich Annie zum ersten Mal, was Jules wirklich wollte, und ob das, was sie für dieses Mädchen wollte, nicht etwas gänzlich anderes war.

Sie gingen an den Wiesen entlang, auf denen im Frühling Löwenzahn und im Sommer Korn- und Mohnblumen gewachsen waren, die jetzt aber etwas trostlos wirkten, während sie Kräfte sammelten, um im Sommer wieder postkartenähnlich für die Augen ihrer Betrachter bereit zu stehen.

„Warum bist du denn heute so still?", fragte Jules.

„Das hat wirklich keinen genauen Grund", erwiderte Annie und versuchte, für Jules fröhlich zu klingen.

„Liegt es daran, dass Donovan abgereist ist?"

„Sicher."

„Aber er hat recht: Es wartet eine spannende Zeit auf dich! Mom will die Hochzeit planen, und ich freue mich auch darauf. Eure Hochzeit wird das Ereignis des nächsten Jahres!"

Annie schaute zur Seite. Vögel zogen tief über das Land, brachen in den Himmel auf. „Und du?"

„Was und ich?"

„Warum wird unsere Hochzeit ‚das Ereignis', wenn du im nächsten Jahr loslegen kannst, dich zu bewerben?"

Jules seufzte. „Ach, Annie. Fang doch nicht schon wieder damit an. Du weißt doch, wie ich das meine." Sie zeigte auf einen Ast. „Pass auf, da hängen ein paar Zweige tief, lauf da nicht rein!"

Annie umfuhr den tiefhängenden Ast, der noch ziemlich viele Blätter trug.

„Ich kenne die Gefahrenstellen dieser so friedlich dreinblickenden Allee auswendig", betonte Jules. „Mir macht keiner was vor."

„Jules?"

„Ja, Annie?"

„Wirst du mal von hier fortgehen?"

Jules versuchte, sie über die Schulter anzusehen. „Wieso ist dein Ton so komisch? Was soll die Frage?"

Annie blieb an einem kleinen Weg stehen, der zum Gatter führte. Sie stellte den Rollstuhl so ab, dass sie einander anschauen konnten, und setzte sich dann auf das untere Querholz des Gatters. „Ich habe Angst, dass du irgendwann einen Punkt erreichst, an dem du glaubst, dass es richtig wäre, in Grant House zu bleiben. Die Interessen deiner Mutter vor den deinen setzt." Sie seufzte.

Jules zog die Stirn in Falten. „Du weißt doch, dass ich irgendwann gehen will."

„Das dachte ich, ja." Annie schaute an Jules vorbei über die Wiese. „Vielleicht mache ich mir auch nur zu viele Gedanken, wenn Donovan nicht hier ist, und ich Zeit zum Grübeln habe."

„Dann brauchst du aber nicht über mich zu grübeln", meinte Jules.

„Ich weiß, und ich bin auch nicht befugt, dich vom Gegenteil zu überzeugen oder … gar mich einzumischen, nur …"

„Du machst dir Sorgen um mich."

„Ein bisschen schon", gab Annie zu. „Ich weiß, das muss ich nicht, denn du bist ein großes Mädchen."

„Was male ich am liebsten?"

„Das Meer."

„Und warum sollte ich das Meer malen, wenn ich nicht den Plan hätte, es mir anzusehen?"

„Das muss nicht sein." Annie ließ ihren Blick über die Allee gleiten. „Manchmal ist das, was wir malen, zeichnen, träumen oder denken, nur das, was wir uns wünschen, aber ganz genau wissen, dass es sich nicht erfüllen wird."

„Annie …"

„Ist schon in Ordnung, Jules, es …" Sie legte den Kopf schräg. „Sag mal, liegt ein Fluch auf diesem Haus? Niemand kann ihm entrinnen? Ist es das? Violet hat das Haus selten verlassen … Was ist es? Ach, sicher ist es nur meine Langeweile."

„Nein, die ist es nicht." Jules schüttelte den Kopf. „Ich glaube, du bist einfach so. Und vielleicht hast du immer das richtige Bauchgefühl."

Annie umklammerte ihre Oberarme. „Was soll das bedeuten?"

Jules' Ton änderte sich. „Annie ... Ich liebe meine Mutter!" Ihre Stimme begann zu zittern. „Auch wenn ich weiß, dass sie etwas Schreckliches getan hat."

Annie schluckte. „Was hat sie getan?"

„Es ist kein Fluch, es ist ... Es ist Mom ... Ich weiß, dass du sie für das verurteilst, was sie mir antut, aber ..."

„Jules, ich verurteile deine Mutter nicht!" *Wirklich nicht?* „Ich habe gar kein Recht dazu, ich bin ..."

„Was ich damit sagen will, Annie, ist, dass du keine Ahnung hast, was meine Mutter getan hat, und dass ich sie trotzdem liebe! Aber ich ... Ich kann nicht mehr! Ich ... Ich kann nicht mehr!"

Annie bekam Angst. Jules' ganzer Körper begann zu zittern, sie brachte kaum noch einen Satz klar heraus. Annie stand auf und legte ihre Hand auf Jules' Schulter. „Was hat deine Mutter getan?"

Jules legte beide Hände vors Gesicht. „Sie hat ein Geheimnis", flüsterte sie.

„Was für ein Geheimnis?" In Annies Brust hämmerte ihr Herz so schnell, dass es wehtat. Sie wollte es wissen, das Geheimnis, das Violet verbarg und Jules' Seele so berührte. Auf der anderen Seite wusste Annie, dass es sie nichts anging. Dass sie es vielleicht gar nicht wissen sollte, um nicht selbst davon eingenommen zu sein.

„Ich ..."

„Jules." Annie stellte sich vor sie, legte beide Hände an die Arme des Mädchens, sah ihm eindringlich in die Augen und betonte jedes einzelne Wort. „Was ... hat ... deine ... Mutter ... getan?"

„Ich muss es dir zeigen."

„Dann zeig es mir!"

„Nimm deine Hände weg!"

Annie zuckte zusammen. „Wieso?" Und plötzlich bekam sie Panik. Was, wenn Jules ihr etwas anvertrauen wollte, was sie auf keinen Fall weitererzählen durfte? Was, wenn es etwas Gefährliches war? Was, wenn es etwas mit dem Selbstmord von Violets Mutter oder dem Mord an ihrem Vater zu tun hatte? „Jules, lass ..." Annie drehte sich weg. „Ich glaube, ich will es nicht wissen ... Lass es sein!"

„Ich kann nicht mehr!", wiederholte Jules bebend. „Ich muss es sagen, ich muss es loswerden! Sieh mich doch an!"

Annie schüttelte den Kopf, legte die Hände auf ihre Augen, hatte nicht den Mut, ihr zuzuhören, sie anzusehen. „Ich weiß nicht, ob es richtig ist."

„ANNIE!"

„JULES!" Annie fuhr herum. Doch bevor Jules zu reden beginnen konnte, schrie Annie markerschütternd.

2

Vergangenheit

Drei Jahre später – September

Der Lieferant, der einmal in der Woche kam, um Moms Bestellung zu bringen, war ein Freund von Melroy. Sein Name war Gus, er hatte blondes, etwas längeres Haar, viele Sommersprossen, kurze Beine und immer ein Lächeln auf dem Gesicht. Er kam immer mit einem Spruch um die Ecke, und jedes Mal, wenn er die Kisten und Kartons ins Haus schleppte, steckte er Daumen und Zeigefinger zwischen die Lippen und pfiff staunend.

„Was für eine Bude", sagte er und verneigte sich zum Abschied vor mir, wenn ich mit der Liste in der Hand neben seinem Truck stand und alles kontrolliert hatte.

„Hast du etwas von ihm gehört?", fragte ich ihn, und Gus wusste sofort, von wem die Rede war: Melroy war nach New Orleans gezogen, um dort zu arbeiten.

„Er war Sonntag hier", berichtete Gus an diesem Septembermorgen. „Ihm geht's gut."

„Hast du ihm einen Gruß bestellt?"

Gus sah mich an, und seine Augen vermittelten mir das, was er nicht aussprechen wollte.

„Ich meine ja nur", sagte ich. „Er wird sich doch wohl an mich erinnern."

„Natürlich tut er das, Violet, aber ..." Es fiel ihm schwer, mir die Wahrheit zu sagen, die kein junges Mädchen mit siebzehn Jahren hören wollte.

„Aber was?"

„Er ... Na ja, er hat lange gewartet ..."

Ich presste die Lippen aufeinander.

„Ich sag ihm Bescheid, vielleicht kommt er dich mal besuchen." Und dann war Gus schneller weg, als sein Truck die Waldstraße entlanggeprescht gekommen war.

Ich klemmte die Liste unter meinen Arm und machte mich auf den Weg zurück ins Haus. In den Kronen der Eichen zwitscherten Hunderte von Vögeln, als ich zwischen den Buchsbaumbeeten den Kieselsteinweg nach oben ging.

Mein mulmiges Gefühl rührte nicht nur daher, dass ich an Melroy dachte. Ich hatte ihn seit einem halben Jahr nicht mehr gesehen. Er hatte mir schreiben wollen, doch war mir schon bei seinem Versprechen klar gewesen, dass Männer dieses nur selten erfüllten. Bis jetzt war kein einziger Brief gekommen und meine waren ohne Antwort geblieben.

So waren meine Gedanken betrübt, als ich in die Stille von Grant House zurückkehrte, wo Mutter im Salon auf mich warten und die Liste kleinlich genau durchgehen würde. Sie würde ihre Erdbeeren darauf vermissen und ihren Holunderaufstrich, bis ihr auffallen würde, dass sie die Liste gar nicht geschrieben hatte, sondern ich.

Sie würde sich beschweren, mich beschimpfen und mir weismachen, dass ich eine Lügnerin sei – denn so jemand war aus meiner Mutter geworden.

War sie schon immer jemand gewesen, der falscher nicht hätte sein können, war aus einem Monster nun eine Hexe geworden. Was schlimmer war, konnte ich nicht sagen.

Im Salon war es still. Unter einem der kleinen Tische stand seit drei Jahren verlassen ein Nähkorb mit Stofffetzen, die über seinen Rand und unter dem Deckel vorlugten.

Die große Standuhr tickte.

Mutter saß in einem Sessel, hatte den Kimono an. Ich erinnerte mich, dass sie ihn ein paar Tage vor Rosies Tod angefangen hatte, am Tag ihres Todes damit fertig geworden war und ihn seitdem kaum mehr ausgezogen hatte. Meine Mutter, diese einst so wunderschöne Frau, hatte graue Haare bekommen und sie lange nicht mehr gekämmt, sodass sie wie eine dicke, wollig wirkende Matte zu zwei Seiten auf ihren Schultern lagen. Ihr Gesicht wirkte finster, *sie* wirkte finster.

„Er ist wieder weg", sagte ich und legte die Liste wortlos neben sie auf den Beistelltisch.

Sie sah mich nicht an und sagte nichts.

„Ich mache jetzt das Abendessen", sagte ich. „Es gibt Zwiebelsuppe. Heute Morgen habe ich Baguette gebacken."

Keine Antwort. Stur starrte meine Mutter nach draußen.

Seit drei Jahren war das so.

Seit Rosie gestorben war.

Seit ich eines Abends ins Haus gekommen war und ihr erzählt hatte, was ich getan hatte.

Und warum ich es getan hatte.

„Wir haben dich um Hilfe gebeten", hatte ich geschrien. „Ich habe dich so oft um Hilfe gebeten. Doch du hast mich nie gehört! Du wolltest mich nicht hören. Warum hast du ihr nicht geholfen?"

Ich hatte mir die Schuld von der Seele geredet, hatte getrauert und geweint und hatte meiner Mutter gesagt, dass ich sie hassen würde und das in Ordnung so war, denn ich hatte sie einst geliebt.

Ich hatte ihr gesagt, dass sie eine Mitschuld an Rosies Tod trug, denn hätte sie nicht zugelassen, dass unser Vater ihr wehtat, hätte Rosie niemals in diesen Rollstuhl steigen müssen, es hätte niemals dieses einsame Leben in Grant House gegeben. Wir hätten uns nicht gestritten, und Rosie wäre noch am Leben.

Es war der schlimmste Tag meines Lebens gewesen, und ich wusste nur noch, dass ich nach meinem Ausbruch hinter dem Sofa gesessen und dort auf meinen Vater gewartet hatte.

Ich hatte vorgehabt, ihn zu boxen, ihn anzuschreien, Rosie zu rächen, doch stattdessen war ich irgendwann am Ende meiner Kräfte und völlig fertig eingeschlafen und am nächsten Morgen zum ersten Mal allein im Leben in meinem Zimmer erwacht.

Das Bett neben mir war leer.

Die Sonne schien, der Himmel war blau. Die Vögel begrüßten mich mit ihrem morgendlichen Gesang.

Es war, als wäre nichts geschehen, das Leben war einfach weitergegangen.

Die Schuld lastete auf mir, wie jener dichte Nebel um Burke House in der Morgendämmerung. Auch an den schönsten Tagen empfand ich keine Glückseligkeit, während ich nachts nie schlief und wie ein Geist durchs Haus wandelte.

Das Spielhaus empfing mich nie wieder als einen Gast, sondern nur als einen Besucher, der nach dem Rechten schaute, denn wann immer ich mich hinunterbeugte, um ins Innere zu sehen, sah ich die Silhouette von Rosie, die ich an jenem Tag ihres Todes mit der Kreide an das Holz gezeichnet hatte.

Ich mied den Wald, wollte den Brunnen nie wiedersehen und schrieb mir selbst vor, nicht weiter zu gehen als bis zur alten Eiche.

Und so wurde Burke House, das sowieso schon mein Gefängnis war, noch kleiner und enger und meine Welt schmaler.

Als ich jetzt in die Küche ging, um zu kochen, zählte ich am Kalender die Wochen ab, bis ich achtzehn Jahre alt werden würde. Es waren nicht mehr viele, und ich seufzte vor Erleichterung.

Mit achtzehn Jahren würde ich gehen.

Und ich würde meine Mutter in ein Heim geben.

So war der Plan.

Wenn es da nicht noch meinen Vater gäbe.

Ich stellte mich an den Herd, nahm eine Pfanne, Bratfett, Zwiebeln und Gewürze und machte mich an die Arbeit, während ich weinte.

Nicht jetzt.

Nicht jetzt an ihn denken.

Du musst kochen.

Du musst die Zwiebeln in den Topf geben, den Sud abschmecken.

Dann traf mich etwas am Kopf. Ich sah auf den Boden und entdeckte einen Pantoffel. Ich ließ den Löffel fallen, starrte zur Tür und erspähte meine Mutter.

„DU BIST EINE LÜGNERIN!"

Die Suppe blubberte neben mir in dem großen Topf. Fünf Meter weiter stand Mom mit der Liste in der Hand und warf sie auf die Fliesen. Ihr Gesicht drückte den Wahnsinn aus, der sie befallen hatte, die Hände hielt sie zu Fäusten geballt gegen mich. Es dauerte nur Sekunden, da folgte der zweite Pantoffel.

Die Nächte verbrachte ich am Fenster in meinem Erkerzimmer. Wie ein Stern in der Nacht leuchtete das stets mit weißer Farbe aufgefrischte Spielhaus im Mondlicht.

Ich schlief nicht mehr, ich hockte lediglich mit angezogenen Beinen am Fenster, nahm Rückenschmerzen in Kauf, weil sie im Vergleich zum Verlust meiner Schwester nur ein kleines Übel waren. Wenn ich einnickte, begann ich zu träumen. Ich träumte von einem Brunnen, tiefer als das Meer, träumte von verschlossenen Toren riesiger, dunkler Häuser und vom Quietschen eines Rollstuhls, der auf mich zukam und sich nicht stoppen ließ.

Ich träumte jede Nacht von Rosie und was gewesen wäre, hätte ich Melroys Hilfe zugelassen. Dann wäre sie jetzt noch am Leben, in Sicherheit.

Und ich? Wo wäre ich?

Es ging nicht um DICH!

SIE hat das durchmachen müssen.

Sie war das Opfer.

Und alles, was sie gewollt hatte, war Freiheit.

Manchmal hörte ich seine Schritte, die immer dann erklangen, wenn ich daran dachte, Burke House tatsächlich einmal zu entfliehen. Und anders als damals, wenn er gekommen war, um sich von meiner Schwester zu nehmen, wonach er begehrte, wachte ich auf, schon wenn er die Treppe hochkam. Seine Schritte hatten sich mit den Jahren verlangsamt. Waren nicht mehr schleichend, weil er schlechter laufen konnte. Sein Atem war lauter geworden, sodass er sich schon allein deshalb unfreiwillig ankündigte.

Wenn er um die Ecke bog und meine Tür aufschob und hindurchlugte, sah ich nicht mehr als einen alten kranken Mann mit viel zu langem grauen Haar, vergilbten Zähnen, hängenden Brustwarzen und zu vielen Haaren auf der Brust.

Sein Atem roch stets nach Alkohol, was ich schon wahrnahm, wenn er sich seinen Weg in mein Zimmer bahnte und sich vor mir aufbaute.

Ich blieb sitzen, starrte ihn an und hoffte, er könnte den Hass in meinen Augen lesen.

Meistens machte er kehrt, sobald er nach einer meiner Haarsträhnen griff und ich seine Hand wegschlug.

In einer rauen Septembernacht schien er allerdings nicht gehen zu wollen. Seine Zeigefinger rollten meine schwarzen Haare zu drei Kringeln auf, er beugte sich zu mir und roch daran. „Du riechst gut", flüsterte er mir mit seiner alkoholisierten Stimme zu.

Ich drehte den Kopf und sah ihm in die glasigen Augen. Er trug nur eine Unterhose, presste seinen Leib gegen mein angewinkeltes Bein, das noch auf der Fensterbank ruhte, sodass ich seine Erregung spüren konnte. Er legte seinen Mittelfinger an mein Ohr, und als er zu flüstern begann, dachte ich an all das zurück, was er Rosie angetan hatte.

Die Freunde in der Bibliothek. Ihr Weinen, wenn sie sich auf die Schöße alter Männer setzen musste.

Seine Finger an ihrem Körper, wann immer er sie zu sich ins Büro gerufen hatte.

Ich dachte daran, dass sie so oft nicht da gewesen war, wenn ich mitten in der Nacht aufgewacht war.

Ich schluckte, während seine Hände über meine Beine strichen, dachte an Mom und dass ich sie ebenfalls hasste.

„Der Rollstuhl", sagte ich leise.

„Was ist mit dem Rollstuhl?", fragte er. „Willst du wieder Rosie für mich spielen?"

Es reichte mir. Ich stieß ihn von mir, so stark, dass er ins Straucheln geriet und mit dem Hintern auf dem Boden landete. Ich sah diesen alten dicken Mann auf dem Teppich hocken, wollte an ihm vorbeirennen, als sich seine Hände um meinen Knöchel legten und mich ins Straucheln brachten. Er rollte sich zu mir, während ich zu schreien begann.

„Ganz ruhig", stöhnte er, drückte mich mit einer Hand zu Boden und riss mit der anderen mein Nachthemd nach oben. Dann aber erstarrte er.

Ich folgte seinem Blick und entdeckte im Licht des Flures die Silhouette meiner Mutter. In der Hand hielt sie eine ihrer Schneiderscheren. Riesige Klingen, verdammt scharf.

Ich knurrte und wandte mich unter seinem Griff, als ich sah, dass Mom sich auf uns zubewegte. Als ich begriff, dass ich mir nicht sicher sein konnte, wen von uns beiden sie attackieren würde, kniff ich die Augen zusammen, holte aus und boxte meinem Vater den Ellenbogen ins Gesicht.

3

Da war so viel Blut.

So viel rote Farbe, die keiner meiner Tuben im Tuschkasten ähnelte.

Da war so viel Blut auf Mutters Kleid, an ihren Händen, als sie seinen Kopf auf ihrem Schoß begutachtete, anstatt ihr Kind in den Arm zu nehmen, das vor Panik fast wahnsinnig geworden war.

Ich hatte keine Worte für das, was geschehen war, blickte nur auf die Schere in Mutters Hand und auf den leblosen Leib, der auf dem Boden lag und nicht mehr zuckte. Unter seinem Rücken hatte sich eine Lache gebildet, das Blut schaute so rot und dick aus wie die schweren Satinvorhänge im Salon.

Mit seinem wuchtigen Körper, auf den eingestochen worden war, sah mein Zimmer aus wie ein Raum, den ich nicht kannte, ein Raum aus der Vergangenheit oder aus der Zukunft, aber nicht wie einer, der sich im Hier und Jetzt befand.

Bis vor wenigen Sekunden hatte Dad noch glucksende Geräusche sowie ein langes und dann immer kürzer werdendes Schnaufen von sich gegeben, bis irgendwann die Stille eingekehrt war.

Ich hatte gezittert und wegrennen wollen, hatte mich an der Tür jedoch noch mal umgedreht und zugesehen, wie Mom sich hingekniet und seinen Kopf auf ihren Schoß gelegt hatte. Sie hatte seine Wangen gestreichelt und gewartet, bis er starb.

„Siehst du", sagte sie nun und legte seinen Kopf ganz langsam auf den Boden ab. Sie fuhr sich mit der blutverschmierten Hand über die Nase, wodurch ein schmieriger roter Film auf ihrem Kinn zurückblieb. Sie benetzte die Lippen mit ihrer Zunge, das Blut verteilte sich dabei in ihrem Mund. Vaters Blut.

Ich verweilte im Türrahmen und konnte nicht aufhören, an sein Stöhnen zu denken.

„Ich … Ich hab's doch gesagt", unterbrach Mom mich nun mit ihrem Stottern in meinen Gedanken. „Ich … Ich hab's die ganze Zeit gesagt! Oder nicht?"

Ich konnte nicht antworten.

„Es ist geschehen. Und … es hatte nicht verhindert werden können." Sie klang so unsicher. Aber sie hatte recht. Dad hatte mir wehtun wollen und war in letzter Sekunde gestoppt worden. Doch weil er nicht einfach aufgehalten, sondern dabei getötet worden war, begann mein ganzer Leib zu vibrieren und ich hatte schreckliche Angst davor, was jetzt passieren würde.

Nur das Flurlicht spendete Helligkeit, als ich beobachtete, wie Mom sich neben meinem toten Vater aufbaute und nacheinander zu jeder Wand in meinem Zimmer zeigte. „Gib acht, junge Lady. Denke stets daran, dass es Zeugen gab. Auch wenn du denkst, niemand hat es gesehen, sei dir sicher, die Wände von Burke House haben es gesehen." Sie kam näher, während ich einen Schritt nach hinten ging. „Und solange du in Burke House lebst, wird dich in jedem Raum jede Wand wie ein Spiegel daran erinnern, was passiert ist! Tag und Nacht, verstehst du das?" Sie legte den Kopf schräg und sah aus wie eine Wahnsinnige. „Bist du dafür bereit, mein Kind? Für diese Schuld?"

Ich schluckte. Nein, war ich nicht. Ich war siebzehn, und ich hatte schon meine Schwester auf dem Gewissen. Für den Mord an zwei Menschen aus der eigenen Familie war man nicht bereit. Konnte man nicht sein. Doch dann erkannte ich: *Meine Mutter* hielt die Schere in der Hand. *Nicht ich.*

„Ich meine … glaubst du daran?" Mom verzog das Gesicht, es sah aus, als würde sie lächeln. Aber es war ein bebendes Lächeln, als würde sie etwas übertünchen wollen. „Dass sie dich erinnern werden? Jedes Mal?"

Das wusste ich nicht. Ich wusste nur, dass ich Burke House verlassen würde. Dass mich nichts mehr in dieses Zimmer treiben würde. Dass ich alles vergessen wollte, was geschehen war, auch wenn ich wusste, dass das nur ein Wunsch bleiben würde, der sich niemals erfüllen ließe.

Als man Dad abholte, wurde meine Mutter als Tatverdächtige mitgenommen. An den Gesichtern der Beamten konnte ich ablesen, dass niemand an ihrer Schuld zweifelte. Mir gegenüber hingegen verhielten sie sich alle recht emphatisch, man wollte mir einen Seelsorger zur Seite stellen, ich sollte in ein Krankenhaus kommen, und man fragte mich, ob ich in Burke House bleiben oder woanders hingehen wollte. Da ich fast achtzehn war, ließ man mir die freie Wahl, und so entschied ich mich zu bleiben.

Wo sollte ich auch hin? Zu wem?

Natürlich war mir Melroy in den Sinn gekommen, doch der war ja aus Glenn Lock weggezogen und lebte in New Orleans.

Irgendwann am Nachmittag ließ man mich also allein auf diesem riesigen Anwesen zurück. Ewig stand ich vor meinem Zimmer, dem Tatort, und konnte mich nicht dazu durchringen, ihn zu säubern. Ja, tatsächlich dachte ich darüber nach, das Blut einfach dort zu lassen, bis die ersten Insekten kämen, sich davon nährten und es sich irgendwann ins Holz einfressen würde.

Am Abend kamen die Beamten erneut und baten mich aufs Revier zu kommen, um meine offizielle Aussage zu tätigen.

Ich war so nervös wie noch nie in meinem Leben. Das lag aber nicht an meinem toten Vater, sondern weil ich Burke House seit Jahren nicht verlassen hatte. Doch das musste die Polizei nicht wissen.

Also saß ich in dem Streifenwagen, knabberte an meinen Fingernägeln und hatte diesen verdammt dicken Kloß in meinem Hals, der sich nicht auflösen wollte.

Erst im Verhörraum übermannten mich die Emotionen, und ich weinte bitterliche Tränen. Die Dame und der Herr, die mir gegenübersaßen, ließen mich weinen, wussten jedoch nicht, dass ich weder wegen meines Vaters noch wegen meiner Mutter weinte – ich war so aufgelöst, weil ich das hier ohne Rosie durchstehen musste.

Sie wäre souverän gewesen, in den Raum getreten und hätte alles bis ins kleinste Detail erzählt und hätte mich schweigen lassen, weil ich nicht stark genug war. Doch sie war tot, durch meine Hand, und deswegen nicht hier. Das brach mir das Herz.

Ich öffnete meine Hände und starrte darauf, während dicke Tränen auf die Innenflächen tropften und ich kräftig schlucken musste.

„Erzählen Sie uns, was gestern seit dem Dinner passiert ist, Violet."

Ich erzählte. Erzählte von der Zwiebelsuppe und davon, dass Dad in mein Zimmer gekommen war. Erzählte, dass er mich gefragt hatte, ob ich Rosie für ihn sein wolle, und meine Mom dann aufgetaucht war und ihm die Schere in den Bauch gerammt hatte. Ich brauchte für alles nur fünf Sätze, die Beamten notierten alles und nickten immer mal wieder.

„Hat er das schon mal getan? Ich meine, Sie sagen ja, dass er vorhatte, Sie zu vergewaltigen. Hat er das schon mal getan?"

Ich saß ganz still da. „Er hat es bei Rosie getan."

„Rosie ist …" Die Beamtin blätterte in ihren Unterlagen.

„Meine Schwester."

„Wo ist Rosie?"

Sie ist tot. Ich habe sie umgebracht. „Sie ist gestorben."

Ein Blickwechsel der Beamten. „Wann war das?"

Meine Knie wurden weich wie Butter. „Vor drei Jahren", krächzte ich.

„Sie standen sich sehr nah, hm?"

„Sie war mein Ein und Alles." Wieder Tränen. Unaufhaltbar, heiß und schmerzhaft.

„Verstehe. Was genau hat Ihr Stiefvater mit Rosie gemacht? Wir müssen Sie das leider fragen, weil wir wissen müssen, warum Ihr Stiefvater heute sterben musste."

„Er musste sterben, weil er ein furchtbarer Mensch war", schluchzte ich. „Meine Mutter hat Rosie nie beschützt. Und ich hasse sie dafür. Ich hasse meine Mutter. Heute war es das erste Mal, dass sie etwas unternommen hat."

Die Beamtin nickte verständnisvoll. „Was hat Ihr Stiefvater Rosie angetan?"

Damit kam alles wieder hoch. Der Moment damals im Spielhaus, als ich begriffen hatte, dass das Leben so richtig beschissen geworden war, als sie dasaß und mir sagte, dass ich bei ihr bleiben sollte, und daran, als wir den Rollstuhl gefunden hatten, in dem sie – die meiste Zeit – sicher vor ihm gewesen war.

Unter Tränen erzählte ich alles, was ich wusste, und glaubte, es an meinem eigenen Leib noch mal durchmachen zu müssen.

Irgendwann, als ich nicht mehr konnte, weil mein Herz erneut zerriss, unterbrach die Beamtin mich. „Hat Ihr Stiefvater, vor heute Nacht, sich schon mal an Ihnen vergangen? In den letzten Wochen, Monaten, Jahren, seit Rosie tot ist?"

Ich schüttelte den Kopf. „Ich habe es nicht zugelassen."

„Das haben Sie gut gemacht", sagte die Beamtin, und ich glaubte, ein Lächeln auf ihren Lippen zu erkennen. „Sie können jetzt nach Hause gehen."

Zu Hause war nun ein Ort, an dem ich mich nie einsamer gefühlt hatte als in diesem Moment. Im Streifenwagen hatte ich daran gedacht zu fragen, wann man Mom entließe oder was jetzt mit ihr geschehen würde, doch dann fragte ich doch nicht danach.

Es war mir egal.

Am Abend betrat ich Burke House und hörte nichts weiter als die Ruhe eines völlig verlassenen Hauses, das irgendwann mir gehören würde.

Ich wusste nicht wieso, aber es war befriedigend. Sosehr ich Burke House hasste, weil die schlimmsten Dinge hier passiert waren, begann ich zu verstehen, dass es ein Ort voller Geschichten war, zu der auch meine und Rosies gehörte. Die Wände wussten, was passiert war, und sie würden tödliche Verbrechen ebenso hüten wie die furchtbarsten Geheimnisse.

„Rosie", sagte ich in die Eingangshalle hinein, leise, sodass meine Stimme nicht hallen konnte, „er ist tot!" Ich brach zusammen, ging auf die Knie und dachte daran, dass Dad seine gerechte Strafe erhalten hatte. Er war für das, was er Rosie angetan hatte, gerichtet worden, und das hatte meine Schwester verdient.

Schließlich schüttelte ich mein Haar auf, holte tief Luft und genoss mit geschlossenen Augen die Stille von Burke House.

Ja, ich musste zugeben, dass dieser Gedanke, dass dieses leere Haus irgendwann mir ganz allein gehören würde, irgendwie befriedigend war.

Mom kam am nächsten Morgen nach Hause. Sie war mit dem Taxi gekommen, und ich musste dem Fahrer das Geld bringen.

Danach zog sie sich um, ging aber nicht duschen, obwohl das gegen ihren starken Geruch nach Urin und Dads Blut hilfreich gewesen wäre, das noch immer an ihrer Haut klebte.

Als ich sie fragte, was nun passieren würde, antwortete sie schlicht: „Es ist ihnen egal, wer es gewesen ist."

Ich beäugte sie skeptisch. „Es ist keine Frage, *wer* es gewesen ist."

Mom lachte und griff nach ihrem Zigarettenpäckchen. Seit Rosies Tod rauchte sie wieder. „Ich habe es immer gewusst, Violet. Du bist nicht nur eine Lügnerin, du bist eine Mörderin."

Sie wollte es mir in die Schuhe schieben. Hatte sie das auch bei der Polizei gesagt?

„Ich habe ihn nicht getötet, das warst du." Mom blies den Rauch ihrer Zigarette in mein Gesicht. „Burke House weiß, wer es gewesen ist. Und nun sei so lieb und mach etwas zu essen. Es ist an der Zeit."

Ein paar Tage nach Dads Tod kam Gus zu uns und brachte mir einen Brief von Melroy mit. Er gab ihn mir, bevor er die Einkäufe ins Haus trug, und sofort merkte ich, dass etwas nicht stimmte. Er sah mich nicht an, ignorierte mich, bis ich ihn irgendwann an den Arm griff. „Was ist denn los?"

„Ach, nichts." Wieder schaute er weg.

„Gus!" Dann blickte ich auf den Brief. „Ist es ein guter Brief? Er hat keinen Poststempel. Warum hat er ihn dir gegeben? Warum hat er ihn mir nicht selbst gebracht? Warum ist er in Glenn Lock gewesen und nicht hergekommen? Gus!"

Gus seufzte und schulterte einen Kasten Sodawasser. „Na ja, ist ziemlich viel losgewesen bei euch in der Familie."

„Aber das hat doch nichts mit mir zu tun."

„Ernsthaft nicht?" Er hob die Brauen. „Warum haben sie deine Mom wieder laufen lassen?"

„Notwehr", sagte ich. „Sie wird nicht angeklagt."

Gus nickte. „Ist doch gut. Wenn dein Vater wirklich so ein Mistkerl war."

„Das war er."

„Hat er *dir* was angetan?"

„Du weißt doch sicher alles. Man zerreißt sich in der Stadt doch bestimmt das Maul über uns."

„Über deinen Vater? Schon lange nicht mehr. In der Stadt gibt es ein anderes Gesprächsthema." Gus wollte zum Haus gehen, aber ich hielt ihn erneut auf.

„Welches?"

„Melroy Grant." Gus ging weiter. „Lies ihn einfach!"

Ich nahm den Brief mit zur alten Eiche, setzte mich in der späten Septembersonne auf die Bank und las Melroys Worte. Las, dass es ihm leidtue, aber er nicht zurück nach Glenn Lock kommen werde, weil er beruflich in New Orleans sehr eingespannt sei, seitdem er mit einem Kommilitonen eine Firma gegründet habe. Weiter las ich, dass er eine Freundin habe und nicht mehr warten könne, bis ich mich entschied, Burke House zu verlassen. Denn vielleicht, so schrieb er, würde ich das ja nie.

Ich warf den Brief in den Wind, der ihn in Richtung Wald trug. Ich fühlte mich von seinen Worten angegriffen und zu Unrecht als diejenige hingestellt, die unserer Beziehung keine Chance gegeben hatte.

„Ich glaube nicht, dass du Burke House jemals verlassen wirst."

Ich blieb noch lange auf der Bank sitzen und trauerte einem weiteren Menschen nach, der mich verlassen hatte, bis ich das Antlitz meiner Mutter zwischen den kräftig roten Rosen im Garten sah.

„MÖRDERIN", hauchte sie in den Wind, doch weil es das Wort war, das sie in dieser Zeit zumeist zu mir sagte, verstand ich es trotzdem.

Nur noch ein paar Wochen, dachte ich, *dann bin ich achtzehn. Meine Mutter ist verrückt. Und auch sie soll bekommen, was sie verdient hat ...*

4

Donovan war bereits eine halbe Woche unterwegs, als der Termin zur Besichtigung der Kirche von Glenn Lock anstand. Sie befand sich etwas auswärts des Ortes in einer Siedlung, und weil Hugh, Violets Chauffeur, nach fast zwanzig Jahren Arbeit das erste Mal erkrankt war, bot Annie an, selbst zu fahren. Violet nahm das Angebot an, schon allein deswegen, weil sie „Termine nie gern absagte" und keinen eigenen Führerschein hatte.

Es war ein verregneter Tag kurz vor Thanksgiving, stürmisch und ungemütlich.

Annie hatte sich zurechtgemacht, trug ein dunkelblaues Kleid und einen Mantel und wusste, dass Violet ihr Outfit gutheißen würde. Oben an der Treppe rollte Jules in ihrem Rollstuhl vor. „Annie!"

Annie hielt inne und drehte sich zu ihr um.

„Alles in Ordnung?", fragte Jules.

Annie nickte und ging dann weiter. Unter ihren Pumps fühlten sich die mit Teppich bezogenen Stufen eigenartig an. Da sie zu viel Schwung hatte und stolperte, erinnerte sie sich, dass sie vor wenigen Tagen ebenfalls durch Grant House gelaufen und ein paar Stufen hinuntergestürzt war. Sie erinnerte sich, wie schnell ihr Herz geklopft und wie sehr sich ihre Gedanken überschlagen hatten. Sie hatte geschimpft, geflucht und sich in ihr Zimmer verkrochen, nach ihrer Tasche gegriffen und angefangen, die ersten Sachen dort hineinzuwerfen, ehe sie sich besonnen und auf die Kante des Bettes gesetzt hatte.

Sie hatte nicht geweint, doch ihr Kopf war heiß gewesen, sie hatte an die Decke geschaut und versucht zu verstehen, was Jules ihr zuvor offenbart hatte.

Ein Geheimnis, das Violet betraf.

Sie hatte zu dem Bild von Donovan und sich auf ihrem Nachttisch geblickt und sich gefragt, ob er das Geheimnis kannte, doch so, wie Jules gesprochen hatte, wusste niemand sonst davon.

Die Last dieses Geheimnisses wog schwer.

„Ich schaffe das nicht", hatte Annie gesagt und ihre Hände hatten gezittert. Ihre Gedanken waren nach New York geflogen und sie hatte gedacht, dass sie jederzeit die Möglichkeit hatte, das Ganze hier abzubrechen und nach Hause zu fliegen. Dann würde Donovan zwar vor einer unsäglich schweren Entscheidung stehen, doch das war nichts im Vergleich zu dem, welches Geheimnis dieser Familie innewohnte, über das Annie nun Stillschweigen halten musste.

Die Tasche war am Abend im Schrank verblieben.

Als das Telefon geklingelt und Annie es nur angestarrt hatte, aber nicht mit Donovan hatte reden können, war das Geheimnis der Familie Grant auch ihm gegenüber gewahrt worden.

Im Wagen saß Violet neben ihr und hatte die Hände über ihre Knie gefaltet. Sie achtete auf die Straße und sagte kein Wort. Der Regen prasselte gegen die Fenster und zog kleine Flüsse über das Glas.

Annie musste langsam fahren, da die Sicht trotz der Scheinwerfer schlecht war.

„Ich muss gestehen", sagte sie mitten in die Stille hinein, „dass ich mir ein weitaus besseres Wetter für die Besichtigung der Kirche gewünscht hätte."

„Es ist ein furchtbares Wetter. Es tut den Rosen nicht gut", gab Violet dazu.

Annie umfuhr einen abgebrochenen Ast, der auf der Waldstraße lag. „Darf ich Sie etwas fragen, Ma'am?"

„Sie brauchen mich das nicht zu fragen. Ich weiß, Sie tun es trotzdem, aber so langsam geht es mir auf die Nerven."

„Wissen Sie, dass Donovan das alte Jorisson House gekauft hat?"

„Melroy hat so was erwähnt, ja."

„Was denken Sie darüber?"

Violet räusperte sich. Sie sah bezaubernd aus. Wie immer war sie vernünftig geschminkt, nicht zu stark, sondern so, dass sie wie eine Lady aussah. Sie trug einen hellen Hosenanzug und einen gleichfarbigen Trenchcoat darüber, die dunklen Haare fielen in weichen Wellen über ihre Schultern. Man hätte glatt sie für die Braut halten können.

„Warum interessiert Sie, was ich denke? Es ist Ihr Leben. Und das von Donovan."

„Aber Sie wollten, dass Don und ich in Grant House leben. Mit Jules."

„Das habe ich nie gesagt, meine Gute. Ich hatte nur gesagt, dass es in der Familie bleiben soll und fragte mich, ob Sie Jules zu Donovans Familie zählen. *Sie* haben gesagt, dass es unmöglich sei, mit Jules zusammenzuleben."

„Ich glaube, wir reden aneinander vorbei." Annie schüttelte den Kopf. „Außerdem will ich das Thema nicht noch einmal aufgreifen, ich … Ich würde nur gern wissen, warum Sie das Haus weitergeben wollen, wenn es Ihnen doch so wenig bedeutet, wie Sie mir mal gesagt haben."

„Und schon wieder drehen Sie mir die Worte im Mund herum." Violet gab ein schnalzendes Geräusch von sich. „Grant House ist mein Zuhause, und ich liebe es, aber ich könnte es ohne Probleme verlassen und sagen wir … in die Nähe des Waldes ziehen oder sonst wohin. In einem solchen Falle ist es meine Pflicht, es weiterzugeben. Es darf nur nicht in die Hände Fremder kommen."

„Weil es sonst Geheimnisse offenbaren könnte?"

„Welche Geheimnisse?"

Annie zuckte mit den Schultern. „Ich frage ja nur."

„Sie sind eine Geschichtenerzählerin!"

„Vielleicht." Annie bog im Wald nach links in Richtung Stadt ab. „Darf ich Ihnen verraten, was ich denke?"

„Das interessiert mich nicht."

„Ich erzähle es Ihnen trotzdem: Ich denke, dass Grant House für Sie ein Anker ist." Um sie herum wurde es dunkel, weil der Wald hier am dichtesten war. „Wenn Menschen Angst haben, klammern Sie sich an etwas, und ich glaube, dass Sie sich gar nicht an Jules klammern, so wie ich es erst dachte, nein. Sie klammern sich an Grant House."

„So ein Unsinn."

„Doch, es ist Ihr Anker. Es steht hier und fängt Sie auf, jedes Mal aufs Neue, und natürlich sagen Sie ,ich kann auch woanders wohnen', aber innerlich würde es Sie zerreißen, Grant House zu verlassen. Es hat alles gesehen. Jede Wand hat alles gehört. Es ist der Ort, an dem Sie verweilen könnten, bis der Tod Sie holt, weil hier alles sicher ist."

„Du weißt gar nichts über Grant House."

„Grant House, damals Burke House, ist wie eine Insel im tiefen Ozean. Du kannst sie verlassen, aber du weißt nicht, ob du sicher ein anderes Ufer erreichen wirst. Wenn du dich entscheidest, zu gehen, wird eine Umkehr irgendwann nicht mehr möglich sein. Und du bist niemand, der das Risiko wählt. Du bleibst. Auf deiner sicheren Insel."

Violet seufzte. „Ich kann manchmal gar nicht glauben, wie niederträchtig du bist."

„Ich glaube, es steckt mehr dahinter. Da ist etwas, was dich nicht loslässt, weswegen du dich an das Haus klammerst. Hat es was mit deiner Mom zu tun? War sie für dich da?"

„Ich wüsste nicht, was dich das angeht, Annie."

„Jules hat mir erzählt, dass du nie über deine Mutter redest. Und ich will auch nicht nachbohren, so unsensibel bin ich nicht, aber …", Annie schaute kurz rüber zu ihrer künftigen Schwiegermutter, die den Blick nicht von der Straße wandte, „… deine Mutter hätte dein Anker sein sollen."

Eine Stille entstand, bis Annie den Waldrand erreichte und vor ihnen die wenigen Lichter der Kleinstadt aufleuchteten.

„Meine Mutter war ein grausamer Mensch", sagte Violet. „Ich kann … Ich kann nicht sagen, welchen von beiden ich bis heute mehr verabscheue. Meine Mutter oder meinen Stiefvater. Ich kann es dir nicht sagen."

„Bist du Jules' Anker?"

„Das weiß ich nicht."

„Ich aber. Du bist es nicht."

Violet seufzte. „Wenn du das so siehst …"

„War deine Schwester dein Anker, damals, als sie noch lebte?"

„Ja. Rosie war mehr als das. Mein Hafen, meine Zuflucht. Alles, was ich hatte."

„Dann weißt du, wie wichtig es ist, einen Anker zu haben." Annie schenkte ihr einen warnenden Blick. „Kannst du mir versprechen, dass du daran denkst, dass Kinder ihren Eltern nichts schuldig sind?"

Violet hob die Brauen. „Was?"

„Du bist erwachsen, Violet. Jules ist dein Kind. Sie darf nicht dein Anker sein."

„Keine Sorge. Wie du schon sagtest, Annie, mein Anker ist Burke House." Sie drehte sich weg. „Es ist unglaublich, was du dir wagst, mir an den Kopf zu werfen. Du hast kein bisschen Respekt!"

Annie lachte leise auf. Dann hielt sie den Wagen an. Einfach so. Sie standen auf der Hauptstraße, neben dem Diner. Man konnte das blinkende Schild mit der Aufschrift *Open* durch den Regen kaum erkennen.

„Ich muss es wissen", sagte Annie und drehte ihren Oberkörper so, dass sie Violet direkt ansehen konnte. „Ich muss es wissen, und ich werde dich nur ein einziges Mal fragen und dich deswegen bitten, mir die Wahrheit zu sagen."

Violet schüttelte empört den Kopf und verschränkte die Arme vor dem Körper. „Du bist unglaublich, wirklich unglaublich!"

Annie nahm all ihren Mut zusammen. „Hast du deinen Stiefvater getötet?"

Violet fuhr herum. „Ich … Ich habe was?"

„Hast du Kenneth Burke damals getötet oder war es deine Mutter? Sag mir die Wahrheit, Violet!"

Violet begann zu stottern. „Ich … Ich …"

Und Annie war zu klug, um noch einmal nachzuhaken. „Verstehe."

Vergangenheit

Kurz vor meinem 18. Geburtstag kümmerte ich mich um den Nachlass meines Stiefvaters Kenneth Burke. Ich saß bei unserem Anwalt, der mir sein Testament vorlas, und wir besprachen ein paar grundsätzliche Dinge, weil meine Mutter dazu nicht imstande war.

„Sie liegt den ganzen Tag im Bett, und wenn sie das nicht tut, wandelt sie wie ein Geist durchs Haus." Ich übertrieb nicht. Ich musste niemanden überzeugen, dass meine Mutter verrückt war, jeder glaubte mir. Ich musste mich nicht einmal anstrengen, Gründe zu finden, meine Mutter in ein Heim zu stecken, sobald ich die Gelegenheit dazu bekommen würde.

„Nun, Ms. Burke ..." Der Anwalt zog meinen Namen lang. „Burke House gehört Ihrer Mutter, solange sie lebt. Das ist nun mal so. Es geht an Sie über, sobald sie verstirbt. Wenn Sie sagen, Ihre Mutter ist unzurechnungsfähig, weshalb sie heute eigentlich erscheinen sollte ..."

„Ich habe ihr dreimal gesagt, dass heute der wichtige Termin ist, Sir." Ich hatte mich adrett in ein weißes Kostüm von Mom gekleidet, sogar einen Hut aufgesetzt. Meine Mom war eine Naturschönheit, hatte immer was von einer Schauspielerin. Ich musste für meine Schönheit mehr tun, auch wenn jeder Mann sagen würde, ich sei meiner Mutter wie aus dem Gesicht geschnitten.

„Dann müssen Sie Hilfe rufen, damit man sie notfalls mit Gewalt herzerrt. Sie muss unterschreiben."

„Kann man dieses ... ‚das Haus geht an mich weiter' ... und so ... nicht beschleunigen, wenn es ein Gutachten gibt, dass Mom wirklich krank ist und in ein Heim muss?"

„Ja, das geht, aber das muss schon ziemlich deutlich daraus hervorgehen."

„Dann werde ich mich darum kümmern." Ich stand auf und streckte die Hand aus. „Herzlichen Dank, Mr. Graham."

„Nicht dafür, Violet. Was haben Sie denn für Pläne, jetzt, da Sie bald achtzehn sind?"

„Ich werde nach New Orleans gehen."

„Oh, wie schön. Und was verschlägt Sie dorthin?"

Das freundliche Lächeln auf meinem Gesicht gefror, weil ich ihm keine Antwort geben wollte. Es ging ihn nichts an.

Als ihm bewusst wurde, dass er keine Antwort bekommen würde, fragte er: „Und Ihre Mutter?"

„Ich warte noch das Gutachten ab, und dann wird Mom in ein Heim kommen."

„Sie kümmern sich nicht um sie?"

Ich starrte ihn mit dem eisigen Grinsen an. Zu gern hätte ich ihm alles gesagt, was Mom eben nicht für mich oder für Rosie getan hatte. Dass sie es nicht verdient hatte, dass ich mich um sie kümmerte. Dass Mom mir so egal war wie ein umfallender Sack Reis in China und ich ihr den Tod wünschte.

Kenneth Burkes Anwalt und Vertrauter hatte dafür gesorgt, dass so wenig wie möglich über das, was er Rosie angetan hatte, ans Licht und an die Presse gekommen war, und es hatte unheimlich viel Geld gekostet, dass jene schwiegen, die es doch wussten.

Der Mann, der sich um die Finanzen meines verstorbenen Stiefvaters kümmerte, hatte keine Ahnung, was für ein Unheil dieser Mann in unser Leben gebracht hatte und was für eine Mutter sie durch ihn geworden war.

„Na ja, also ... Das geht mich nichts an", erkannte er selbst und begleitete mich zur Tür. „Auf Wiedersehen, Ms. Burke."

„Auf Wiedersehen." Ich nickte freundlich und legte kurz Daumen und Zeigefinger zum Gruß an meinen Hut. Dann verließ ich sein Büro in Morgan City.

Ich hatte noch immer Probleme, mich in einer so großen Stadt wie dieser zurechtzufinden. Schweiß brach aus all meinen Poren, meine Knie wurden weich wie Butter, als ich nach einem Taxi Ausschau hielt. Ich fand eines, setzte mich sofort hinein und versuchte, meine Atmung unter Kontrolle zu bringen.

Ich hasste es, Erledigungen zu machen, ich hasste es auch, dass ich das tun musste, und ich hasste Mom, weil ich solche Angst hatte, Burke House zu verlassen.

Ich werde nach New Orleans gehen.

Pah, dachte ich jetzt. *Wie soll das funktionieren? Wie willst du in einer Stadt überleben, die noch viel größer ist als Glenn Lock oder Morgan City?*

Auch dafür hasste ich Mom. Dass sie mich nie gelehrt hat, keine Angst, sondern Vertrauen in mich selbst zu haben.

Als der Regen einsetzte, kamen wir gerade in Glenn Lock an, und ich sah Gus vor Emma Wilds Laden. „Halten Sie bitte kurz an!", sagte ich zu dem Taxifahrer. Die Räder quietschten, der Wagen kam zum Stehen. „Gus!" Ich stieg eilig aus, Regen klatschte auf meinen Hut und benetzte meine nackten Arme. „Hallo!"

Gus warf seine Zigarette weg und schlug die Fahrertür seines Trucks zu. „Hi, Violet!"

Ich war nicht seinetwegen aus dem Auto gesprungen, sondern wegen Melroy. Das wusste Gus genau. Um nicht unhöflich zu sein, fragte ich, wie es ihm ging.

„Danke, gut", antwortete Gus seufzend. „Hör mal … Wenn du mich wegen Melroy fragen willst …"

„Ja?"

Gus atmete lange aus. „Er wird heiraten, Violet."

„Was?" Das konnte nicht sein. Vor ein paar Wochen erst, als ich seinen Brief gelesen hatte, war darin die Rede von einer *Freundin* gewesen, nicht Verlobten. „Er ist gerade sieben Monate weg!"

„Ja … Ihm blieb nicht viel übrig."

Ich war so wütend. „Wieso?" Hinter mir hupte das Taxi. Ich fuhr herum. „Gleich!" Dann starrte ich wieder zu Gus. „Antworte!"

„Melroy hat …" Gus kratzte sich am Kopf.

„Was hat er?"

Jetzt sah er mir in die Augen. „Sie bekommen ein Kind, Violet."

Ein heftiger Schmerz zog durch meine Brust. „Was? Ein Kind?"

„Ja, seine Freundin ist schwanger geworden, das war nicht beabsichtigt, ist passiert …" Er grinste. „Aber jetzt will er sie heiraten."

In seinem Brief hatte er mir mitgeteilt, dass er jemand anderen liebte, aber ich hatte immer noch die Hoffnung gehabt, er würde eines Tages heimkommen, und ich könnte verhindern, dass er zu dieser Frau zurückkehrte. Aber ein Kind veränderte alles. Das wusste ich.

Da ich meine Tränen nicht zurückhalten konnte, drehte ich mich von Gus weg und schlug die Hände vors Gesicht.

Sanft legte er seine Hand auf meine Schulter. „Nimm's nicht so tragisch, Violet. Irgendwann …"

Ich schlug seine Hand weg. „Mach's gut", sagte ich und rannte zum Wagen.

Auf der Fahrt nach Burke House konnte ich an nichts anderes denken als an Melroy und wie sehr mein Herz schmerzte, wenn ich an seine zahlreichen Besuche dachte, die er auch fortgesetzt hatte, nachdem Rosie gestorben war. Wir hatten uns weiterhin im Wald getroffen, und wenn es regnete, war er mit dem Wagen gekommen, und wir hatten darin gesessen und uns gesagt, wie sehr wir einander liebten.

Jetzt wusste ich, dass er gelogen hatte.

Kurz vor dem Wald fuhr das Taxi langsamer, und ich entdeckte ein Haus, vor dem ein Schild mit der Aufschrift *For sale* stand.

„Halten Sie bitte an!"

Ich zog ein paar Scheine aus meiner Geldbörse und reichte dem Fahrer dazu ein gutes Trinkgeld. „Hier. Ich laufe den Rest."

Draußen regnete es noch immer. Das Haus kannte ich nicht, denn ich war nie wirklich in Glenn Lock unterwegs gewesen. Es war ein einfaches Haus, nicht sehr groß und nicht besonders schön, doch so wie es aussah, hatte es einen Garten.

Ich werde nach New Orleans gehen.

Ich betrachtete das Haus.

Er wird heiraten.

Ich senkte den Blick.

Wozu sollte ich nach New Orleans gehen, wenn es keinen Grund dafür gab?

Ich notierte mir die Nummer des Maklers, die auf dem Schild stand, neben dem Bild eines pausbäckigen Mannes mit roten Haaren und einem strahlenden Lächeln.

Dann machte ich mich auf den Weg zurück nach Burke House. Als ich das gusseiserne Tor schon sehen konnte, dachte ich daran, wie oft Melroy mich gefragt hatte, ob ich mit ihm gehen wollte. Es mussten Dutzende Male gewesen sein, und immer hatte ich eine Ausrede gehabt.

„Ich bin zu jung."

„Vor achtzehn lässt mich mein Vater nicht hier weg."

„Ich habe kein Geld."

Und irgendwann hatte er nicht mehr gefragt.

Irgendwann war er gar nicht mehr gekommen.

Jetzt stand ich hier. Im Eingangsbereich von Burke House, während Wassertropfen von meinem schönen Kostüm zu Boden fielen.

Ein Summen erfüllte den Raum. „Lalala."

Ich drehte den Kopf zur Seite und sah meine Mutter in einem ihrer Kimonos durch das Haus wandeln und dabei Rosies Rollstuhl vor sich herschieben. Das Quietschen der Räder zog mir durch Mark und Bein.

„Lalala. Mhmhmh."

„Hör auf!" Das war zu leise, als dass sie es hören könnte. Ich ballte meine Hände zu Fäusten. Der Rollstuhl hatte seit Rosies Tod in der kleinen Kammer im Erdgeschoss gestanden. Ich hatte ihn schon lange nicht mehr gesehen.

Bis heute.

Bis Mom beschlossen hatte, ihn durch Burke House zu schieben.

„Lalala."

„HÖR AUF!", schrie ich.

Sie gehorchte und grinste. „Willkommen zu Hause!"

Oh, wie sehr wollte ich, dass auch meine Mutter starb. Wie sehr wollte ich es für das Kind, das sie nicht beschützt hatte, und für mich. Ich wollte nicht, dass Leute mich fragten: *Sie kümmern sich nicht um sie?*

„Ich werde ausziehen", sagte ich. „Und du, Mom … Wenn du hierbleiben willst, musst du bleiben, aber ich gehe."

Sie kam näher. Mit dem Rollstuhl, als würde sie ein unsichtbares Kind darin schieben. „Nein, du wirst nicht gehen."

„Ich gehe. Ich habe schon ein Haus", log ich.

Mom lachte. Da ihre Augen so glasig waren, wirkte sie, als wäre sie gar nicht anwesend. „Du kannst nicht gehen, Violet. Die Wände haben gesehen, was du getan hast."

„Ich habe nichts getan."

„Du bist eine Mörderin, mein Kind." Mom legte den Kopf schräg und nahm eine meiner, aus meiner Frisur gerutschten, nassen Haarsträhnen in die Hand.

„Ich habe Dad nicht getötet", sagte ich leise. „Das warst du. Du bist mit der Schere ins Zimmer gekommen."

„Du kannst es mir so oft vorhalten, wie du willst, aber … Die Wahrheit kennst du. Und Burke House kennt sie auch."

„Ich gehe." Ich wollte mich umdrehen, doch Mom hielt mich am Arm fest. „Was ist denn noch?"

„Weißt du, was ich glaube, Violet?"

Ich antwortete nicht, sah sie nicht einmal an.

„Ich glaube, dass du einen Grund hast, Burke House nicht zu verlassen, der gar nichts mit Dad zu tun hat. Du hast es wiederholt, immer und immer wieder." Jetzt fiel ein kurzer Blick ihrerseits auf den Rollstuhl. „Weißt du es noch?"

Verlass mich nicht! Bitte verlass mich nicht!

Mein ganzer Körper verkrampfte. Jeder Muskel zog sich zusammen. „Du meinst Rosie. Sie ist tot, Mom. Und auch daran bist du schuld. Du hast zugesehen, wie Dad sie misshandelt hat, und es war dir völlig egal."

Sie schlug mir ins Gesicht.

Ich legte meine Hand an die Wange, wollte, dass meine Mutter starb, so wie Kenneth, hier und jetzt, weil der Hass sich allmählich in tiefe Abscheu verwandelte. „Du hast nicht eingegriffen, dabei hast du genau gewusst, was er getan hat!" Tränen der Wut schossen mir in die Augen. „Wir haben immer und immer wieder deine Hilfe gesucht und sie nicht bekommen! Wie kannst du damit leben, Mom?"

Bitte verlass mich nicht!, erinnerte ich mich an die Worte meiner Schwester, weil ich die Einzige war, die sie gehört hatte.

Gleichzeitig wurde mir bewusst, dass sie der Grund waren, weshalb ich Melroy abgewiesen hatte, immer wieder, und warum es mir so schwerfiel, Burke House zu verlassen.

Würde ich Burke House verlassen, würde ich Rosie verlassen.

Ich ließ meine Mutter einfach stehen und eilte in mein Zimmer. Ich schlief noch immer in dem Erkerzimmer, in dem ich früher mit Rosie geschlafen und in dem unsere Mutter unseren Vater getötet hatte.

Ich lehnte mich mit dem Rücken an die Tür, japste nach Luft und starrte an die Decke. „Eins", begann ich zu zählen, während Tränen meine Stimme erstickten. „Zwei …"

Es geht vorüber, dachte ich. *Rosie hat immer gesagt, es geht vorüber.*

Doch vielleicht hatte Rosie nicht immer recht.

6

Gegenwart

Am Montag vor Thanksgiving lud Donovan Annie zu einem Dinner nach New Orleans ein. Sie aßen in einem schicken Restaurant direkt am Mississippi und flanierten anschließend noch eine Weile durch die Stadt, bis er ihr verkündete, eine Überraschung für sie zu haben.

Sie saßen auf einer Bank nahe dem Hafen, wo ein Kreuzfahrtschiff vor Anker lag, als er Tickets aus seiner Manteltasche holte.

Sie konnte nicht verbergen, wie sehr sie sich freute, schlang ihre Arme um ihn und drückte ihn fest. Zu Thanksgiving hatte Donovan für sie beide eine Reise nach New York organisiert, der Flug ging schon übermorgen.

Überglücklich ließ sie sich von ihm Fotos von einem Hotel zeigen, mitten in Manhattan und ganz dicht an ihrer Schule, sodass sie sich mit ihren Freundinnen treffen konnte. Für Donnerstag hatte Donovan schon Plätze in einer ihrer Lieblingskneipen zu Live-Musik klargemacht.

Annie war selten so gerührt und glücklich zur selben Zeit, und so ließ sie auf der gesamten Fahrt nach Grant House seine Hand nicht los.

Es war das erste Mal, dass sie nicht von dem verschlossenen Tor träumte.

Am nächsten Morgen frühstückten alle zusammen im Esszimmer des Hauses. Georgina servierte gebackene Teilchen mit Ei und Käse, und Melroy und Violet unterhielten sich rege.

Die Einzige, die sich stiller verhielt als sonst, war Jules.

Annie spürte, dass sie immer wieder ihren Blick suchte, doch sie konnte ihn nicht erwidern. Nicht nachdem sie das Geheimnis der Familie erfahren hatte, auch wenn Jules am allerwenigsten etwas dafür konnte.

Den Unterricht hielt Annie so professionell wie immer ab, und doch lag seit dem Spaziergang in der Allee eine merkliche Kühle in ihrer Stimme. Sie mied den direkten Augenkontakt zu Jules, bis diese die Sache direkt ansprach. „Hätte ich es dir nicht sagen sollen?"

„Jules, mach die Grammatik weiter."

„Nein, Annie, das mache ich nicht." Jules legte den Stift zur Seite. Sie schob ihren Rollstuhl ein Stück nach hinten und faltete die Hände im Schoß. Damit sah sie aus wie ihre Mutter.

Annie ließ sich nicht beirren. „Du hast es mir erzählt, und ich versuche, damit klarzukommen. Auf meine Weise."

„Indem du mich nicht mehr ansiehst?"

Ja. Und es tat Annie leid. Sie legte ihr Notizbuch zur Seite und blickte auf. „Don und ich machen eine Reise."

„Hab schon gehört."

„Ich brauche diese Reise dringend."

„Du wirst ihm aber nichts erzählen?"

„Nein. Du hast mir ja gesagt, dass ich nichts erzählen darf, obwohl ..." Annie überdachte ihre Worte genau. „Obwohl ich nicht verstehe, warum er es nicht weiß, denn er gehört zur Familie."

Jules' Blick verfinsterte sich. „Aber nicht zu dieser Familie ..."

Am Mittwoch verabschiedeten Georgina, Violet und Jules Annie und Donovan, die sich in den frühen Morgenstunden auf den Weg zum Flughafen machten. Annie konnte nicht sagen, wie verdammt froh sie war, Grant House für ein paar Tage verlassen zu können.

Sie nahm erst Georgina und dann Jules in die Arme, für Violet hatte sie nicht mehr übrig als ein eisiges Nicken. Auch wenn sich die beiden Frauen nun um so etwas Schönes wie Annies und Donovans Hochzeit kümmerten, hatte die Offenbarung des Geheimnisses bewirkt, dass Annie Violet mit anderen Augen sah.

Und das Gefühl, jetzt in ihre Heimat zu fliegen und diese ganz kleine Möglichkeit zu haben, zu bleiben und nicht wieder zurückzukommen, war ...

„Du kommst nicht wieder, oder?", fragte Jules, als Annie in das Taxi steigen wollte.

„Jules!", zischte Violet. „Was soll das?"

„Ich denke, du kommst nicht wieder!"

Erschrocken sahen sich Violet und Georgina an. Donovan, der die Tür für seine Verlobte offen hielt, starrte zu Annie. „Was meint sie?"

„Ich weiß es nicht", sagte Annie kühl und stieg ein.

„ANNIE!", schrie Jules nun, während sich ihre Stirn in ängstliche Falten legte. Sie rollte zum Wagen. „Annie, versprich mir, dass du wiederkommst!"

„Jules, wovon redest du?" Donovan legte die Hand auf die Schulter seiner Schwester. „Warum sollte Annie nicht wiederkommen?"

Annie starrte stur auf ihre Hände. Sie würde keine Antwort geben.

„Annie?", wiederholte Jules deswegen unsicher. „Versprich mir, dass du wiederkommst!"

Es reichte ihr. Sie sah auf. „Jules! Es ist genug! Mach die Tür zu!"

„ANNIE!"

Donovan schlug die Tür zu und schob Jules' Rollstuhl zu seiner Stiefmutter, während das Mädchen darin tobte.

Annie saß im Wagen und wagte es nicht, sich zu ihnen umzudrehen.

Sie hatte für Jules und diese Familie gekämpft und war nun erschöpft. Müde davon, zu viel zu wissen, denn die Last jenes Geheimnisses zu hüten, wog schwer auf ihr. Dieses optionale „Es geht mich nichts an" oder wie Donovan es so schön sagte „It's not your business" war leichter gesagt als getan.

Sie seufzte tief.

Aber ein bisschen, ein kleines bisschen hängst du schon mit drin …

„Weg hier", flüsterte sie nun, als Donovan einstieg und sie Grant House endlich den Rücken kehren konnte.

Ich hatte das Theater meiner Tochter nicht verstanden, war sogar froh darüber, Annie für ein paar Tage los zu sein.

Ich musste mich ihren quälenden Fragen nicht stellen, ihrem Psychologie-Fachchinesisch, ihrer gedrückten Stimmung, ihren Blicken, aus denen ich nie schlau wurde – liebte sie Grant House oder verteufelte sie es?

Es war mir auch egal.

Ich musste mir keine Gedanken darum machen, dass Jules aus dem Haus geschoben wurde, weil ihre Lehrerin sich einen Ausflug ausgedacht hatte, wusste meine Tochter in der Sicherheit ihres Bereiches im Haus und konnte mich meinen Aufgaben widmen.

In den nächsten Tagen hörte es nicht auf zu regnen.

Auch nicht an Thanksgiving, als Melroy nicht arbeitete und zu Hause blieb und ich mich neben ihn setzte, als er seine Zeitung las. „Hm?", machte er, als ich meinen Kopf an seine Schulter legte. Sanft streichelte er mein Gesicht.

„Es riecht fantastisch." Er machte eine Kopfbewegung in Richtung Küche. Er hatte recht. Georgina stand seit fünf Uhr morgens in der Küche, es würde ein hervorragendes Thanksgiving-Dinner geben.

„Ich muss noch in den Wald", sagte ich, und betrachtete das Wetter draußen. Es schüttete wie aus Eimern.

„Du musst nicht, wenn du nicht willst", flüsterte er, ohne von seiner Zeitung aufzusehen.

Ich sah ihn nicht an, ich gab nichts auf seine Worte, weil niemand außer mir nachempfinden konnte, dass ich es doch tun musste, um mein Gewissen ein kleines bisschen zu erleichtern.

„Es ist doch so lange her", sagte er mit Nachdruck. „Wie lange soll das noch gehen?"

Lass mich nicht allein.

Ich schloss die Augen, bereitete mich auf die Kälte vor, mit der der Herbst mich empfangen würde, und verließ das Haus.

Am Abend genossen wir zu dritt unseren Truthahn, während ich Jules mehrere Male ermahnen musste, das Messer vernünftig zu halten, weil sie sich sonst schneiden würde.

Bockig wie sie war, legte sie das Messer zur Seite und zerriss das Fleisch mit ihren Fingern, sodass sie mundgerechte Stücke hatte.

„Jules." Ich versuchte, nicht wütend zu werden. Doch sie trieb mich manchmal zur Weißglut. „Das ist dem Tier gegenüber aber sehr unangebracht."

„Es ist tot, Mom. Ob ich's zerschneide oder zerreiße, es juckt es nicht mehr."

„Dennoch …"

„Jules, hör auf deine Mom." Melroy trank von seinem Wein.

„Annie hätte Georgina und Timothy zum Essen eingeladen", murmelte Jules. „Von dir kann man diese Art der Dankbarkeit nicht erwarten."

„Jules, was erlaubst du dir? Du denkst, ich bin ihnen nicht dankbar?" Ich sah auf. „Sie haben noch nie mit uns zu Abend gegessen, auch nicht an Thanksgiving."

„Annie hätte …"

„Annie, Annie, Annie!" Ich ließ lautstark das Besteck neben meinen Teller fallen. „Ich verbiete mir diesen Namen bei Tisch!"

„Du kannst mich mal!" Jules schob ihren Rollstuhl an und rollte aus dem Zimmer.

Melroy schenkte mir einen kurzen Blick und tat so, als würde er in Deckung gehen, doch ich konnte ihr Verhalten nicht akzeptieren, stand auf und ging ihr hinterher.

In der Nacht konnte ich nicht schlafen.

Jedes Mal, wenn das alte Haus einen Ton von sich gab, sei es das knarrende alte Holz oder der Wind, der durch die Dielen zog, schreckte ich hoch. Wieder wandelte ich dann wie ein Geist durch Grant House und fühlte mich dabei an meine Mutter erinnert.

Ich gehe.

Du wirst nicht gehen.

Meine Mutter war sich sicher gewesen, dass ich Burke House nicht verlassen würde. Und ich hatte meine Gründe, warum ich es nicht getan hätte.

Aber Jules hat die nicht.

Jules hat keinen Grund hierzubleiben.

Oder doch?

Ich legte die Hand auf das Treppengeländer, als ich mich auf den Weg zu dem Bereich des Hauses machte, in dem meine Tochter wohnte. Dann hielt ich inne. Früher war ich in die entgegengesetzte Richtung gelaufen, um zu meiner Mutter zu gelangen. Um sie um Hilfe zu bitten.

Ja, Jules hat keinen Grund, Grant House nicht zu verlassen.

Aber sie ist dein Kind. Und sie liebt dich. Anders als du, hasst Jules ihre Mom nicht. Sie liebt dich, weil du ihr eine gute Mutter bist.

Oder?

Draußen blitzte und donnerte es laut. Regen prasste gegen die Scheiben.

„Eins", begann ich zu zählen und setzte meinen Weg fort, um nachzusehen, ob Jules noch immer in ihrem Bett lag und schlief und sie mich nicht verlassen hatte.

Am Freitag verbrachte ich den Tag in der Bibliothek, während Jules in ihrem Rollstuhl am Fenster saß und so tat, als würde sie zeichnen. Die Kluft zwischen uns war gewaltig groß.

„Möchtest du einen Tee, Darling?" Um vier Uhr nachmittags war Teezeit.

Jules aber schüttelte den Kopf. „Musst du nicht noch raus?"

„Ich war doch heute Morgen."

„Aber ist es nicht an der Zeit?"

„Nein, ich gehe nicht vor fünf."

„Ich will keinen Tee."

„Schön." Ich stand auf, entfernte mich aus der Bibliothek und schritt rüber in die Küche. Georgina und Timothy stritten genauso, wie es sich für ein altes Ehepaar gehörte. Als ich eintrat, verstummten sie nicht.

„Ach, alter Maulesel, du", schimpfte Georgina. „Der Tee ist schon fertig, Ma'am. Müssen nur noch Zucker hineintun."

Ich ging zum Tisch und griff nach der Tasse. „Vielen Dank, Georgina." Ich erinnerte mich an Jules' Worte von gestern. Ich war niemand, der undankbar war. Ich war meinem Personal dankbar. Allein, dass ich Personal einstellte und es gut bezahlte, zeigte meinen Dank. Oder nicht? „Was gibt es zum Dinner, Georgina?"

„Lamm, Ma'am. Und schwarze Bohnen und, wenn's recht ist, Kartoffeln von gestern, da ist ja so viel übrig geblieben."

„Vom Truthahn nicht?"

„Nein, Mr. Grant hat heute noch ein ordentliches Sandwich mit den Resten mit zur Arbeit bekommen."

Ich grinste. Melroy liebte Georginas Küche. „Verstehe." Ich legte der dicken Frau meine Hand auf die Schulter. „Danke, Georgina." Damit ging ich mit meiner Tasse aus der Küche und über den Flur in den Salon. Schon von Weitem sah ich, dass die Flügeltür zur Bibliothek weit offen stand.

„Jules?" Ich beschleunigte das Tempo. Als ich in der Bibliothek ankam, sah ich, dass nur noch ein leerer Rollstuhl vor dem Fenster stand. Ich ließ die Tasse fallen, rannte durch das Zimmer in den kleinen Flur und durch die geöffnete Tür nach draußen. „JULES!", schrie ich, erreichte den Außenbereich, wo noch immer unermüdlich der Regen vom Himmel fiel, und schaute mich um. „JULES!"

Dann sah ich sie. Wie sie auf dem Weg nach vorn war und sich dabei an der Hauswand abstützte, wie sie sich umblickte, weiterging, hektisch, humpelnd und schnell, aber nicht schnell genug, sodass ich sie erwischte, ihren Arm festhielt und zu mir herumzog. „WAS SOLL DAS?", fuhr ich sie an.

Wir wurden beide nass vom Regen, Jules versuchte, sich aus meinem Griff zu befreien. „LASS MICH LOS!"

Ich ließ sie nicht los. Ich zog an ihrem Arm, sie rutschte auf dem nassen Laub aus, während ich kein Erbarmen kannte. Ich zog sie wie einen nassen Sack zurück zur Tür, während Jules strampelte und nach mir schlug.

Sie sollte nirgendwohin gehen! Sie sollte mich nicht verlassen! Sie sollte bleiben!

Im Haus schleifte ich sie zu der kleinen Kammer. In genau die Kammer, in der damals viele Jahre der Rollstuhl seine letzte Ruhe gefunden hatte, bis es Anlass gegeben hatte, ihn wieder herauszuschieben. Ich öffnete die Tür dieser Kammer, in der es stickig und feuchtkalt war, da es nur ein kleines Fenster oben in der Ecke gab. Ich schaltete das Licht an und zog meine Tochter in die Kammer hinein. „Du bleibst hier!", fauchte ich, stieg über sie hinweg und wollte die Tür zuschlagen.

„Das ist doch nicht dein Ernst!", schrie sie. „Mom! Du kannst mich nicht einsperren!"

Mom, du kannst mich nicht einsperren …

Meine Hände bildeten Fäuste, als ihre Worte mich in die Vergangenheit katapultierten. Da hockte sie nun, meine kleine Jules, die mein Leben so wunderbar gemacht hatte, aber all die Ängste wieder hochkommen ließ.

„Doch, das kann ich", sagte ich, weil ich nicht stark genug war, mich ihnen zu stellen. Da war nur diese furchtbare Dunkelheit, dieses ekelhafte Gefühl der Machtlosigkeit, als es mir das Herz zerbrach, sie dort sitzen zu sehen. Mit ihren Beinen, die zu schwach und krank waren, sie in die Freiheit zu tragen.

Eine Freiheit, die sie verdiente, ich aber nicht akzeptieren konnte.

Also schloss ich die Tür und entdeckte Georgina an der Tür zur Bibliothek. „Ihr Mann ist am Telefon, Ma'am." Ich konnte in den Augen der gutmütigen Frau erkennen, dass sie Jules' Schreie hörte. „Ist alles in Ordnung?"

„Jules braucht eine Pause. Und ich würde Sie bitten, meine Entscheidung zu respektieren, Georgina."

Die Köchin nickte. „Und der Rollstuhl?" Mit einer Kopfbewegung zeigte sie auf den Rollstuhl, der noch immer am Fenster stand.

Und meine Erinnerungen holten mich ein.

Ach, wäre sie doch im Rollstuhl geblieben …

Kapitel 9

1

Vergangenheit

Violets 18. Geburtstag

Ich liebte Depeche Mode. Seit ich – ganz allein – herausgefunden hatte, wie man die Stereoanlage im Salon bediente, hörte ich ihr Album *Violator* hoch und runter. *Enjoy the silence* wurde zu meinem Lied, und immer wenn die Klänge des Songs durch Burke House hallten, glaubte ich, dass die Zeilen und Töne nur für mich bestimmt waren.

„MÖRDERIN."

Ich riss die Augen auf, während ich wie erstarrt liegen blieb und den Umriss meiner Mutter ausmachte, die auf der Bettkante hockte. Ihre langen Haare fielen ihr zu beiden Seiten des Gesichts herunter, die aufgeblähten Ballonärmel ihres Nachthemds taten ihr Übriges dazu, dass sie wie ein Geist aussah.

Ich brauchte nicht auf die Uhr zu sehen, es war stockfinster, nur das Mondlicht warf ein sanftes Licht in das Kinderzimmer mit dem Erker.

„MÖRDERIN."

Hastig machte ich aus, ob Mom eine Waffe in ihren Händen hielt. Meistens kam sie nämlich mit einer Schneiderschere in mein Zimmer. Meistens nachts. Jede Nacht.

„Mörderin."

Und ich dachte an: „*Words like violence break the silence. Come crashing in into my little world.*"

„Geh ins Bett, Mom", sagte ich leise, aber laut genug, dass sie mich verstehen musste. Daraufhin stand sie auf und verließ mein Zimmer, während ich mich umdrehte und versuchte, wieder einzuschlafen.

Meinen 18. Geburtstag feierte ich ganz allein.

Niemand kam, um mir zu gratulieren. Melroy hatte nicht einmal eine Karte geschickt.

Mom wusste nicht, dass ich heute Geburtstag hatte. Sie verbrachte den Morgen auf dem Sessel im Salon sitzend. Mit vor dem Oberkörper verschränkten Armen wippte sie vor und zurück und redete dabei mit sich selbst.

Als ich fragte, was sie zu essen haben wollte, sah sie kurz auf. „Warum hast du ihn umgebracht?"

„Ich habe ihn nicht umgebracht", antwortete ich ihr zum tausendsten Mal auf diese Frage. „Toast und Speck?"

Gus brachte an diesem Tag die Lieferung, weil ich es weiterhin mied, in die Stadt zu gehen. Er beteuerte, wie schön ich heute aussehe, und sein Flirten entging mir nicht. Aber weil ich Gus absolut nicht attraktiv fand, nickte ich nur geschmeichelt und glich die Einkäufe mit der Liste ab.

„Kerzen." Er wies auf die Packung Tortenkerzen, die ganz oben in einer der Kisten lagen. „Wer hat denn Geburtstag?"

„Ich."

„Wirklich?" Gus schien es sehr unangenehm zu finden, hier jetzt mit mir zu stehen. „Herrje, das wusste ich nicht. Happy Birthday!"

„Danke."

„Feiert ihr?"

„Nein."

Er steckte die Hände in die Hosentaschen. „Gehst du heute aus?"

„Nein."

„Schade. An seinem Geburtstag allein zu Hause zu sitzen, ist doch sicherlich ... total langweilig."

Ich schaute an ihm und der Tür vorbei zum Tor.

Gus hatte keine Ahnung.

Ich gab ihm die Durchschrift der Liste mit meiner Unterschrift. „Noch was?"

In diesem Moment ertönte ein schriller, lauter Schrei.

„Was war das?" Gus schaute in die Richtung, aus der der Schrei gekommen war.

„Das ist meine Mutter", gab ich gelassen zurück. „Sie hat ihre fünf Minuten."

„Ja … aber …" Seine Augen weiteten sich, als nun gegen eine Tür gehämmert wurde. „Ist sie … eingesperrt?"

„Ja." Ich lächelte. „Wenn ich das nicht tue, rennt sie mit einem Messer auf mich zu. Also, was denkst du, Gus, habe ich für eine Wahl?"

Er hob beide Hände. „Nein, nein … Ich misch mich da nicht ein." Er griff nach der Liste und ging, so schnell er konnte. Dann aber drehte er sich noch einmal um. „Violet?"

„Ja?"

„Also … Ich habe heute Zeit, wenn du willst."

Ich rang mir ein Lächeln ab. „Danke."

Es war das erste Mal, dass Gus hier war und wir nicht ein einziges Mal über Melroy gesprochen hatten.

Am späten Nachmittag stand ich in der Küche und buk einen Kuchen. Dazu rührte ich einen einfachen Teig an, schnitt ihn nach dem Backen zweimal waagerecht durch und verteilte Buttercreme zwischen den einzelnen Lagen. Als ich damit fertig war, ummantelte ich den Kuchen noch mit der restlichen Creme, wobei sich immer wieder Teigkrümel mit ihr vermischten und der Rand ganz krisselig wurde. Ich verengte die Augen, gab mir Mühe, während Mom im Hintergrund immer wieder gegen die Tür der Kammer hämmerte und schrie.

„MÖRDERIN!"

Doch mich ließ das kalt.

Ich wollte Kuchen backen.

Denn heute war mein Geburtstag, und weil meine Mutter dafür verantwortlich war, dass ich mich an keinem anderen Ort der Welt wohlfühlen konnte, weil ich nichts anderes kannte, ließ ich mir diesen Moment auch nicht verderben.

„All I ever wanted, all I ever needed, is here in my arms."

Rosie hatte immer hier weggewollt, und ich hatte mich immer gefragt, was ich tun sollte, wenn Rosie eines Tages wirklich gehen würde.

Doch jetzt war alles anders.

Als ich den Spachtel ableckte, dachte ich daran, dass Rosies Geburtstag Mom jedes Jahr völlig egal gewesen war. Ich hatte das nie verstehen können. Auch wenn Rosie gestorben war, gab es einen Tag, an dem sie vor Jahren geboren worden war – und dass ihr Leben ein Geschenk für mich und unseren echten Dad gewesen war.

Mit dem Spachtel in der Hand ging ich zu dem Fenster in der Küche, von dem aus man den Wald und das Spielhaus hinter der Eiche sehen konnte.

Zuckersüße Masse klebte an meinem Finger, den ich nun ablutschte – es war ein Jammer, dass ich mich seit Jahren nicht in den Wald gewagt hatte, nicht einmal an Rosies Geburtstagen.

Ich schleuderte den Spachtel in die Spüle, drehte mich zu dem fertigen Kuchen um und nahm ihn auf.

Mein Herz klopfte gefühlt ein bisschen schneller, als ich das Haus und dann den Rosengarten mit dem Kuchen durchquerte und mich innerlich freute, meinen Geburtstag doch nicht allein feiern zu müssen.

Ich passierte die alte Eiche, spähte einmal ins Spielhaus und machte mich dann weiter auf den Weg in den Wald, den ich sonst mied.

Doch hier war ihr Ort.

Hier war Rosie.

Ich stellte den Kuchen auf den Rand des Brunnens ab und wagte es nicht hineinzusehen. Stattdessen blickte ich auf das Grab. Ein Grab, ungeschmückt und trostlos. Ohne Stein, ohne ein Kreuz.

Einfach ein Haufen Erde bewachsen mit Gras, das nie geschnitten worden war, weil niemand dafür Interesse zeigte.

Eine Last, schwer wie Blei, ruhte auf meinem Herzen, als ich daran dachte, dass Mom recht gehabt hatte: Ich würde Burke House nicht verlassen können. Es lag nicht daran, dass ich nicht den Mut gehabt hatte zu gehen, nein, es war derselbe Grund, weshalb ich eine Absage für das kleine Haus am Rand von Glenn Lock erteilt hatte, obwohl es mir wirklich gefallen hatte. Es war hell, die Raumaufteilung praktisch, und vom Garten aus hätte ich einen unverbauten Blick auf ein Weizenfeld gehabt.

Aber ich hatte es nicht gekauft.

Und ich würde nicht gehen.

Ich ging nicht, weil Rosie hier war und mich vor Jahren gebeten hatte: *Lass mich nicht allein.*

Wie sehr sie mir fehlte …

Als die Wolken kaum noch Sonnenstrahlen durch das Dickicht des Waldes zur Lichtung durchließen, machte ich mich auf den Weg zurück ins Haus. Als ich durch die Hintertür reinging und den Weg zur Bibliothek nahm, hörte ich, was in der Kammer daneben vor sich ging.

Beschwörend sprach Mom dunkle Worte in das Schlüsselloch, bevor sie erneut stampfte, gegen die Tür hämmerte und in allen möglichen Tonlagen schrie.

„Ich schneide mir die Pulsadern auf!", drohte sie hinter der verschlossenen Tür. „Hast du gehört? Ich schneide mir die Pulsadern auf!"

Ich legte meinen Mantel ab.

„Violet, du kannst mich nicht einsperren!"

Ich war müde.

Erschöpft.

Und ich schwor mir, wenn ich Blut unter dem Türspalt der Kammer hindurchfließen sehen würde, würde ich es so lange ignorieren, bis Mom gestorben wäre.

Tränen brannten in meinen Augen.

Das Klingeln an der Tür weckte mich aus meinen Gedanken. Hatte Gus das Tor nicht geschlossen?

Ich eilte nicht nach vorn, sondern hängte erst meinen Mantel weg und glättete mein Kleid. Ich nahm den Kuchen, den ich noch nicht angerührt hatte, und öffnete so die Tür.

„Hey."

Ich erstarrte.

„Words are very unnecessary. They can only do harm."

„Alles Gute zum Geburtstag, Violet."

Ich öffnete den Mund, um etwas zu sagen, brachte jedoch keinen Ton heraus: Vor mir stand Melroy.

2

Gegenwart

Es war herrlich!

Annie hatte sich schon seit Ewigkeiten nicht mehr so gut gefühlt wie in den Tagen, die sie mit Donovan zu Thanksgiving in New York verbrachte. Sie war aus dem Häuschen gewesen, als sie nach dem Flug am JFK Airport ausgestiegen und zu ihrem Taxi gegangen war, und sie konnte sich an ihrer alten Heimat auf der Fahrt zum Hotel nicht sattsehen. Als sie mitten in dem Smog der Großstadt das Taxi verließ, sog sie den Geruch der Millionenmetropole ein und schloss kurz die Augen, um diesen Moment zu genießen.

Donovan hatte eine weitere Überraschung für Annie, als er im Fahrstuhl auf die 81 drückte. Annie kam aus dem Staunen nicht mehr heraus, denn von hier oben hatten sie einen atemberaubenden Blick über die Stadt. Da es schon dunkel war, leuchteten die Straßen unter ihren Füßen, sie konnten über ganz Manhattan bis hin zum Central Park sehen und über den Hudson River nach New Jersey.

Zu Abend aßen sie in einem Sushi-Laden, und am nächsten Morgen fuhren sie mit der U-Bahn durch die halbe Stadt, um all die Plätze zu besuchen, die sie beide hier immer geliebt hatten, und sie flanierten am Nachmittag über die Piers des Brooklyn Parks. Am Abend trafen sie sich mit ihrer alten Clique. Das gemeinsame Thanksgiving-Essen fand dann in einer Kellerkneipe im tiefsten Kern der City statt, und nach dem Essen gab es noch jede Menge Bier und Billard, bevor eine Liveband ihre Songs zum Besten gab.

Am Freitag nach Thanksgiving ging Annie mit ihren Freundinnen Annabelle und Mary die begehrten Black-Friday-Deals shoppen, während Donovan einen Besuch seiner alten Arbeitsstelle anstrebte.

Die Stadt platzte förmlich aus allen Nähten, als sich die drei jungen Frauen durch die U-Bahn-Stationen und über die Fußwege zwängten. Mit Taschen und Tüten in der Hand genoss Annie das Plaudern mit ihren Freundinnen, war losgelöst und verlor nicht einen einzigen Gedanken an Grant House oder an Jules.

Da sie die Linie Richtung Pelham Manor nehmen wollten, die nur alle zehn Minuten kam, eilte Mary voraus und Annabelle und Annie hinterher, wo sie die schwülheiße und muffige Luft der Untergrundbahn als Letzte empfing. Der Wind bauschte ihre Haare auf, als Annie sich an den Leuten vorbeidrängelte, um den Anschluss an ihre Freundinnen nicht zu verpassen. Die Bahn stand schon in der Station, die letzten Menschen waren ausgestiegen, die jungen Frauen sprangen in letzter Sekunde zur Tür hinein und sicherten sich ihre Plätze an den Haltestangen.

„Und?", fragte Mary und versuchte, Annie zwischen den anderen Leuten anzusehen. „Wie ist es so, wieder hier zu sein?"

Eine Frau mit Mantel und Hut starrte zu Annie, ein Mann mit einem Kaffeebecher in der Hand blickte permanent auf sein Smartphone. Auf den Plätzen saßen Kinder, die stritten, Gebäck knabberten oder Videospiele zockten, Erwachsene telefonierten, unterhielten sich oder schauten auf den Monitor an der Decke, um sich die Zeit zu vertreiben. Annie kannte keinen dieser Menschen. An jeder Station würden ihr völlig unbekannten Leute aussteigen und völlig Fremde wieder einsteigen. Ein Wechsel im Minutentakt. Tausendmal, zehntausendmal am Tag. Jeden Tag.

Wenn sie nach Glenn Lock fuhr, war ihr der erste Mensch, den sie dort traf, bekannt. Und das war irgendwie schön.

„Es ist anders", sagte sie. Noch nicht einmal ein halbes Jahr lebte sie nun in Glenn Lock, doch fühlte es sich wie eine Ewigkeit an. „Es ist ein völlig anderes Leben." Ja, so konnte sie es am besten beschreiben. Wenn sie sich hier in New York einen Kaffee holte, würde die Verkäuferin sich schon Sekunden später nicht mehr an sie erinnern. In Glenn Lock würde Annie in ein Gespräch verwickelt werden, weil man wusste, wo sie hingehörte, und sich um ihr Befinden kümmerte.

Ja, vielleicht war sie nicht mehr die Annie aus der Millionenstadt New York City, vielleicht war sie die junge Lehrerin von Grant House, die man in Glenn Lock nun hier und da erkannte.

Annie krallte sich fester an die Haltestange, als die U-Bahn abbremste und schließlich anhielt.

„Freust du dich, wieder zurückzugehen, oder würdest du lieber hierbleiben?"

Annie konnte an Annabelles Gesichtsausdruck ablesen, dass sie eine sehr ehrliche Antwort befürchtete. Vorsorglich setzte sie eine mitleidige Miene auf.

„Ist schon okay", gab Annie zurück. „Ich mag meinen Job. Und Donovan hat für uns ein Haus gekauft."

„Du wolltest noch die Bilder zeigen!", erinnerte Mary sie.

Die jungen Frauen stiegen an der nächsten Haltstelle aus und gingen zusammen in einem Tross voller Menschen die Treppe nach oben, als Annies Telefon vibrierte. Sie versuchte, ihre Shopping-Bags unter Kontrolle zu bringen, zog mit der nun freien Hand das Telefon heraus und las Jules' Namen.

Annie steckte das Telefon zurück und folgte ihren Freundinnen in ein Diner in Harlem. Sie fanden einen freien Tisch am Fenster, als eine Nachricht von Jules reinkam: *Annie, bitte komm heim! Sie sperrt mich ein! Bitte, bitte, komm heim!*

„Und was willst du essen?", fragte Mary.

Annie schaute auf. Vor ihr lag die Speisekarte. „Ähm … Ich nehme das Special 3." Die Kellnerin notierte es. „Und eine Cola, bitte."

„Habt ihr gesehen, was ich bei *Victoria's Secret* bekommen habe?" Annabelle klatschte in die Hände. „Jason wird beeindruckt sein!"

„Und das zum halben Preis." Mary knabberte Fingerfood, das ihnen schon in die Mitte des Tisches gestellt worden war. „Und du, Annie? Was ist deine schärfste Ausbeute?"

Sie sperrt mich ein!

Annie war gar nicht anwesend.

Bitte, bitte, komm heim!

Um sie herum füllten sich die Tische.

„Annie?" Annabelle strich ihr über den Arm. „Alles in Ordnung?"

Annie schüttelte den Kopf. „Ich muss dringend telefonieren." Sie rutschte von ihrem Platz, stand auf und eilte nach draußen. In New York war es kalt, nicht mal zehn Grad warm, also kuschelte sie sich tiefer in ihre Jacke und wählte Donovans Nummer, der laut seiner SMS vorhin schon im Hotelzimmer auf sie wartete.

„Hey, Baby", sagte er, „hast du Spaß?"

„Ja, wir essen noch und dann bin ich in einer Stunde bei dir." Sie seufzte. „Don, ich habe eine beunruhigende Nachricht von Jules erhalten."

„Was für eine Nachricht?"

„Kannst du dir vorstellen, dass … Violet sie einsperrt?"

„Was soll das heißen?"

„Das, was ich sage. Glaubst du, deine Stiefmutter schließt ihre Tochter ein?"

„Nein, warum sollte sie das tun?"

Annie biss die Zähne zusammen. Er war nicht derjenige, der ihr helfen könnte. Weil sie etwas wusste, wovon er keine Ahnung hatte.

„Es ist alles gut", beruhigte er sie deshalb. „Genieß die Zeit mit deinen Mädels und dann kommst du her und bekommst deine versprochene Massage. Und heute Abend um acht wartet der Spa-Bereich auf uns."

„Don …" Sie hörte ein Klingeln im Hintergrund.

„Oh, Annie, das ist mein Essen. Bis nachher, Baby!"

Er hatte schon aufgelegt und sie war allein mit ihren Gedanken. Schon wieder spürte sie die Wut in ihrem Bauch, eine Wut gegen Jules, die absolut nicht berechtigt war, Wut gegen Violet und auch gegen Donovan.

„Verdammt!", fluchte Annie, steckte das Telefon in ihre Jackentasche und ging ein paar Schritte. Drinnen im Restaurant saßen ihre Freundinnen, sie konnte sie durch das Fenster sehen. Sie lachten und tauschten den neuesten Gossip-Talk aus.

Sie, Annie, war hier draußen. Allein.

Sie sperrt mich ein!

Annie ging die Straße weiter bis zum Harlem River. Sirenen ertönten, weil in der Nähe ein Krankenhaus lag. Die Gegend war nicht die schönste von New York.

Ein frischer Wind zog ihr um die Nase, als sie an den Moment mit Jules vor wenigen Tagen dachte, als Jules ihr von dem Geheimnis berichtet hatte.

„Sie hat ein Geheimnis."

„Was für ein Geheimnis?" Ja, Annie hatte es wissen wollen, und gleichzeitig hatte sie Angst gehabt. Angst, *zu viel* zu wissen.

„Ich …"

„Jules." Annies ganzer Körper hatte gebebt. „Was … hat … deine … Mutter … getan?"

„Ich muss es dir zeigen."

„Dann zeig es mir!"

„Nimm deine Hände weg!"

„Wieso?" Und dann war die Panik gekommen. „Jules, lass … Ich glaube, ich will es nicht wissen … Lass es sein!"

Doch das Mädchen hatte weiterreden müssen. „Ich kann nicht mehr! Ich muss es sagen, ich muss es loswerden! Sieh mich doch an!"

Noch Tage später erinnerte sich Annie ganz genau daran, wie viel Angst sie vor der Wahrheit gehabt hatte, die Jules ihr offenbaren würde. „Ich weiß nicht, ob es richtig ist."

„ANNIE!"

„JULES!"

Annie blickte auf die tristen Betonbauten Harlems, als sie sich daran erinnert hatte, wie sie sich damals auf der Allee zu Jules umgedreht und die das Geheimnis gelüftet hatte.

Annie hatte zu schreien begonnen, hatte nach Halt gesucht und ihn nicht gefunden, hatte die Hände auf die Knie gelegt und gerufen, dass das nicht wahr sein konnte.

Wieso, hatte sie überlegt, wieso tat eine Mutter ihrem Kind so etwas an? Was war Violet für ein Mensch?

„Ich liebe sie", hatte Jules dann gesagt. „Ich … Ich weiß, du verurteilst sie dafür, aber Annie, ich liebe meine Mom und ja … das ist es."

Das ist es.

Jetzt starrte Annie in den Himmel. Die Hubschrauber, die über Manhattan kreisten, waren bis hierher zu hören. Die Luft roch nach Müll, nach Pisse und Abgase.

Es war ihr New York, wie sie es liebte.

„Es ist alles eine große Lüge", sagte Annie leise, weil sie wusste, dass ihre Worte unter all den Menschen, die sie nicht kannten, sicher waren und somit auch das Geheimnis der Familie Grant. „Du kannst gehen", sprach sie ihre Worte von damals noch einmal aus, als Jules ihr gezeigt hatte, dass sie den Rollstuhl gar nicht brauchte. „Die ganze Zeit konntest du gehen."

3

Vergangenheit

Violets 18. Geburtstag

„Was willst du denn hier?", fragte ich, als ich Melroy vor der Tür stehen sah. Als ich an ihm vorbeischaute, vermutete ich, dass Gus das Tor offen gelassen haben musste.

„Ich wollte dir zum Geburtstag gratulieren."

„Danke." Ich wollte die Tür schließen, hatte jedoch wegen der Torte nur eine Hand frei, sodass Melroy keine Mühe aufbringen musste, als er sie aufstieß und eintrat.

Er starrte auf die Torte. „Hast du die gebacken?"

„Und noch mal: Was willst du hier?" Ich dachte an diese andere Frau und an das Baby. Die Hochzeit. Ich wollte nicht mit ihm reden.

„Ich will dir erklären, wo ich die ganze Zeit gewesen bin, außerdem …" Jetzt holte er etwas hinter seinem Rücken hervor. „… habe ich noch ein Geschenk für dich."

Moms Schrei ertönte.

Melroy weitete die Augen, sagte aber nichts. Unsicher lächelte er dann. „Kann ich reinkommen?"

„Du stehst bereits in meinem Haus."

„Oh … In deinem Haus?" Er grinste.

Ich kämpfte mit mir. Auf der einen Seite wollte ich ihn nicht sehen, weil es wehtat, davon zu hören, was eine andere Frau mit ihm hatte, was ich nicht haben konnte, obwohl er früher immer Andeutungen gemacht hatte, dass er das alles mit mir wollte. Auf der anderen Seite hätte ich ihn gern bei mir gehabt. So einfach war das. Mein Herz freute sich schließlich, ihn zu sehen.

Melroy hielt das Geschenk vor seiner Brust. Da Moms Schreie im Eingangsbereich viel zu gut zu hören waren, bat ich Melroy in die Küche.

„Tut mir leid", entschuldigte ich mich, „normalerweise wird Besuch nicht in der Küche empfangen."

„Das ist mir ganz egal." Er reagierte auf meine Einladung und setzte sich an den Küchentisch. Die Geburtstagstorte stand zwischen uns, als ich mich auf die andere Seite setzte. „Also", sagte er, „ich will mich entschuldigen, dass ich dich allein gelassen habe. Dass ich ... einfach nicht mehr gekommen bin und du auch keine Post von mir erhalten hast. Das tut mir sehr leid. Aber es gab einen Grund."

Er war erwachsen geworden. Er war ja sowieso acht Jahre älter als ich und hatte auch so gewirkt, als wir uns kennengelernt hatten, jetzt aber saß ein gestandener Mann mit einem Ziel im Leben vor mir. Seine Frisur war ordentlich, der Haarschnitt frisch, die Arbeiterhosen und Hosenbundträger waren einem Hemd und einer guten Hose gewichen.

„Und dieser Grund wäre?"

„Ich habe Ida kennengelernt. Sie kommt aus Norwegen. Sie ist Austauschstudentin, arbeitet bei mir und ... Es ging alles sehr schnell. Ich ... Ich habe mich verliebt, Violet."

Ich schloss die Augen. Seine Worte taten weh. Entsetzlich weh.

„Sie bekommt ein Kind. Im Frühling. Und deswegen heiraten wir nächsten Monat."

Nickend spielte ich mit den Krümeln, die neben der Torte lagen.

„Es tut mir so verdammt leid, dass ich dir das Herz gebrochen habe."

„Hast du nicht", log ich. „Ich habe nichts erwartet." Das kam unnötig fies und wurde von Melroy mit einem gesenkten Kopf quittiert.

Ich sah von ihm weg und wollte, dass er ging. Wäre er doch gar nicht erst hergekommen!

„Wie geht es dir denn?", fragte er dann. „Hast du Pläne? Du hast dir ein Haus angesehen, habe ich gehört."

„Ich bleibe in Burke House."

„Aber wieso?"

„Weil ich ... bleiben will."

„Du willst nicht arbeiten? Du wolltest dich doch für ein – was war es noch gleich? – Kunststudium bewerben."

„Ich kann nicht malen."

„Kein bisschen?"

Ich holte tief Luft. „Möchtest du nicht lieber gehen, Melroy?"

„Nein." Er schob mir das Geschenk hinüber. „Mach mal auf!"

Das kleine Geschenk war in Butterbrotpapier eingewickelt und mit einem Gartenband zugeschnürt. Es war also nicht einmal hübsch verpackt, auch wenn das nicht undankbar klingen sollte. Eine Schatulle kam zum Vorschein, und wenn ich ehrlich war, so vermutete ich (wie wahrscheinlich jede Frau dieser Welt) darin einen Ring. Doch stattdessen starrte ich auf ein Medaillon.

„Aufmachen!" Seine Augen strahlten.

Ich öffnete den Anhänger und entdeckte ein Bild von mir selbst darin. Ich wusste, wo es entstanden war. Es musste im Sommer gewesen sein, als auf den Wiesen beidseits der Allee der Löwenzahn geblüht hatte. Ich trug ein schulterfreies Kleid und roch an einer Blume, lachte, während Melroy das Foto geschossen hatte. Allerdings erinnerte ich mich auch, dass wir danach in der Wiese gelegen und uns geküsst hatten, während er mir seine ewige Liebe geschworen hatte.

„Danke", sagte ich und legte die Kette beiseite.

„Gefällt sie dir?"

Ich nickte.

„Wirst du sie tragen?"

Ich wollte ihn nicht darauf hinweisen, dass ich es eigenartig fand, mit meinem eigenen Bild im Medaillon durch die Gegend zu laufen. Aber vielleicht würde ich es durch ein Foto von Rosie ersetzen. Nur leider gab es keines.

In diesem Moment war wieder ein Schrei von Mom zu hören.

„Ist das deine Mom?"

Ich nickte.

„Was ist mit ihr?"

„Seit Dad tot ist, will sie mich umbringen."

„Das ist doch nicht dein Ernst."

Ich schob den Ärmel meines Pullovers hoch und zeigte ihm ein paar fast zugewachsene Schnitte. „Das war sie mit ihrer Schere."

„Violet …"

„Ich weiß, ich beantrage ein Gutachten, damit sie hier wegkommt." Ich seufzte. „Ist alles nicht so einfach."

Er legte seine Hand auf meine. „Kann ich irgendetwas für dich tun?"

Ich schaute ihm in die Augen. *Bei mir sein,* wollte ich sagen, *einfach nicht weggehen,* wollte ich sagen.

„Wird es ein Junge oder ein Mädchen?", fragte ich traurig.

„Das wissen wir nicht, aber Ida denkt, es wird ein Junge." Wieder ein Strahlen seinerseits. „Ich bin stolz, verdammt stolz." So wie er über Ida redete, in diesem liebevollen Ton, wurde mir ganz schlecht.

„Na gut, also danke für das Geschenk." Ich stand auf.

„Willst du mich loswerden?"

„Ja!", platzte es aus mir hinaus.

Etwas überrascht starrte Melroy mich an und bewegte sich von seinem Platz. „Was ist das?", fragte er, als er an mir vorbei Richtung Herd sah. Gleich daneben befand sich der Gang zur Treppe und der Fahrstuhl. Eng und klein, aber genau so groß, dass Rosie mit ihrem Rollstuhl dort hineingepasst hatte. Der Rollstuhl stand in dem offenen Fahrstuhl, weil Mutter sich ja in der Kammer befand, wo er sonst lagerte.

„Das ist Rosies Rollstuhl", antwortete ich.

„Wieso ist er noch hier? Für deine Mutter?" Er zeigte in die Richtung, aus der die Schreie kamen.

„Nein … für … Ich kann ihn nicht wegbringen. Wo soll er hin?"

„Mülldeponie."

„Nein!", rief ich barsch. „Es ist Rosies Rollstuhl!" Tränen erstickten meine Stimme.

Melroy legte den Kopf schräg. „Ach, Violet …"

„Nein …" Ich trat von ihm weg, als er Anstalten machte, mich umarmen zu wollen. „Ich … Lass mich!"

„Das mit Rosie ist schon so viele Jahre her." Er stemmte die Hände in die Hüfte.

Ich hielt mich an der Rückenlehne des Stuhles fest, auf dem ich gesessen hatte. „Aber es tut immer noch weh." Ich griff mir an die Brust. „Ich kann sie nicht loslassen. Ich kann nicht vergessen, dass sie die meiste Zeit ihres Lebens unglücklich war. Als sie gestorben ist, war Rosie zwölf Jahre alt. Und wie hatte sie diese zwölf Jahre verbracht? Unser Dad ist gestorben, die Liebe, die er uns geschenkt hat, hat sie gar nicht richtig mitbekommen, weil sie erst zwei Jahre alt war, als er starb. Meine Mutter hat sich nicht um uns gekümmert. Und Kenneth hat sie gequält. Der Rollstuhl hat dafür gesorgt, dass sie ... dass sie keine Angst mehr haben musste, obwohl sie sich nie sicher sein konnte, dass es vorbei war, denn er hat jede Gelegenheit genutzt, wenn sie nicht in diesem Ding saß, bis sie entschlossen hatte, selbst nachts im Rollstuhl zu bleiben." Ich schluchzte. „All die Freuden eines Kindes in ihrem Alter hat sie nicht teilen können. Wir sind nie an den See gefahren, haben unsere Großmutter besucht, haben Freunde getroffen, sind nie auf Spielplätze gegangen, haben das Fahrradfahren gelernt."

„Das tut mir so leid, Violet." Melroy legte seine Hand an die Brust. „Es tut mir so leid für Rosie. Und auch für dich."

Ich wischte mir übers Gesicht. „Das Einzige, was Rosie kannte, war der Rollstuhl, der sie davor bewahrte, dass alles nur noch schlimmer wurde. Und an dem Tag, an dem sie ihn verlassen hatte, weil sie mit dir geredet hat ..."

„Ich habe nicht mit ihr geredet."

„Doch." Ich erinnerte mich genau. Ich hatte mit Mom geschneidert und Rosie am Tor zusammen mit Melroy gesehen.

„Nein ... Violet, ich habe nie mit Rosie geredet."

Ich war zu müde, um weiter darüber nachzudenken. Hatte ich die Situation nicht mehr genau im Kopf? Begann ich, so wie Mom, verrückt zu werden?

„Ich war es", sagte ich nun. „Melroy, ich war es! Ich habe sie gestoßen, und weil ich ... weil ich ihr nicht helfen konnte, weiß ich nicht einmal, ob ich ... es vielleicht mit Absicht getan habe. Meine

Schwester, meine … Rosie." Ich vergrub mein Gesicht in den Händen und schluchzte laut, als ich Melroys Arme um mich spürte. Ich fühlte seine Wärme, seine Hände, die mich streichelten und ja, vielleicht sogar seine Liebe.

„Ich kann dich verstehen", flüsterte er mir ins Ohr, doch ich wusste, dass kein einziger Mensch auf dieser Welt mich verstehen konnte.

Ich konnte Rosie, für deren Tod ich verantwortlich war, nicht verlassen!

Ich konnte den Rollstuhl nicht entsorgen!

„Ich verstehe dich", wiederholte Melroy und nahm meine Hände. „Aber … Irgendwann muss das aufhören, denn Rosies Leben ist zwar vorbei, deines aber nicht."

„Ich kann nicht."

„Du kannst dir nicht ewig die Schuld geben."

„Du irrst dich."

„Nein, Violet." Er strich mir sanft über den Kopf.

Da war noch etwas zwischen uns, das spürte ich, denn uns hatte einmal so viel verbunden. Ich konnte mir nicht vorstellen, dass er eine andere so sehr liebte, wie er mich geliebt hatte. Oder es immer noch tat, denn *mein* Herz gehörte nur ihm. Für immer.

„Rosie hätte das nicht gewollt. Rosie hätte dich mit mir weggeschickt, sie hätte gesagt, du sollst gehen."

„Hätte, wäre, wenn." Ich wischte mir mit dem Ärmel unter der Nase entlang. „Wäre sie im Rollstuhl geblieben …"

Dann knarrten plötzlich die Dielen im Flur. Blitzschnell sahen wir uns um und entdeckten Mutter im Türrahmen zur Küche. Sie ging etwas gebückt, trug ihren Kimono in den Farben grün und blau, das lange Haar über den Schultern liegend, barfuß. In ihrem Gesicht klaffte eine Wunde, Blut lief über ihre Wange, die Augen traten weit hervor. In der Hand hielt sie eine Schneiderschere.

„Mom!", rief ich laut. „Wie bist du aus der Kammer gekommen?"

„Hast du es ihm gesagt?" Sie ignorierte meine Frage.

Melroy und ich hielten uns nahe beieinander und starrten zu meiner Mutter. „Was soll ich ihm gesagt haben?"

„Dass du eine Mörderin bist!" Mom lachte hysterisch.

„Ich bin keine Mörderin!" Ich blickte zu Melroy.

Doch, du bist eine Mörderin.

Melroy nickte mir zu, hielt seine Hand schützend an meinem Arm.

„Hat sie dich an der Nase herumgeführt, ja? Das hat sie mit allen gemacht! Violet hat eine blühende Fantasie! Die hatte sie schon immer!" Mom trat in die Küche, einen Schritt vor den anderen, schwankend. „Hat sie dir gesagt, dass sie mich eingesperrt hat? Wie einen Köter in den Zwinger?"

Melroy stellte sich vor mich. „Weil Sie sie bedroht haben."

„Ich?" Mom begann zu lachen, doch sie ging weiter. „Ich habe meine Tochter bedroht?"

„Das sieht Ihnen leider ähnlich, Mrs. Burke." Melroy breitete die Arme aus, um mir noch mehr Schutz zu geben. „Schließlich haben Sie auch nicht davor haltgemacht zuzulassen, dass Ihre Tochter von Ihrem Mann missbraucht wurde!"

„Das hat sie sich alles selbst zuzuschreiben", antwortete Mom in einem affektierten Ton. „Wer trug denn immer die kurzen Kleidchen? Wer setzte sich immer auf die Schöße alter Männer?"

„Sie reden von einem Kind, Ma'am", erinnerte Melroy sie. „Kein Kind dieser Welt tut so etwas mit Absicht!"

Mom machte eine wegwerfende Handbewegung. „Was weißt du schon von unserer Familie? Geh aus dem Weg, ich will meine Tochter sehen!"

„Du bleibst hinter mir", flüsterte Melroy.

Ich nickte wild, während mein Herz im Eiltempo schlug.

„Siehst du das hier, Violet?" Mom zeigte auf die Wunde an ihrer Wange. „Da lag meine Schere in der Bibliothek, nur einen Meter vor der Tür. Du hast nicht aufgepasst, du hast einen Fehler gemacht. Menschen machen Fehler. Ich habe auf dem Boden gelegen und sie mit einem Bambusstab zu mir gezogen. Das hier entstand dadurch, dass sich abgesplittertes Dielenholz in mein

Fleisch gebohrt hat!" Sie deutete auf die Wunde, dann fuchtelte sie mit der Schere herum. „WEG MIT DIR!"

„Nein, Ma'am." Er wies auf die Küchentheke. „Sie legen die Schere jetzt weg, okay?"

„Das werde ich nicht tun!"

„Doch, Ma'am, weil ich ansonsten gezwungen bin, Sie anzugreifen."

Mom hielt sich den Bauch vor Lachen. „Du? Mich angreifen?"

Ich suchte Melroys Hand, versuchte, ihm zuzuflüstern, dass Mom gefährlich war und wir besser wegrennen sollten, doch er schob mich weiter hinter sich, schien keine Angst vor meiner Mutter zu haben. „Ma'am. Eine letzte Warnung: Legen Sie die Schere weg!"

Mit einem Aufschrei attackierte sie Melroy, der sich in letzter Sekunde zurückziehen und mich nach hinten schubsen konnte. Ich landete auf dem Boden, während Melroy sich am Herd festhalten konnte. Als Mom erneut nach ihm stach, stolperte er allerdings über den Mülleimer, geriet ins Straucheln und landete zwischen den Kartoffelsäcken und Obstkisten.

Ich rappelte mich auf, sprang Mom auf den Rücken, umklammerte mit meinem Arm ihren Hals, sodass die Schere zu Boden fiel. Doch Mutter gelang es, sich aus meinem Griff zu befreien, ich rutschte nach hinten ab, knallte mit dem Kopf gegen den Küchentisch und kniff vor Schmerz die Augen zusammen.

„Violet!", hörte ich Melroy schreien, als ich Mom mit der Schere vor mir sah.

Mom beugte sich zu mir herunter. „Wärst du bloß im Rollstuhl sitzen geblieben …", hörte ich sie sagen, begriff, dass sie glaubte, ich wäre Rosie, dann hob sie die Schere mit beiden Händen in die Höhe und schrie, während ich die Lider aufeinanderpresste und auf den Schmerz und die baldige Erlösung wartete.

Doch nichts traf ein.

Ich öffnete die Augen in dem Moment, als Mom auf meine Brust sackte und ich kaum atmen konnte, weil sie so schwer war. Dann fühlte ich etwas Nasses an meinem Bauch, das noch immer da war, als ihr Körper von mir gezogen wurde und ich mich aufrappelte. Ich sah das Blut auf meinem Pullover, genau wie das von Dad. Ich konnte es nicht wahrhaben, legte meine Hand dorthin, hob sie und betrachtete meine blutverschmierten Finger, als ich es endlich wagte aufzublicken.

Da stand Melroy. In der Hand das Messer, mit dem ich vor Stunden den Tortenboden durchgeschnitten hatte, und von dem nun Blut hinuntertropfte. Zu seinen Füßen lag Mom. Verstummt für immer.

Er ließ das Messer fallen. „Ich … Ich konnte nicht anders …", sagte er. „Ich … Ich hab's einfach getan … Ich dachte, sie würde dich töten und dann …" Er fuhr sich mit beiden Händen durch das Haar, sank zu Boden, als ich zu ihm krabbelte und ihn in die Arme nahm.

Wenn zwei Menschen einen anderen Menschen töteten und später keine Reue empfanden, dann musste das wohl bedeuten, dass sie einem Monster das Leben genommen hatten.

Deswegen tat es mir nicht leid, als Melroy die Schubkarre holte, sie vor der Hintertür abstellte, ins Haus ging und die in Folie gewickelte Leiche meiner Mutter über seine Schulter hob. Er fragte mich, ob ich das wirklich tun wollte, und ich bejahte.

Denn das hier war nur gerecht.

Als wir den langen Weg von der Küche in die Bibliothek nahmen, erinnerte mich jeder einzelne der Räume dazwischen an die unzähligen Begegnungen mit meiner Mutter und an die Frage, wie sie damit leben konnte, zuzusehen und niemals einzugreifen.

Ein Kloß steckte in meinem Hals, wenn ich jetzt daran dachte, was Rosie und ich für ein Leben gehabt hätten, hätte diese Frau bei der ersten Gelegenheit das getan, was eine Mutter für ihre Kinder tun sollte: *sie schützen.*

Dann wäre Rosie noch am Leben. Und die Welt, die damals so beschissen geworden war, wäre eine Welt geworden, die ihrer würdig gewesen wäre, weil ein Kind, jedes Kind auf dieser Erde, nichts anderes verdiente.

Melroy schob schweigend die Schubkarre in Richtung Wald. Er hatte die Polizei rufen wollen, weil er sich schrecklich fühlte und die Bestätigung offizieller Seite brauchte, dass es sich bei dem „Mord" um Notwehr gehandelt hatte, doch ich hatte ihn nach stundenlanger Diskussion klarmachen können, dass das ein riesiges Aufsehen auch für seine Familie bedeuten würde, das ihm vielleicht noch mehr zu schaffen machen könnte. Außerdem war das, was wir getan hatten, das Einzige gewesen, was meine Mutter verdient hatte. Keiner von uns hatte einen Fehler begangen – im Gegenteil.

„Sie werden es rausbekommen."

„Niemand wird etwas rausbekommen, denn du warst gar nicht hier."

„Wo hätte ich sein sollen, wenn nicht bei dir?"

Ich griff an das Medaillon, das ich von ihm bekommen hatte. „Bei Ida."

Wir erreichten den Wald und durchquerten ihn, während Melroy Mühe hatte, die Schubkarre mit meiner toten Mutter darin über Stock und Stein zu transportieren.

„Und wenn … wenn man sie sucht?"

„Wer sollte nach ihr suchen, wenn nicht einmal die Tochter sie vermisst?" Ich lachte leise und genoss es, wie feine Regentropfen mein Gesicht benetzten. „Sie ist gegangen. Eines Tages ist sie in den Wald gegangen. Sie liebte diesen Wald. Sie lief immer weiter, obwohl sie wusste, dass am Ende die Sümpfe lauern. Doch Mom hörte meine warnende Stimme nicht, hörte sie doch nur die Stimmen in ihrem Kopf, so wie immer. Und so ist sie gegangen und nicht mehr wiedergekommen."

„Und du meinst, das werden sie glauben?"

Ich nickte und begrüßte den Wald dieses Mal als einen Freund. „Ja, das werden sie."

Als die Schubkarre im Matsch stecken blieb, trug Melroy meine Mutter zu einer Wasserstraße, in der tote Zypressen und mit dichtem Moos bewachsene Eichen das Ufer säumten. Hier, in diesem menschenlosen Gebiet, herrschte die Natur über Leben und Tod, hier nahm sie sich alles, was sie bekommen konnte, und spuckte etwas, was ihr gefiel, nie wieder aus.

Hier war Mom richtig.

Ihre Sünden würden hier für immer ruhen, während sie niemals vergessen wurden.

„Alles klar?", fragte Melroy, während er knietief im schlickbesetzten Wasser stand und ich in der Sicherheit des Ufers verblieben war. „Willst du dich verabschieden?"

Ich schaute gen Himmel, ignorierte den Regen und sah Rosies weinendes Gesicht vor mir, das ich viel zu oft hatte ertragen müssen.

Dann schüttelte ich den Kopf, Melroy zog das Plastik von meiner Mutter und ließ die Leiche ins Wasser fallen.

Schweigend gingen wir zurück, und ich dachte darüber nach, was jetzt passieren würde.

Melroy würde gehen, und nach dem, was heute passiert war, würde ich ihn niemals wiedersehen.

Er blieb noch bis zum Abend, und ich wusste, dass es ihm schwerfiel aufzubrechen, weil er den Zeitpunkt seines Gehens bis in die Nacht hinauszögerte. Wir hatten uns während all der Stunden in den Armen gehalten, und er hatte mir versichert, dass er mich immer noch liebte, weil ein Platz in seinem Herzen für immer mir gehören würde, egal, wie groß die Liebe zu Ida und seinem Kind sein mochte.

Ich glaubte ihm. Es reichte mir. Solche Dinge passierten nun mal. Menschen trafen einander und verliebten sich. Ich wusste das vielleicht besser als er.

Ihn gehen zu lassen, fiel mir weniger schwer, als Rosies Tod zu akzeptieren, weil ich glaubte, dass schwere Zeiten Menschen näherbrachte, als es gute Zeiten vermochten. Und auch wenn wir nun den Mord an meiner Mutter teilten, würde ich meine Verbindung zu Melroy immer einer „guten Zeit" zuschreiben.

Alles, was ich mit Rosie gehabt hatte, war so schlimm, dass ihr Tod mich für die Ewigkeit prägte, während ich glaubte, Melroy irgendwann nicht zu vergessen, aber über ihn hinwegzukommen.

„Also dann", sagte er in der Nacht, als der Regen aufgehört hatte. „Leb wohl, Violet."

„Auf Wiedersehen."

Er holte tief Luft. „Ich … Ich liebe dich. Vergiss das nie."

„Ich dich auch", antwortete ich, weil wir die Wahrheit sprachen, und weil das, was wir dachten, manchmal einfach nur das war, was wir uns wünschten, aber ganz genau wussten, dass es sich nicht erfüllen würde.

Und dann war es still.

Still in Burke House.

Der Rollstuhl stand noch immer im Fahrstuhl.

Im Wald lagen unter einer dicken Erdschicht die Überreste meiner Schwester.

Und in den Sümpfen hatten wir vor Stunden die Leiche meiner Mutter abgelegt.

Das alles war gefangen in meinem Kopf und in den Wänden von Burke House.

Das war die Geschichte, die das Leben geschrieben hatte.

Es war meine Geschichte.

In aller Frühe verließ ich am nächsten Morgen mein Zimmer, als der Nebel das Haus wie in einer dicken Wolke gefangen hielt. Ich setzte eine Kapuze gegen den Regen auf, als ich mit zwei Stücken Holz, die ich mir zurechtgeschnitzt hatte, ein paar Nägeln und einem Hammer in Richtung Wald schritt.

„Guten Morgen", sagte ich, als ich die Lichtung mit dem Brunnen erreichte und wusste, dass dies hier nicht mehr nur ein Ritual war. Es handelte sich um einen Zwang, entstanden aus der Schuld, die nicht zu begleichen war, weil ich für ihren Tod verantwortlich war.

Du wirst kommen. Bei Tag und bei Nacht. Du wirst mich nicht allein lassen. Du hast es versprochen. Und du bist es mir schuldig, Schwester.

Ich verwarf den Gedanken, nagelte das Holz zu einem Kreuz zusammen und schmückte damit das Grab meiner Schwester.

Vom Regen wurde es schnell nass, änderte die Farbe, während ich davorkniete und wusste, dass das hier jetzt mein Leben sein würde.

„Words like violence break the silence. Come crashing in into my little world."

Einsam.

Allein.

Mit der Schuld im Nacken und einer Angst, die mich gefangen halten würde, mein Leben lang, wie die Wolke aus Nebel um Burke House.

Ein Ort, den ich nie verlassen können würde, weil meine inneren Dämonen und die Geheimnisse in den Wänden dieses alten Gemäuers es nicht zulassen würden.

Das ist dein Leben …

Burke House gehört jetzt dir.

Anstatt mich darüber zu freuen, schien es mir eher wie eine Last, die mir angehängt worden war, ohne dass ich mich dagegen hätte wehren können.

Gegenwart

Am Montag in aller Frühe flogen Annie und Donovan zurück nach New Orleans. Da Donovan gleich nach ihrer Ankunft einen wichtigen Termin wahrnehmen musste, rief er Hugh an, der von Grant House kommen und Annie abholen sollte. Bis dahin wollte Annie im Büro von Donovan und Melroy warten.

Annie war seit ihrer Ankunft nicht wieder im Geschäftsgebäude ihres künftigen Schwiegervaters gewesen und staunte jetzt nicht schlecht, als sie sah, dass die Räume renoviert wurden und an den Türen schon die Folien hingen, auf denen Donovans Name stand.

Donovans Assistentin servierte Annie, die im Wartebereich vor dem Empfang saß, einen heißen schwarzen Tee mit Zitrone und bot Kekse an, die sie ablehnte. „Wir haben in New York sehr viel gegessen." Sie zeigte auf ihren Bauch. „Ich habe bestimmt fünf Kilo zugenommen."

Die Assistentin war so alt wie Violet, aber Annie hätte auch kein Problem damit gehabt, wenn Donovan eine hübsche, junge Frau eingestellt hätte. Sie vertraute ihm und fand sowieso, dass diese typischen Chef-Sekretärinnen-Nummern reinster Unsinn waren.

„Ist Melroy in seinem Büro?", fragte Annie, als die Dame wieder gehen wollte.

„Ja, Mr. Grant ist gerade frei, wenn Sie ihn sprechen möchten?"

Annie stand auf. „In der Tat." Sie stellte ihre Tasse auf dem kleinen Tisch ab und ging an den Räumen, in denen gerade renoviert wurde, vorbei zum Büro ihres künftigen Schwiegervaters. Sie klopfte kurz an, dann wurde sie hineingebeten.

Melroy rauchte in seinem Büro, der ganze Raum war voller blauem Rauch. „Hey! Wie war's in der großen Stadt?" Er stand auf, begrüßte Annie mit einer flüchtigen Umarmung und bot ihr den Platz gegenüber seinem Schreibtisch an, während er sich selbst wieder setzte.

Annie blieb aber stehen. Auf die Frage nach ihrer Reise ging sie nicht ein. Sie betrachtete Melroy hinter dem großen Tisch. Aus dem Fenster dahinter konnte sie die Stadt sehen und den Mississippi, auf dem die Strahlen der Nachmittagssonne glitzerten.

Die Wände in Melroys Büro waren in Grau gehalten, die Möbel in Schwarz. Recht modern, aber ungemütlich und keinesfalls so, wie sich Annie Donovans Büro vorstellte, wenn es denn einmal fertig war.

„Ist alles in Ordnung?", fragte Melroy misstrauisch. „Geht's euch gut?"

Annie nickte. Um sie beide ging es ihr jetzt nicht. Auch nicht um die Reise nach New York. Ihr ging es um die Textnachrichten, die Jules ihr seit Freitag geschickt und die sie bis heute nicht beantwortet hatte.

Not my business.

Aber irgendwie schon.

Als sie sich doch auf dem Sessel niederließ, wünschte sie, dieses Gespräch würde nicht hier stattfinden, sondern in der Eichenallee, wo sie von dem Geheimnis erfahren hatte.

Sie erinnerte sich noch genau daran, wie sie Jules' Hand ergriffen und an ihrem Handgelenk gezogen hatte und Jules einfach mitgelaufen war. Zwar etwas humpelnd, ja, aber offensichtlich problemlos und schmerzfrei.

Annie war so verdammt wütend gewesen. Hatte geschrien: „Warum habt ihr das getan? Warum hast *du* mich so angelogen?"

Aber sie war nicht wütend auf Jules gewesen.

Mit welcher Begründung ließ ein Vater zu, dass seiner Tochter so etwas angetan wurde? Oder wusste Melroy nichts davon?

„Ich will nur wissen wieso", sagte Annie leise und spürte einen Kloß in ihrem Hals.

Melroy legte den Kopf schräg. „Was meinst du?"

„Ich meine Jules. Ich meine, dass ihr mich von Anfang an belogen habt und mir gesagt habt, dass das Mädchen krank wäre und nicht laufen könnte!"

Melroy hob die Brauen, nahm seine Brille ab und stand auf. Er faltete die Hände hinter dem Rücken zusammen und trat vor das Fenster.

„Das ist emotionaler Missbrauch", sagte Annie mit brüchiger Stimme. „Violet klammert sich an Jules und macht ihr weis, dass sie nicht ohne ihre Mutter leben könne. Wisst ihr eigentlich, welchen Schaden ihr damit anrichtet?"

Melroy sah sie nicht an.

„Wie kommt man auf so was?" Annie war außer sich. „Ich meine, wie kommt ihr damit zurecht, sie jeden Tag in diesem Ding sitzen zu sehen, obwohl das alles nur ein Schauspiel ist? Wofür? Für wen?"

„Ich kann verstehen, dass du wütend bist."

„Wütend?" Jetzt stand Annie wieder auf. „Ich bin nicht nur wütend, ich bin entsetzt! Ich weiß es jetzt seit ein paar Tagen, und ich war dreimal kurz davor, die Polizei anzurufen, damit man Violet das Kind wegnimmt!"

Melroy senkte den Kopf.

„Ich habe es nicht getan, weil ich weiß, dass Jules ihre Mutter – wie auch immer das sein kann – von ganzem Herzen liebt, aber Melroy: Du musst etwas unternehmen. Das ist eine Straftat!"

„Sie lässt Jules nicht ohne ihren Willen in den Rollstuhl."

Annie lachte gehässig. „Soll das ein Scherz sein? Jules traut sich doch gar nicht zu widersprechen!"

„Du verstehst das nicht."

„Ja, da hast du recht!"

„Annie!" Jetzt drehte Melroy sich zu ihr um. „Mit allem, was du sagst, hast du recht! Und es … Es ist absolut unverständlich für dich, warum wir das getan haben, ich weiß. Es ist nicht richtig gewesen, dich einzuweihen."

„Das kann ich verstehen. Was ihr tut, sollte keiner mitbekommen. Schon klar. Und nun hat sie doch geplaudert." Annie schlug auf den Tisch. „Melroy, ihr müsst eure Tochter aus dem Rollstuhl holen!"

Er seufzte. „Das ist nicht so einfach."

„Warum nicht?"

„Weil …" Melroys Hand bildete eine Faust. Er legte sie an seinen Mund. „Annie … Setz dich!"

Sie kam seiner Aufforderung nach und sah ihn abwartend an.

Melroy ging hinter seinem Schreibtisch auf und ab. „Wo fange ich am besten an … Wie wäre es damit: Jeder Mensch macht Fehler."

Sie schnaubte.

„Lass mich ausreden, bitte! Ich weiß, dass ich einen großen Fehler gemacht habe, größer als jeder Fehler, den Violet begangen hat!" Melroy nahm ein Bild in die Hand, das hinter dem Tisch auf einer Kommode stand. Es zeigte Jules. „Ich weiß, ich hätte niemals zulassen dürfen, dass es so weit kommt. Ich weiß, dass es unser Fehler war, Annie, glaub mir, ich weiß das alles. Und es bricht mir das Herz, jeden Tag aufs Neue. Wenn ich sie darauf anspreche, dann sagt sie, sie will nicht, dass Mom Angst hat …"

„Das ist doch …"

„Ich kann dir nicht sagen, wie oft ich Jules' Sachen in den letzten Jahren schon gepackt hatte und mitten in der Nacht mit ihr das Haus verlassen wollte, weil ich ganz genau weiß, dass Violet uns nicht nachkommen würde!" Er stellte das Bild zur Seite. „Aber Jules hängt an Violet. Sie will sie nicht verlassen."

„Weil Violet ihr gesagt hat, wie traurig sie ist, wenn sie geht, und dass die Welt da draußen gefährlich ist."

„Ja, du sagst es." Resignierend steckte Melroy die Hände in die Taschen seiner Anzughose. „An einem bestimmten Punkt in unserem Leben haben Violet und ich einen schweren Fehler begangen, und der hat dazu geführt, dass meine Frau den Rollstuhl als Stütze benutzt. Jules war noch sehr klein."

Annie verengte die Augen.

Melroy seufzte. „Ich war nie zu Hause. Und wenn ich heimkam, sprach Jules davon, dass die Handwerker Mommy Angst gemacht hätten. Sie hätten Jules angesehen, während sie das Dach reparierten. Es waren mehrere Männer. Jules hatte im Garten gespielt und sie hätten gepfiffen. Natürlich war meine Frau sofort zur Stelle und nahm sie mit rein. Das schaukelte sich hoch. Violet zeigte ihr den Rollstuhl. Jules wollte wissen, wie es ist, darin zu sitzen, und so schob Violet sie durch den Rosengarten und siehe da …"

„O mein Gott …" Annie verstand.

„Sie schenkten Jules keinen Blick mehr." Melroy hob die Schultern. „Ich hatte mir anfangs nichts dabei gedacht, weil Jules es immer lustig fand, im Rollstuhl geschoben zu werden, bei Gott, ich habe sie selbst durch die Bibliothek geschoben, wahnsinnig schnell und jauchzend und ach … Bis es irgendwann zur Gewohnheit wurde, dass ich abends heimkam und sie noch in diesem Stuhl saß. Ich bat Violet, das Ding wegzuwerfen, aber sie erwiderte, das könne sie nicht wegen … Rosie und wegen der Schuld und … Jules sagte mir eines Abends, als ich sie ins Bett brachte, wie glücklich Mommy sei, wenn sie im Rollstuhl sitze. Es mache ihr nichts aus, sie habe Violet lieber so, als wenn sie rumspringe, ihre Mutter aber traurig sei."

„Melroy, das ist krank!"

Melroy ließ sich auf seinen Sessel sinken und vergrub das Gesicht in den Händen. „Ich weiß, Annie. Was musst du nur von mir denken?"

„Das will ich dir lieber nicht sagen."

„Ich … Ich trug das Ding nachts aus dem Haus, wollte es verbrennen, sie kam hinterher, schaffte es wieder zurück. Ich nahm Jules einmal sogar für mehrere Tage mit auf eine Geschäftsreise, sie kontaktierte die Polizei. Und weil Jules weinte, weil sie nicht bei ihrer Mom war, habe ich sogar ziemlichen Ärger mit den Beamten gehabt, und irgendwann da … habe ich nicht mehr gewusst, was ich tun sollte. Sollte ich Violet einweisen lassen? Ja, das hätte ich tun sollen, aber verdammt, ich liebe meine Frau. Ich liebe meine Tochter, sie ist alles für mich, aber dennoch ist Violet …"

Annie schaute auf den Boden, weil sie Melroy nicht in die Augen sehen konnte.

„Weißt du, Schuld ist etwas verdammt Mächtiges. Ich möchte sogar sagen, dass Schuld eine der schwersten Empfindungen ist, die wir Menschen verspüren können. Und mich trifft die meiste Schuld, weil ich … weil ich meine Frau mehr beschützen wollte als mein Kind. Für diesen Fehler werde ich – mein Leben lang – die Schuld tragen."

„Das wirst du." Annie holte ihr Telefon hervor und hielt es Melroy hin, sodass er das Display sehen konnte. „Wusstest du, dass deine geliebte Frau eure Tochter in eine Kammer sperrt?"

„Kammer?" Sein Gesicht sah aus, als durchführe ein Geistesblitz seinen Körper. „Die Kammer neben der Bibliothek?"

„Jules schrieb nur *die Kammer.*"

„Sie … Sie war nicht in der Kammer. Heute Morgen saß sie am Frühstückstisch. Es ist sehr angespannt, aber ich habe sie gesehen, es geht ihr gut."

Annie holte tief Luft. „Bitte sag mir nie wieder, dass es ihr gut geht. Jules geht es nicht gut. Sie fügt sich nur, damit ihre Mutter keine Angst hat. Das ist nicht gesund."

„Ich weiß." Melroy senkte den Kopf. „Es liegt an Rosie."

„Rosie?" *Die Handtücher …*

„Violets Schwester Rose, weißt du von ihr?"

„Ja, ein wenig."

Melroy lehnte sich zurück. „Rosie wurde von ihrem Stiefvater misshandelt. Es ging über Jahre."

Annie schüttelte den Kopf. „Ich hatte so was befürchtet. Und Violet hat alles mitansehen müssen."

„Nicht nur das." Melroy beugte sich vor. „Rosie fand diesen Rollstuhl und benutzte ihn als Mittel, um sich vor den Übergriffen von Kenneth Burke zu schützen."

„Deswegen der Rollstuhl." Annie japste nach Luft. „Wie war Rosie?", fragte sie Melroy.

„Ich habe sie nie kennengelernt", antwortete er. „Aber Violet hat mir erzählt, dass sie immer die Starke von beiden war."

Annie nickte. „Verstehe. Hat sie … Ich meine, hat Rosie Kenneth Burke umgebracht?"

„Nein, sie starb ja selbst Jahre vorher. An dem Tag, an dem Rosie den Rollstuhl für einige Zeit verlassen hatte, haben die

Schwestern gestritten, und Violet hat Rosie in den Brunnen gestoßen."

Annie hielt sich an ihren Armlehnen fest. „Sie hat sie getötet?"

„Sie hat sie getötet. Nicht mit Absicht zwar, aber ... Wäre Rosie im Rollstuhl geblieben, dann ..."

Annie stand auf. „Ich muss hier raus." Im selben Augenblick bekam sie eine SMS von Jules: *Ich konnte fliehen. Komm schnell zu mir! ABER NUR DU! Jules.*

„Annie?"

Sie sah auf. „Ja?"

„Wenn du bitte Donovan davon nichts erzählen würdest. Ich verspreche dir, mit Violet und Jules zu reden und meine Frau davon zu überzeugen, dass sie Hilfe bekommt ..."

„Es reicht." Ungeduldig steckte Annie ihr Telefon weg. „Ich werde das Gefühl nicht los, dass da noch mehr hintersteckt. Melroy, ich ... Ich muss jetzt los!"

Kapitel 10

1

Annie fuhr in Donovans Wagen mit überhöhter Geschwindigkeit nach Glenn Lock, weil sie nicht auf Hugh warten wollte.

Draußen begann ein Herbstgewitter, dunkle Wolken hingen dicht über dem Land, es begann zu regnen, immer wieder war das Donnergrollen in naher Ferne zu hören. Rasch standen einige Straßen in Flussnähe unter Wasser, denn der Regen wurde immer dichter.

Die Scheibenwischer des Wagens liefen auf Hochtouren. Annie kam nur langsam voran. Aber irgendwann tauchte Glenn Lock vor ihr auf und der Waldweg führte sie zu dem einstigen Anwesen der Eheleute Kenneth und Lonna Burke, die hier mit ihren Töchtern Violet und Rosie gelebt hatten.

Annie sprang aus dem Wagen, öffnete das Tor und rannte über den sich zwischen Buchsbaumbeeten befindenden Kieselsteinweg zum Haus.

„Hallo?", rief sie durch den Eingangsbereich, als sie klitschnass zur Tür hineinkam. In diesem Moment erhellte ein Blitz das noch düsterer als sonst wirkende Haus. „Violet? Jules?" Sie sah sich im Erdgeschoss um, doch auch Georgina und Timothy waren nirgends zu sehen. Der Fahrstuhl war offen, also konnte Jules nicht oben sein. Annie rannte weiter in den Salon, dann in die Bibliothek und entdeckte die offene Tür zum hinteren Flur, und jene weitere offene Tür nach draußen, die durch den Wind ständig auf und zu sprang. Annie eilte durch beide Türen hinaus. Hier klatschte ihr der Regen ins Gesicht. Sollte sich Jules hier draußen befinden?

Ich konnte fliehen. Komm schnell zu mir! ABER NUR DU! Jules.

Auf Annies SMS, in der sie nach Jules' Aufenthaltsort gefragt hatte, hatte das junge Mädchen nicht geantwortet.

„JULES!", rief sie immer wieder, während sie durch den Garten lief.

Als sie am Rande des Rosengartens ankam, stützte sie vor Erschöpfung die Hände auf die Knie. Ihre Klamotten waren durchnässt, Annie wischte sich übers Gesicht, als sie unter der Eiche den leeren Rollstuhl stehen sah.

Aus dem Augenwinkel nahm Annie das stets wie frisch gestrichen aussehende Spielhaus wahr, das selbst jetzt bei diesem Unwetter wie ein Stern in der Nacht zu leuchten schien.

Annie würde sich später nicht erklären können, wie sie darauf gekommen war, aber jetzt sagte ihr eine Stimme in ihrem Kopf, sie müsse nun endlich ins Spielhaus gehen.

„*Mom sagt,* sie *wohnt da drin.*"

Annies Schritte verlangsamten sich. Sie setzte einen Fuß vor den anderen.

„*Wer?*"

„*Geh hinein und finde es raus!*"

Plötzlich hatte Annie nicht mehr das Gefühl, sich beeilen zu müssen.

Sie passierte die Eiche und den Rollstuhl, ging durch nasses Gras in Richtung Spielhaus. Es war so ein wunderschönes Haus! Ein Blumentöpfchen neben dem Eingang, auf dem Fensterbrett vor den geschlossenen Läden Kästen mit immergrünen Pflänzchen.

Die Tür war geschlossen.

Annie spürte, wie ihr Herzschlag sich beschleunigte. So lieblich dieses Häuschen auch war, es passte nicht in die Dunkelheit und Düsternis von Grant House, es passte nicht zu Violet, und tatsächlich hatte Annie das Gefühl, dass sie drinnen einem noch größeren Geheimnis auf die Spur kommen würde als dem, dass Jules laufen konnte.

Annie schluckte und dann öffnete sie die Tür des Spielhauses.

Es war dunkel und roch nach schimmeligem Holz. Spinnweben benetzten ihr Gesicht, doch durch das nasse Haar merkte sie das kaum. Das Haus war so klein, dass Annie sich sofort setzen und die Knie anwinkeln musste. Sie schob die Fensterläden hinter den Gardinen und das zerschlissene Fliegengitter ein wenig auf, um etwas sehen zu können.

Anders, als Jules ihr diesen Ort hatte verkaufen wollen, war es kein Haus mit einem schwarzen Loch in der Wand oder einem Geist, der auf sie wartete. Es war aber auch nicht „schön". Es war ein Spielhaus für Kinder, kalt und muffig, mit Spinnweben in allen Ecken als Zeugen der Zeit, und mottendurchfressenen und mit dem Kot kleiner Tiere bedeckten Puppen, Kissen und Decken. Die Wände zierten Kritzeleien zweier Schwestern aus Kindheitstagen.

Annie betrachtete die Wand hinter sich und musste sich dafür weit über die Schulter beugen. Da war etwas krumm und schief die Silhouette eines Menschen abgebildet. Als Annie die Hand hob, um die Umrisse zu berühren, erschütterten ein Blitz und ein gleich darauffolgender Donner den Garten von Grant House.

Eins.

Annie bekam eine Gänsehaut. Ihre Hand verharrte vor der Zeichnung. Ihr Atem stockte. Denn plötzlich sah sie vor ihrem inneren Auge, dass es nur einen Menschen gab, der das gezeichnet haben konnte. Nachdem ihre Finger einmal um die Figur herumgefahren waren, wusste sie genau, wen Violet da wirklich gezeichnet hatte.

Zwei.

Der Donnerschlag verebbte.

Annie betrachtete das Holz.

„*Drei, vier*", las sie vor, als sie sich hinkniete, um all die Kritzeleien auszumachen, die sich in dem Spielhaus befanden. Jede Wand war bis auf jeden einzelnen Zentimeter mit Notizen bedeckt. „*Fünf, sechs.*"

Warum hatte Jules ihr nicht gesagt, dass es Hunderte, Tausende Notizen in diesem Spielhaus gab?

Ich soll nicht weitergehen als bis zur Eiche.

374

Annie entdeckte das Zeichen der Unendlichkeit, daneben wieder Zahlen, dieses Mal drei hintereinander. *„Sieben, acht, neun"*, las sie vor. *„Lass mich los, Daddy! Lass mich los!"*

Sie nahm beide Hände an den Kopf, schloss die Augen, dachte nach. *Komm schon, Annie, was ist die Wahrheit? Du hast so viel mit traumatisierten Kindern zusammengearbeitet, du weißt doch, was passiert ist!*

Noch einmal las sie jedes Wort, das auf das Holz des Spielhauses geschrieben wurde, kombinierte alles, was sie über Violet und ihre Schwester Rosie wusste.

„Rollstuhlkind."

„Rosie, hilf mir! Geh nicht weg! Lass mich nicht allein!"

Und dann das: *„Immer wenn ich ihn Daddy nennen soll, bin ich für ihn Rosie und nicht Violet. Er nennt mich gern Rosie."*

Annie schlug sich die Hand vor ihr Gesicht. Moment!

„Wie war Rosie?", hatte Annie Melroy gefragt.

„Ich habe sie nie kennengelernt", hatte dieser geantwortet.

Annie erinnerte sich an den Moment auf dem Dachboden. Das blutbeschmierte Handtuch mit der Aufschrift „Rosie". Sie erinnerte sich an all die Bilder der Familie Burke, die teilweise noch an den Wänden, als Zeugen alter Zeiten, zu finden waren, während andere in Kisten verstaubten.

Es waren immer nur drei Personen auf den Bildern zu sehen.

Das alles hatte Rosie geschrieben. Nur Rosie.

Sie wohnt darin.

Und als beim nächsten Windzug die Tür des kleinen Hauses zugeschmettert wurde, entdeckte Annie auf den Latten einen Namen. Die Tür musste irgendwann ausgehängt und andersherum wieder eingehängt worden sein. Annie verengte die Augen, entzifferte die verblasste Schrift und erfuhr, für wen das Spielhaus einst gebaut worden war.

Alles ergab nun einen Sinn.

Und ihre Ahnung, die sie seit dem Eintreten in das Spielhaus gehabt hatte, bewahrheitete sich.

Annie fuhr über den Namen an der Tür.

Sie hatte die Wahrheit gefunden. „Das bist du", sagte sie. „Violet Rose Burke."

2

Ich hatte es aufgegeben, Jules zu suchen. Das Mädchen war in den Wald gerannt, und ich war ihm bis zum Brunnen gefolgt.

Völlig erschöpft hielt ich mich am Baumstamm einer Kiefer fest, während das Holz der Bäume über mir bedrohlich knarrte.

„Jules!", schrie ich, weil ich wusste, dass sie hier in der Nähe war. „Komm raus, Jules!"

Doch das tat sie nicht. Sie blieb versteckt, ließ mich allein. Mit den Gedanken, die mich quälten, mit all dem Schmerz, mit all der Angst.

Tränen vermischten sich mit Regen, als ich vom Brunnen weg auf das Grab blickte und Rosie so sehr vermisste, dass ich glaubte, mein Herz würde sich entzwei teilen. Rosie hatte immer eine Lösung gehabt, Rosie hatte immer Rat gewusst, denn Rosie war stark. Und Rosie gab niemals auf.

Rosie würde jetzt wissen, was zu tun war.

„Warum bist du nur gestorben!", schrie ich und rannte auf das unscheinbare Grab zu. Es gab keine genaue Abgrenzung, keinen Erdhügel, keinen andersfarbigen Sand. Es gab nur hochgewachsenes, wildes Gras, und doch begann ich, mit bloßen Händen daran zu reißen und in der Erde zu kratzen, die sich unter meinen Fingernägeln absetzte.

Ich grub, kämpfte und brüllte, um das zurückzubekommen, was mir damals so viel Halt gegeben hatte, was ich getötet hatte, obwohl das niemals meine Absicht gewesen war.

Meine Hände waren voller Schmutz, zerteilte Regenwürmer wanden sich darin, als ich vor dem Grab hockte, und ich wusste, dass Rosie niemals zu mir zurückkehren würde.

Und als ich kurz davor war zu schreien, hörte ich das mir so vertraute Quietschen ihres Rollstuhls, fuhr herum und entdeckte Annie.

Meine Stirn zog sich in Falten, als ich sie den leeren Rollstuhl durch den Wald manövrieren sah und den Blick in ihren Augen erkannte, den von Melroy nur zur Genüge bekam: *Ach, Violet,* schien er zu sagen.

„NEIN!", schrie ich sie an und blieb sitzen. „NEIN! KOMM NICHT NÄHER!"

Doch die junge Lehrerin scherte sich nicht um mich. Sie schob den Rollstuhl an mir vorbei, weiter in Richtung Brunnen. Ich sah ihr nach, sie störte, ich wollte sie nicht hierhaben. Und dann ahnte ich, was sie vorhatte.

„Nein, Annie, nein!" Es war, als risse mir jemand das Herz aus der Brust. „NEEEEEEINN!", schrie ich, als Annie den Rollstuhl an den Rädern packte, ihn über den Rand des Brunnens hob und ihn im nächsten Moment, und ohne auf mich zu achten, mit einem kräftigen Stoß in die Tiefe stürzte.

Ich stand auf, erstarrte, doch war das nicht von langer Dauer, denn meine Knie sackten unter meinem Gewicht wie von selbst zusammen. „Was hast du getan?", wimmerte ich. „Was hast du getan?" Ich hämmerte mit den Fäusten auf den Boden, krümmte mich, weil das Letzte, was mir die Angst genommen hatte, meiner Tochter könnte dasselbe zustoßen wie meiner Schwester, nun nicht mehr existierte.

Irgendwann merkte ich, dass Annie vor mir stand, und schaute zu ihr hoch.

Sie hielt mir ihre Hand hin. „*Du* bist das Rollstuhlkind", sagte sie leise und durch den Regen kaum hörbar. „Violet Rose Burke."

Ich konnte nicht glauben, was sie da sagte.

„Du bist Rosie, nicht wahr?" Da ich ihre Hand nicht angenommen hatte, kniete Annie sich jetzt zu mir runter. „Du hast das alles durchmachen müssen, sieben ganze Jahre lang."

Ich konnte nichts sagen, meine Stimme war wie blockiert, ich starrte ihr ins Gesicht, das ein Lächeln für mich fand, was ich nicht erwidern konnte.

„Es ist vorbei, Violet. Du hast es geschafft."

Was habe ich geschafft?, wollte ich sie fragen.

„Das letzte Stück, was dich an die dunklen Zeiten deines Lebens erinnert hat, ist nicht mehr da." Annie legte ihre Hand auf meine

Schulter. „Deine Seele muss endlich Frieden finden, Violet Rose Burke. *Rosie* für deinen Stiefvater."

Ich zeigte zum Grab, und dann blickte ich wieder zu Annie. Wie ein Kind, das sich fragte, wo an Weihnachten die Geschenke herkamen, wenn die Kinder in der Schule doch meinten, es gäbe keinen Santa Claus.

„Rosie existiert nicht. Sie war nur in deinen Gedanken. Sie war der Anker, an den du dich geklammert hast, um all das auszuhalten, was dir angetan wurde. Sie war das starke Gegenstück zu dir, du hast sie erfunden, um alles zu ertragen."

Nein, nein … Das kann nicht sein.

Annie griff nach meiner Hand. Sie drehte sie um, sodass ich mein Tattoo erkennen konnte. Das Unendlichkeitszeichen.

„Das hast du dir selbst gemacht. Das war nicht Rosie, denn Rosie gab es nicht."

Rosie gab es nicht.

Rosie gab es nicht.

„Auch wenn ich nicht zu sehen bin, bin ich trotzdem bei dir, Violet."

Meine Gedanken rasten zurück in die Vergangenheit.

„Ich suche Rosie."

Mom schnaubte. „Und deswegen erschreckst du mich so?" Sie flanierte zu ihrem Glas und leerte es.

„Hast du sie gesehen?"

„Nein, Violet, ich habe sie nicht gesehen."

Ich griff an meine Brust. Das konnte nicht sein!

„Hey!"

Ich fuhr herum und sah zwei Jungen, in meinem Alter etwa, mit Kappen und Hosenträgern auf Fahrrädern. Sie kauten Kaugummi, hatten die Köpfe gereckt und betrachteten mich von oben herab. Der eine war blond, der andere braunhaarig. Sie standen mit ihren Rädern vor dem Tor und grinsten dämlich. Ich hatte sie noch nie gesehen. Schnell sah ich mich zu meiner Schwester um, die nicht mehr an der Hausecke stand.

Weil sie niemals dort gestanden hatte …

„Ich war draußen", sagte sie. Ihre Haare waren noch nass. „Drüben im Spielhaus."

„Da war ich, aber du nicht!“

„Doch!“

„Dann haben wir uns verpasst.“

Ich war immer allein im Spielhaus gewesen. Es hatte kein zweites Mädchen, keine Schwester, dort gegeben.

„Aber …“ Ich konnte kaum atmen. Meine Gedanken fuhren Achterbahn.

Mom hob die Schultern. „Du hast doch eine Lösung gefunden.“ Der Rollstuhl. Ich senkte den Blick. Mom würde meiner Schwester nicht helfen. Niemals. „Das war ich nicht“, sagte ich leise. „Das war Rosie.“

Ich presste die Hände an die Ohren und kniff die Augen zu. Dachte nach. Ich hatte die Lösung gefunden, nachdem ich den Rollstuhl im alten Jorisson House gefunden hatte, um mich vor meinem Vater zu schützen.

Immer mehr Fetzen meiner Vergangenheit kamen in meinen Erinnerungen hoch und setzten sich zusammen.

Ich erschrak, weil die Gabel Rosie genau an der Schläfe traf, und konnte den Schmerz nachfühlen, den sie empfinden musste, als sie die Augen zusammenkniff, Tränen unter den Lidern blitzten und ihre Hand an den Kopf fuhr.

Natürlich hatte ich den Schmerz nachfühlen können – denn es war mein Schmerz gewesen.

Ich starrte auf den Boden unter mir. Aufgeweichte Erde, meine Hände, die im Matsch lagen.

So kam es, dass ich irgendwann mehr mit Mom redete als mit Rosie.

Ich konnte nicht sagen, dass es mir gefiel, aber es war okay. Wir redeten über andere Dinge, die nie etwas mit Rosie zu tun hatten, deshalb war es in Ordnung.

Ich begriff. Nach all den Jahren, nach all dem Schmerz, begann ich, zu verstehen.

Damals, als Daddy gestorben war und ich bei der Polizei gewesen war. Unter Tränen erzählte ich alles, was ich wusste, und glaubte, es an meinem eigenen Leib noch mal durchmachen zu müssen.

Ich hatte es schließlich an meinem eigenen Leib durchgemacht.

Und dann erinnerte ich mich an Melroy. An sein Geschenk zu meinem 18. Geburtstag. Die Kette mit einem Bild von mir.

Aber vielleicht würde ich es durch ein Foto von Rosie ersetzen. Nur leider gab es keine.

Es konnten keine Bilder von Rosie existieren, wenn sie nicht existiert hatte …

Ich holte tief Luft. Das Gewitter war weitergezogen und grummelte nun in der Ferne.

Annie sprach das aus, was ich mir selbst nie hatte eingestehen wollen: „Du hast dir Rosie nur eingebildet."

Hatte ich das?

War sie wirklich nie da gewesen?

Und was war mit ihrem Tod?

Ich hob meine Hände. „Ich habe sie gestoßen. Ich habe sie in den Brunnen gestoßen." Ich schaute Annie in die Augen. „Ich habe sie umgebracht!"

„Du kannst niemanden umgebracht haben, den es nicht gegeben hat. Rosie musste dich verlassen, und du musstest einen Weg dafür finden."

„Aber …

„Du bist älter geworden. Hattest nicht mehr so viel Fantasie wie als Kind. Du wurdest erwachsen, und Rosie musste gehen."

Ich versuchte, mich zu erinnern, wann Rosie begonnen hatte, mich zu verlassen …

Ich hockte allein im Spielhaus vor einer Teeparty, die mich nicht interessierte, aber ich dachte, es würde sie zum Bleiben animieren, wenn ich hier auf sie wartete. Ich vertrieb mir allein mit den schon hundertfach gelesenen Büchern die Zeit oben in der Diele, und wenn Mom mit mir reden wollte, ging ich freiwillig zu ihr und blieb länger, weil ich so einsam war.

Sie war immer mal wieder verschwunden. Das passierte immer häufiger und dauerte immer länger.

Ich legte meine Hände vors Gesicht. Annie streichelte mir über den Rücken. „Ich glaube, es gab dann irgendwann auch eine Zeit, da wolltest du Rosie gar nicht mehr bei dir haben, oder?"

„Sag so was nicht!" Ich schüttelte den Kopf. „Rosie …"

Und doch …

„Wer ist das?", fragte Rosie. „Ist das wieder dieser Junge?"

„Er ist kein Junge." Er ist ein Mann!

Rosie machte Anstalten, den Rollstuhl von der Rampe zu schieben, als ich meine Hände an die Griffe legte und ihn zurückzog. „Du bleibst hier!", sagte ich bestimmt.

„Aber warum?"

„Weil ich das so will!" Ich schob sie noch ein Stück weiter über die Veranda, sodass sie Melroy nicht sehen konnte, und vor allem, damit Melroy sie nicht sehen konnte. Und nicht den Rollstuhl. Dann eilte ich zwischen die Buchsbaumbeete hindurch zum Tor.

Schluchzend klammerte ich mich an meinen Gedanken fest. „Ich wollte nicht, dass er sie kennenlernt."

„Das hat er auch nie. Es gab ja nur dich." Annie stand auf und zog mich auf die Füße.

Ich erinnerte mich an mein Gespräch mit Melroy an meinem 18. Geburtstag.

„Das Einzige, was Rosie kannte, war der Rollstuhl, der sie davor bewahrte, dass alles nur noch schlimmer wurde. Und an dem Tag, an dem sie ihn verlassen hatte, weil sie mit dir geredet hat …"

„Ich habe nicht mit ihr geredet."

„Doch." Ich erinnerte mich genau. Ich hatte mit Mom geschneidert und Rosie am Tor zusammen mit Melroy gesehen.

„Nein … Violet, ich habe nie mit Rosie geredet."

Lieber Himmel, es stimmte. Mit jeder Erinnerung tauchte die Wahrheit, die ich so lange verdrängt hatte, vor mir auf, wie die Sonne nach einem Wolkendurchbruch.

Es hatte Rosie nie gegeben.

Ich schaute zu dem Grab, das niemals ein Grab gewesen war, nur ein Stück Wiese mit einem eingesteckten Holzkreuz, weil niemand darunter begraben war, während der Regen meine Tränen von den Wangen löste.

„Es ist vorbei, Violet. Du hast losgelassen. Den Rollstuhl brauchst du nicht mehr, denn Kenneth ist tot. Er kann Jules nichts tun."

Ich schloss die Augen, fühlte den Schmerz so tief in mir.

Die Hände meines Vaters an meinem Bauch, meinem Po. Dieses schreckliche Büro, das Quietschen des Leders auf dem Stuhl unter seinem nackten Hintern. Die Gänsehaut, die meinen Körper überzog, weil es so kalt in diesem Raum war.

„Sei brav und sieh mich an!"

Ich war das Kind gewesen, das in der Nacht in die Bibliothek hatte gehen müssen, damit die Freunde meines Vaters mich berühren und mich ansehen konnten. Ich war das Mädchen gewesen, das sich unter Tränen auf die Schöße dieser alten Männer hatte setzen müssen.

Ich war die Tochter gewesen, deren Mutter weggesehen hatte und die völlig zerstört und verwirrt in dem Zimmer im Erker zurückgelassen worden war.

Ich war das Kind gewesen, das sich eine Schwester an seiner Seite erdacht hatte, die alles für es ertrug, und ihm zeigte, wie man trotz all dem Leid weiterleben konnte.

„Er hat mir sehr, sehr wehgetan", flüsterte ich kaum hörbar durch den Regen.

Doch Annie hörte mich trotzdem und schloss mich in die Arme. Diese Umarmung war liebevoll, sie ließ mich nicht los, versuchte, mir meinen Schmerz und meine Verzweiflung zu nehmen. Auch schenkte mir diese Umarmung Verständnis. Verständnis dafür, dass ich nie etwas aus bösem Willen oder schlechter Absicht getan hatte.

„Er kann dir nichts mehr tun", sagte Annie. „Und Jules auch nicht."

Ich starrte zum Brunnen. „Er kommt nicht wieder."

„Nie wieder", versicherte Annie mir.

Ich nickte, schaute dann zur Seite und sah meine Tochter, die auf ihren gesunden Beinen durch das Dickicht des Waldes gelaufen kam.

„Mommy!"

Ich sah zu Annie. Sie nickte. „Jules hat das Leben verdient, das Rosie sich gewünscht hat. Dass *du* dir gewünscht hast. Weißt du es noch?"

„Aber wozu ist das Leben da, wenn ich nicht gehen kann, wohin ich will? Wenn ich mich verkrieche, weil es Risiken gibt. Ich will frei sein, ich will alles tun, was ich will. Ich will die Welt entdecken. Also: Ich habe keine Angst! Und du solltest auch keine haben!"

Ich holte tief Luft. Meine Tochter stand am Brunnen und umschlang ihren Oberkörper mit den Armen, traute sich offenbar nicht, mich anzusehen.

„Und wenn Jules Hilfe braucht", sagte Annie weiter, „wird sie zu dir kommen, weil du ihr Anker bist. Denn das ist es, was eine Mutter für uns sein sollte, wenn unser Schiff in einen Sturm gerät."

Ich starrte auf meine Hände, an denen noch immer die Erde eines Grabes klebte, in dem nie jemand begraben worden war. Als ich sie an meiner Hose sauber wischte, war es, als würde ich Rosie endlich ruhen lassen können.

„Jules", sagte ich und ging auf meine Tochter zu, die sich nun weinend in meine Arme warf.

Ich wollte nicht daran denken, dass ich der Grund für ihre Tränen war. Ich wollte nicht, dass ich es war, die ihr solchen Kummer bereitet hatte. „Ich konnte nicht anders", versuchte ich, mich zu entschuldigen. „Ich habe versucht einzusehen, dass du auch ohne den Rollstuhl in Sicherheit bist, ich habe … mit mir gekämpft. Aber ich … war gefangen in meiner Angst."

„Ich weiß, Mommy!" Jules drückte sich an mich. „Es tut mir so leid, was mit dir passiert ist!"

„Mir tut es leid! Ich hätte dir das niemals antun dürfen!" Ich schüttelte den Kopf, löste mich von Jules und griff an ihre Schultern. „Verzeih mir bitte!"

Jules nickte und fiel mir abermals in die Arme. „Alles wird wieder gut!"

Dann sah ich zu Annie, die das Kreuz aus dem Boden riss. Sie warf einen Blick zum Brunnen und dann zu mir. Ich ließ meine

Tochter los und nahm das Kreuz von Annie an, das sie mir entgegenstreckte.

Ich wusste, was zu tun war.

Jules rannte zu Annie und umklammerte sie, während ich das Kreuz trug, das einst einen Ort darstellte, an dem ich meiner Schwester so nahe gewesen war wie nirgendwo anders.

Ich trat an den Brunnen heran, der mit einer regennassen, leicht grünen Moosschicht besetzt war, und drehte mich noch einmal zu Annie und Jules um.

Sie nickten mir zu, ich starrte in den Brunnen und sah wie immer das Gesicht Rosies vor mir.

Ich hatte mir mein bestes Kleid angezogen, das weiße mit den großen Blumen darauf. Meine Haare hatte ich so frisiert, dass es wie das Haar von Rosie aussah, große Locken wie bei einer schönen Puppe. Heute sahen wir uns sehr ähnlich.

Ich sah *mein* Gesicht.

„Ich kann nicht."

Wie sollte ich mit der Angst leben, dass Jules etwas passieren könnte?

Mom beugte sich zu mir herunter. „Wärst du bloß im Rollstuhl sitzen geblieben …"

Ich erinnerte mich an Mom und dass sie zugesehen hatte, dass ich den Rollstuhl als Schutz vor ihrem Mann benutzen musste.

Mom!

Meine Gedanken rollten die Nacht meines 18. Geburtstages noch einmal auf. Und die des Mannes, der mich *vor ihr* beschützt hatte.

Jemand legte mir eine Hand auf die Schulter, und ich fuhr herum. Melroy. Seine Klamotten und Haare waren klitschnass, er musste alles gehört haben.

„Ich bin bei dir", sagte er. „Lass los!"

Freiheit.

Ich starrte in den Brunnen, wo Rosies Antlitz immer mehr zu meinem wurde. Ich drückte meine Hand fest um das Kreuz, bevor ich es warf und es irgendwo in der Tiefe des Brunnens zu jenem Rollstuhl gesandt wurde, der mein ganzes Leben bestimmt hatte.

Es war der Moment, in dem ich im Brunnen niemanden mehr sah, außer mir selbst.

Ich fiel meinem Mann in die Arme, versuchte, die Panik auszuhalten, die sich in mir breitmachte und mir fast die Luft zum Atmen nahm.

„Ich hatte keine Ahnung", flüsterte Melroy und hielt mich fest. „Hätte ich gewusst, dass *du* ..." Er atmete tief durch. „Es ... Es tut mir so leid."

Ich löste mich von ihm, als er seine Hände um mein Gesicht legte und mir schwor, mir zu helfen. Mir *erneut* zu helfen.

Im Augenwinkel sah ich meine Tochter. Sie kam auf uns zu und ließ sich zwischen uns sinken. Einander hielten wir uns in den Armen.

Die Familie Grant.

Schließlich drehte ich mich zu meiner Schwiegertochter um.

„Gehen wir heim?", fragte sie.

Ich streckte meine Hand nach ihr aus, sie nahm sie an. „Ja", antwortete ich. Ich fühlte Sicherheit. Schutz. Und Liebe.

Es ist an der Zeit, dachte ich, als wir zu viert den Wald verließen, und ich hatte zum ersten Mal das Gefühl, dass alles wieder gut werden würde.

3

August – Zwei Jahre später

Als der Nebel dafür sorgte, dass man den Rosengarten nur erahnen konnte, und er keinen einzigen Blick auf den Wald freigab, war es an der Zeit, Melroy zu verabschieden.

Auf ihn wartete ein letzter Einsatz, ein kurzer Trip nach Atlanta, um Donovan dort zu unterstützen, der das Unternehmen seines Vaters nun erfolgreich weiterführte. Im Frühsommer hatte es dazu eine große Veranstaltung gegeben, zu der achthundert Menschen geladen und auch seine Freunde aus New York gekommen waren.

Georgina und ich gingen hinter Melroy Richtung Tor, wo Hugh auf ihn wartete, um ihn zum Flughafen zu bringen.

„Grüß Don von mir", sagte ich, als ich ihm einen Kuss auf den Mund gab und mir dabei wieder einmal auffiel, wie sehr mich dieser ergraute, in die Jahre gekommene Mann an den jungen Melroy von damals erinnerte, der vor dem Tor gestanden und auf mich gewartet hatte. Mit seinem Handwagen im Schlepptau und einem freundlichen Blick, der Kappe auf dem Kopf und den Sommersprossen auf der Nase.

„Das mache ich." Er hob die Hand zum Gruß, den Georgina mit einem Winken erwiderte. „Wir treffen uns dann am Freitag in New Orleans. Ich bin schon ganz gespannt, was Jules uns alles zu berichten hat."

„Sie hat mir gestern eine Mail mit ihren ersten Entwürfen für die Ausstellung am Wochenende geschickt. Ich habe sie dir weitergeleitet."

„Das sehe ich mir im Flugzeug ganz genau an."

Jules ziehen zu lassen, war hart gewesen. Doch mithilfe einer Therapie und der Liebe meiner Familie lernte ich immer mehr, meine Ängste in den Griff zu bekommen.

Das brauchte Zeit. Eine Seele heilte nicht von heute auf morgen. Schon gar keine Seele, die in Kindheitstagen Zurücklassung und Schmerz hatte aushalten müssen.

Frei von Ängsten war ich nie, aber ich hatte begriffen, dass ich sie nicht zum Problem meiner Tochter machen durfte.

Denn in diesem Haus sollte es nie wieder ein Rollstuhlkind geben.

Melroy nahm meine Hand und küsste sie. „Pass auf dich auf!"

Wir lösten uns voneinander, und als Hughs Wagen den Vorplatz verließ, schlenderte ich mit Georgina zurück zum Haus.

„Ach, Ma'am, wissen Sie, worauf ich heute mal Lust habe?"

„Auf einen Kaffee mit mir zusammen draußen im Garten?" Ich legte meinen Arm um den Rücken der freundlichen Köchin, die mich schon so viele Jahre begleitet hatte. „Den haben wir uns verdient, meinen Sie nicht?"

„Sie sagen es! Ich mach mich auf in die Küche!"

„Und ich hole die Stühle." Ich ging am Haus vorbei nach hinten, während Georgina nach drinnen ging.

Als ich den Rosengarten erreichte und die Stühle, die im Pavillon unter der Folie steckten, aufdeckte und am Tisch vor den Buntglasfenstern aufstellte, wo ein Stück Boden gepflastert worden war, blieb ich kurz vor dem Haus stehen und sah hinauf.

Grant House mit seinem ehrfürchtigen, unverwechselbaren düsteren Charme schien vielleicht nur so dunkel, weil es die schönen Seiten des Lebens nicht kannte.

Ja, es war schon längst an der Zeit, das zu ändern, denn kein Haus dieser Welt war von Grund auf dunkel. Wir müssten es nur mit Dingen füllen, die es hell erscheinen ließen.

Dunkle Seelen konnten nicht leuchten. Aber helle Sterne konnten strahlen. Bis über die Grenze der Finsternis hinaus.

Ich legte meine Hand an den Hals, fühlte das Medaillon, das Melroy mir zu meinem 18. Geburtstag geschenkt hatte. Damals hatte es mir mein Spiegelbild gezeigt. Ich öffnete den Anhänger, während ein Lächeln über meine Lippen huschte: Heute zierte ein Foto unserer Tochter Jules sein Innenleben.

„Guten Morgen."

Ich drehte mich um. Aus dem Nebel kam eine junge Frau, etwas wackelig auf den Beinen. Die Wölbung ihrer Körpermitte war schon lange nicht mehr zu übersehen.

„Im Nebel ist der Weg durch den Wald vom Jorisson House genauso abenteuerlich wie damals, als Don es mir mitten in der Nacht zum ersten Mal gezeigt hat." Annie ließ sich auf einen der Stühle fallen.

„Du nennst es immer noch ‚das Jorisson House'?" Ich musste lachen und setzte mich zu ihr. „Ihr wohnt jetzt da drin! Es ist das neue Grant House."

„Es gibt nur ein Grant House." Sie zwinkerte mir zu.

Annie war eine Bereicherung für unsere ganze Familie. Ich hatte ihr viel zu verdanken. Ich liebte sie. Und seit Jules ihr Studium der Kunstgeschichte in New Orleans begonnen hatte, war sie mir noch mehr ans Herz gewachsen. Täglich kam sie einen neu geschaffenen Weg, der den Garten von Grant House und den des Hauses von Donovan und Annie verband.

„Meinst du, die Sonne kommt heute noch mal raus?", fragte ich.

Gemeinsam schauten wir zu, wie der Nebel nach und nach mehr von dem Garten freigab. Mittlerweile war die Krone der Eiche zu erkennen.

„Na ja, du weißt doch: Mein Vater hat immer gesagt, wenn es Nebel am Morgen gibt, ist der nur dazu da, sich mit den Wolken zum Meer zu schieben, und dann folgt Sonnenschein."

Ich legte den Kopf in den Nacken, schloss die Augen und genoss den Moment. Das hatte ich in meinem Leben viel zu selten getan. „Georgina denkt, es wird ein Junge. Sie hat eine Decke gestrickt, die sie dir nach der Geburt geben will. Ich bin gespannt, ob sie richtigliegt."

„Ich weiß schon, ob sie richtigliegt."

„Tatsächlich?" Ich schaute auf. „Was wird es?"

„Das bleibt mein Geheimnis. Nicht einmal Don weiß es."

„Annie, ach bitte! Ich würde es zu gern wissen."

Die junge Lehrerin schüttelte den Kopf. „Haben wir nicht alle unsere Geheimnisse, Violet?"

Ich musste schmunzeln. „Ich habe keine."

„Auch du hast welche."

„Zum Beispiel?"

„Du hast mir nie erzählt, warum Melroy damals zurückgekommen ist. Er hatte eine Frau, ein Kind, und doch kam er irgendwann wieder. Irgendwas muss euch verbunden haben."

Ich lachte leise. „Na ja, vielleicht ist es das Haus. Ist dir schon mal aufgefallen, dass jeder, der einmal Burke House – oder Grant House – betreten hat, immer wiederkam oder niemals wirklich wegging?"

Sie dachte nach.

„Ist Donovan nicht das beste Beispiel?" Ich holte tief Luft.

„Mag sein", sagte Annie. „Soll ich sagen, was ich denke?"

„Raus mit der Sprache. Ich habe mich an deine Art schon so gewöhnt, dass ich mittlerweile richtig Spaß daran habe, dir zuzuhören."

„Kenneth Burke wurde ermordet, deine Mutter Lonna richtete sich selbst. So steht es geschrieben."

Ich hatte gewusst, dass es um dieses Thema gehen würde.

„Aber hier gab es keinen Selbstmord." Annie beäugte mich, doch ich tat ihr den Gefallen nicht, sie anzusehen. „Es gab nur Morde. Habe ich recht?"

„Wie sagtest du so schön?" Ich stand auf und reichte ihr meine Hand, um sie nach drinnen zu bringen, denn hier draußen war es doch zu nass, kalt und ungemütlich. „Das bleibt mein Geheimnis ..."

Epilog

Jeder Mensch hat ein Geheimnis.

Und ich war mir immer sicher, dass meine Vorfahren recht behalten würden: In den Wänden von Grant House waren all unsere Geheimnisse sicher.

Ebenso die Taten, zu deren Zeugen sie geworden waren …

Ich folgte dem langen Flur im Obergeschoss, während Annie unten in der Küche mit Georgina plauderte, und ich erinnerte mich, wie ich diesen Weg als junge Frau entlanggeschritten war, gefolgt von einem Architekten, der dafür sorgen würde, dass Burke House renoviert werden würde. Ich wollte bestimmte Zimmer nie wieder betretbar machen lassen, wie das Schlafzimmer meiner Eltern, aus dem drei wunderschöne Zimmer entstanden waren, die nun für Georgina und Timothy ein Zuhause darstellten, und ich wollte, dass Zimmer blieben, damit die Wände ihre Geheimnisse nicht offenbarten.

„Das Büro muss weg."

„Das kann nicht weg, Ms. Burke. Wegen der Statik."

„Dann …" Ich hatte in meinem Inneren schon die Flammen gesehen, mit denen ich es in Brand setzen würde.

„Ein Tipp, Ma'am: Einfach abschließen und nie wieder reingehen."

Ich hatte den Mann angesehen. „Funktioniert das mit allem, woran man nicht erinnert werden will?"

Vor der Klappe zum Dachboden blieb ich nun stehen und öffnete sie. Ich stieg die Leiter nach oben und wurde von der stickigen Luft warmer Sommertage empfangen, die sich hier oben gesammelt hatte.

Hier lagerte ich alte Bücher ein, sammelte Erinnerungsstücke aus der Zeit, in der Burke House mein Leben gewesen war. Meine alte Puppe lag hier, ich hatte sie Polly getauft, ihr schwarzes Haar war etwas staubig, doch die blauen Augen leuchteten noch immer. Da gab es Tagebücher, die ich geführt hatte, während ich jeden Tag allein in diesem Haus verbracht hatte, lange bevor Georgina, Timothy und all die anderen gekommen waren. Immer wenn mir danach war, kam ich hier hoch und las ein bisschen in ihnen, so wie jetzt, schmunzelte, wenn ich darüber nachdachte, wie alt die meisten Einträge waren.

Ich ließ mich in den alten Schaukelstuhl sinken, der dafür hergebracht worden war, dass ich in Erinnerungen schwelgen konnte.

Als ich fünfundzwanzig Jahre alt gewesen war, lautete mein Eintrag, dass ich Personal bräuchte, um dem Haus gerecht zu werden. Allein konnte ich mich nicht um Haus und Hof kümmern. Mit sechsundzwanzig hatte ich ein Fernstudium in Literatur begonnen und zum ersten Mal mit ein paar anderen Studenten Zeit in New Orleans verbracht.

Es war nie mein Fall gewesen, mich außerhalb von Burke House zu befinden – es zog mich immer wieder hierher zurück.

Ich blätterte durch meine Notizen vergangener Tage und erinnerte mich an ein Gespräch mit Georgina, die unverfroren gemeint hatte, in das Haus „eines getöteten Mannes" zu ziehen und „ob da was dran wäre".

„Was soll ich Ihnen dazu sagen?", hatte ich damals geantwortet. „Die ganze Wahrheit weiß sowieso nur Burke House allein."

Ich legte das Tagebuch zur Seite und sah zu der Kiste hinten in der Ecke.

Du hast mir nie erzählt, warum Melroy damals zurückgekommen ist.

„Warum bist du hier?", erinnerte mich ich an meine an Melroy gerichteten Worte, als er vor ungefähr zwanzig Jahren, in einer ziemlich kalten Winternacht, vor meiner Tür gestanden hatte.

„Ich muss reden und ich … weiß sonst nicht wohin."

Ich hatte ihn eintreten lassen. Bis spät in die Nacht hatte er über seine Frau geredet, Ida, die ihn nicht mehr liebte und die gegangen war. Er gab sich die Schuld dafür und hatte gemeint, sie wäre überfordert gewesen, mit Donovan, ihrem Kind, und dem Leben an der Seite eines geschäftigen Mannes, während sie alles allein hatte machen müssen, und dass er ihr nicht geholfen hätte, weil sie sich schon lange auseinander gelebt hätten. Und irgendwann war er mit der Sprache herausgerückt, weshalb er wirklich gekommen war.

„Ich habe einen Fehler gemacht", sagte er. „Ich ... Ich kann ihr Gesicht nicht vergessen."

Ich wusste genau, von wem er redete. „Das war kein Fehler. Mom hätte mich getötet, wärst du ihr nicht zuvorgekommen."

„Weißt du, dass ich es die ganze Zeit nicht vergessen kann? Dieses Messer in meiner Hand ... aber ..." Dann sah er mir in die Augen. „Ich hätte es wieder getan, um dich zu beschützen."

Er hatte mich die ganzen Jahre nicht vergessen.

Wie auch, schließlich war der Abend meines 18. Geburtstages für ihn in ewiger Erinnerung geblieben. Es folgten Worte voller Liebe und Angst. Es folgten die Wörter *wäre* und *hätte*. Und es folgte eine Nacht vor dem Kamin. Unsere erste gemeinsame Nacht.

Als wir uns nackt unter der Decke vor einem wärmenden Feuer in den Armen lagen, verhakten wir die Finger miteinander, und er sagte mir, dass er zurückkommen würde. Weil er zu mir gehörte, und ob ich damit einverstanden wäre, denn er hätte seinen Sohn im Gepäck. Ich stimmte zu, und hörte ihn erleichtert seufzen. „Ich habe einen Menschen getötet, Violet", griff er das Thema Mom wieder auf, und ich fragte mich, ob er nur wegen des Mordes zurückkommen wollte oder wirklich meinetwegen.

„Das weiß ich."

„Du weißt nicht, wie es ist, einen Menschen getötet zu haben, Violet", hatte er gesagt.

Jetzt – so viele Jahre später – verzog ich den Mund zu einem Grinsen. Ich stand aus dem Schaukelstuhl auf und ging zu der Kiste hinüber, in der mein Geheimnis ruhte.

LÜGNERIN.

MÖRDERIN.

„Kenneth Burke wurde ermordet, deine Mutter Lonna richtete sich selbst. So steht es geschrieben", erinnerte ich mich an Annies

Worte von vorhin. „Aber hier gab es keinen Selbstmord. Es gab nur Morde. Habe ich recht?"

MÖRDERIN.

Ich hatte ihr keine Antwort gegeben.

Jetzt kniete ich mich nieder, um einen Lumpen zu betrachten, der versteckt in einer Kiste lag, in dem eine Schneiderschere in einem verkrusteten Handtuch steckte, das meinen Namen trug: ROSIE.

Hatte Mom recht?

War ich eine Lügnerin? Eine MÖRDERIN?

Ja, das war ich.

Denn tatsächlich hatte ich ihr in jener Nacht, als mein Vater starb, die Schere aus der Hand gerissen und sie in seinen Rumpf gerammt.

Hatte er aber den Tod durch meine Hand verdient?

Ja, das hatte er.

Denn ich hatte es genossen, ihm beim Sterben zuzusehen, und es als seine gerechte Strafe befunden.

Aber all das musste niemand wissen.

So schob ich die Kiste mit meinem Geheimnis zurück in die hinterste Ecke von Grant House, erhob mich und legte den Zeigefinger an meine Lippen. Und während ich mich einmal im Kreis drehte und jede Wand anschaute, ermahnte ich sie, mein Geheimnis für immer zu behüten.